KB154788

인디언과 함께 걷기

인디언과 함께 걷기

현대 인디언들이 세상에 전하는 메시지

라셀 카르티에 · 장피에르 카르티에
길잡이늑대 옮김

문학의숲

LES GARDIENS DE LA TERRE
by Rachel & Jean-Pierre Cartier

Copyright © Éditions de La Table Ronde, Paris, 1994
Korean translation rights © The Forest of Literature, an imprint of
God's Win Publisher's, Inc., Seoul, 2010

This edition was published by arrangement with Éditions de La Table Ronde
through THE Agency

The illustrations for this book are by Patricia Wyatt

차례

처음으로 인디언을 만나다

7

나는 지구가 나를 사랑하고 있음을 알고 있다

15

보이지 않는 것을 보는 사람들

34

너는 나에게, 나는 너에게 속해 있다

67

별에서 온 사람들

101

치유의 원 안에서

130

영혼이 같은 사람들

163

우리는 배우기 위해서 이곳에 온 것

191

우리는 다시 또다시 이곳에 온다

229

별의 아이들

251

잊을 수 없는 치유의 저녁

273

인디언의 텃밭에서

301

눈물의 여정

330

옮긴이의 글

364

처음으로 인디언을 만나다

칠월의 어느 이른 아침, 옅은 안개가 연못 위로 피어오르고 있었다. 시계는 여섯 시 반을 가리키고 있었고 산 옆으로 하늘이 밝아지는 사이 몇몇 새들이 수줍게 노래하기 시작했다. 맨발로 이슬 위를 걸어 우리는 색색 가지의 인디언 천막들이 아직 잠에 잠겨 있는 야영지를 가로질렀다. 라셀과 나는 늦게 도착하거나 평화의 마을을 쉽게 찾지 못할까 봐 걱정했었다. 하지만 삼십 분 먼저 도착한 우리는 기다리는 것 말고는 달리 할 일이 없었다.

우리는 조화로운 느낌과 정적에 둘러싸여 바위 위에 앉아 있었다. 시간, 고요한 마음, 하늘로 오르는 빛, 그 모든 것들이 우리를 명상 속으로 데리고 갔다. 그때였다. 갑자기 연못 맞은편에서 '탁!

탁!' 하는 소리가 정적을 깨뜨리며 들려왔다. 그 소리는 어린 시절 강으로 빨래를 하러 온 아낙네들이 방망이로 빨랫감을 두드리며 내던 소리와 거의 흡사했다.

호기심에 이끌린 나는 누가 감히 이리도 아름다운 아침의 정적을 흔드는지 밝혀내기 위해 연못을 이리저리 훑어봤다. 그때 내 시야에 들어온 것은 물살을 가르는 두 개의 머리였다. 그놈들은 헤엄쳐 앞으로 나아가면서 뒤편에 물살의 궤적을 남기고 있었다. 약간 떨어진 곳에는 두 개의 또 다른 머리들이 있었다. 처음에 나는 그것들이 사향쥐라고 생각했다. 하지만 곧이어 놈들이 쥐보다는 몸집이 크다는 것을 알았다.

놈들은 자작나무 가지를 입에 물고는 조용히 헤엄쳐 오고 있었다. 순간 나는 의심할 바 없이 우리를 향해 다가오는 그 짐승들이 비버라는 것을 알게 되었다. 자세히 살펴보니 우리 왼편에는 분명 비버들의 보금자리로 보이는 한 무더기의 나뭇가지들이 쌓여 있었다. 그리고 연못 기슭으로는 온통 나뭇가지와 나무줄기들이 성글게 뒤엉켜 둑을 이루며 매드 강으로 흐르는 작은 물길을 막고 있었다. 그 '미친 강'은 우리가 이곳에 오면서 막 건넜던 강이다.

비버들은 내가 생애 처음으로 읽었던 책들에 나오는 수많은 내용들을 떠오르게 하면서 넋을 잃게 만들었다. 제임스 쿠퍼(미국의 이름을 세계 문학사에 올릴 수 있게 공헌한 미국 장편소설의 아버지. 〈모히칸 족의 최후〉 등의 작품에서 백인과 인디언의 관계를 다채롭게 묘사했다)와 잭 런던(미국의 소설가이자 사회 평론가. 자연과 인간의 투쟁 및 사회주의적 비전을 담은 걸작들로 이십 세기 초 미국문학을 대표하는 작가)의 책에 나오는 사냥꾼들과 그들이 놓은 덫들, 숲을 달리는 사람들과 그들의 소총들, 그리고 〈모히칸 족의 최후〉. 나는 지금도 그 책들을 다시 읽곤 한다. 어렸을 때 내가 떠올릴 수 있던 인디언의 모습은 깃털 장식을 단 추장들이 엄숙하게 둘러앉아 화친을 위해 담뱃대를 돌려가며 피우거나 고문하는 기둥에 묶여 전쟁 노래를 부르며 극렬한 고통을 감내하는 것이 전부였다.

믿기 어려웠지만 비버들은 분명 내 눈앞에 있었다. 그리하여 인디언들의 지혜를 찾아 이곳에 온 라셀과 나의 여행은 모든 이야기꾼들이 현자처럼 묘사하는 비버들이 환영해주는 가운데 시작되었다. 그 어떤 동물도 이토록 나를 감동시킨 적은 없었다. 비버를 몹시도 좋아했던 나는 젊었을 때 카마르그(지중해에 면한 프랑스 남부의 론 강 삼각주 지역)나 피불레트(프랑스 남부 코사드 시에 위치한 지역)에서 굴속에 있는 비버의 모습을 사진 속에 담으려다가 번번이 실패하곤 했다.

나중에 우리는 그토록 우리를 매혹시켰던 이 비버들이 그 지역에 약간의 피해를 주었었다는 사실을 알게 되었다. 비버들이 너무 빈틈없이 견고하게 강을 막아버려서 물이 흐르지 못하고 계속 차올라 결국 초원에까지 범람하고 말았던 것이다. 그래서 지난해에는 젊은이들 여럿이 물이 흐를 수 있도록 둑에 틈을 내기로 했다. 젊은이들은 하루 종일 땀 흘려 일했고 자신들이 만들어놓은 틈에 만족하며 잠자리에 들었다. 하지만 이튿날 아침 그들은 놀라지 않을 수 없었다. 둑에 냈던 틈들이 도로 완전히 메워져 있었고 둑은 전보다 훨씬 더 단단해져 있었다. 자연을 사랑하는 그들로서 비버를 죽이는 것은 있을 수도 없는 일이었다. 그들은 주변의 친구들에게 비버들을 잡자고 제안했지만 아무 소용이 없었다. 누구도 그렇게 하고 싶어 하지 않았다. 그 지역에는 비버들이 너무도 많았기 때문이다.

잠깐 동안이지만 비버들은 연못 한가운데에 있는 다이빙대처럼 튀어나온 나뭇가지 위를 기어오르며 우리를 즐겁게 해주었다. 이윽고 비버들의 꼬리가 보였고 그들이 헤엄치면서 내는 탁탁거리는 소리로 인해 우리는 명상 상태에서 나올 수밖에 없었다.

비버들을 보는 데 너무 몰두해 있느라 우리는 무용수들이 온 것도 알아채지 못했다. 열 명의 소녀들로 이루어져 있었는데 알고 보니 그들 가운데 두 명이 소년이었다. 조화롭고 유연하며 정확한 움직임으로 미루어 그들은 늘 이렇게 같이 춤을 추는 듯했다.

우리가 그들을 바라보자, 금발의 젊은 여성이 우리 곁으로 와 쪼그려 앉았다. 그녀가 우리에게 말했다.

"내 이름은 리카예요. 어제저녁 당신들이 왔을 때는 이곳에 없었지만, 나는 이 야영지의 책임자입니다. 매일 아침 우리는 네 방위에 대한 춤을 추면서 하루를 시작합니다. 내일이나 모레쯤에는 당신들도 우리와 함께 춤출 수 있으면 좋겠습니다. 춤을 추는 목적은 우리의 몸 안에 있는 에너지의 소용돌이를 깨어나게 하는 것입니다. 에너지는 하늘에서도 오고 대지에서도 옵니다. 그래서 춤을 추는 동안 우리는 우리 자신의 에너지뿐 아니라 하늘의 에너지와 대지의 에너지를 자각하게 됩니다. 인디언들의 전통에 따르면 우리는 그때 아다위의 보호 아래 들어갑니다. 아다위는 우리가 도움을 청할 수 있는 영들을 말합니다. 그들은 특별히 네 방위를 지키는 수호자들입니다.

우리와 함께 존재하는 모든 것들을 향해 온전히 마음의 문을 열고 북쪽에 경의를 표하는 것으로 춤이 시작됩니다. 이 자세는 전적인 신뢰와 순결을 의미합니다. 그다음의 움직임은 동쪽에서 오는 기운으로 우리를 각성시킵니다. 이 자세를 취하는 것은 대지의 에너지를 심장으로 가져오기 위함입니다. 이어서 대지로부터 받은 에너지를 하늘에 되돌려주기 위해 손의 위치를 바꿉니다. 이것은 이중적인 의미를 가지고 있는 움직임입니다. 우리는 이렇게 하늘에서 받은 것을 다시 대지에 전해줍니다. 뒤이어 일어나는 소용돌이는 우리를 서쪽으로 향하게 합니다."

고백하건대, 나는 그 순간에 리카의 설명을 거의 듣고 있지 않았다. 생동하는 지금 이 순간에 푹 빠져 있었기 때문이다. 이른 아침의 경이로움과 비버들, 그리고 태초부터 전해 내려온 아주 오래되고 중요한 인디언의 전통 중 하나인 그 춤을 우리 앞에서 추고 있는 무용수들에게서 눈을 뗄 수가 없었다. 리카가 우리에게 말한 그 에너지의 소용돌이들이 확실히 눈에 보이는 듯했고, 무용수들의 자세가 실제로 그것을 연상시켰다. 라셀과 나는 우리가 매우 특별한 첫 아침을 함께 맞이하고 있음을 느꼈다.

이 모든 일은 삼 년 전, 계단 밑 좁은 벽에서 발견한 사진 한 장 때문에 일어나게 되었다.

브뤼셀 외곽의 란에 있는 친구 보나벤투라의 집에서 잠을 잔 우리는 아침을 먹기 위해 아래층으로 내려가고 있었다. 그때 계단 맨 아래 벽에 걸린 사진 한 장에 매료된 우리는 그 앞에 멈춰 서고 말았다. 사진은 매우 작았는데 커다란 코르크판 위에 압정으로 꽂혀 있었다. 만약 우리가 다양한 모임에 관한 정보들 속에서 헤매지 않고 제대로 읽은 것이라면, 어떤 특별한 모임이 내달 중 내 친구의 집에서 있을 예정이었다. 사진은 잘 찍은 것은 아니었지만 우리 마음을 사로잡았다. 사진 속의 여성은 전파력 강한 미소를 띠고 있었고, 그녀의 눈 속에서 우리는 그녀가 놀라운 삶을 살아왔음을 직감했다. 인쇄 상태가 좋지 않아 그 젊고 아름다운 여성의 얼굴이 희미하게 보였지만, 생기 있는 머리카락을 두 갈래로 길게 땋아 내리고 있는 것은 알 수 있었다. 팸플릿은 우리에게 디아니 위야후라는 체로키 여성에 대해, 그리고 그녀가 다음 달에 우리 친구의 집에서 모임을 가질 예정임을 알리고 있었다.

이따금 라셸과 나는 같은 순간에 동일한 예감을 가졌고 그때마다 우리는 그 예감이 옳은 것임을 알게 되곤 했다. 사진을 보면서 우리는 앞으로 우리가 만나게 될 그 여성을 당장 만나고 싶어 안달이 났다. 당시 우리는 〈빛의 여인들〉의 집필에 필요한 조사를 마쳐가는 중이었다. 그래서 처음에는 그 책의 한 장을 그녀에게 할애할 수 있을 것이라고 생각했었다. 그렇게 우리는 모임 참가 등록을 했다. 한 달 후 우리는 친구 보나벤투라의 집으로 다시 갔다.

모임이 있던 삼 일 동안 우리는 그때까지 어떤 지식도 가지고 있지 않았던 마술의 세계에 빠져든 것만 같은 느낌을 받았다. 인디언들의 오랜 지혜와 식물과 새들, 시냇물과 꽃 등 위대한 자연에게서 느껴지는 본질적인 유대감은 우리의 정신을 혼란하게 만드는 생각과 일들을 버리고 순수 직관의 세계로 들어갈 수 있게 해주었다. 또한 우리는 디야니의 미소와, 그녀가 살고 있는 장소의 아름다움에 매혹되고 말았다. 그래서 이 년 후 그녀가 아르덴(비옥한 구릉지와 울창한 숲이 있는, 벨기에와 룩셈부르크에 걸친 고원)의 숲 한가운데서 모임을 열었을 때 우리는 또다시 참석할 수밖에 없었다. 결국 우리는 그녀에게 책의 한 장을 할애하기를 포기했다. 한 장에 다 쓰기에는 이야기할 것이 너무 많았기 때문이다. 모임 기간 중 말한 것이 그녀의 가르침의 전부가 아니었다. 그녀의 이야기는 우리가 지금까지 책을 쓰기 위해 만났던 인도와 티베트, 그리고 기독교와 회교 등을 두루 망라하는 것들로, 각 전통이 가지고 있는 지혜와 정신적인 깊이들을 우리에게 직접적으로 일깨워주었다.

우리는 디야니와 삼 년간 여러 차례에 걸쳐 진지한 인터뷰를 했다. 그리고 그녀와 세 번째 만난 마지막 날 함께 저녁을 먹었다. 그때 그녀는 우리에게 이렇게 제안했다.

"내년 여름에 '평화의 마을(버몬트 주의 호프 산 아래 세워진, 체로키 인디언 전통에 따른 이상적인 마을)'에 오지 않겠어요? 매년 칠월, 우리는 그곳에서 여러 부족의 어른들을 맞이합니다. 당신들은 이 시대의 사람들에게 이야기해줄 것이 무척이나 많은 진정한 현자들을, 매우 놀라운 사람들을 만나게 될 겁니다."

그렇게 해서 우리는 오늘 아침 비버들의 영토인 저수지 근처에 오게 된 것이다. 그 인디언 어른들과의 첫 모임을 호기심을 가지고 기다리면서. 그리고 이 방문이 우리에게 매우 중요한 것이 될 것이며, 단순히 직업적인 방문이 아닌 훨씬 근본적인 만남이 될 것임을 예감하면서.

세계가 시작될 때 인간들은 동물들과 함께 잠을 잤다. 나는 그것을 잊은 적이 한 번도 없다.
나는 아직도 동물들에게 이야기를 할 수 있다. 말이 아닌 생각을 통해서.
우리 모두는 별에서 왔으며 죽음 뒤 다시 지상으로 돌아온다.
더 나은 삶을 창조하는 것을 돕기 위해. 몇천 번의 삶을 되살아야 한다고 하더라도.
나 역시 이 별에 자주 돌아왔었다.

나는 지구가 나를 사랑하고 있음을 알고 있다

신성한 정자 왼편에 자신들을 위해 마련된 의자로 한 사람씩 차례차례 가서 앉는 그들의 모습은 숙연하고 매우 인상적이었다. 정자 안에는 깃털 두 개 달린 모자를 쓴 조 워싱턴 노인과 몸집이 거대한 천둥구름(썬더클라우드), 동화책 속 인디언들을 꼭 빼닮은 성스런샛강(홀리 리틀 크리크), 굵은 음성의 아파치 족 일곱마리매(세븐 호크스)와 엔리케타, 나니키 등이 있었다.

정자 안으로 들어가기 전에 그들은 동쪽에서 행사 진행 요원들이 조개껍질 안에 들고 있던 불붙인 쑥 연기를 쐬어 몸을 정화시켰다. 그러고는 중앙으로 걸어 들어갔다. 그곳에는 큰 돌들에 둘러싸여 불꽃 하나가 타오르고 있었다. 불씨는 그들이 평화의 마을에 있을 삼 일 동안 꺼지지 않을 것이었다. 그들은 굵은 옥수수 알을 한 줌씩 쥐어 사방에 들어 보이고는 불 속으로 던졌다. 행사 진행 요원들이 주위를 돌며 전통적인 정화 의식을 실시하는 동안 그들은 엄숙한 분위기로 조용히 자리에 앉아 있었다.

신성한 정자는 숲 중앙의 빈터에 있었다. 빈터는 육십 평방미터 정도의 넓은 원을 이루고 있었는데, 나무 기둥들과 소나무 가지들로 이어지는 말뚝으로 그 경계가 지어졌다. 각각의 말뚝들은 쑥 다발과 동쪽의 빛인 노란색 리본, 서쪽의 빛인 붉은색 리본, 남쪽을 상징하는 초록색 리본, 그리고 북쪽을 의미하는 푸른색 리본들로 연결되어 있었다.

신성한 정자에서 조금 떨어진 붉은색 리본으로 장식된 또 다른 정자 아래에는 월경을 하고 있는 여성들이 앉아 있었다. 그녀들은 밤을 새우는 동안 밖으로 나올 수 없다고 디야니가 우리에게 말했다. 사람들이 그녀들을 불결하다고 생각하기 때문이었다. 그러나 또 다른 이유가 있었다. 그것은 그녀들의 파장이 다른 이들보다 훨씬 강하다는 것이었다. 월경기는 신성한 시기로, 이 시기에 여성들은 특별히 하늘과 땅에 연결된다.

의식을 위해 모인 추장들과 삼백여 명의 청중들에게 환영의 말을 전하는 것으로 디야니의 연설이 시작되었다. 여섯 시 삼십 분, 태양이 떠오르기 시작하는 시간이었다. 라셀과 나는 그때 디야니를 알아보지 못했다. 그녀는 더 이상 삼 년 전 벨기에에서 열린 모임에서 보았던 어린아이의 미소를 가진 매력적인 젊은 여성이 아니었다. 그녀가 가진 매력은 변함이 없었지만, 지금 그녀는 수가 가장 많은 인디언 부족의 위엄 있는 추장이자, 뚜렷한 생각을 지닌 행사 주최자였다.

"올해는 백인들이 '아메리카 대륙의 발견'이라고 부르는 해로부터 오백 번째 생일을 맞은 해입니다. 우리는 이해를 기념하고자 여기에 모였습니다. 지난 오백 년간, 백인들은 마치 우리가 생존을 위해 발견되어져야만 했다는 듯이 우리의 권리를 박탈하려 했습니다. 그러나 그들의 생각대로 되었다면 아마도 우리들은 지금 이곳에 존재할 수 없었을 것입니다. 지난 오백 년은 우리에게 저항의 시간들이었고, 그 시간 동안 믿을 수 없는 수많은 일들이 일어났습니다. 그 시간들이 아직 우리를 뒤따르고 있습니다. 얼마나 많은 언어들과 얼마나 많은 부족들이 사라졌습니까! 어느 날, 나는 어느 부족의 마지막 생존자인 한 여인을 만났습니다. 그때 나는 눈물을 흘리지 않을 수 없었습니다.

아메리카 대륙에 코르테스(스페인의 멕시코 정복자. 유카탄 반도에서 멕시코를 공격해 1521년 아즈텍 왕국을 정복했음)의 병사들이 도착했을 때 비밀 가르침을 안전하게 지키라는 메시지들이 인디언 민족 전체에 전해졌습니다. 그 메시지들은 지켜졌고 마야 인들의 역법에 의해 확인되었습니다.

우리의 조상들은 아메리카 인디언들과 인류 모두를 위해 이 정보를 부활시키고 과거의 잘못들을 고치는 시간이 도래할 것이라고 예언했었습니다. 그리고 이제 그 시간이 우리에게 다가왔습니다. 다른 이들을 지배하려는 마음에서 지난 오백 년간의 잘못이 비롯되었습니다. 이런 지배욕은 오늘날 우리가 처한 환경 파괴의 원인이 되었습니다.

이제 우리는 삼 일을 함께 보낼 것입니다. 그리고 그 기간 동안 불씨가 멈추지 않고 계속해 타오를 것입니다. 불꽃은 우리의 할아 버지입니다. 불은 우리가 겪은 극심한 혼란과 고통 속에서도 우리 모두를 안내해왔습니다.

멀리서 찾아와주셔서 매우 감사합니다. 여러분 모두는 특별한 어떤 것들을 가지고 이곳에 오셨습니다. 그것은 바로 인간애와 생 명에 대한 존엄성입니다."

이제까지 평정을 잃지 않던 인디언 어른들의 얼굴에 감동의 떨 림이 일었다. 디야니의 말이 그들에게 자긍심을 심어준 것 같았다. 그런 감정은 그때 자리에서 일어나고 있던 성스런샛강에게서도 엿 볼 수 있었다. 그는 강인해 보이는 주름진 구릿빛 얼굴에 둥근 테 안경을 쓰고 있었는데, 그것이 전통적으로 인디언들이 가진 매부 리코를 조금 덜 두드러지게 했다. 성스런샛강은 반소매 옷에 청바 지를 입고 커다란 카우보이모자를 쓰고 있었다.

그는 피리 몇 자루를 오른손에 들고 있었는데, 그것은 그가 생계 유지를 위해 직접 만들어 팔기도 하는 것이었다. 그의 목소리는 약 간 쉰 듯했다. 그는 자신의 연설을 녹음하지 않고 영상으로 담지 않는다는 조건 아래, 자신의 얘기가 이번 삼 일간의 수업에 보탬이 될 수 있기를 바란다는 말로 연설을 시작했다.

"몇 세기 동안 우리는 구전으로 배움을 얻어왔으며, 그 가르침은 변하지 않았습니다."

디야니를 향해 그가 말했다.

"당신이 말한 것에 대해서는 몇 권의 책을 쓸 수도 있습니다. 그것에 대한 내 생각들을 확고히 하고 내 부족의 역사를 공부하는 데 나는 육십칠 년의 세월이 걸렸습니다. 우리에게는 지식들을 축적하는 데 수천 개의 길들이 필요했습니다. 그리고 이제 우리는 모여 앉아 별들을 향한 길을 함께 만들어갈 수 있습니다. 우리에게 전해지는 이야기에 따르면 최초의 가르침에는 다섯 개의 불씨가 있었다고 합니다. 현재 우리는 이 다섯 개의 불씨를 하나로 다시 모으고, 인간의 네 종족을 하나로 재통합할 시간이 다가왔음을 깨닫습니다. 그 어떤 것도 우리는 후회하지 않습니다. 이 오백 년 동안의 흐름 속에서 모든 일들이 일어났습니다. 그리고 이러한 일들은 전부 우리 개개인 모두의 성장을 돕기 위한 것이었음을 우리는 알아야 합니다."

다음으로 천둥구름이 일어났다. 어제 그가 도착한 이후로 우리는 그에게 끌리는 것을 느꼈다. 그의 눈은 헤아릴 수 없을 정도로 지혜롭고 어질었으며 겸손했다. 그는 호리호리한 큰 키에 판초를 입고 색색의 리본으로 둘려 있는 둥근 모양의 커다란 모자를 썼는데 단어들을 조금씩 먹어버리는 것처럼 들리는 어렴풋한 음성으로 말했다. 자리에서 일어난 그는 마치 그곳에서 영감을 찾는 듯 하늘을 바라보았다. 흡사 위대한 조언자인 부족의 늙은 현자 같았다. 그가 말하기 시작했다.

"나는 예순다섯 살입니다. 나는 체로키 족이지만 크리 족과 수우 족의 피도 가지고 있습니다. 나의 조상 중 한쪽은 프러시아(유럽 동북부와 중부에 있었던 지방 및 그 지방에 있던 나라로 오늘날 독일의 한 주가 되었음)에서 왔습니다. 나는 언제나 평화를 갈망했습니다. 그러나 또 오랫동안 평화를 잃어버리고 살았습니다. 그러나 지금 나는 평화가 나에게 다가오고 있음을 느낍니다. 우리 모두가 형제로 살아가기 위해, 더 이상 싸움을 하지 않기 위해서는 영적인 배움이 필요합니다. 지상 위의 모든 존재들은 나의 형제자매입니다. 백인들과 흑인들, 동양인들과 동물들도 모두 나의 형제들입니다. 세계가 시작될 때 인간들은 동물들과 함께 잠을 잤습니다. 나는 그것을 잊은 적이 한 번도 없습니다. 그리고 나는 아직도 동물들과 이야기를 할 수 있습니다. 말이 아닌 생각을 통해서.

여러분은 자연과 하나가 될 수 있습니다. 강가나 폭포로 가서 명상을 하십시오. 물을 바라보십시오. 깨달음을 원한다면 그것에 대해 물에게 말하십시오. 그러면 물이 여러분을 도울 것입니다. 이것은 상당히 효과적인 방법입니다. 또한 여러분은 빛에 둘러싸일 수 있습니다. 그 빛은 여러분의 영이 필요로 하는 것을 할 수 있도록 여러분에게 허락된 진정한 힘의 방패입니다. 불행이 존재하는 세계 안 모든 곳에 여러분은 빛을 일으킬 수 있습니다. 영을 부르십시오. 영적 존재를 믿는 사람들이 충분하지 않기 때문에 현재는 그것을 잘 느낄 수 없지만 말입니다.

어떤 이들은 우리들 모두가 별에서 왔으며 죽음 뒤 다시 지상으로 돌아온다는 것에 동의합니다. 더 나은 삶을 창조하는 것을 돕기 위해 몇천 번의 삶을 되살아야 한다고 하더라도. 나 역시 이 별에 자주 돌아왔었습니다. 그러나 이곳에 너무 많은 부정적 에너지들이 있어 쉽지 않았습니다. 나는 가끔씩 나 자신이 이 세계에 속하지 않는 것 같다는 느낌을 받습니다. 이곳은 나의 왕국이 아닙니다. 서양에서는 윤회를 믿지 않지만 윤회는 존재합니다. 세 살 반의 어린 영국 여자아이가 어느 날 엄마에게 나를 만나게 해달라고 졸랐습니다. 아이의 간곡한 부탁에 결국 엄마는 허락했습니다. 그 어린아이는 나를 보자마자 몸을 떨기 시작했습니다. 그러고는 큰 소리로 이렇게 외쳤습니다. '나는 인디언이에요!' 말을 마친 아이는 눈물을 떨구었습니다. 그때 나는 나에게 말하는 하나의 목소리를 들었습니다. '사실이다. 그녀는 인디언이다.' 당시 아이의 엄마는 심하게 화를 냈습니다. 나는 그녀에게 아이의 혈통을 알아보라고 말했습니다. 얼마 후 다시 나를 찾아온 아이의 엄마는 남편의 조상 중에 체로키 사람이 있었다는 것을 알아냈다고 말했습니다."

나는 추장과 청중들을 바라보았다. 많은 시선들 안에 눈물이 어려 있었다. 천둥구름이 방금 한 말과 그의 연설 방식에 감동한 것이 분명했다. 그에게는 말로 설명할 수 없는 어떤 순결함과 선함, 그리고 우리가 특별한 순간을 맞이하고 있다는 느낌을 갖지 않을 수 없는 어린아이 같은 미소가 있었다.

이어서 일곱마리매가 부드러운 회오리바람을 일으키며 자리에서 일어났다. 그는 마이크를 치우며 그것이 필요하지 않다는 말로 연설을 시작했다. 그의 목소리는 놀라울 정도로 크게 울렸다. 그는 몸집이 컸다. 회색 수염으로 뒤덮인 그의 강인한 얼굴 위에는 생전 처음 보는 커다란 모자가 씌워져 있었다. 우렁찬 목소리로 그가 말했다.

"나는 아파치 족입니다. 나는 말하는 것을 별로 좋아하지 않습니다. 그러나 내 삶에 단 한 가지 목적만이 있다는 것을 이야기하고자 합니다. 그것은 내가 할 수 있는 모든 곳에 인간애를 전하는 것입니다. 나의 조상들은 가르침을 통해 내가 그것을 이루는 가장 좋은 방법이 바로 자신의 에고를 사라지게 하는 것이라고 말합니다."

그는 그 짧은 연설을 멋진 웃음과 함께 마쳤다.

새벽별의 목소리는 일곱마리매의 목소리에 비견할 정도로 컸다. 가죽옷을 입은 큰 키의 그녀는 손가락에 많은 반지들을 끼고 있었고, 목에는 여러 개의 목걸이들을 걸치고 있었다. 그녀는 인디언들의 세계에서는 이상하게 보이는 긴 금발 머리를 가지고 있었는데, 이 점에 대해 그녀는 다음과 같이 설명했다.

"나는 사람들이 흔히 '무지개 족'이라고 부르는 종족입니다. 나는 혼혈아이지만, 점점 더 인디언의 길에 매혹됩니다. 사람들이 나에게 지어준 '바람위를걷는자'라는 별명이 무엇을 의미하는지 나는 이제 막 이해하기 시작했습니다. 그것은 내가 춤과 노래를 통해 평화의 거대한 나무를 지키는 부름을 받았다는 것입니다.

백인의 방식으로 자란 나는 인간들의 부정에 대해 알았고, 파괴만을 일삼는 이 사회에 어릴 적부터 큰 분노를 느꼈습니다. 그런 내가 용서를 배우는 것은 매우 힘든 일이었지만, 신의 도움으로 이제 나는 분노의 감정이 사랑의 에너지로 변할 수 있다는 것을 알았습니다."

처음부터 라셀과 나는 지금 자신을 소개하고 있는 여인에게 깊은 인상을 받았었다. 크고 육중하고 강한 그녀는 같은 인종의 사람들보다 더 짙은 색의 얼굴을 하고 있었다. 그녀는 체로키 족 출신이었다. 우리는 곧 그녀가 전사라는 것을 알 수 있었다. 그녀가 깊은 목소리로 말했다.

"나는 이것을 잊은 적이 한 번도 없습니다. 이곳 버몬트를 포함해 아메리카 대륙 위에는 어디에나 인디언들이 있었습니다. 그렇습니다. 이 대륙은 우리의 것이었습니다. 지금의 크고 작은 강들과 산, 마을의 이름들이 그것을 증명하고 있습니다.

현재 나는 나를 아프게 하는 다른 인디언들을 만나기 위해 미국을 횡단하는 여행을 하고 있습니다. 모든 곳에서, 서에서 동에 이르기까지, 북에서 남에 이르기까지 그들은 유럽 인의 침략 때문에 자신들의 땅을 잃고 말았습니다. 어떤 종족들은 아직 살아 있는 데도 불구하고 역사가들에 의해 사라져버렸다고 알려지기도 했습니다. 우리 모두는 최후의 과제를 가지고 있습니다. 그것은 이 땅에서 살고 있던 종족들을 잊지 말아야 한다는 것입니다."

그다음엔 생기 있는 얼굴에 머리를 길게 땋아 내린 작은 여성이 앞으로 나갔다. 그녀는 라셀을 알지 못했지만 어제저녁 우리를 보자마자 라셀에게 다가와 두 팔로 껴안으며 이렇게 말했었다. "우린 자매예요." 뉴멕시코에서 온 그녀는 아파치 족으로 이름이 엔리케타였다. 그녀가 말했다.

"이곳에 있어 나는 행복합니다. 동시에 나는 여기 있는 우리 모두에게 커다란 책임이 있다고 느낍니다. 이 나라에서 처음으로 살기 시작한 우리는 인간들을 돕고 우리의 경험을 그들과 함께 나누며 우리 어머니 대지와 물, 공기, 식물들을 지켜야 하니까요. 우리는 더 이상 권리만을 이야기할 수가 없습니다. 이제 우리가 이야기해야 할 것은 인간애와 지구에 관한 것뿐입니다."

십 대 소녀 한 명이 맞장구를 치며 끼어들었다.

"맞아요, 이제껏 대지는 한 번도 이렇게까지 위협받은 적이 없었습니다. 그래서 우린 여러분의 도움이 필요합니다."

소녀는 아베나키 족 출신이었다. 그녀는 몸을 움직일 수 없다는 할머니의 이름을 말하며 그녀가 자신에게 증언하러 가길 부탁했다고 덧붙였다. 그녀가 이야기를 시작했다.

"어렸을 때, 나의 할아버지는 챔플레인 호수(미국 버몬트 주 벌링턴에 위치한 호수로, 말과 용을 합친 듯한 모습의 괴물이 나타나는 곳으로 유명함)에 나를 데리고 가곤 했습니다. 할아버지는 손으로 물을 떠올려 나에게 물이 얼마나 맑은지를 보여주었습니다. 또한 경외감을 가지고 풀 위를 걸으며 나무와 새들의 소리를 들을 수 있게 해주었습니다. 할아버지는 특히 조상들이 제사를 지냈었고 또 그들의 육신을 묻은 신성한 장소로 나를 데리고 갔습니다. 그런데 언젠가부터 그 장소들이 유린되었습니다. 우리에게 그것은 커다란 고통이 되고 있습니다. 나는 여러분 모두에게 이것을 깨닫고 우리가 그 자리들과 그곳에 갇혀버린 에너지를 보존할 수 있도록 도와달라고 간청합니다. 우리를 도와주십시오. 우리가 맑은 물을 보존할 수 있도록 도와주십시오. 물은 치유의 힘을 지니고 있습니다. 그런데 지금 물이 울부짖고 있습니다. 사람들이 물 안에 쏟아부은 각종 오염물질들 때문에 고통스러워합니다. 잘려진 나무들 역시 고통스러워합니다. 집을 지어야 한다는 것을 나는 잘 알고 있습니다. 하지만 신성한 지역들 위의 나무들은 존중되어야 합니다. 우리는 한계에 다다랐습니다. 버몬트의 주도인 몬트필리어에는 본래의 자리에서 약탈된 백여 개의 관들이 있습니다. 우리의 조상들은 그곳으로 다시 돌아가기를 원합니다. 우리를 도와주십시오! 그리고 마음을 열고 식물들과 동물들이 여러분에게 이야기하는 것을 들어주십시오."

"맞습니다!"

등까지 내려오는 검고 긴 머리카락에 힘이 무척이나 세 보이는 한 남자가 끼어들었다.

"나는 블랙푸트 족에 속합니다. 나는 지구가 나를 사랑한다는 것을 알고 있습니다. 날아와 노래하는 새들의 소리를 들어보십시오. 새는 인종차별주의자가 아닙니다. 새들에게는 흑인이나 백인이나 혹은 홍인종들이나 모두 같은 사람들일 뿐입니다. 이 외에 내가 알고 있는 또 한 가지의 것은 인간을 구하기 전에 먼저 나무들과 물을 구해야 한다는 것입니다."

그 순간 감정이 고조되었다. 조 워싱턴이 이야기를 하기 위해 자리에서 일어났다. 그의 이름은 워싱턴 정부가 도착과 함께 그에게 준 것이었다. 그는 우리와 삼 일을 함께하기 위해 아메리카 대륙을 건너왔다. 자리에서 일어난 그는 마이크가 있는 곳까지 부축해 데리고 와야 할 것처럼 아주 늙어 보였다. 그러나 자리에 앉자마자 그는 웃음을 터트렸다. 이어 하나의 반향처럼 마이크가 넘겨졌고 새 한 마리가 날아갔으며 중앙에 피워놓은 불씨에서 불꽃 다발이 터져 나왔다. 그는 수놓은 붉은색 셔츠를 입고 소나무가 촘촘히 박힌 큰 밤색 모자를 쓰고 있었는데 그 위로 두 개의 깃털이 솟아 올라와 있었다. 거의 원에 가까운 둥근 얼굴에서는 두 눈이 장난기로 반짝이고 있었다. 사람들이 그에게 북을 가져다주자 그는 점점 더 빨라지는 리듬으로 북을 쳤다. 이어 그는 인디언들의 영토 위에 일관성 없이 세워진 댐들과 그로 인해 야기된 물의 불행에 대해 말하기 시작했다. 물은 자유로운 존재로 창조되었으며, 지상에 영적인 치유제를 가져오는 천사들이다. 그가 다음과 같이 말을 맺었기 때문에 일시적으로 사람들은 그가 곧 말을 마칠 것이라고 생각했다. "사랑하는 여러분, 인내심을 가지고 나처럼 늙은 사람의 말을 들어주어 고맙습니다." 그러고는 일어나는가 싶더니 이내 다시 의자 위에 주저앉으며 매우 아름다운 이야기를 하기 시작했다. 그가 가진 여유로움은 우리에게 깊은 인상을 심어주었다. 그는 마치 천사들과 이야기를 나누고 새로운 세상에 대해 끊임없이 탐구하는 사람 같았다. 그가 말했다.

"어린 시절, 할머니께서는 내게, 부족한 점을 채우기 위해서는 위대한 영에게 기도하라고 늘 말씀하셨습니다."

아무런 감정의 변화 없이, 그는 너무도 자연스럽게 자신이 가진 치유 능력을 어떻게 알게 되었는가에 대해 이야기했다.

"어느 날, 모호크 인들이 나를 찾아왔습니다. 그들에게 인도되어 어느 집 안으로 들어간 나는 테이블 위에 누워 있는 남자 한 명을 보았습니다. 그는 목이 부러져 있었습니다. 사람들은 그가 오래전부터 이런 상태로 있었으며 아무도 그를 깨울 수 없다고 말했습니다. 나는 하늘을 향해 두 팔을 들어 올리고 기도하기 시작했습니다. 어떤 알 수 없는 힘이 내 몸을 흔들었습니다. 그때 내가 외운 기도문은 이렇습니다. (그가 인디언 언어로 몇몇 단어들을 말했다. 그러나 그 말을 이해하는 사람은 그 혼자인 듯했다.) 이 기도문은 하늘에서 내린, 신이 직접 전해준 기도문이었습니다.

나는 내가 그 남자를 위해 무엇인가를 할 수 있을 것이라고는 생각지도 못했었습니다. 그래서 나는 계속해서 기도를 했습니다. 지상 위의 모든 나무들을 심고 우리에게 양식을 주며 인간들 모두를, 우리 모두를 창조한 위대한 영을 불렀습니다. 기도를 끝내자 남자가 눈을 떴습니다. 그는 더듬거리며 나에게 '누구십니까?' 하고 물었습니다. 그의 목소리는 마치 올빼미의 울음소리처럼 들렸습니다. 그때 나는 그가 나았다는 것을 알았습니다. 사람들은 나에게 그가 팔 년 전부터 혼수상태에 빠져 있었으며, 그를 위해 무언가를 할 수 있는 사람은 그동안 아무도 없었다고 말했습니다. 이것이 내가 치료사가 된 내력입니다. 당시 나는 일흔 살이었습니다. 그 이후로 많은 사람들이 나에게 이렇게 말하곤 했습니다. '조 워싱턴, 당신이 나에게 빛을 가져다주었습니다.' 그러면 그때마다 나는 이렇게 대답합니다. '내가요?' 나는 그것이 나의 빛이 아니라 위대한 영의 것임을 너무도 잘 알고 있습니다."

원 안에서 책상다리를 한 채 우리는 이미 세 시간 가까이 앉아 있었다. 두 마리의 새가 기둥 위로 지나갔다. 새들은 목청껏 계속해서 노래를 불렀고, 태양은 무게를 더하기 시작했다. 바로 어제까지도 우리는 걱정을 했었다. 일주일 전부터 비가 줄곧 내렸기 때문이다. 우리는 디야니에게 폭우가 멈추지 않는다면 어떻게 할 것인지 물었었다. 그때 그녀는 우리에게 이렇게 대답했었다.

"걱정하지 마십시오. 어제 추장들이 도착한 다음 우리는 삼 일간 날씨가 좋게 해달라고 기도했었습니다. 우리에게 태양이 약속되어 있습니다."

우연의 일치였을까? 정말 삼 일 동안 눈부신 날들이 계속된 것이다. 그러고는 바로 그다음 날부터 다시 비가 내리기 시작했다.

청중들이 흩어지는 사이에 우리는 성스런샛강과 마주쳤다. 그는 디야니 다음에 연설을 했던 추장으로 그 어떤 인디언보다도 자연과 더 가까워 보이는 사람이었다. 우리는 그에게 잠시 동안 우리와 함께 이야기할 시간을 내달라고 부탁했다. 그런데 그의 눈빛에 어리는 불신의 감정을 읽고 깜짝 놀랐다. 그는 망설이다가 잠시 후 이렇게 말하며 우리와 이야기를 나누기로 마음을 정했다.

"녹음기를 사용하지 않는다는 조건하에서요. 한 가지 더, 나는 사진 촬영도 원하지 않습니다."

우리는 그에게 먼저 그가 아침 내내 손에서 놓고 있지 않던 매우 아름다운 피리에 대해 말해달라고 청했다. 그가 입을 열었다.

"내가 이 피리를 만들었습니다. 나는 피리를 작게도 크게도 만듭니다. 피리 만드는 일은 중요한 일입니다. 당신들도 알고 있듯이 동쪽 해안에서 우리는 백인들과 오백 년 동안 함께 살았습니다. 살면서 우리는 많든 적든 백인들의 존재 방식을 받아들였습니다. 현재 우리는 우리의 전통을 잊어가고 있습니다. 이런 시기에 피리는 우리의 기억을 되살아나게 하는 역할을 합니다.

창조주가 인간에게 준 놀라운 선물들 중 음악이 가장 아름답습니다. 피리 소리는 우리에게 심연 속으로 가라앉을 수 있게 합니다. 또한 인간의 신체 구조와 잘 조화를 이룹니다. 우리 모두는 소리의 힘에 경외심을 가져야 합니다. 우리는 음악을 치유에 쓰거나 좋은 일을 하는 데 사용할 수 있습니다. 믿으실지 모르겠지만 이 악기에 관한 한 나는 한 번도 악평을 받은 적이 없었습니다. 요즘 와서 안 일이지만, 내 피리들은 프랑스의 박물관에도 소장되어 있습니다."

그는 이제 남은 치아가 없었지만 그렇다고 해서 웃을 수 없는 것은 아니었다. 그의 눈빛은 여전히 장난꾸러기 아이와 다름없었다. 그러나 우리는 그 뒤에 숨은 근엄함을 느낄 수 있었다. 그는 마치 아이들에게 이야기를 들려주듯이 우리에게 말했다.

"나는 우리가 경험을 통해 깨달은 것들을 모두의 이익을 위해 사용한다는 조건하에 당신들과 나누고 싶습니다. 하지만 또 이런 가르침은 알려지지 말아야 할 수도 있습니다. 위험할 수도 있으니까요. 마르틴 루터(독일의 종교개혁자이자 신학자. 교황의 면죄부 판매에 저항했으며 이는 종교개혁의 발단이 되었다)를 한번 생각해보십시오. 그 시대에 그는 교회를 세우는 것을 현실화할 수 있었지만, 내적 성장에 관한 일을 하는 대신 외부에 자신의 관심을 묶어버렸습니다. 결과적으로 그는 심한 이중성을 띠게 되었습니다."

그렇게 말하고 나서 그는 큰 소리로 웃었다. 그는 예상치 못했던 예를 들어 우리를 당황하게 하는 것을 즐기고 있었다. 라셀이 그에게 아메리카 인디언들이 서양 세계에 무엇을 가져다줄 수 있는가를 묻자 그는 다시 진지해졌다. 그가 말했다.

"우리는 대지를 지키는 사람들입니다. 그런데 우리가 우리의 이 과업을 잊는다면, 혹은 당신들이 우리의 말에 귀 기울이는 것을 거절한다면, 지구는 벼룩을 떨어뜨리기 위해 몸을 흔드는 개처럼 크게 뒤흔들릴 위험에 처할 수 있습니다. 그때는 벼룩들이 바로 인간들이 될 것입니다. 지구는 인내심을 가지고 한숨을 쉬며 기다렸습니다. 인간들이 지구를 더럽히고 오염시켜 그 모습을 계속해서 흉하게 한다면, 언젠가 지구는 인간들을 몰아낼 것입니다. 거기서는 살아남는 자도 드물 것입니다. 현명한 선택을 했던 자들만이 거기서 벗어날 것이며, 그들은 우리의 어머니인 지구를 존중하는 일과 풍요로움을 함께 나누는 일을 배우게 될 것입니다.

이것은 내가 얻은 교훈이 아닙니다. 만약 당신들이 집착을 버리지 않고 계속해서 물질을 숭배한다면, 결국 물질은 당신들을 먹어치워 버릴 것입니다. 동굴 속 생활로 되돌아가야 한다고 말하는 것이 아닙니다. 우리는 적정 분량의 과학기술을 받아들일 수 있습니다. 하지만 그 과학기술은 영성 안에 포함되어야 합니다. 나는 지금 이 말을 나의 이름 성스런샛강만이 아니라 나의 모든 형제 인디언들의 이름으로 하는 것입니다."

우리는 그에게 질문을 할 필요가 거의 없었다. 그만큼 그는 우리가 말하고 싶어 하는 것을 정확하게 알고 있었고, 그가 가진 명석함과 투명함은 매우 인상적인 것이었다. 그가 말을 이었다.

"시간이 되었습니다. 자신이 책임져야 할 것이 무엇인지 알아야 할 시간 말입니다. 우리의 신체를 한번 바라보십시오. 경이롭지 않습니까? 이 몸을 어떻게 사용해야 하는지 우리는 알아야 합니다. 과도하게 일을 시키면 몸은 지칠 것입니다. 일이 충분치 않으면 몸은 녹슬고 맙니다. 책임은 균형을 찾는 것입니다. 나는 나를 돌볼 줄 알아야 합니다. 모르는 것이 있다면 그것에 대해 알고 있는 사람에게 조언을 구할 수 있습니다. 다른 어떤 사람이 내 자리에서 그것을 해야만 하는 것이 아니라 그에게서 내가 해야만 하는 것을 배울 수 있습니다. 우리는 우리의 몸에 스스로를 치유할 수 있는 가능성을 남겨주어야만 합니다. 몸이 아프더라도 많은 사람들은 돈을 벌기 위해 일을 하러 갑니다. 그리고 자신을 위한다며 너무 독하고 몸의 다른 부분을 공격하는 약을 복용합니다. 그것보다는 오히려 쉬는 것이 더 좋습니다.

누군가가 당신들에게 따라오라고 말을 하면, 당신들은 그가 어디로 가는지 알아야 합니다. 예전에 부락 안에서, 사람들은 누구나 언제든 적당한 장소에서 적합한 사람들을 찾을 수 있었습니다. 추장은 지도를 하고, 치료사는 사람들에게 몸을 돌보는 방법을 가르쳐주었으며, 전사들은 종족을 보호했습니다. 또한 식량을 찾을 줄 아는 이들이 있었고, 종족의 역사에 대한 지식을 가지고 있는 이들이 있었으며, 밤새워 이야기를 할 수 있는 이들도 있었습니다. 그들 모두는 자신의 역할을 가지고 있었고 그렇게 그 당시에는 모든 것들이 균형을 이루고 있었습니다. 이런 것들이 바로 우리가 되돌아가야 할 것들입니다."

스스로 가진 지식에 대해 성스런샛강은 더 오래도록 말할 수 있었다. 그러나 사람들이 그에게 점심을 먹으러 오라고 불렀다. 떠나면서 그가 이렇게 덧붙여 말했다.

"당신들이 내 입을 열었습니다. 다시 말하지만, 내가 당신들에게 해줄 수 있는 것은 아무것도 없습니다. 그것을 할 수 있는 사람은 바로 당신 자신들밖에는 없습니다."

아직 어렸을 때 나는 부싯돌만 소지한 채 숲 속에 홀로 남겨진 적이 있다.
나에게는 덮을 담요조차 없었다. 이를 통해 나는 혼자 해결하는 법을 배웠다.
그 일은 내가 가진 영성을 보다 잘 이해하도록 많은 도움을 주었다.
우리는 낮 동안 두려움을 쳐다볼 수 없지만 밤이 되면 두려움이 분명해진다.
나는 인생의 초창기에 자연 속에서 살아가는 법과 비밀스런 자연의 맥박을 배웠다.

보이지 않는 것을 보는 사람들

북적대는 사람들과 웃음, 약간 엄숙했던 연설들이 지나간 뒤 우리는 침묵의 숲에 던져졌다. 우리는 평화의 마을에서 이삼 킬로미터 떨어진 곳에 있는 디야니의 집에 있었다. 그곳은 말들에게 풀을 먹이는 목장이 내려다보이는 나지막한 언덕 경사면에 있었다. 지난번 벨기에에서 만났을 때 그녀는 우리를 자신의 집으로 초대하면서, 그때에는 우리에게 많은 시간을 할애해주겠다고 약속했었다. 그녀가 늦는 관계로 우리는 제단 앞에 놓인 소파 위에 앉았다.

그녀의 도우미들은 디야니가 거주하는 집의 거의 모든 방에 제단이 있다고 알려주었다. 그것은 단순히 남들에게 보이기 위한 겉치레나 정신세계 분야에서 당시 유행하던 것을 따른 게 아니었다.

왜냐하면 체로키 족에게 있어 제단은 우주 전체를 재현하는 하나의 작은 상징이기 때문이다.

우리가 혼자 있는 것을 보고 비서인 마사가 말동무를 해주기 위해 우리에게 다가왔다.

그녀가 말했다.

"제단 위에 우리는 지구를 구성하는 모든 원소들을 올려놓았습니다. 지구는 우리의 어머니이니까요. 먼저 불을 살펴볼까요? 불은 생명력에 활기를 불어넣어줍니다. 초는 불의 상징입니다. 여기 있는 향은 쑥과 삼나무 가루를 혼합해 우리가 직접 만든 것입니다. 쑥은 남성적 요소와 관련된 반면 삼나무는 중성적 성격을 지닙니다. 이 가루가 타면서 나는 연기는 우리를 완전히 둘러싸면서 몸을 정화시키고 영기를 치료해줍니다. 또한 고정관념을 버리는 데 도움을 주며 집중력을 키워줍니다.

이제 물을 돌아보기로 하지요. 물은 매우 중요한 원소입니다. 지구와 우리 몸의 칠십 퍼센트를 구성하고 있는 것이 바로 물이기 때문입니다. 물은 움직임과 용서를 의미합니다. 물 옆에 놓인 소금은 탈수 원소로 지식의 범람을 방해해 사라지게 합니다. 그 외에 우리는 옥수수 가루를 올려놓았습니다. 인디언들에게 있어 옥수수는 풍요를 상징합니다. 크리스털이 없는 제단이란 존재하지 않을 정도로 크리스털은 매우 중요합니다. 디야니는 크리스털이 견고한 빛이기 때문에 영이 크리스털과 함께 소용돌이 안에 머문다고 말했습니다. 크리스털은 생각을 가속화하고 보강해줍니다. 또한 생각들을 저장하기도 합니다.

체로키의 전통과 티베트 불교 사이에는 공통된 점이 있습니다. 이런 관계는 제단 위에 놓인 쌀 몇 알갱이들과 복부의 표현인 방울로 상징화됩니다. 복부는 비어 있지만 그것을 통해 생명이 창조됩니다.

집에 제단을 세울 때는 매우 조심해야 합니다. 크리스털이 가진 힘은 매우 강합니다. 사용하지 않을 시에는 리넨 천으로 가려야 할 만큼 강합니다."

방으로 들어온 디야니는 제단 앞에서 몸을 굽힌 후 자리에 앉았다. 매우 자연스럽게 우리는 잠시 침묵을 지켰다. 그러자 매우 부드러운 친밀감이 우리들 사이에 자리를 잡았다. 디야니에게선 아침나절 신성한 정자 아래서 보았던 여사제의 모습을 더 이상 찾아볼 수 없었다. 우리는 바지 차림에 머리를 걷어 올린 젊고 현대적인 여성을 앞에 두고 있었다. 그녀가 눈을 떴다. 그러고는 미소 지으며 꿈꾸듯 말하기 시작했다.

"몇 년 전 처음 우리가 만났을 때 특별한 일이 일어났습니다. 나는 다른 생에서 나와 함께 행복한 시간들을 보냈던 부모님을 보고 있는 것 같은 느낌이 들었습니다. 그때부터 당신들이 하는 말은 내 마음에 와 닿았습니다. 또한 당신들이 내가 하는 일에 많은 도움을 줄 것이며, 그 기회가 나에게 온 것이라고 느꼈습니다. 별로 놀라운 일은 아닙니다. 인간에게 있어 좋은 관계는 가장 중요한 조건입니다. 나와 당신들이 만났을 때 우리는 서로의 내면에서 빛나고 있는 신의 빛을 발견했습니다. 이때 문들이 열리는 것입니다."

라셀과 나는 그 말에 깊은 감명을 받았다. 우리는 그런 식의 이야기에 익숙해질 필요가 있었다. 디야니와 함께 우리에게 익숙한 세계와는 다른 가치들을 지니고 있는 세계 속으로 단숨에 파고 들어갈 수 있기 때문이었다. 믿을 수 없는 것은 그 세계가 매우 구체적인 현실과 지속적인 왕래를 한다는 것이었다. 확실한 것은 우리가 활동적인 여성이자 실천가이고 신비주의자인 동시에 샤먼이기도 한 여성을 눈앞에 두고 있다는 것이었다. 그녀는 믿기지 않을 만큼 자연스러운 방법으로 자신의 경험들을 이야기했다. 확실히 그녀는 보편적인 존재 너머에 있는 사람이었다.

다시 침묵이 감돌았다. 그 침묵의 끝에서 우리는 지상으로 다시 내려가기 위해 디야니에게 부모님에 대해 이야기해달라고 말했다. 그렇게 해서 그녀의 이야기가 시작되었다.

"나의 어머니의 이름은 조이스 브라운이고 아버지의 이름은 윌리엄 C. 피셔입니다. 아버지는 미국 항공사에서 젊은 조종사들을 양성하는 연대장으로 일하셨습니다. 친할아버지는 체로키와 크리크 족 피를 물려받았는데, 약간의 독일계 혈통도 지니고 있었습니다. 박해를 당한 독일의 신비 종파 회원이었던 많은 '모라비아 형제단(교황의 면죄부 판매와 성직자들의 부패를 공격하며, 교회의 머리가 교황이 아니고 예수 그리스도이며 오직 예수를 믿음으로써만 구원에 이를 수 있다고 주장한 모라비아 지방의 복음주의자들. 교황은 그들을 이단으로 몰아 화형에 처했다)'이 미국으로 망명한 후 원주민들과 결혼을 했기 때문에 독일 인과의 혼혈이 인디언들에게 종종 일어났습니다. 그들은 신인류를 창조하고자 했습니다.

어렸을 때 사람들을 바라보면 나는 그들의 마음을 알 수 있었습니다. 아무리 미소를 짓고 있어도 그들이 불행하다는 것을 느낄 수 있었습니다. 그들은 자주 어떤 것에 대해 말했지만 실제 느끼는 것은 다른 것들이었고, 나는 늘 그것을 확인하고는 놀라움을 금치 못했습니다. 지구상에서 나는 언제나 내가 방문자라고 느꼈습니다. 내 몸은 지상에 있었지만 영은 늘 다른 곳에 있었습니다. 나는 나의 진정한 집이 하늘에 있다는 것을 알고 있었습니다.

그 무렵 나는 어림잡아 두 살 정도였습니다. 이제 막 걷기 시작하고 있었습니다. 종종 내가 슬픔에 빠지는 것을 보고 그때마다 나의 조부모께서는 용기를 북돋아주었습니다. 그들은 내게 말했습니다. '그래, 너는 하늘에서의 의식을 간직하고 있구나. 그러나 너는 지금 이곳에 있단다. 그것을 받아들여야 해. 이건 매우 중요한 일이란다.' 그들은 나를 이해해주고 지켜주었습니다. 그들의 영혼은 한없이 크고 순수했습니다. 나는 지상에 머물러야 한다면 그들과 같은 존재가 되고 싶었습니다. 내가 닮고 싶었던 것은 부모님이 아니라 조부모님이었습니다. 나에게는 부모님이 피상적으로 보였기 때문입니다. 부모님은 자신들의 전통을 잃어버리고 백인들의 세계에 완벽하게 동화되었습니다. 사람들은 나에게 외조부모님이 시골 사람들일 뿐이라고 말했지만, 나는 그들을 존경할 수밖에 없었습니다. 그들은 말을 행동으로 옮길 줄 아는 사람들이었습니다. 할머니는 뉴욕에 집을 한 채 가지고 계셨고 그래서 뉴욕에 종종 오시곤 했습니다. 할머니는 자신이 가진 매력을 언제나 잃지 않았습니다. 신발을 신었지만 늘 숲 속을 걷는 여성처럼 거리를 걸으셨습니다. 그녀는 나의 모델이었습니다. 할머니는 나에게 한 번도 거짓말을 한 적이 없었습니다.

할머니는 내가 열 살 때 돌아가셨고 별이 되었습니다. 할아버지는 내가 열여섯 살 때 돌아가셨습니다. 그러나 그분들은 내 마음속에 살아 계십니다. 나에게 말을 건네고 계속해서 나를 안내합니다. 그분들은 내 안에 씨앗을 남겨주었습니다. 할머니는 언제나 집으로 사람들을 데려와서 점심 식사를 대접하곤 했습니다. 그들은 대부분 모르는 사람들이었습니다. 왜 그러느냐고 할머니에게 이유를 물으면, 할머니께서는 우리에게 이렇게 대답하셨습니다. '우리에겐 먹을 것이 충분하지 않니?' 이런 방법으로 할머니는 우주의 풍요로움과 자비가 가진 힘을 우리가 기억할 수 있게 해주었습니다.

나의 증조할아버지는 백이십칠 세까지 사셨습니다. 그때까지도 건강한 치아와 검은 머리카락을 가지고 있었습니다. 어느 날 밤 그분은 주변 사람들에게 자신의 '약재'를 건네주었습니다. 그리고 잠이 드셨습니다.

나는 부모님보다 조부모님과 더 많은 시간을 보냈습니다. 인디언들의 전통에서는 매우 흔한 일입니다. 유럽식 법률 시스템이 수입될 때까지 우리는 모계사회였습니다. 이것은 아이들과 집, 그리고 영토에 대한 권한이 어머니에게 있었다는 것을 뜻합니다. 외삼촌과 이모는 남녀 아이들의 교육을 담당하는 중요한 역할을 했습니다.

내가 태어나자 조부모님은 나에게 지구에 관한 비밀을 이야기해 줄 의무감을 느꼈다고 합니다. 주변 사람들도 나를 다른 아이들과 같이 대하지 않았습니다. 내가 아주 어렸을 때 할머니는 꿈을 하나

꾸었습니다. 인디언처럼 검고 긴 머리를 가진 남자가 바다를 건너 오는 꿈이었는데, 사실 그는 인디언이 아니었습니다. 그는 할머니 에게 내가 티베트 인들과 해야 할 일이 있으며 지구와 생명 가진 존재들에게 도움을 주기 위해 전 세계를 여행하게 될 것이라고 말 했다고 합니다. 할머니는 티베트 인들이 바다 건너편 산에 사는 인 디언들이라고만 생각하셨습니다.

우리는 우리의 혈통에서 큰 중요성을 느끼고 그것에 많은 애착 을 가집니다. 나는 체로키 부족의 한 지파에 속합니다. 우리 지파 사람들은 체로키 부족이 동쪽으로 강제 이주당할 때 함께 떠나기 를 거부했습니다. 몇 세대 동안 나의 조상들은 애팔래치아 산맥 속 에 숨어 지내야 했습니다.

전통적으로 아메리카 인디언들은 아이들을 있는 그대로 존중합 니다. 남녀 차별이란 우리에게 없습니다. 아이들은 자신들이 배우 고 싶어 하는 것을 배웁니다. 열 살 혹은 열두 살까지 여자아이들 은 남자아이들과 같은 것을 배웁니다. 기도에 관계된 것들과 약초 에 관한 지식, 가능한 한 훌륭한 인간이 되기 위해 해야 할 것들, 자신들이 속한 지파와 부족을 존중하는 법 등입니다. 대략 열 살이 되었을 때부터 아이들은 희망에 따라 배우고 싶은 것들에 관련된 교육을 받습니다. 예술적 재능이 있는 남녀 아이들은 최고의 예술 가들에게 예술에 대해 가르쳐달라고 청합니다. 신비로운 영혼을 소유한 아이들은 많은 시간을 사제들과 함께 보냅니다. 이때 남자 아이들은 남자 사제에게 배우고 여자아이들은 여자 사제에게 가르 침을 받습니다. 그들은 내면의 삶을 준비하는 법과 모두의 이익을 위해서는 어떤 의식을 치르는가에 대해 배우기 시작합니다. 사냥꾼이 되고 싶어 하는 아이들은 최고의 사냥 학교에 가게 됩니다.

물론 여자아이들도 남자들과 마찬가지로 사냥을 할 수 있습니다. 체로키 부족의 여인들 중에는 사냥을 좋아하며 사냥에 재능을 가진 여성들이 있습니다. 우리는 모두가 평등하게 살아갑니다. 아이들 모두는 위대한 추장이 될 수 있으며, 치료사나 예술인도 될 수 있습니다.

위대한 추장들 중에는 여성들도 많았습니다. 체로키 족 영토에 도착한 데 소토(스페인의 탐험가. 정복자들 가운데 남북 아메리카 양쪽에서 활약한 유일한 인물로, 그의 발견으로 인해 신세계의 지리에 대해 그때까지 사람들이 알고 있던 지식을 크게 늘릴 수 있었음)의 병사들에게 그것은 커다란 충격이었습니다. 그들은 그러한 여성들 중 한 명을 납치하기까지 했습니다. 인디언 전사들 모두는 그를 향해 돌진했습니다. 그래서 그들은 결국 그 여인을 되돌려주어야 했습니다. 스페인 사람들은 한 명의 여성이 그렇게까지 중요할 수 있다는 것을 상상할 수도 없었을 겁니다. 미국 워싱턴에 있는 원형 건물의 천장에는 그 납치 사건이 그림으로 그려져 있습니다.

우리 부족의 법에는 아이를 때리는 것이 전적으로 금지되어 있습니다. 아무리 나쁜 일을 저지른 아이라 해도 우리는 체벌을 가하지 않습니다. 그 대신 잘못을 저지른 아이에게 이렇게 말합니다. '그렇게 행동하는 것은 옳지 않아.' 아이가 무척 심각한 잘못을 한 경우에는 부족 사람들 사이에 아이가 눈에 보이지 않는 것처럼 모른 체하자는 동의가 이루어집니다. 그러면 어린이는 매우 빨리 깨닮습니다. 놀라운 점은 지배 문화의 속박하에 많은 해를 보내고 난 지금도 이런 방식들이 널리 존중되고 있다는 점입니다.

나에게는 나보다 훨씬 어린 남동생 두 명이 있습니다. 한 명은 서른 살이고 다른 한 명은 스무 살입니다. 형제 중 가장 어린 동생은 내 딸보다도 어립니다. 동생들이 어렸을 때는 서로를 참지 못해 모든 것을 부숴버리곤 했었습니다. 동생들에게 더 이상 아무것도 할 수 없었던 나는 어느 날 아버지에게 이런 부탁을 했습니다. '동생들에게 조금 조용히 하라고 말해주세요.' 그러자 아버지가 대답하셨습니다. '절대로 그렇게 해서는 안 된다. 아이들이 한 행동에 우리가 에너지를 쏟지 않으면 그들은 결국 이해를 하게 될 것이다. 만약 네가 아이들에게 그들이 나쁜 짓을 했다고 말한다면 그들의 나쁜 행동에 너 또한 에너지를 주게 되는 것이다. 그보다는 차라리 아이들이 착한 일을 했을 때 그것에 에너지를 쓰는 것이 낫다.'

우리 아이들이 우리 집을 얼마나 좋아하는지 당신은 상상조차 할 수 없을 겁니다. 아무리 크고 강한 남자라 하더라도 우리 부족의 남자들은 모두 다정하고 부드럽습니다.

나는 우리 인디언 문화가 사라졌다고 말하는 소리를 자주 듣습니다. 하지만 사실이 아닙니다. 중요한 것은 살아남았으니까요. 우리가 언제나 그래 왔듯이 있는 모습 그대로 살아남을 수 있도록 해준 많은 규칙들 말입니다.

예를 들어 우리에게는 인디언의 피를 조금이라도 가지고 있지 않은 사람과는 결혼을 해서는 안 된다는 규칙이 있습니다. 우리가 생존할 수 있었던 이유는 우리 종족의 피와 DNA 안에 등록되어 있는 선물 덕입니다. 우리는 그 선물 안에 지구를 지킬 수 있는 특별한 영적 에너지가 있다고 느낍니다. 젊은이들은 분명 그것에 대해 중요하게 생각하고 있지 않습니다. 그러나 그럼에도 불구하고 나는 그들이 원주민들과 결혼할 것이라고 확신합니다. 나의 어머니 쪽 가족들은 중앙아메리카의 인디언들이거나 남아메리카의 인디언들입니다. 이것은 정말로 매우 매력적인 일입니다. 우리는 서로에 대해 알고 있으며 같은 문화와 같은 정신을 가지고 있고, 서로를 너그럽고 친절히 대하는 방법에 대해 알고 있습니다.

나의 조부모님이 직접 나를 가르치셨습니다. 그것은 정말 특별한 일이었습니다. 또한 조부모님은 자신들을 알고 있는 사람들에게 소중한 추억을 남겨주셨습니다.

이삼 년 전, 내가 어느 작은 마을에 사는 숙모님 댁을 방문했을 때의 일입니다. 숙모님 집에는 예순다섯이나 일흔 살 가량의 남자 손님이 한 명 있었습니다. 내가 들어가자 그는 깜짝 놀랐습니다. 그는 내가 청년기에 자신이 알고 지내던 한 체로키 부족 여인을 생각나게 한다고 말했습니다. 자신에게 그녀는 매우 위대한 스승이었다고 말하면서요. 때는 전쟁 중이었고 뉴욕에서 있었던 일이라고 했습니다. 어느 날 그가 길을 걷고 있는데 한 여성이 그를 불러 세우며 어느 부족 사람인가를 물었다고 합니다. 그녀는 그가 자신이 태어난 산에서 온 사람임을 알았던 것입니다. 그녀는 그를 보호해주고 일자리를 주었으며 읽는 법과 쓰는 법을 가르쳤습니다. 나를 바라보면서 그 남자는 혼란에 빠졌습니다. 그가 나에게 말했습니다. '당신을 보고 나는 깜짝 놀랐습니다. 당신이 그녀를 너무도 많이 닮아서요. 눈물이 나올 정도로요.' 삼촌과 숙모는 웃음을 터트리며 그에게 말했습니다. '당신은 지금 당신이 알고 있는 할머니의 손녀를 만나고 있는 거예요.' 그 남자가 그때 느꼈던 행복감을 누구도 상상할 수 없을 것입니다.

뉴욕에서 나의 조부모님은 젊은 인디언들을 많이 도와주셨습니다. 할머니는 그들에게 큰 영향을 끼친 분이었습니다. 그녀는 큰 키에 매우 아름다운 여성이었고 칠흑같이 검은 눈을 한, 언제나 위엄 있게 행동하는 분이었습니다.

할머니는 뉴욕에서 살지는 않았지만 가족의 생계비를 벌기 위해 뉴욕에 자주 가시곤 했습니다. 할머니는 일하는 여성이었지만 그렇다고 해서 그것이 정신적인 분야 속에서 빛으로 존재하는 것을 방해하지는 않았습니다.

할머니는 특별한 교육자이기도 했습니다. 할머니는 나에게 수련을 하게 했습니다. 정말 고된 일이었습니다. 예를 들어 할머니는 나에게 빗자루를 양손으로 잡은 뒤 그 위를 뛰어넘게 하셨습니다. 한번 해보세요. 그러면 그 일이 그렇게 쉽지만은 않다는 것을 알 수 있을 겁니다. 그것은 정말로 하나의 도전이었지만, 내적 평정을 회복시키기에 좋은 방법이었습니다. 내가 잘하지 못하면 할머니는 내게 이미 그것을 해낸 것처럼 시각화하라고 하셨습니다. 할머니는 말했습니다. '모든 행동은 생각에서 비롯된다.' 그리고 다음과 같이 덧붙였습니다. '너는 생각이 얼마나 중요한지 모른다. 네가 만약 누군가를 거칠고 무지하다고 생각한다면, 너는 그를 그가 가진 거침과 무지함 속으로 빠지게 하는 것이다. 네가 그 안에 있는 순수한 생각의 값진 보석을 발견하지 못한다면 너는 그의 변화를 방해하는 것이다. 반대로 너는 그를 긍정적인 시각으로 보면서 도울 수 있다.'

이 말을 하는 할머니에게는 체로키 족 전통에 대한 전적인 믿음이 있었습니다. 그것은 우리가 저지를 수 있는 단 한 가지의 죄란, 우리 안에 있는 가능성들을 현실화시키지 않는다는 것이라는 믿음이었습니다.

또한 할머니는 나에게 말씀하셨습니다. '매일 아침 자리에서 일어나면서 거울을 보거라. 네 안에 있는 밝은 빛을 불러라. 그러고는 그 빛에게 인사를 해라. 네가 이대로 며칠을 계속하면 눈이 맑아질 것이다. 그때 너는 네 안에 있는 좋은 점들을 보기 시작할 것이다.' 이것은 소중한 가르침입니다.

그러나 늘 쉽지는 않습니다. 왜냐하면 내 안에 무엇이 있는지 정확히 보는 법을 배우려면 시련을 거쳐야 하기 때문입니다. 내가 아직 어렸을 때, 나는 부싯돌만 소지한 채 숲 속에 홀로 남겨진 적이 있었습니다. 나에게는 덮을 이불조차 없었습니다. 이를 통해 나는 혼자 해결하는 법을 배웠습니다. 특히 그 일은 내가 가진 영성을 보다 잘 이해하도록 많은 도움을 주었습니다. 우리는 낮 동안 두려움을 알아볼 수 없습니다. 그러나 밤이 되면 두려움이 분명해집니다. 나는 내 인생의 초창기에 자연 속에서 살아가는 방법을 배웠고 비밀스런 자연의 맥박을 느낄 수 있었습니다.

여섯 살이 되자 나는 학교에 가야 했습니다. 그러나 나는 내가 살던 마을과 할머니 곁을 떠나 부모님과 함께 브루클린으로 살러

가는 것이 너무 힘이 들었습니다. 그 일은 나에게 큰 충격을 안겨 주었습니다. 시골에서 나는 조용하고 평화롭게 살았습니다. 또한 시골 생활은 내게 풍요로움을 약속하는 것이었습니다. 배가 고플 적엔 밭으로 나가기만 하면 되었으니까요. 그러나 도시에서는 어른들과 동행하지 않고는 외출할 수가 없었습니다. 나는 끔찍한 악몽들을 꾸었습니다. 꿈속에서 나는 지구가 우는 소리를 들었습니다. 산들을 납작하게 밀어버리는 괴물 같은 기계들과 전원 속을 내달리며 지구를 게걸스럽게 먹어치우는 거대한 전선들을 보았습니다. 우리 인디언 종족이 도시에서 고통 받으며 사는 것과 세계 도처에 존재하는 굶주림을 보았습니다. 비극이 아닐 수 없었습니다. 나는 하염없이 눈물을 흘렸습니다. 지구를 보존하는 일에 삶을 바치겠다고 결정한 바로 그날까지 내 눈물은 멈추지 않았습니다. 그러나 그날 이후로 내 악몽들은 멈추었습니다.

나는 특별한 존재가 아닙니다. 나는 대부분의 아이들이 어떤 좋은 일을 하는 데 자신을 내던져 일할 능력이 있다는 것을 자주 목격하곤 했습니다.

학교에서 나는 인종차별에 대해 알게 되었습니다. 선생님은 미시시피 동쪽에는 더 이상 인디언이 없다고 말했습니다. 그리고 내 서류의 '인종'을 써넣는 칸에 '기타'라고 썼습니다. 나는 미시시피 동부에 인디언들이 살고 있다는 것을 잘 알고 있었습니다. 뉴욕만 하더라도 마천루를 짓기 위해 그곳에 간 인디언들의 수는 엄청났습니다. 하지만 백인들은 우리의 존재를 인정하고 싶어 하지 않았습니다. 그들에게 인디언은 죽거나 백인 사회에 동화된 존재일 뿐이었습니다. 나는 나의 존재가 알려지지 말아야 하며, 백인들과는 다른 나의 가족을 드러내지 말아야 한다고 느꼈습니다.

나를 가르친 한 여선생님이 있었습니다. 그녀는 내 존재가 거짓이라고 여겼습니다. 나는 읽는 법을 혼자 배웠었는데 그녀는 이것을 믿지 않았습니다. 나에게 '더러운 작은 거짓말쟁이!'라고 말하며 내가 읽을 줄 모른다고 했습니다. 그래서 나는 그녀에게 대답했습니다. '아녜요. 저는 글을 읽을 줄 알아요.' 말을 마친 뒤 그녀에게 내가 글을 읽을 수 있다는 것을 보여주기 위해 책을 읽었습니다. 그러자 선생님은 나의 따귀를 때렸습니다. 그날 나는 타인들이 나에 대해 생각하는 것에 좌우되지 말아야 하며, 개인적인 경험 외에는 타인에게 믿음을 줄 수 있는 게 없다는 것을 깨달았습니다.

나는 공격적인 아이가 될 수도 있었지만 할머니가 나를 보살펴 주었습니다. 내가 장난감을 가지려 하거나 장난감을 지키기 위해 다른 아이들과 싸울라치면, 할머니는 장난감을 우리 손이 닿지 않는 곳에 올려놓은 다음 나를 밖으로 데리고 나가 하늘을 쳐다보게 했습니다. 지금에야 나는 그 방법이 물질이 그 자체만으로는 중요성을 가질 수 없다는 것을 이해시키기에 가장 좋은 방법이었다는 것을 깨닫습니다. 인간의 본성도 하늘만큼 광대합니다. 물질적인 것은 하늘이 가진 광대함 앞에서는 너무도 하찮은 것에 지나지 않습니다. 조부모님은 한 번도 우리가 잘못 행동했다고 말하신 적이 없습니다. 그분들은 언제나 우리가 죄책감을 느끼지 않고 자기 자신을 학대하지 않을 방법으로 우리를 이해시키셨습니다.

또한 조부모님은 우리 인디언 민족이 감내해야 했던 종족 말살

정책에 있어서도 고통을 느끼지 않을 방법을 가르쳐주었습니다. 유럽 인들이 침략하기 전, 북미에는 수많은 언어들을 사용하던 육천칠백만 명의 인디언들이 587개의 나라로 나뉘어 살고 있었습니다. 그러나 현재 그들의 수는 이백만 명 정도밖에 되지 않습니다. 이것은 압도적인 파괴 세력이 우리 조상들을 탄압했음을 의미합니다. 그러나 우리는 그들에 대해 원한을 가지지 말라고 배워왔습니다. 그런 감정은 우리의 전통을 죽이는 가장 확실한 파괴자가 될 것이기 때문입니다.

시대가 바뀌었습니다. 이제 우리는 세계 구석구석에서 무슨 일이 일어나고 있는지, 그리고 그 일들이 우리에게 어떤 영향을 미칠지를 알고 있습니다. 아프리카와 북미의 어린이들이 고통 받을 때 그들의 고통은 바로 우리의 고통이 됩니다. 우리는 그에 따른 모든 결과들을 감내해야 합니다.

조부모님은 내가 어렸을 때 돌아가셨습니다. 그러나 이별이란 없습니다. 죽은 자들, 우리가 사랑했던 그들은 아직 우리와 함께 있습니다. 우리가 그들의 말을 들을 수만 있다면, 그들은 우리에게 다가와 말을 걸 것입니다. 힘겨운 순간들이 찾아올 때마다 나는 언제나 할머니에게 조언을 구할 수 있었습니다. 그리고 할머니는 내게 답을 주었습니다.

예를 들어, 전통적인 삶을 실천하지 않던 때가 있었습니다. 1968년과 1969년 사이의 일입니다. 나는 딸들의 교육에 완전히 묶여 있었고, 일에 파묻혀 살았습니다. 나와 동시대를 살고 있는 다른 많은 여성들처럼 말입니다. 그러던 어느 날 밤 할머니께서 내게로

와 이렇게 말씀하셨습니다. '할아버지와 내가 가르쳐준 것을 잊지 말거라.' 내가 대답했습니다. '그럴 수 없어요. 지나칠지는 모르지만 나는 딸들에게 매우 열성적인 엄마예요.' 할머님의 말씀은 뉴멕시코에 사는 인디언 친구의 초대에 응해 아이들을 두고 보름 동안 그곳에 갔을 때 이루어졌습니다. 그곳에서 나는 한 여성을 만났습니다. 그녀를 보자마자 할머니가 나에게 말씀하시던 것이 떠올랐습니다. 그리고 그녀가 모든 부정적인 영향으로부터 나를 지켜줄 수호자라는 것을 알았습니다.

그녀 또한 즉각적으로 나를 알아봤습니다. 그녀가 나에게 말했습니다. '잘 오셨습니다. 지금 당장 당신의 도움을 필요로 하는 치료사들이 있습니다.' 나는 그 치료사들이 있는 곳으로 가서 사람들과 함께 북을 쳤습니다. 우리의 기도와 명상은 삼 일 동안 이어졌습니다. 그리고 내 정신을 흐리게 하던 모든 문제들이 떨어져나간 것을 느꼈습니다. 그 후, 나는 아흐레 동안 산에 머물렀습니다. 완전무결한 최고의 고독 속에서 말입니다.

그것은 일종의 입문 의식이었습니다. 그때 나는 조부모님께서 내게 기대하셨던 일을 내가 할 수 있으리라는 것을 알게 되었습니다. 뉴멕시코로 떠나기 전에 나는 그분들의 가르침을 완전히는 아니지만 어느 정도 잊고 살았었습니다. 돌봐야 할 집과 남편, 아이들과 함께 힘든 생활을 했었습니다.

구 일 동안 산에 머물 때 말하기 망설여질 정도로 믿을 수 없는 일들이 나에게 일어났습니다. 열린 정신의 소유자가 아닌 이상 이해하기 힘들 것입니다. 나는 다른 공간에서 온 존재들을 만났습니다. 그들은 반은 인간이고 반은 곰인 위대한 창조자들이었습니다. 그들은 매우 다정한 존재들이었습니다. 그들 중 이제 곧 아버지가 될 존재가 나를 찾아왔습니다. 그의 아내는 인간들을 미워한 나머지 힘든 출산을 하고 있었습니다. 아기가 잘못 자리를 잡아 나오지 못하고 있었습니다. 그는 나에게 도움을 청했지만 한편으로는 나를 두렵게 여기고 있었습니다. 그는 내가 다시 길을 찾지 못하도록 자기 아내가 있는 협곡으로 나를 곧장 데리고 가지 않고 둘러 갔습니다. 그의 아내는 시냇가에 누워 있었습니다. 그녀는 너무 부끄러워 나를 쳐다보지도 못했습니다. 나는 그녀의 배를 문질러주었습니다. 그래서 마침내 아기가 돌아 밖으로 나올 수 있었습니다.

그녀는 여성의 몸을 가지고 있었지만 털이 매우 많았습니다. 머리카락은 거의 다갈색에 가까웠고, 피부는 구릿빛이었습니다. 가슴에는 털이 숲을 이룰 정도로 많았습니다.

나는 두렵다는 느낌조차 없었습니다. 모든 일들이 너무도 자연스럽게 지나갔습니다. 그들은 내가 쓰는 언어로 말했지만 대화는 마음속에서 이루어졌습니다. 나는 그들이 거대한 빛의 무리에서 왔다는 것을 느낌으로 알 수 있었습니다. 그들은 나를 신비로운 장소로 데리고 갔습니다. 그곳은 사실 매우 큰 대학이었습니다. 거기에는 수천 권의 책들이 있었습니다. 손으로 만지면 책들은 삼차원의 홀로그램처럼 변했습니다.

지혜의 책들이었습니다. 책들은 다른 세계들에 살고 있는 생명체들의 지혜에 대해 이야기하고 있었습니다. 무척 흥미로운 내용이었습니다. 책을 읽고 난 후에 나는 오르간 연주를 시작했습니다.

가르침은 음악을 통해 이루어졌습니다. 그 음악은 매우 강한 힘을 지니고 있었습니다. 음악은 내가 통과해야 할 다음 단계를 준비시켜주었습니다.

나는 무슨 일이 있더라도 반드시 만나야 할 위대한 스승을 찾기 위해 인도로 향하는 내 모습을 보았습니다. 그곳에서 나는 행복했지만, 딸들이 걱정스러웠습니다. 나는 그곳에서 여섯 달, 혹은 여덟 달을 머물며 공부를 한 것 같은 느낌이 들었습니다. 나를 둘러싸고 있던 존재들이 나에게 걱정하지 말라며, 그곳의 시간이 내가 살던 곳과는 다르다고 말했습니다. 사실 그 '여행'은 사십 분이 넘지 않았습니다.

이런 표현이 적당할지 모르겠지만, '지구 위로' 되돌아온 다음 나는 달라져 있었습니다. 명상을 하던 어느 날 밤의 일입니다. 전 세계에서 온 사람들이 문을 두드리며 내게 가르침을 달라고 했습니다. 내가 그들을 만나지 않겠다고 했더라도 그들은 밖에서 기다렸을 것입니다. 결국 나는 그들을 안으로 들였습니다. 나는 그들에게 자연을 주시하는 법을 가르쳐주었습니다. 그리고 직접 실천으로 보여주었습니다. 그러자 그들은 그 안에서 커다란 많은 것을 얻었다고 말했습니다."

디야니와 함께 여행을 떠나기에 앞서 그녀가 사는 세계에 대해 약간의 설명을 하는 편이 좋을 것이라 여겨진다. 그 세계에서는 초자연적인 현상보다 더 자연스러운 것이 없으며, 범상치 않은 것 또한 지극히 당연한 것이 된다. 그녀의 이야기를 의심한다 하더라도 그녀를 이해할 수밖에 없을 것이다. 간단히 말해 그것들은 그녀가 경험한 것들이기 때문이다. 그러면 라셀과 나는 그녀의 말을 의심해보았던가? 아니다. 우리가 함께 일하기 시작한 이후로 라셀과 나는 디야니와 같은 보이지 않는 것들을 볼 수 있는 사람들을 만날 기회를 여러 번 가졌었다. 그러나 그들은 몽상가나 광신자들이 아니었다. 그들은 지상에 발을 딛고 살아가는 존재들이었으며 세계에 대한 다른 비전을 경험한 실천가들이었다. 그 세계는 현대 정신의학이 표현하는 끊임없이 소용돌이치는 세계이다. 그곳에서는 모든 것들이 가능하다. 우리가 불가능하다고 생각하는 것들조차도.

  샤먼들의 이야기에 익숙한 사람들은 디야니가 이제 우리에게 말할 것들에 놀라지 않을 것이다. 그들은 디야니가 성장한 우주와 같은 우주를 알고 있다. 우리가 앞으로 확인할 테지만, 많은 인디언들이 진화해온 그 우주 안에서 켈트 족(고대 북유럽 원주민. 붉거나 금빛인 머리카락에 많은 머리를 하며 유럽 최초로 바지를 입었고 날개 달린 투구를 씀)과 서구 합리주의에 의해 영혼까지 손상된 문명을 가진 수많은 이들도 진화해왔을 것이다.

  디야니의 이야기를 다시 들어보도록 하자.

  "내가 말한 입문 의식을 거친 후로도, 나는 공부하는 것을 멈추지 않았습니다. 나는 내게 임무가 주어질 것을 알았습니다. 조부모님이 내게 나타나신 꿈들과 그들이 전해준 비전들은 그런 점에서 볼 때 의심할 여지가 없었습니다. 나는 다른 원주민 그룹과 함께 일하며 호피 족 사제들에게 가르침을 받았습니다. 또한 가라테를 수련하기도 했습니다.

가라테는 뉴욕이 너무 위험한 도시이기 때문에 배웠습니다. 나는 필요에 따라 내가 전사가 될 수 있다는 것을 알고 있습니다. 그래서 강해지기 위한 수련을 계속해 아이들에게 본보기가 되어줍니다. 그 시기에 나는 불교 철학에 대해서도 눈을 떴습니다. 특히 나는 나에게 변화의 열쇠를 줄 위대한 여성 스승을 만나는 것이 중요하다는 것을 알고 있었습니다. 반면, 내가 처한 상태로는 그녀를 만날 수 없다는 것과 내가 준비를 해야 한다는 것을, 그리고 때가 되면 그녀가 나를 부르리라는 것도 알았습니다. 이 년 동안 나는 그러한 입문 의식을 받을 만한 사람이 되기 위해 내 정신과 육체를 수련하는 일 외에는 다른 아무것도 하지 않았습니다. 하루 여덟 시간 음악을 듣고 발레와 체조, 가라테를 하면서 육체를 수련했습니다. 남편과 딸들은 내가 미쳐가는 중이라고 생각했습니다.

그러던 어느 날, 명상을 하던 중에 나는 그녀의 실체를 느꼈습니다. 그녀의 육체와 정신은 믿을 수 없는 에너지를 가지고 있었습니다. 그녀는 불의 여자였습니다. 나는 그녀와 더 자주 만나기 위해 더 높은 수준의 수련을 해야 한다고 생각했습니다. 그래서 플루트와 색소폰, 피아노를 연주하며 신경 시스템을 강화시켰습니다.

인간의 몸으로 태어난 것은 이루 헤아릴 수 없는 값진 선물을 받은 것입니다. 따라서 자신의 잠재적 에너지가 꽃피어나길 바라는 사람이라면 육체라는 신의 집을 아름답게 유지해야 합니다. 내가 그런 식으로 수련하고 있을 때, 나에 대한 꿈을 꾼 이들이 터키에 있었습니다. 그 꿈이 몹시도 강렬해 그들은 나를 찾아오라는 임무를 어느 박사에게 맡겨 미국으로 보냈습니다. 그는 어디서부터 찾기 시작해야 할지 알 수가 없었습니다. 그때 그는 미래의 수학을 연구하는 다른 박사 한 명을 만났습니다. 그 박사는 자신의 연구에 도움을 받고자 나와 함께 명상을 하는 사람이었습니다. 터키에서 온 박사는 그에게 꿈에 대해 이야기했습니다. 그를 미국으로 보냈던 사람들 꿈에 나온 여자와 그녀의 집을 묘사하는 데 이르자 내 친구는 깜짝 놀라 외쳤습니다. '당신은 디아니에 대해 말하고 있는 거군요!' 십일월에 일어난 일이었습니다. 이듬해 봄, 나는 터키를 향해 떠났습니다. 그 일을 통해 나는 내가 찾고 있던 여인에게 접근하고 있다는 것을 알았습니다. 명상을 하면서 터키 그림이 수놓인 옷을 입은 그녀를 보았기 때문입니다.

내가 도착하자마자 수피(이슬람의 신비주의자들. 금욕과 청빈을 상징하는 하얀 양모로 짠 옷을 입었음) 수도회 회원들이 나에게 그녀가 입고 있던 옷과 똑같은 수가 놓인 옷을 선물해주었습니다. 그 옷은 마울라위(청빈과 고행을 중시하는 이슬람 신비주의 교단. 신과의 합일을 목적으로 빙글빙글 도는 춤인 세마와 황홀경에 빠져들게 하는 지르크 음악으로 유명함)의 일원들이 성지순례를 하는 동안 입는 옷이었습니다.

그들은 루미(아랍이 낳은 천재 시인이며 마울라위 수피 교단의 창시자. 삼십칠 세에 방랑하는 영적 스승 샴스에 타브리즈를 만나 존재의 혁명을 체험하고는 신비주의 시인으로 변함)의 제자들로 이슬람교 수도승들이었습니다. 그들은 내가 목적을 이루기 위해서는 인도로 가야 한다고 결정을 내렸습니다. 나는 친구들로 구성된 단체와 함께 떠났습니다. 여행은 성지순례로 시작되었습니다. 바라나시에서는 아난다마이 마(힌두교의 성녀이자 신비가. 방글라데시 지역에서 태어나 이 년밖에 교육을 받지 못했고 공식적인 종교적 수련도 받지 않았으나, 모든 창조물의 단일성을 경험하고 지복의 어머니로 세계적인 존경을 받음)의 집에서 이틀을 묵었습니다. 그녀를 보고 나는 감정이 북받쳐 올랐습니다. 그녀가 나의 할머니를 닮았기 때문이었습니다. 리시케시에서 나는 참으로 아름다운 경험을 했습니다. 나는 내가 자비로운 태양빛에 가득 잠긴 꽃이 된 것만 같았습니다. 붓다가 깨달음을 얻은 곳인 보드가야에서 나는 어린 시절 보았던 이미지들이 내 안에서 모습을 드러내는 것을 보며 환상적인 에너지를 느꼈습니다. 특히 그 이미지들 중에는 내가 무슨 일이 있어도 가야 했던 산 위의 신전이 있었습니다.

그 여행이 얼마나 멋진 것이었으며 그때 내가 어떤 모험들을 했는지는 당신들에게 모두 말할 수도 없거니와, 또 말해서도 안 됩니다. 어쨌거나 당신들은 매우 논리적인 사람들입니다. 나는 당신들이 꿈과 현실 세계의 경계에 있는 이 이야기를 이해할 수 있을 것인지 확신이 서지 않습니다.

단지 동행자들과 내가 산에 발을 들여놓자마자 지진으로 인해 생긴 땅의 균열 사이로 떨어질 뻔했다는 것만 알아두시기 바랍니다. 짐꾼들도 멀리 가지 않겠다고 했습니다. 그들 중 가장 나이 든 이가 나를 뚫어지게 쳐다보았습니다. 그 순간 나는 느낄 수 있었습니다. 노인이 나를 이해한 것임을…… 마침내 그는 나와 함께 길을 떠났습니다. 내가 모든 힘을 잃었다고 생각되던 때에는 그가 등에 메던 짐바구니 안에 들어가기도 했습니다.

그날 저녁, 일식이 일어나던 때 우리는 신전에 도착했습니다. 내가 찾던 여성은 그곳에 없었습니다. 다음 날 한 사제가 더 높이 올라가 다른 신전으로 가라고 말했습니다. 우리는 주변에 뱀이 우글거리는 오두막 안에서 잠을 잤습니다. 그날 나는 코브라와 대화를 나누는 기회를 얻었습니다.

많은 아메리카 인디언들은 아직도 동물과 이야기를 나눌 수 있는 능력을 가지고 있습니다. 당신들의 유럽에서는 드루이드교(고대 갈리아 및 브리튼 섬에 살던 켈트 족의 종교. 드루이드라고 불리는 사제들이 창시한 것으로, 영혼의 불멸과 윤회와 환생을 믿음)의 사제들이 그 능력을 가지고 있습니다.

우리는 소리 내어 말하지 않고 텔레파시를 통해 말합니다. 그날 밤, 코브라가 나에게 내 딸들의 안부를 물었습니다. 그래서 나는 딸들이 내가 집을 비우는 동안 남미의 친척 집에 가 있다고 대답했습니다. 그러자 코브라가 내게 말했습니다. '지금 이 순간 그 아이들은 커다란 뱀을 만나고 있다.' 내가 집으로 돌아갔을 때 딸들은 나에게 그날 카누에서 내리면서 거대한 아나콘다와 마주쳤다고 이야기해주었습니다.

이튿날 가까스로 미끄러운 길에서 벗어난 다음 나는 독수리 인간과 오랫동안 이야기를 나누었습니다. 그는 인간이었지만 깃털을 가지고 있었고 날 수 있었습니다. 그가 독수리의 형상을 한 보이지 않는 세계의 생명체인지는 나도 잘 모르겠습니다. 하지만 나는 그가 매우 지적인 존재라고 생각했습니다. 뉴욕의 거리에서 만날 수 있는 사람들보다 훨씬 더 총명했습니다.

같은 날 저녁, 신전에 이르기 위해 나는 낭떠러지를 아찔하게 가로지르는 좁은 나무판 하나를 건너야 했습니다. 그곳에서 나는 아주 늙은 스승을 만났습니다. 그가 비나(남인도의 현악기. 옛날에는 현악기 전부를 비나라고 부름)를 연주하는 동안 나는 그의 영이 내 존재를 파고드는 것을 느꼈습니다. 그렇게 해서 내 카르마(업)의 조각들과 이 생이나 전생에서 해결하지 못했던 문제들이 내게서 떨어져나갔습니다. 나는 우주를 비롯해 가장 먼 곳에 있는 은하계와도 완전히 하나가 된 일체감을 느꼈습니다.

하지만 나는 내가 찾고 있는 여성 스승을 만나기 위해 계곡에서 다시 내려와야 했습니다.

'시무르그(페르시아 신화에 나오는 신성한 새)' 이야기를 알고 있을 것입니다. 그 새는 자신에게 스승이 되어주는 동시에 왕이 될 전설적인 새를 찾기 위해 길을 떠났습니다. 그가 여러 모험들을 거쳐 결국 그 전설적인 새를 찾아냈을 때, 그는 자신이 그렇게도 찾던 훌륭한 존재가 바로 자기 자신이었다는 것을 깨달았습니다.

내게도 바로 그런 일이 일어났습니다. 사정상 당신들에게 모두 이야기할 수는 없지만 나는 마침내 그 여인을 만났고, 그녀가 나와 같은 몸을 하고 있으며, 같은 얼굴에 같은 옷을 입고 있는 존재임을 깨달았습니다.

우리 모두는 최고의 지혜를 내면에 지니고 있습니다. 비극은 우리가 그것을 모르고 있다는 데 있습니다.

집으로 돌아와 나는 이상한 일들을 많이 겪었습니다. 물론 모든 것에 대해 다 말할 수는 없습니다. 나는 딸들과 살기 위해 그들이 무용을 배우고 있던 뉴욕으로 갔습니다. 내게는 아무런 욕망도 남아 있지 않았습니다. 명상을 하며, 내면의 떨림을 느낄 수 있는 그 새로운 삶을 사는 것 외에는. 어느 날 나는 침대 위에 앉아 명상 상태에 빠져들었습니다. 그때 나는 내 딸들이 내 주위에서 영화를 빨리 돌리는 것처럼 행동하는 것을 보았습니다. 내가 그곳에 있었지만 아이들은 나를 보지 못했습니다. 나는 아이들이 왜 그렇게 빨리 움직이는지 궁금했지만, 그런 의문은 자리에서 일어날 만큼 충분히 강하지 않았습니다. 딸들은 내가 인도로 다시 떠났다고 믿었지만, 여권이 그대로 있는 것을 발견했습니다. 이런 상태는 십오 일 동안 지속되었습니다. 물론 시간에 대한 관념은 사라지고 없었습니다. 그러나 그 모든 것에도 불구하고 나는 의식이 있었습니다. 그 결과 딸들에게 그들이 한 일에 대해 말할 수 있었습니다.

아마도 당신들은 이것을 믿을 수 없을 겁니다. 하지만 샤먼의 세계에 친근한 사람에게는 믿을 수 없는 일이 아닙니다. 이러한 종류의 이야기는 우리 조상들에게서 많이 찾아볼 수 있습니다.

티베트 불교 카규파의 지도자인 카르마파가 뉴욕으로 와서 링컨 센터에서 큰 집회를 갖는다는 것을 알고 있었기 때문에 나는 자리에서 일어났습니다. 그러자 남편과 딸들은 갑자기 침대 위에 앉아 있는 나를 발견했습니다. 집회에 가기 위해 사람들이 나를 찾으러 왔기 때문에 나는 가족들에게 설명할 시간이 없었습니다. 나는 카르마파를 만나고 매우 행복했습니다. 그가 내게 주어진 임무에 대해 내가 가지고 있던 신념을 더 강하게 해주었습니다.

먹지도 않고 움직이지도 않은 그 십오 일이 나를 지치게 했지만 바로 피곤함을 느끼지는 않았습니다. 나는 짐승이나 반인반수들과 만나는 등 이상한 일들을 계속해서 겪었습니다. 몸이 많이 아팠고 놀라울 정도로 여위었습니다. 내 혈관 안에는 매우 적은 양의 적혈구만이 남아 있었기 때문에 의사들은 내가 아직도 살아 있다는 것이 놀라울 뿐이라고 말했습니다. 그들은 곧장 나를 병원으로 데리고 가고 싶어 했지만, 나는 그러고 싶지 않았습니다. 나는 그들이 나에게 일어났던 일에 대해 아무것도 이해하지 못할 것임을 알았습니다.

마침내 우리는 평소 믿어왔던 아프리카 인 의사를 불렀습니다. 그는 집에서 나를 돌보기로 했습니다. 그의 진료는 내가 여행을 하면서 혹시 입문 의식을 거쳤는지 묻는 것으로 시작되었습니다. 그는 나에게 자몽 주스를 특별히 자주 마셔야 하며 녹황색 채소를 많이 먹으라고 말했습니다. 또한 강한 햇볕을 피해 평온히 지내라고 주의를 주었습니다. 그는 미국으로 오기 전에 나처럼 입문 의식을 거친 사람이었습니다.

완전히 회복되기까지 일 년이 걸렸습니다. 거울 속에서 나는 내 얼굴을 둘러싼 빛을 보았습니다. 딸들도 나를 감히 만지지 못했습니다. 그들은 에너지의 소용돌이 안에 휩싸일까 봐 무서워했습니다. 내 안의 모든 것들이 변했습니다. 내가 에너지를 받는 경로들은 이전과 전혀 달랐습니다. 조금 더 깊이 말하면, 내게 익숙했던 카르마에 의한 습관들도 더 이상 같지 않았습니다.

우리 부족에게 전해 오는 이야기를 하나 해드리겠습니다. 옛날에 부유한 가정에서 태어난 한 소년이 있었습니다. 붓다와 마찬가지로, 고통에 시달리는 사람들이 세상에 있다는 것을 알게 되고 그는 혼란에 빠집니다. 그는 그들에게 돈을 주는 것만으로는 충분하지 않다는 것을 깨닫습니다. 그래서 그들에게 행복과 기쁨을 줄 약재를 찾아 길을 떠납니다. 그는 많은 여행을 하며 여러 시련을 겪지만, 어려운 상황에서도 어떤 생명체에게도 해를 입히지 않습니다. 그를 무는 모기들에게도 마찬가지였습니다. 누군가가 그가 가진 것을 훔쳐 가려 하면 그는 도둑들에게 이렇게 말했습니다. '모두 가져가십시오. 하지만 내가 길에서 생존할 만큼은 남겨주십시오. 나는 생명체들을 위한 약재를 찾고 있는 중이니까요.'

마침내 그는 위험한 뱀들이 우글거리는 거대한 늪에 이릅니다. 그러나 그의 영혼은 변함없이 평화로웠습니다. 두려움 없이 그는 늪 속으로 들어갔습니다. 물 밑에서 그는 위대한 주술사인 뱀들의 여왕을 만났습니다. 그녀가 말했습니다. '우리는 당신이 여행하는 동안 당신을 지켜주었습니다. 당신을 시험해보기도 했지만 당신은 강했습니다. 이제 당신의 소원을 들어주겠습니다. 사람들의 고통을 없애주는 약을 드리겠습니다.' 청년은 약을 가지고 집으로 돌아옵니다. 그는 눈먼 자들에게 새로운 삶을 주고 영혼의 병을 치료해주었습니다. 또한 세상에 존재하는 모든 종류의 고통을 덜어주었습니다. 그는 인생을 살아가면서 계속해서 뱀들을 만납니다. 그 뱀들은 위대한 영에 의해 신성한 가르침들을 보존하는 임무를 맡은 존재들이었습니다.

나는 내가 이행할 임무가 있으며 그 임무에 나의 모든 것을 바쳐야 한다고 느꼈습니다. 그래서 나는 정치적 활동을 하기 시작했습니다. 정치적으로 해야 할 많은 일들이 있기 때문입니다. 우리 인디언 민족을 위해 수정해야 할 불공정한 일들이 많이 있었기 때문입니다. 인종차별은 아직 어디든 남아 있고 그래서 인디언 민족들에게 고통을 주고 있습니다. 정치적으로 우리는 인디언들과 체결했던 조약들이 차례로 어떻게 위반되어졌는지 알려야 합니다. 또한 정치적인 대항 외에도 우리는 경제적, 사회적, 그리고 종교적인 면에서도 대항해야 할 필요가 있습니다. 1977년에서 1981년 사이 나는 정치적 참여를 했었습니다. 그러나 그러한 활동은 나를 만족시키지 못했습니다.

나는 우리가 서서히 정당하지 못한 것들에 익숙해져 어떤 것이 정당한 것인지를 아는 능력을 잃어버렸다고 생각했습니다. 나는 내가 길을 잘못 들었다는 것과, 진정으로 내게 맡겨진 임무는 정신적인 것 안에 있다는 것을 깨달았습니다. 나는 정치에서 나와서 명상과 우리 공동체의 어른들을 다시 만나기 시작했습니다. 특히 나는 필립사슴(필립 디어)과 미친사슴(매드 디어)을 자주 만났습니다. 그 두 사람은 우리가 오늘날 알고 있는 영적인 부흥을 일으킨 훌륭한 장본인들 중 하나입니다. 그들은 내게 끊임없이 용기를 주었으며 점점 더 많은 사람들을 만나게 했습니다.

우리 아메리카 인디언들은 우리에게 큰 책임이 있다고 느낍니다. 우리는 지구를 지키는 사람들입니다. 오늘날 지구가 위협받고 있기 때문에 선지자들은 오백 년이 넘는 세월 동안 비밀로 남아 있던 가르침들을 다른 이들과 나누기로 결정한 것입니다.

나는 현대인들에게 우리가 얼마만큼 지구와 우주에 연결되어 있는지 이해해야 할 시간이 왔다고 말하고 싶습니다. 그들은 지구가 지금을 살고 있는 이들 모두는 물론 내일을 살아갈 헤아릴 수 없이 많은 자손들의 이익을 위해 상속될 재산이라는 것을 잊은 채 탈취와 강탈을 멈추지 않고 있습니다. 지구는 토질이 고갈되는 것에 주의를 기울이며 지혜롭게 가꾸어야 하는 정원과 같습니다. 우리가 지구에게 잘못한 것들은 부메랑처럼 결과적으로 우리에게 되돌아옵니다.

우리는 지구를 지배할 권리가 우리에게 있다고 생각합니다. 그러나 이것은 잘못된 생각입니다. 당신은 당신의 아버지와 어머니를 지배할 권리가 당신에게 있다고 생각하지 않습니다. 그와 반대로 당신은 부모님에 대해 큰 책임감을 느끼며 그들을 사랑으로 대해야 한다고 생각합니다. 소유하려는 생각에 열중하기보다는 우리에게 필수적인 조화로움을 지속적으로 탐구하는 것이 낫습니다. 이것이 바로 우리의 아이들에게 다른 무엇보다도 가장 먼저 가르쳐야 할 것입니다.

나에게는 아이가 넷 있습니다. 첫째 아이는 서른한 살이고, 이름은 리사입니다. 둘째는 서른 살이고, 이름은 일라인데 그것은 '어머니'를 의미합니다. 셋째의 이름은 조야이고 스물여덟 살입니다. 넷째 투탕카는 곧 열 살이 됩니다.

첫째 딸과 사위는 영화를 만들고 있으며, 오래된 인디언 전통을 나눌 많은 친구들을 얻었습니다. 그들은 인디언 전통을 자식들에게도 가르치고 있습니다. 둘째 딸아이는 CBS 방송국의 프로듀서인데 살바도르의 원주민과 결혼했습니다. 그들은 아들 하나를 두고 있고, 역시 부족의 전통에 따라 살고 있습니다. 그들은 잘해나가고 있고, 살림이 넉넉지 않은 다른 이들과 함께 나누는 삶을 살고 있습니다. 집에서 그들은 인디언 복장을 하고 생활합니다. 그들은 초현대적인 세계 속에서 부족의 규칙을 실천할 만큼 강합니다.

나의 아들 투탕카는 매우 특별한 존재입니다. 티베트에서는 그와 같은 아이를 가리켜 툴쿠(죽어서 열반에 오를 수 있는데도 다른 이들의 고통을 덜어주고자 다시 인간으로 태어나기를 선택하는 불교의 스승들)라고 합니다. 말하자면, 인간들이 자신의 길을 갈 수 있도록 돕기 위해 지구로 돌아온 위대한 스승의 환생체입니다.

두 해 전, 투탕카의 전생의 가족들을 만나기 위해 인도에 갔을 때 나는 충격을 받았습니다. 그 가족들이 투탕카와 놀라울 정도로 닮았기 때문입니다. 그들은 구릿빛 피부에 검은 눈을 가지고 있었지만 투탕카는 금발에 연한 갈색 눈을 가지고 있습니다. 그러나 그들은 같은 얼굴에 같은 미소를 가지고 있었습니다.

투탕카는 강합니다. 라마승들은 나에게 그를 길들이지 말라고 말했습니다. 당신들에게는 놀라운 일이겠지만, 티베트의 라마승들이나 우리 인디언 전통의 어른들에게 그것은 매우 자연스러운 일입니다. 그 세계 안에서 그들은 자연스럽게 행동합니다. 현대를 사는 우리 대부분은 자연스러움에 대한 맛을 잃었습니다. 툴쿠로 살아가는 삶은 커다란 축복입니다. 라마승들은 그들이 그들 부모의 영혼을 성장시키고 에고를 깨뜨리기 위해 왔다고 말합니다.

투탕카는 매우 놀라운 아이였습니다. 투탕카는 아주 어렸을 때 말하기 시작했고 잠을 잘 때는 한 번도 누운 적이 없습니다. 당신은 많은 라마승들이 일종의 상자 안에 앉아서 잠을 잔다는 사실을 알고 있을 것입니다.

투탕카는 자신이 수행해야 할 임무가 있으며 자신이 선택되었다는 것을 깊이 자각하고 있습니다. 또한 아메리카 인디언들의 정신 세계에 깊은 열정을 가지고 있습니다. 북쪽의 많은 부족들이 그를 인디언 치료사 모임에 초대했었습니다.

부모가 된다는 것은 가장 큰 행복을 느끼는 동시에 가장 큰 고통을 느끼는 일이기도 합니다. 우리는 우리의 아이들이 행복하기를 바랍니다. 그러나 우리가 그들에게 행복을 줄 수는 없습니다. 오늘날의 많은 젊은이들은 길을 잃었습니다. 그 이유는 그들이 신을 발견하지 못하고 아무런 자각 없이 살고 있기 때문입니다. 극장과 텔레비전은 본질의 탐구에 아무 도움이 되지 않습니다. 그래서 많은 아이들이 술과 마약에 빠져드는 것입니다.

그들이 땅과 물, 하늘과 다른 모든 것들에 연결되어 있음을 생생히 느낄 수 있게 해야 합니다. 그러면 그들은 평화를 되찾고 위대한 춤을 추는 연기자들이 되는 것에 동의할 것입니다."

우리에게는 더 이상 편견과 증오심을 가질 시간이 없다. 증오할 시간이 더 이상 없다.
이 행성 위의 모든 존재들은 신의 자식들이다. 따라서 우리 모두는 형제이고 자매이다.
신의 관점에서 보자면 우리 모두는 전 세계에 걸친 하나의 커다란 가족이다.
만약 우리가 한 가족으로서의 삶을 진정으로 살지 않으면 우리는
우리 어머니 대지와 연결되어 있다고 말할 수 없다.

너는 나에게, 나는 너에게 속해 있다

우리는 다시 신성한 정자 아래에 있다. 당시 내가 받았던 인상은 매우 섬세해서 지금 글을 쓰면서 그것을 떠올리는 것만으로도 그 순간을 되살기에 충분하다. 카를 융이 '누미노우스(라틴 어로는 '누미나'. 절대자, 존엄함과 성스러움과 압도적 실재로서의 신, 또는 절대타자, 의지와 상관없는 경험으로서의 신비)'라고 불렀던 것이 그런 순간을 두고 하는 말임은 의심할 여지가 없다. 조용하고 대단히 단순한 정신의 소유자인 그 존재들에 둘러싸여 나는 내가 있어야 할 자리에, 진정한 내 자리에 있다는 느낌을 받았다. 그리고 그러한 느낌은 매우 자연스럽게 내 정신에 각인되었다. 가슴을 열자 걱정들과 두려움이 사라져갔으며 그곳에 남은 것은 순간 외에 달리 아무것도 없었다.

낮 시간은 서로 다른 인디언 부족들의 신화와 전통들 안에서 나타나는 창조설에 대한 '비전 추구'로 보내기로 되어 있었다. 고백하건대 각양각색의 발언들 사이에서 라셀과 내가 진정으로 이해할 수 있었던 것은 그 비전의 탐색이었다. 사실 자신들에 대해 이미 많은 연구를 한 인디언들의 영적 스승들은 우리가 신비 체험이라고 부르는 것과 동일한 추구를 시작한다. 그것은 기독교 성인이 이야기하는 '신과의 합일'과 같은 것이다. 그들은 자신의 모든 것을 다해 그 목적을 달성하고자 하며 그것을 통해 새로운 존재로 거듭나고 싶어 한다. 그들 자신이 체험한 감동적인 일화들을 이야기할 때 그들이 변화했음을 깨닫기 위해서는 그들의 얼굴을 보는 것만으로 충분하다.

그들이 우리에게 한 말들을 여기서 모두 전하는 것은 불가능하다는 것을 나는 잘 알고 있다. 이야기를 모으기보다는 진한 감동이 살아 숨 쉬던 순간들을 되살리는 쪽이 더 나을 것이다.

디야니의 간단한 인사말이 있은 후, 처음 보는 여성이 이야기를 시작했다. 그녀는 작고 통통했으며, 놀라울 정도로 수많은 색들이 조화를 이룬 드레스를 입고 있었다. 그녀가 자신을 소개했다.

"저는 엘레나라고 합니다. 이곳에 와주신 할머님들과 할아버님들께 감사를 드립니다. 그분들이 계셨기에 제가 이 자리에 있을 수 있었습니다. 나는 여러분에게 우리 마야 민족의 신화에 대해 이야기하고자 합니다.

천지창조가 있기 전 세상에는 오로지 허공, 즉 무가 존재했습니다. 이것은 마야 인들이 제로 개념을 만든 근거가 됩니다. 오늘날, 숫자 0은 은행에서는 물론 곳곳에서 중요한 역할을 담당하고 있습니다. 하지만 아무도 숫자 0을 처음으로 사용한 것이 마야 인들임을 알지 못합니다.

이 최초의 허공 속으로 우리의 어머니이자 아버지인 대지와 하늘이 함께 도착했습니다. 그래서 남성과 여성이 정확히 균형을 이루게 되었습니다. 땅과 하늘은 진흙으로 만들어진 최초의 인간을 창조했습니다. 그러나 비가 내리자, 인간은 물속으로 녹아버리고 말았습니다. 이렇게 해서 모든 것이 다시 시작되었습니다.

두 번째 창조가 있었습니다. 이번에 인간은 나무로 만들어졌습니다. 하지만 그는 걷지도 자신의 창조자를 알아보지도 못했습니다. 새로운 창조물들에게 생명을 부여하기 위해, 파괴되기 전에 나무로 된 존재들은 나무에서 사는 원숭이들을 낳을 시간을 갖게 되었습니다. 그래서 마야 인들이 이러한 사건을 연상시키는 원숭이 춤을 아직 잊지 않고 있는 것입니다.

하늘과 땅은 다시 한 번 어떤 재료로 인간을 만들어야 할지 생각해보았습니다. 그러자 코요테와 앵무새, 너구리와 까마귀가 나타나 하늘과 땅에게 말했습니다. '우리에게 도움을 청하는 것을 부끄럽게 생각하지 마십시오. 우리가 당신들에게 인간을 무엇으로 만들어야 하는지 말해주겠습니다.' 그들은 검은 옥수수와 흰 옥수수가 있는 곳으로 갔고 우리의 어머니 땅은 최초의 남자와 여자를 탄생시켰습니다. 옥수수로 만들어진 그들은 자신들의 창조자를 알아보았습니다. 그렇게 해서 가톨릭 선교사들이 악마의 종교라 말했던 옥수수교가 시작되었습니다. 그들은 자신들의 창세기에 근거해 이렇게 말했지만 우리는 그 말이 사실이 아님을 잘 알고 있습니다. 우리는 옥수수 인간들처럼 그들과는 다르게 여기고 있습니다.

예전에 우리에게는 원하는 양만큼 옥수수가 충분히 있었습니다. 그런데 지금 우리는 배가 고픕니다. 정부가 옥수수를 자국 국민들에게 식량으로 제공하는 것보다 수출하는 것을 선호하기 때문입니다. 다행히 우리는 언제든 옥수수를 싹트게 할 수 있는 새로운 삶을 알고 있습니다.

서로 다른 문화들이 성장하지 못한 이유를 우리는 인종주의 때문이라고 봅니다. 그러나 나는 느낄 수 있습니다. 내 안에서 고개를 드는 커다란 희망을 말입니다. 우리에게는 서로 언어가 다르고 얼굴색이 다르다는 장애가 있습니다. 그러나 그럼에도 불구하고 결국 우리는 서로를 존중하는 법을 배우게 될 것입니다.

여러분에게 이야기할 수 있도록 오늘 내게 주어진 이 기회에 감사의 마음을 전합니다."

인디언 젊은이 두 명의 부축을 받으며 조 워싱턴이 마이크 앞으로 다가섰다. 어제는 아주 명랑했던 그였지만 오늘은 무겁고 한없이 엄숙했다. 그래서 그런지 그의 목소리가 한층 더 깊어진 듯했다. 그가 입을 열었다.

"비전 추구를 가볍게 이야기해서는 안 됩니다. 그것은 인생의 모든 것을 걸어야 할 주제입니다. 그러나 나는 비전 추구에 관한 모든 것을 여러분에게 말할 수는 없으며 오직 내가 체험한 것만 말할 뿐입니다.

나는 나의 부족과 가족들 사이에서 행복한 어린 시절을 보냈습니다. 조상들이 춤추는 것을 보면서 감탄했으며, 늑대 춤을 특히 좋아했습니다. 여러분들에게 잠깐 보여드리겠습니다."

그는 북을 가져오게 한 다음 아주 느린 리듬으로 출발해 점진적으로 속도가 빨라지는 연주를 시작했다. 그러고는 이따금씩 세계의 모든 고통을 표현하는 애절하고도 드라마틱한 노래 속으로 돌진해 들어갔다. 그러다가 갑자기 노래를 멈추더니, 꿈꾸는 것 같은 목소리로 마치 자신이 꿈속에 있는 듯 다시 이야기를 시작했다.

"나는 아직 우리 부족의 춤을 출 수 있습니다. 내 눈에는 아직도 이곳에서 태어난 우리의 가장 먼 조상들, 구리로 된 물건들을 창조한 그 최초의 인간들이 춤추고 있는 것이 보이는 것만 같습니다.

사람들은 나에게 종종 비전 추구에 대해 말해달라고 합니다. 비전을 찾는 데는 많은 길들이 있습니다. 여러분은 여러분 각자에 맞는 것을 찾아야 합니다. 비슷한 두 개의 비전이란 없기 때문입니다. 본질적인 것은 육체적으로, 마음속으로, 정신적으로 준비되는 일입니다. 그 준비 기간은 깁니다. 또한 당신이 준비되었을 때 영이 옵니다. 거기에는 한 가지 조건이 따릅니다. 그것은 당신이 진실하고 자신이 아닌 다른 사람들을 돕기 위해 비전을 구해야 한다는 것입니다.

어렸을 때 나는 놀라운 일들을 겪었습니다. 내가 곰을 만난 것은 세 살 때입니다. 그 곰은 나의 친구가 되었습니다. 놀라지 마십시오. 우리 인디언들은 동물들과 특별한 관계를 가지고 있으니까요.

우리는 동물들이 인간보다 훨씬 더 강하다고 생각합니다. 동물들이 자연과 더 가깝기 때문입니다. 여러분은 영이 자주 동물의 형상으로 나타난다는 것을 알고 있을 것입니다. 언젠가 나는 몹시 지쳐 있었습니다. 그때 내 친구 곰이 나를 등에 업고 집까지 데려다 주었습니다. 우리가 도착하는 것을 보고 할머니께서 말씀하셨습니다. '다시는 집에 곰을 데리고 오지 말거라. 집에는 곰의 먹잇감인 말과 소들, 당나귀와 거위들이 있으니까.' 할머니의 당부에도 불구하고 나는 그 곰을 만나러 종종 숲 속으로 가서 곰의 등 위에 올라타곤 했습니다.

그 후, 나는 병에 걸린 적이 있습니다. 당시 아직 젊었던 나는 몸이 마비된 채 여섯 해를 지냈습니다. 간신히 기어다닐 수 있을 뿐이었습니다. 어느 날 나는 사람들에게 산 위로 데려가달라고 부탁했습니다. 산 위로 올라간 나는 홀로 산에 남았습니다. 그때 한 목소리가 들렸습니다. 그 목소리는 나에게 '서둘러 올라가라.'고 말했습니다. 나는 안간힘을 다해 기기 시작했습니다. 내가 속도를 늦출 때마다 그 목소리가 나를 재촉했습니다. 나는 너무도 지쳐 더 이상은 앞으로 나갈 수 없다고 생각했습니다. 돌연 한 남자가 나타났습니다. 그는 키가 적어도 오 미터는 되어 보였습니다. 그가 옷을 걷어 올리자 하얗게 늑골이 드러났습니다. 그 안으로 나는 기운차게 박동하는 심장과 폐를 봤습니다. 그는 자신이 위대한 영의 아들이라고 말했습니다. 기독교 신자였던 나에게는 그가 그리스도로밖에 여겨지지 않았습니다. 나는 그의 발치에 엎드려 소리쳤습니다. '저를 도와주십시오! 제발 저를 도와주십시오.' 그는 나를 일으켜 세운 다음 마음으로 기도하는 법을 가르쳐주었습니다. 그러고 나서 그가 말했습니다. '네가 원한다면 이제 너는 위로 뛰어오를 수 있을 것이다.' 나는 그 말을 믿을 수 없었습니다. 그러나 나는 나의 모든 열의를 다해 세 번 뛰어올랐습니다. 그렇게 내 병이 나았습니다.

만약 여러분이 어떤 비전을 받았다면 그것은 여러분 자신만을 위한 것이 아니라고 나는 말하고 싶습니다. 그 비전을 통해 여러분은 다른 사람들을 도울 수 있습니다. 내가 비전에 대해 이야기한 후로 삼천 명도 넘는 많은 사람들이 나에게 이렇게 말하곤 했습니다. '조, 당신이 아니었다면 나는 벌써 죽어 잊혔을 거예요.'

예를 들어보겠습니다. 땀천막(치유의 오두막)에서 의식을 치르고 있을 때의 일입니다. 한 남자가 나를 만나러 왔습니다. 그 남자는 춤을 추는 마지막 날에 나에게 말했습니다. '조, 꼭 드릴 말씀이 있습니다. 이곳에 도착했을 때 나는 총으로 자살하고 싶었습니다.' 나는 그에게 대꾸했습니다. '그 말을 왜 나에게 하는지 아나? 자네가 아니라 악마가 말하는 거야. 나에게는 자네 곁에 서 있는 그 악마가 보인다네.' 나는 덧붙여 말했습니다. '만약 자살을 한다면 자네는 남자가 아니야.' 그의 귀에 못이 박히도록 나는 거듭거듭 반복해서 그런 이야기를 했습니다. 그리고 그는 현재까지 잘 살아 있습니다. 바로 여러분 앞에 있는 이 늙은이 덕분에 말입니다.

또 한번은, 한 남자가 나에게 춤을 가르쳐달라고 부탁하러 온 일이 있습니다. 그는 자신이 미쳐가고 있다고 믿고 있었습니다. 나는 그에게 두려움을 갖지 말라고 말했습니다. 그리고 그를 내 곁에 두고 보살폈습니다. 어느 순간 그는 땀천막을 넘어 환상적인 비약을 했고 그의 병도 치유되었습니다.

나는 잠시도 자만하지 않고 여러분에게 내가 한 일에 대해 오전 내내 이야기할 수 있습니다. 내가 어떻게 해서 하늘 위로 올라갔었는지, 그리고 왜 그곳에서 다시 내려왔는지 여러분에게 말할 수 있습니다. 나는 지상에서 아직 할 일이 남아 있기 때문에 다시 이곳으로 내려온 것입니다. 그것에 대해 나는 자랑스럽게 생각하지는 않습니다. 여러분 모두도 그렇게 할 수 있기 때문입니다. 어려운 일도 아닙니다. 그러나 여러분이 구하는 어떤 것을 갖게 되기를 원한다면, 여러분 자신이 그것이 이루어질 것이라고 믿어야 합니다. 그리고 믿음을 갖기 위해서는 가슴을 열어야 합니다. 그것이 전부입니다. 나처럼 늙은 사람의 말을 참을성 있게 들어준 여러분에게 감사의 말을 전합니다."

깊은 침묵이 조 워싱턴의 말을 뒤따랐다. 나중에 누군가가 그에 대해서 나에게 이렇게 말한 적이 있다.

"그 같은 사람들은 우리, 이 나라의 원주민들에게는 살아 있는 역사입니다."

은빛여우(실버 폭스)가 자리를 잡았다. 손에 파이프를 든 그는 희고 구불구불한 긴 머리카락과 인디언치고는 흰 피부를 가지고 있었다. 그가 말했다.

"나는 오랫동안 비전을 찾았습니다. 특히 춘분과 추분에 그렇게 했었습니다. 비전을 찾고자 하는 열망이 너무도 강해 나는 사오 일

동안 땀천막 안에 남아 있기도 했습니다. 사람들이 끊임없이 뜨거운 돌들을 가져다주었습니다. 그 결과 나는 다른 세계 속으로 들어갔습니다.

그때부터 사람들이 나에게 많은 질문을 했습니다. 그러나 나에게는 언제나 그 질문들에 대한 답이 있지 않았습니다. 노인들이 여러분에게 해줄 수 있는 단 한 가지의 것은 스스로 자기 자신의 스승이 되는 길을 가르쳐주는 것입니다. 그래서 누군가가 비전을 찾는 것을 도와달라고 부탁하러 오면 나는 그에게 이렇게 말합니다. '내게 일주일간 기도할 시간을 주십시오. 기도 후 돌아오겠습니다.' 나는 기도하고 간곡히 청을 올려도 보지만, 나 혼자서는 아무것도 할 수 없습니다. 치유는 창조주로부터 옵니다. 우리가 이름을 준 그로부터 말입니다."

은빛여우가 자리에 앉자마자 어린 소녀가 디야니에게 물었다.

"지난 모임에서 당신은 고래를 만났던 일에 대해 말했지요. 그것을 좀 더 이야기해주세요."

디야니가 자리에 앉은 채 대답했다.

"내가 고래들과 처음으로 접촉한 것은 대서양 한가운데의 배 위였습니다. 고래들의 울음소리가 배 전체에 울려 퍼졌습니다. 고래들은 오염 때문에 자신들이 죽어가고 있다고 말했습니다. 그 말을 듣고 나는 겁이 났습니다. 이어 나는 고래들과 다른 이야기를 나누었습니다. 그때 고래들은 나에게 물의 정화를 위해 제사를 지내달라고 부탁까지 했습니다. 몇몇 친구들과 나는 고래들과 노래하는 것을 배웠습니다. 어쨌거나 바다의 생명체들은 우리에게 많은 이야기를 합니다. 고래들은 우리처럼 다섯 번째 별의 단계에서 일합니다."

한 여성이 디야니의 말에 전적으로 동의했다. 나중에 우리는 그녀의 이름이 유니스 바우먼이라는 것을 알았다.

"확실히 고래들은 우리의 친구입니다. 고래는 이로운 존재들입니다. 나도 고래들이 노래하는 것을 들은 적이 있습니다. 그러나 때로 내게 그것은 노랫소리라기보다는 울음소리로 들렸습니다. 지구상의 물을 정화하는 것만큼 위급하고 본질적인 일은 없습니다."

거대한 몸집의 천둥구름이 몸을 일으켰다. 그는 어제 썼던 커다란 챙 달린 모자 대신 야구모자를 썼다. 그가 약간 과장된 말투로 이야기하기 시작했다.

"나는 물의 언어를 이해하고 물에 대해서도 잘 알고 있습니다. 물은 우리의 친구입니다. 오래전 나는 몸이 많이 아팠습니다. 나는 고통과 싸워야 했고 더 이상 잠을 자지도 못했습니다. 약도 소용이 없었습니다. 하루는 약을 가지러 가는 길에 나에게 이야기하는 어떤 목소리를 들었습니다. '그 약들을 버려라. 너에게 해롭다. 약을 복용하는 대신 차라리 물 한 잔을 마셔라.' 나는 정확히 석 잔의 물을 마셨습니다. 그러면서 창조주에게 물을 약으로 변하게 해달라고 빌었습니다. 며칠 후 나는 건강해졌습니다. 창조주가 나의 부탁을 들어주신 것입니다.

여러분도 한번 시험해보십시오. 그러면 알게 될 것입니다. 어느 날 나는 창조주에게 지구를 치료할 수 있도록 비를 약으로 바꾸어 달라는 기도를 했습니다. 그것이 이루어지기 위해서는 깊은 믿음이 필요합니다. 조금이라도 의심하면 아무 소용이 없습니다. 이렇게 해보십시오. 손바닥에 물을 떠 담은 다음 하늘을 향해 들었다가 다시 시냇물 속에 넣으면서 당신이 가지고 있는 문젯거리들과 질병들을 함께 던져버리십시오. 우리 선조들처럼 말입니다. 매우 단순한 행동이지만, 선조들과 우리는 이 방법이 효험이 있다는 것을 알고 있습니다."

확신에 차 있는 천둥구름은 실로 인상적이었다. 우리가 모임이 끝나자마자 달려가 인터뷰를 청할 정도로 그는 매력적인 사람이었다. 옆으로 오라고 우리를 부른 다음 그는 풀밭 위에 앉기 전에 우리를 두 팔로 껴안았다. 그 힘이 너무도 세어 그의 힘차게 박동하는 심장을 느낄 수 있을 정도였다.

앉아 있는 동안 우리는 잠시 침묵했다. 잠시 후 천둥구름이 깊이 울리는 목소리로 이야기를 시작했다. 그에게 따로 질문할 필요는 없었다.

"나는 노스캐롤라이나에서 태어나 자랐습니다. 내가 태어난 그 마을을 사랑했지만 돈을 벌어 생활을 유지할 수 없었기 때문에 나는 그곳을 떠나야만 했습니다. 내가 뉴욕에 도착한 것은 어느 토요일 아침이었습니다. 그리고 같은 날 나는 일자리를 찾았습니다.

나는 리버사이드 드라이브 151번지 길 구석에 있는 건물 수위 일을 계약했습니다. 나중에 사람들은 나에게 좀 더 중요한 건물을 맡겼습니다. 일 년이 다 되어갈 무렵 나는 관리인이 되었고 십일 년간 같은 곳에서 일했습니다.

그 시절 이미 나는 결혼해 아이들이 있었습니다. 아이들을 뉴욕의 길거리에서 보호하기 위해 나는 많은 주의를 기울여야 했습니다. 내 맏아들은 두 번이나 버스에 치일 뻔했었습니다. 아이들이 다 클 때까지 그들을 위협했던 여러 위험들에 대해서는 말하지 않겠습니다. 나는 뉴저지에 있는 패터슨에 아파트를 구했습니다. 돈이 모이자 뉴욕 주 북부의 웨체스터에 집을 지었습니다. 사람들이 바다 끝자락에 짓는 스타일의 아름다운 집을 말입니다. 그곳에서 오 년을 살았고, 그 기간 동안 건설 회사를 세웠습니다.

그러던 어느 날, 비극이 들이닥쳤습니다. 아들이 학교 운동장에서 넘어졌습니다. 집에 들어온 아들은 제 엄마에게 상처를 보여주었습니다. 아내는 상처를 씻어내고 붕대로 감아주었습니다. 그러나 모든 것이 이미 늦어 있었습니다. 상처가 감염된 것입니다. 혈액까지 감염이 되어 이 주 후 일요일 밤 열두 시 십오 분경 내 아들은 경련을 일으키며 혼수상태에 빠졌습니다.

아들을 병원으로 데려가기 위해 우리는 즉시 구급차를 불렀습니다. 밤새 아들의 체온은 쉴 새 없이 올라갔습니다. 열이 너무 심해 아침나절 의사는 침대 위에 얼음을 놓아야만 했습니다. 아들의 상태는 점점 더 나빠졌습니다. 수요일 아침, 아들이 누워 있는 병실로 들어갔을 때 우리는 그가 곧 죽으리라는 것을 알았습니다. 아들의 얼굴은 회색이었고 입술은 자줏빛이었으며 맥박은 더 이상 뛰지 않았습니다. 호출을 하자 두 명의 의사가 들어왔습니다. 그리고 세 명의 간호사들이 그 뒤를 따라 들어왔습니다. 그들은 우리를 옆

방으로 밀어 넣었습니다. 겨울이었습니다. 눈이 내리고 있었고 해가 막 떠오르고 있었습니다.

나는 구석에 앉아 혼신을 다해 창조주에게 기도했습니다. 그에게 내 생명을 아들의 것과 바꾸어달라고 간청했습니다. 나는 오래 살았지만 아들은 아직 그러지 못했습니다. 기도를 하던 그 순간에 나는 왼쪽 귀에서 어떤 목소리를 들었습니다. 그 목소리가 나에게 말했습니다. '이제 너의 아들은 나을 것이다.' 울부짖는 아내를 향해 돌아선 다음 나는 방금 들은 그 단어들을 반복해 중얼거렸습니다. '이제 너의 아들은 나을 것이다.' 아내는 나를 이해하지 못하겠다는 듯 쳐다봤습니다. 나는 아내의 손을 잡고 아들의 방으로 들어갔습니다. 아들의 죽음을 확인한 의사와 간호사들은 이미 자리를 뜨고 없었습니다. 그때까지도 아들의 얼굴은 회색이었습니다. 나는 아들의 맥박을 짚어보았습니다. 아무것도 느낄 수가 없었습니다. 아들은 정말로 죽었던 것입니다. 그런데 이상한 일이 일어났습니다. 내 손이 저절로 들리더니 아들의 이마 위로 가 얹혔습니다. 한숨 소리 같은 것이 들렸고 아들의 배가 아래로 내려갔습니다. 나는 아내를 돌아다보며 이렇게 말했습니다. '모든 것이 다 잘될 거라고 내가 그랬지!'

수요일이었습니다. 금요일에 우리는 침대 위에 일어나 앉은 아들을 볼 수 있었고, 그는 벌써부터 집으로 돌아가고 싶어 했습니다. 아들의 상처는 아물었고, 의사들은 아무 말도 하지 않았습니다. 그들은 아들을 두 주 더 데리고 있었고, 그 후 우리가 집으로 데리고 왔습니다. 아들은 현재 마흔네 살입니다.

하지만 내 삶은 극에 달해 혼란스러워져 있었습니다. 나는 내 생명을 아들의 것과 맞바꾸어달라고 신에게 간청했었습니다. 그러나 내 생명을 신에게 주는 것만으로는 충분치 않았습니다. 그때까지의 내 삶은 돈을 벌기 위해 전쟁을 치르는 것과 다름없었습니다. 언제나 돈은 충분하지 않았고, 돈을 버는 것을 멈출 이유가 아무것도 없었습니다. 가지고 있는 것보다 더 많이, 원하는 것보다 더 많이 말입니다. 아들이 퇴원한 다음 날 나는 일을 버리고 뉴저지로 돌아갔습니다.

생계를 위해 나는 인디언 장신구를 만들었습니다. 그 일을 통해 전보다 훨씬 적은 돈을 벌었지만 훨씬 더 행복했습니다. 아들에게 일어났던 사고가 내 삶을 변화시킨 것입니다. 나는 나무와 동물들, 식물과 물, 인간들을 바라보는 법을 다시 배워나갔습니다. 조상들이 살았던 전통적인 삶으로 되돌아간 것입니다. 나는 거대한 생명을 향해 나 자신을 열었습니다. 나는 예전의 안정된 삶을 버렸습니다. 그러나 나는 압니다. 이제 더 이상 나에게는 아무 일도 일어나지 않을 것임을.

이 년 전 나는 아내와 함께 이곳에 디아니를 만나러 왔었습니다. 어느 금요일이었습니다. 일요일, 집으로 돌아간 우리는 우리 집이 사라진 것을 발견했습니다. 집이 바닥에서 지붕까지 모두 불타버린 것입니다. 하는 수 없이 우리는 한 친구의 집에서 묵었습니다.

보험을 들었었지만, 새로 집을 사기에는 충분치 않았습니다. 하지만 그런 불행이 있었기에 나는 많은 여행을 하며 이곳과 같은 장소에서 연설을 할 수 있었습니다. 여러 나라를 돌아다니며 대학과 단체, 교회에서 강연을 할 수도 있었습니다.

무엇보다도 나는 지구가 살아 있는 존재이며, 우리에게 필요한 모든 것들을 제공해준다는 것을 말하고 싶습니다. 또한 반대로 우리가 지구에게 환경오염과 지구온난화, 검게 죽은 바다와 쓰레기들만을 돌려준다는 것도 말입니다. 그렇게 우리는 지구를 추하게 하고, 숲을 밀어버리고, 지구의 풍요로움을 뿌리째 뽑아버리고 있습니다. 우리는 지구를 죽이고 있습니다. 언젠가는 이로 인해 우리자신들 또한 죽을 것입니다.

어느 날 어떤 신문기자가 던진 질문에 대해 나는 이렇게 대답했습니다.

'인류는 굉장한 창조자입니다. 우리는 놀라울 정도로 큰 더미의 쓰레기들을 창조했습니다. 그러나 쓰레기를 가지고 우리가 무엇을 하는지 깨닫는 데는 충분히 창조적이지 못했습니다. 쓰레기들을 우주 공간 안에 던져버릴 수 있게 될 그날까지 우리는 그것들을 바다에 버릴 수도 있습니다. 바닷속에는 충분히 넓은 공간이 있으니까요. 그러니까 쓰레기 한 톤은 여기에, 또 다른 한 톤은 저기에 버립시다. 그러면 그다음 해 우리는 우리가 바다에 던진 수많은 톤의 쓰레기에 대해 고민하게 될 것입니다.'

사람들은 휴가철이 되면 해변이 더러워진다고 걱정합니다. 그러나 우리는 바다의 생명체들이 우리 때문에 오염된 거주지 안에서 수없이 죽어간다는 것을 알고 싶어 하지는 않습니다. 우리는 매우 정교한 먹이사슬을 계속해서 파괴하고 있습니다. 우리 자신들이 그 먹이사슬의 끝에 있다는 것을 깨닫지 못한 채.

모든 생명은 신성하며 소중합니다. 그것이 두 개의 다리를 가졌든, 다리 네 개를 가진 짐승들이든 간에, 혹은 두 다리와 두 날개를 가진 날짐승이건, 바다에 사는 생명체들이건 간에 말입니다. 보다 하위 부류에 속하는 나무와 바위들도 마찬가지입니다. 한때 인간들은 모든 동물들, 지상 위의 모든 생명체들과 하나였습니다. 그 시기는 인류의 신성한 기간이었습니다. 그러나 그 시기는 인류의 탐욕에 의해 파괴되었습니다. 한번 보십시오. 탐욕으로 인해 우리가 우리 별 위에서 살아가는 것이 얼마나 힘들어졌는가를.

우리에게는 더 이상 편견과 증오심을 가질 시간이 없습니다. 증오할 시간이 더 이상 없습니다. 이 행성 위의 모든 존재들은 신의 자식들입니다. 따라서 우리 모두는 형제이고 자매입니다. 당신들도 나의 형제이고 자매입니다. 신의 관점에서 보자면 우리 모두는 전 세계에 걸친 하나의 커다란 가족입니다. 만약 우리가 한 가족으로서의 삶을 진정으로 살지 않으면 우리는 우리 어머니 대지와 연결되어 있다고 말할 수 없습니다.

내게 있어 낯선 사람은 단 한 명도 없습니다. 나는 당신들을 처음으로 만난 것입니다. 따라서 오늘 나는 내 형제와 자매를 처음으로 만난 것입니다. 그중 단 한 명이라도 의심한다면 우리는 바로 우리를 창조한 신을 믿지 않는 것입니다. 착하건 나쁘건 우리 모두는 신의 자식들입니다.

나는 내 삶의 전부를 모든 생명체들에게, 인간들 모두에게 바치고 싶습니다. 왜냐하면 우리 모두는 신성한 존재로 창조되었기 때문입니다. 보잘것없어 보이는 한 포기의 풀조차도 어머니 대지로부터 온 생명을 가지고 있습니다. 그리고 그 어머니 대지의 생명은 아버지로부터 옵니다. 위대한 영은 세상에서 가장 큰 능력을 가진 존재입니다.

수천 종류의 새들이 있습니다. 그들은 모두 지각이 있으며 신의 은총을 받아 다른 존재들과 조화롭게 살아갑니다. 몇천 년 전부터 우리는 새들을 두 발과 두 날개를 가진 부류로 불렀습니다. 또한 네발 가진 종들과 나무들의 종, 곤충들의 종, 물속에 사는 종, 뱀들의 종이 있습니다. 이 모두에게는 삶과 생존을 위해 필요한 지식이 주어졌습니다.

태초에 인간과 동물은 함께 먹고 잠자며 서로 매우 가깝게 살았습니다. 그것이 시작이었고, 오랫동안 하늘이 대지 위에 있었습니다. 인간은 네발 달린 종들과 물에 사는 종들, 두 발에 두 날개를 가진 동물들과 대화할 수 있었습니다.

나무 위 다람쥐를 보십시오. 다람쥐에게 당신의 생각을 보내면 그는 그것을 받을 것입니다. 옛날에는 당신도 그들의 생각을 읽을 수 있었습니다. 모든 사람들이 그들과 의사소통할 수 있습니다. 그러나 인간들은 지나치게 강해졌고, 지나치게 자기 자신에 집중해 있으며, 지나친 독재자가 되었습니다. 이제 사람들은 동물들을 봐도 그들과 더 이상 말을 하고 서로를 이해할 수 없습니다.

최근에 나는 동물원에 갔었습니다. 그곳에는 여섯 마리의 물소들이 있었는데 사육사들이 그들에게 먹이를 주고 있었습니다. 물소 세 마리는 동쪽을, 나머지 세 마리는 서쪽을 쳐다보고 있었습니다. 그때 나는 메리 오닐이라고 하는 친구 한 명과 같이 있었습니다. 내가 그녀에게 말했습니다. '봐, 저 물소가 곧 먹기 시작할 거야. 가장 뚱뚱한 녀석을 가까이 오라고 불러볼게.' 나는 물소에게 텔레파시로 말했습니다. '너 정말 아름답구나! 너는 나에게 속해 있고 나는 너에게 속해 있단다. 이리 오너라, 너를 만져보고 싶구나.' 그러자 물소가 고개를 돌렸습니다. 내게로 오기 위해 물소는 옆에 있던 물소 한 마리를 한쪽으로 비켜서게 했습니다. 그는 작은 장애물까지 통과해야 했습니다. 그에게 나는 와준 것에 대해 고맙다고 하며 그의 뿔을 쓰다듬고 반복해서 아름답다고 말했습니다. 동물들은 찬사의 말을 정말 좋아합니다. 나는 다른 물소들을 쳐다보았습니다. 그들이 쉼 없이 먹고 있는 것을 보고 나는 물소에게 이렇게 말했습니다. '나의 형제, 다른 소들이 너를 위해 아무것도 남겨놓지 않을 테니 이제 가는 게 좋겠다.'

나는 이렇게 많은 동물들에게 말할 수 있고, 모두가 이렇게 될 수 있습니다. 그러나 거의 모든 사람들이 이 소통의 능력을 잃었습니다. 자신들이 최고라고 생각하고 다른 피조물들과의 관계를 끊었기 때문입니다.

원한다면 당신도 그렇게 할 수 있습니다. 동물들에게 소리 내어 말하지 말고 생각을 전하십시오. 처음에는 망설이게 되겠지만 꾸준히 계속하고, 동물들을 사랑하십시오. 그들에게 아름답다고 말해주십시오. 그러면 성공할 수 있을 겁니다. 당신이 진정으로 원한다면 이룰 수 있습니다. 왜냐하면 당신에게는 그들과 소통하고 싶어 하는 강한 열망이 있으니까요.

나무는 살아 있는 존재입니다. 나무는 마음을 가지고 있습니다.

수액은 나무의 피이고 껍질은 나무의 피부입니다. 우리가 살면서 우리 몸을 보호하기 위해 입는 옷과 비슷한 피부입니다. 그 껍질이 없으면 나무는 여름에는 타버리고 겨울에는 얼어버리고 말 것입니다. 나무는 우리와 같은 일원입니다. 하늘을 향해 뻗은 가지는 나무의 팔이고, 양분을 얻기 위해 땅속으로 내려가는 뿌리는 발과 발가락입니다. 나무의 잎들은 떨어져 거름이 됩니다. 그것이 땅을 지켜줍니다.

나무들은 나에게 한 번도 말을 한 적이 없지만, 내 집에는 아주 강하고 아름다운 나무 한 그루가 있습니다. 나는 자주 두 팔로 그 나무를 껴안고 창조주에게 할 기도를 나무에게 말해줍니다. 그러고는 나무에게 내 기도를 높이 전해달라고 부탁합니다. 이것은 효험이 매우 좋습니다. 멀리 있는 사람들과도 이런 방법으로 의사소통을 할 수 있습니다. 어떤 경우에는 전화도 필요 없습니다.

어느 날 나는 병이 들어 일어나지도 못하고, 전화도 하지 못한 채 침대에 붙박여 있어야 했습니다. 그때 나는 우리 집에서 삼십 킬로미터 떨어진 곳에 살고 있는 간호사 친구 한 명을 생각했습니다. 그리고 나는 그에게 이런 메시지를 보내기 시작했습니다. '팻, 부탁이야. 나를 도우러 와줘.' 한 시간 동안 나는 그러한 메시지를 보냈습니다. 그녀가 내 메시지를 전해 들었을 무렵은 한 시간이 거의 다 되어가고 있을 때였고, 그때 그녀는 목욕 준비를 하고 있었습니다. 그녀는 내가 아픈 것을 모르고 있었습니다. 그런데도 길을 떠나기 전에 의사를 불렀습니다. 의사는 그녀보다 내 집에서 더 가까이 살았기 때문에 친구보다 먼저 도착했습니다. 나를 보자마자 의사는 내가 많이 아프다는 것을 알았습니다. 간호사인 그 의사의 아내와 막 도착한 팻은 나를 이불 안에 둘둘 말아 넣고는 차에 태운 다음 자기 집으로 데리고 갔습니다. 나는 침대 겸용의 긴 의자 위에서 두 주간 머물렀습니다. 의사의 아내와 팻은 밤낮으로 내 머리맡을 교대해 지켰고 나는 마침내 병이 나을 수 있었습니다. 팻에게 그 메시지를 보내지 못했었다면 나는 아마 죽었을 겁니다.

우리가 세상 사람들에게 전해줄 수 있는 것은 바로 사랑과 평화, 관용입니다. 그것들은 사람들에게 가장 부족한 것들입니다. 당신들은 스스로에게 자부심을 가지고 서로를 존중하고 모두가 거대한 가정의 가슴 안에 결합해야 한다고 배웁니다. 우리의 어머니 대지와 함께 나아가야 한다고. 그러나 우리가 자랑스럽게 생각하고 존중해야 할 것은 인간 존재들만이 아닙니다. 우리 조상과 아이들만이 아니라 세상 모두입니다.

우리는 단순한 것들로 되돌아가야 합니다. 모든 생명이 우리의 아버지에 의해 창조되었으며 우리가 어머니 대지를 지키는 수호자들이라는 것을 알아야 합니다. 길을 걸을 때 대지의 에너지가 모카신을 통해 당신 발로 스며듭니다. 그와 동시에 우리 아버지 하늘의 에너지가 정수리를 통해 당신 안으로 들어옵니다. 이 두 에너지들은 심장 속에서 다시 만납니다. 이것은 그냥 단순한 생각이 아니라 당신들이 경험을 통해 알 수 있는 현실입니다.

우리가 동물들과 땅, 나무들로부터 단절되어 나온 것은 우리가 우리 자신과 단절되었기 때문입니다. 많은 존재들이 자기 자신과 분리되어 있습니다. 자신의 깊은 존재와 말입니다. 그 존재를 우리 안에서 다시 찾아야 합니다. 나는 이 말을 언제고 반복해 이야기할 것입니다."

　우리의 대화가 진행되는 동안 천둥구름의 명성을 들었을 남녀 한 쌍이 다가와 그 옆에 앉았다. 이 매력적인 늙은 추장에 벌써부터 매료된 우리는 갑자기 그들과 우리가 감미로운 대기 속에 잠겨 있다는 느낌을 받았다. 여자는 사슴 가죽으로 만든 멋진 인디언 드레스를 입고 있었다. 그 드레스는 어깨와 발, 몸의 높은 곳과 낮은 곳에 늘어져 있는 술 장식 때문에 마치 살아 있는 듯했다. 땋아 내린 머리에는 깃털 하나가 꽂혀 있었으며, 조개와 돌로 만든 여러 개의 목걸이가 가슴 위로 폭포처럼 떨어져 내렸다. 남자는 청바지에 흰 티셔츠를 입고 리본으로 머리를 묶었다. 그들은 구릿빛 피부에 우리가 지금까지 보아온 다른 인디언들보다는 훨씬 덜 인디언 같은, 좀 덜 각진 얼굴을 하고 있었다.

　그들은 천둥구름이 디야니와 다시 만나기 위해 자리를 비운 동안 우리와 함께 남아 있었다. 그들은 스스럼없이 자신들을 남매라고 소개했다. 여자의 이름은 나니키였는데 그녀는 우리에게 자신의 이름이 신성한 돌을 쥐고 있는 능동적인 여성의 영을 상징한다고 말해주었다. 남자의 이름은 투이레이 자바 와리였다. 그들은 스페인 사람들과 미국인들의 식민지화에도 불구하고 기적적으로 살아남은 인디언의 오랜 선조인 푸에르토리코의 인디언 부족 출신이었다.

　우리가 그들에게 이야기를 부탁하자 나니키는 모국의 노래를 가르쳐주겠다고 약속한 사람들과 만나러 가야 하기 때문에 그럴 수 없다며 사과했다. 그녀가 말했다. "저는 더 있을 수가 없어요. 그러나 원하신다면 당신들에게 우리의 노래를 하나 불러드리지요."

이번 우리의 방문 중에 그 순간이 가장 아름다웠다고 고백해야만 하리라. 나니키는 춤을 추면서 깊고 영감 어린 목소리로 노래했다. 단 한 순간도 멈추지 않고 우리를 바라보는 그녀의 시선 때문인지 그녀가 부르는 노랫말이 우리 안으로 깊이 파고들었다.

"노래 속에서 우리가 다시 만날 수 있게 오세요, 오세요. 와서 우리 춤 안에서 다시 만나요. 오세요, 오세요, 그래서 우리와 함께 있어요."

떠나면서 그녀는 라셀을 두 팔로 껴안았다. 그녀는 마치 심장을 잡으려는 듯 손을 자신의 가슴 위에 얹은 다음 라셀의 가슴에도 올려놓았다.

우리는 그녀의 남동생에게로 고개를 돌렸다. 아직까지 나는 그를 생각할 때마다 부드럽다는 단어가 마음속에 떠오른다. 그러나 그 부드러움은 아양을 부리는 것과는 먼 것으로, 흔들리지 않는 확신에 차 있었다. 누이가 떠나는 것을 보고 그가 우리에게 이야기하기 시작했다.

"나니키는 아주 특별한 사람이에요. 그녀는 우리의 신성한 돌을 지니고 있어요. 우리의 전통에 따르면 그녀는 우리 어머니 대지의 화신이에요.

사실 어머니 대지의 화신은 그녀만이 아닙니다. 모든 여성이 어머니 대지의 화신이기 때문에 그녀 혼자라고는 말할 수 없습니다.

하지만 우리 타이노(콜럼버스가 오기 전에 바하마나 쿠바, 히스파니올라 섬, 푸에르토리코, 자메이카 등 앤틸리스 제도의 섬들에 살고 있던 토착민들로, 유럽 인들의 대학살로 인해 지금은 소수만 남아 있음) 사원의 의식을 치르는 지도자는 바로 그녀예요. 영들은 그녀를 통해 이야기하고 많은 가르침을 주지요. 그녀는 스승들을 만나기 위해 미합중국 전역을 여행했어요. 그녀를 보자마자 사람들은 우리 시대를 위해 해야 할 특별한 역할이 그녀에게 있다는 것을 알았어요. 그녀에 대해 말하는 것을 한 번도 듣지 못한 상태에서요. 많은 사람들이 그녀를 만나기 전에 그녀가 올 것이라는 꿈을 꾸었다고 했어요. 나에게 나니키는 누이임과 동시에 어머니이자 친구이고 스승이며 학생이에요. 내게 있어 그녀의 존재는 축복과 같아요.

나는 타히티 인입니다. 우리 민족은 카리브 해의 가장 큰 섬들인 자메이카, 쿠바, 아이티, 도미니카 공화국, 그리고 푸에르토리코에서 살았습니다. 내가 태어난 섬을 우리는 아직 옛 이름인 보리칸(용감하고 고귀한 신의 땅, 위대한 신의 땅이라는 뜻)이라고 부르는데, 위대한 어머니의 아들이 우리의 신성한 산에서 살기 때문입니다.

백인들은 우리의 조상이 아마존에서 출현했다고 말합니다. 그들은 언어학적 기원이 그 근거가 된다고 주장합니다. 그러나 우리의 전통은 그렇게 말하지 않고 우리가 섬에서 나왔다고 합니다. 어떤 이들은 우리가 거대한 동굴에서 나왔다고 하고 또 다른 사람들은 우리가 큰 포플러 나무의 뿌리에서 나왔다고 합니다. 그것이 말하는 바는 우리가 대지의 생명체들이라는 것과 흙이 없으면 우리가 죽음의 위험에 처한다는 것입니다.

콜럼버스를 처음으로 만난 건 우리들이었습니다. 우리는 그를 평화로써 맞이했고 그에게 식량과 마실 물을 주었습니다. 이듬해 백인들이 다시 왔고 그들은 우리에게 땅을 경작하고 강에서 다량으로 발견되는 금을 찾으라는 등 그들 자신을 위해 일할 것을 강요했습니다. 그들 중에는 여성이 없었기 때문에 백인 남자들은 우리 여성들과 많이 결혼했습니다. 그러나 그들은 여성을 보는 우리의 방식을 조금도 이해하지 못했습니다.

우리 전통에서는 여성과 대지는 하나의 존재입니다. 그래서 언제나 영토와 생활 물품의 상속은 여성들에게 위임되었습니다. 콜럼버스가 도착했을 때, 섬의 위대한 추장들 가운데는 적어도 다섯 명의 여성들이 있었습니다. 그녀들은 많은 능력을 가지고 있었습니다. 스페인 사람들은 그녀들을 데려가 아내로 삼거나, 자신들에 대항하는 사람들과 싸우는 전사로 그녀들을 이용했습니다. 그녀들 중에 구이사라는 이름의 여자가 있었습니다. 그녀의 전사들은 그때까지 자신들의 독립을 위해 항거하던 카리브 인들과 타히티 인들에 맞서 싸웠습니다. 아직까지도 그녀의 동상이 수도에 세워져 있습니다.

전통적으로 우리는 어머니에게 속해 있습니다. 우리에게 있어 아버지가 가진 중요성은 매우 적습니다. 그래서 아이들은 언제나 어머니의 가계에 속합니다. 스페인 사람들은 우리 민족이 소멸되었다고 단언했습니다. 그들이 우리의 이름을 바꾸었으니까요. 반면에 어머니들은 자신의 아이들이 인디언이라고 주장했습니다. 물론 사람들이 그들의 입을 막아버렸지요. 하지만 우리는 우리가 인디언이라는 것을 압니다. 우리가 우리 어머니와 할머니의 혈통 속에 있기 때문입니다. 수 세기 동안 우리의 전통을 비밀스럽게 전달해온 것도 바로 우리의 어머니들이었습니다.

나의 어머니는 '큐란데라'입니다. 큐란데라는 병을 고치는 사람을 지칭하는 말입니다. 외할머니 또한 치료사였고, 거슬러 올라갈 수 있는 먼 그 이전에도 그랬습니다.

내가 일곱 살 때 우리 가족은 뉴욕으로 이주했습니다. 일하기 위해서입니다. 나는 영어를 배우러 학교에 갔었는데 처음에는 아주 힘이 들었습니다. 그 시대만 해도 언어 수업이 따로 없었으니까요. 어머니는 치료하는 일을 계속했고, 나와 형제들은 그 일을 도왔습니다. 아주 많은 사람들이 치유를 위해 나의 어머니를 찾아왔습니다. 어머니는 아침 아홉 시부터 저녁 여섯 시까지 일하면서 한 번도 돈을 받지 않았습니다. 전통적으로 우리는 치료비를 지불하지 않기 때문입니다.

우리 가족 모두가 세례를 받았습니다. 사실 우리가 받은 세례는 두 종류의 것입니다. 하나는 가톨릭에 따른 것이고 다른 하나는 우리의 전통에 따른 것입니다. 어머니는 우리를 매주 일요일 성당에 보내셨습니다. 그리고 신부님이 하시는 말씀을 잘 들으라고 엄명하셨습니다. 그러나 불행히도 신부님은 우리에게 영과 대화를 나눈다고 주장하는 사람들은 모두 사기꾼이거나 악마의 피조물들이라고 말씀하셨습니다.

내가 알기에 아주 적은 사람들만이 가톨릭을 정말로 깊이 있게 이해하고 있습니다. 그 소수를 제외한 나머지 다른 사람들은 표면적인 이해에 머물러 있습니다. 그들은 집안이 시끄러울 때나 고난에 처했을 때만 기도합니다. 그런데 병에 걸려 의사의 처방을 따랐으나 그것이 아무런 소용이 없으면 사람들은 전통적인 치료사들을 보러 옵니다. 그들은 그런 행동이 기독교를 부인하는 것이라고는 생각하지 않습니다.

우리 인디언 문화의 기본 원리가 아직까지 제대로 알려지지 않았다는 것을 알아야 합니다. 많은 사람들이 나에게 이렇게 말합니다. '당신은 백인과 흑인의 혼혈이지 인디언이 아닙니다.' 그들이 이렇게 말하는 이유는 그들 마음속에서 인디언은 사라진 존재이기 때문입니다. 제 고조할아버지는 흑인이었고 어머니는 인디언이었지만, 나에게 약초를 캐는 신성한 방법을 가르쳐주고 담배를 헌납하는 것을 가르친 사람은 나의 어머니였습니다. 나는 아프리카 종교에 대해서도 공부를 했습니다. 그러나 아프리카 종교에서 이런 관례를 찾을 수는 없었습니다. 아메리카 인디언들의 종교 안에서는 흔히 있는 것들인데 말입니다.

유럽 인들은 항상 분류를 지어 그들이 누구인가를 다른 사람들에게 말하고 싶어 합니다. 하지만 우리는 우리가 누구인가를 알고 있습니다.

많은 예언자들은 침략 오백 년 후 타히티 인들의 정신이 다시 일어설 것이라고 단언했었습니다. 바로 그 시점에 우리가 처한 것입니다. 아디차라는 이름의 도시에서 타히티 축제를 올리는 것은 십이 년 혹은 십오 년 전부터 시작되었습니다. 그때 사람들은 몸에 그림을 그리고 오래된 신성한 춤을 추며 전통적인 공놀이들을 합니다. 소라고둥이 다시 불리기 시작했고 부모들은 다시 아이들에게 타히티식 이름을 지어주기 시작했습니다. 예술가들은 타히티 예술을 새롭게 재발견하고 있으며 그것에 감명을 받습니다.

이 전통들이 잊히지 않은 이유에 대해 사회학적인 것으로는 설명할 수 없습니다. 오히려 그것은 정신적인 것으로 설명될 수 있습니다. 기도를 할 때, 마음을 열기 시작할 때, 종족의 기억은 다시 떠올라 표면화됩니다. DNA의 소용돌이 안에 우리 조상들의 모든 기억들이 보존되어 있다는 것을 잊어서는 안 됩니다.

다른 모든 아메리카 인디언들처럼, 속박의 오백 년을 추모하는 같은 순간에 우리는 놀라운 사건들을 경험하고 있습니다. 매일 보기 때문에 나는 그것에 대해 증언할 수 있습니다. 미합중국에는 이럭저럭 백인들의 문명에 적응하기 시작한 많은 푸에르토리코 인들이 있습니다. 그들 중 다수가 타히티 인입니다. 따라서 그들은 자연스럽게 비전을 갖고 목소리에 귀 기울이기 시작했으며, 자신들의 인디언 의식이 물 위로 떠오르고 있다고 느끼기 시작했습니다. 교회까지 세워졌었습니다. 펜실베이니아의 피츠버그에 있는 그 교회는 쿠바에서 온 사람들에 의해 세워졌었습니다. 우리들 중 백여 명의 사람들이 모임을 만들기 시작했습니다. 그들은 자신들이 모두 위대한 영의 부름을 받았다고 생각합니다. 예언이 실현된 것입니다.

예언은 인디언 민족들 모두에게 공통적인 것입니다. 예언은, 백인들이 도착하고 오백 년이 지난 다음, 우리의 문명이 부활해 그 빛을 다시 찾게 될 것이라고 말합니다.

우리 타히티 인들은 특별한 임무를 가지고 있습니다. 우리가 최초로 침략을 받은 종족이며 다른 민족들보다 더 많이 피가 섞였기 때문입니다. 그렇기 때문에 우리는 화해의 비전을 지켜야 합니다. 흑인들과 홍인종은 물론 백인들을 증오할 수 없습니다.

나는 1954년에 보리칸에서 태어났습니다. 나는 아홉 명의 형제 중 둘째입니다. 나의 어머니는 할머니와 증조할머니와 같은 전통적인 길을 따르고 있습니다. 열두 살 때 나는 영적 메시지들을 받기 시작했습니다. 그것은 매우 간단한 것입니다. 나에게는 전혀 놀라운 일이 아니었습니다. 나는 가족과 친구들, 그리고 이웃 등 내 주변에서 비전을 받은 많은 사람들을 알고 있습니다. 집에서 우리는 우리의 꿈과 비전들을 자연스럽게 나눕니다. 그것은 신성한 표식이 아니라 오히려 균형을 이룬 모든 인간 존재들이 가질 수 있는 결과입니다.

뉴욕에 왔을 때, 일곱 살 먹은 어린 소년에게는 아메리카 인디언의 삶을 지킨다는 것이 힘든 일이었습니다. 더군다나 나는 영어도 하지 못했으니까요. 우리는 가난했고 거리에는 폭력이 난무하고 있었습니다. 나는 나를 흑인이라고 하는 백인들과 나를 백인이라고 하는 흑인들에게 얻어맞은 적이 있습니다. 푸에르토리코 인들에게서조차 두들겨 맞았습니다. 그러나 나는 아무도 증오할 수 없었습니다. 누군가를 증오한다는 것은 종국에는 세상 모두를 증오하는 일이 되기 때문입니다.

진정한 치료사였던 어머니는 육체적으로 내가 훌륭한 전사가 되지 못한다는 것에 아연실색하셨습니다. 하지만 나는 정신적으로 또 심적으로 언제나 매우 강했습니다.

어느 날 나는 비전 하나를 받았습니다. 그 비전은 모든 사람들이 원주민이라는 것이었습니다. 대지는 신성한 것이므로 땅과 다른 것들 사이에 진정한 분리는 없습니다. 프랑스와 푸에르토리코 사이에도 분리란 없습니다. 그 두 개의 나라 사이에 바다가 있지만 그 바닷물 속에는 무엇이 있습니까? 바로 땅이 있습니다. 오로지 대지만이 있을 뿐입니다. 그리고 우리는 그 대지의 열매들입니다. 우리에게는 피부색이 다른 많은 자식들을 가진 단 한 분의 어머니만이 있을 뿐입니다. 대지 그 자신도 서로 다른 색을 가지고 있지 않습니까? 지역에 따라 흙은 붉거나 희고 검습니다. 그렇다고 해서 그들이 다른 흙이라고 말할 수 있습니까? 아닙니다. 그것은 같은 대지에 속합니다. 이처럼 사람들도 서로 다른 색으로 태어났지만 결국에는 모두 같은 하나의 존재입니다.

나는 나에게 폭력을 행사한 사람들과, 내 나라를 침략하고 통치하는 백인들에 대한 원한을 갖고 있지 않습니다. 당신들은 내가 전생의 삶들을 믿고 있다는 것을 알고 있을 겁니다. 전생에는 내가 타히티의 어린이들을 학살한 스페인 군인이었을지도 모르는 일입니다. 내가 성장하기를 바라고 하늘처럼 큰사람이 되기를 원한다면 나는 다른 이들에게 그리고 나 자신에게 관대해져야 합니다. 태양은 선하건 악하건 간에 인간들 모두를 비춥니다. 그리고 우리 어머니 대지는 모두를 먹여 살립니다. 위대한 영은 우리에게 대지와 같은 마음과, 하늘과 같은 정신을 가지라고 말합니다. 하늘을 보십시오. 구름은 그 맑은 하늘에 흔적을, 흉터를 남기지 않습니다. 구름이 태양을 감춘다고 하지만 그것은 사실이 아닙니다. 구름은 우리가 태양을 보는 것을 방해할 수 있을 뿐, 태양은 구름에 가려지기에는 너무 큽니다. 날이 흐리다고 느끼는 것은 단지 우리의 지각에 의한 것일 뿐입니다.

위대한 영 안에서 성장할수록 우리는 우리가 하나의 존재라는 것을 더 잘 이해하게 됩니다. 우리가 가지고 있는 이러한 서로 다른 점들은 보다 더 흥미로운 부분에 이르기 위한 하나의 프리즘과 같습니다. 프리즘에 이른 흰 빛은 여러 가지 다른 색들로 나타나지만, 결국에는 단 하나의 빛입니다. 멋지지 않습니까? 만약 우리가 흰 빛만을 본다면 세상은 모노톤이었을 것입니다. 무지개를 보십시오. 매우 아름답지 않습니까?

우리는 콜럼버스를 가족의 한 사람처럼 맞이했습니다. 우리는 같은 어머니에게서 나온 형제들과는 싸우지 않는다는 것을 알고 있었습니다. 살아가기 위해서 우리는 관대해져야만 합니다. 우리는 용서가 필요하다는 것을 잘 알고 있습니다. 용서하지 않는 마음은 쪼그라들어 더 이상 볼 수도, 명확히 생각하고 행동할 수도 없습니다.

중죄인들에 대해서도 당신은 용서를 하지 않을 수 없을 것입니다. 그들에게는 자신들이 저지른 죄 때문에 상처를 받은 어머니와 누이, 할머니와 숙모들이 있습니다. 만약 우리가 그를 파괴하면 우리는 그를 사랑하는 죄 없는 사람들까지 파괴하게 됩니다.

어쩌면 내가 잘못 생각하고 있는 것일지도 모릅니다. 죽을 때에 어쩌면 신이 나에게 이렇게 말할지도 모릅니다. '너는 착각을 했다. 너는 아무것도 이해하지 못했어.' 그러면 나는 이렇게 대답할 것입니다. '그것이 내가 할 줄 아는 것이었습니다. 내게 죄가 있다고 하더라도 그것은 악의가 아닌 무지에서 비롯된 것입니다.' 그러한데 어떻게 신이 나에게서 얼굴을 돌릴 수 있겠습니까?

나는 현재 지적 장애아들을 돌보는 일을 하고 있고, 그 방면에서 석사학위를 취득했습니다. 지적 장애아들과 함께 일하면서 나는 많은 것을 배웁니다. 이 직업을 통해 우리가 배울 수 있는 첫 번째 것은, 적절한 환경과 적합한 기술, 그리고 정확한 동기를 제공하면 모든 존재들은 발전할 수 있다는 것입니다. 조물주 앞에서 우리가 가진 이해력은 매우 작은 것에 지나지 않습니다. 창조주에게 있어서는 나 또한 지적 장애아이기 때문입니다. 나는 내 학생들과 함께 인내심을 배웁니다. 학생 한 명이 나를 때려도 나는 그에게 매를 들지 않습니다. 그는 그것이 잘못인지를 모르니까요. 단지 나는 그의 고통을 덜어주고자 노력할 뿐입니다. 신은 이와 같은 시도를 보다 나은 방법으로 천만 번도 더 할 것입니다.

이 직업은 내가 선택한 것이 아닙니다. 위대한 영이 나를 위해 선택해주신 것입니다. 언젠가 일자리를 찾고 있던 한 친구와 동행한 적이 있었습니다. 그때 접수계에서 한 여자가 내 친구에게 약속이 되어 있던 것인지 물었습니다. 그러면서 나에게도 같은 질문을 했습니다. 나는 아니라고 대답했지만, 그녀는 약간 귀가 어두웠기 때문에 내 말을 알아듣지 못했습니다. 그리고 나는 그녀가 인터폰에 대고 사장에게 이렇게 말하는 것을 들었습니다. '에르난데스 씨가 와 계십니다. 그와 약속이 되어 있습니다.' 이어 나는 사장이 그녀에게 하는 말을 들었습니다. '그래? 기억이 나지 않는데, 아마도 내가 실수를 한 모양이지. 그를 들여보내요.' 그래서 나는 그에게 갔습니다. 그리고 그는 자신에게 정말로 필요했던 누군가를 찾게 되었습니다. 나에게 몇 가지 질문을 하고서 그는 그 자리에서 계약을 했습니다. 내 친구는 일주일을 기다려야 했지만요.

내 공부는 장애아들과 함께하면서 시작되었습니다. 공부라야 그들에게 먹을 것을 주고 잠자리를 갈아주는 일들뿐이었지만, 그 시절에 나는 중등교육밖에는 받지 않았었습니다. 그러니까 십삼 년 전의 일입니다. 일을 하면서 나는 대학에서 공부를 했습니다. 그렇게 나는 성장할 수 있었습니다. 내 생각에 우리 타히티 인들은 평범하지 않은 이들을 돌봐주는 특별한 임무를 가지고 있는 것 같습니다.

우리 전통에 따르면 모든 사람들에게는 각자 주어진 역할이 있습니다. 가장 위독한 병에 걸려 있는 것처럼 보이는 사람들에게조차 존재의 이유가 있고, 그들은 다른 사람들에게 교훈을 줄 수 있습니다. 개개인 모두는 그들이 맡아 해야 하는 역할과 그들만의 존재 이유가 있습니다. 받지 않고서는 줄 수 없고 주지 않고서는 받을 수 없습니다. 내가 만약 당신에게 무엇인가를 주면, 당신은 그것을 받고 나에게 선물을 합니다. 이것은 누군가를 가르칠 때도 마찬가지입니다. 가르칠 때도 우리는 언제나 무엇인가를 배우니까요. 자, 그렇다면 누가 가르침을 받는 자이고 누가 가르침을 주는 자입니까? 모두가 가르치고 배우는 존재입니다.

장애아들과 함께 있는 것은 타히티 형제들과 함께 있는 것만큼 나를 행복하게 합니다. 나는 내가 해야 할 역할이 있다는 것을 알고 있고 그것이 내 삶을 충만하게 합니다. 나는 아주 조금씩 위대한 영에 인도되는 법을 배웁니다."

그의 눈빛에는 한없는 부드러움과 힘이 공존한다. 확실히 그는 '일곱 세대에 걸칠 모두의 이익에 따르라.'는 인디언들의 격언에 따라 행동할 수 있는 사람이었다. 라셀과 나는 다시 한 번 우리가 훌륭한 존재들과 깊이 있게 만날 수 있는 많은 기회들을 가졌다고 서로에게 이야기했다.

만약 당신이 사람들이 선하지 않아 믿을 수 없다고 말하면, 당신은 믿을 수 없는
악한 사람들만 만나게 될 것이다. 대다수의 사람들은 자신조차 믿지 못한다.
자신들이 우주에 연결되어 있다는 것을 느끼지 못한다. 그들은 자신이 우주 전체와,
생명의 주기에 관계되어 있다는 것을 알지 못하고 행동한다.

별에서 온 사람들

우리는 디야니가 우리를 초대한 평화의 마을로 다시 가서 그녀와 재회했다. 바깥에서는 삼 일간의 모임을 위해 인디언 어른들의 기도로 노력해 얻어진 태양이 빛나고 있다.

디야니는 우리가 가졌던 지난 만남 이후에 어떤 사람들을 만났느냐는 질문으로 대화를 시작했다. 우리는 그녀에게 천둥구름과 우리의 친구인 푸에르토리코 인에 대해 말했다.

디야니가 말했다.

"그들은 매우 특별한 사람들입니다. 가장 무참하게 박해당한 민족들에 속하며 최초로 식민지화를 겪은 이들입니다. 그들이 자신들의 전통과 문화, 노래와 춤을 보존할 수 있었던 것은 기적에 가까운 일입니다. 현재 그들은 자신들의 고대 신전에서 발굴 작업을 하며 땅속에 묻혀 있던 신성한 물건들을 찾아내 사람들의 마음속에서 다시 살아나게 합니다.

나니키와 투이레이는 우리의 모범입니다. 그 두 사람이 너무 수수하다고 말할지도 모르지만 그들은 거의 매일 밤 사람들이 살해당하는 뉴욕의 우범지대에 살면서 믿을 수 없을 정도로 놀라운 일을 합니다. 그들은 자발적으로 넓은 지역을 청소하고 그곳에 정원 만드는 일을 조직하고 있습니다. 그들이 하는 일은 매우 훌륭한 것입니다.

천둥구름은 정말로 특별한 사람입니다. 그는 담배를 피우고 육식을 하며 하고 싶은 대로 살지만, 영혼은 매우 순수합니다. 또한 그의 기도는 특별한 힘을 가지고 있습니다. 그는 그만의 방식으로 물을 정화하는 의식을 치릅니다. 작년에 유럽에 있으면서 물을 마실 때마다 나는 그의 축복을 느꼈습니다. 마치 그의 기도가 물 안에 스며 들어온 것처럼."

라셀이 말했다.

"우리에게 천둥구름이 말했었습니다. 우리가 그를 생각할 때마다 그가 우리가 있는 모든 곳에 있을 것이라고. 나는 그 말을 진심으로 믿고 있습니다."

디야니가 말했다.

"당신들은 우리와 함께 시간을 보냈고 매 순간 진지하게 임했습니다. 따라서 당신들이 우리의 의사소통법을 이해하고 나누기 시작한 것은 정상적인 일입니다."

라셀이 물었다.

"나에게 어떤 조언을 해주실 건가요? 영적 계획에 관해, 그 능력과 실존의 혜택을 받기 위해 나는 무엇을 해야 합니까?"

디야니가 대답했다.

"물을 마실 때 천둥구름을 생각하세요. 무의식적으로가 아니라 의식적으로 말입니다. 당신 내부를 지나면서 당신을 정화시키는 물에게 기도를 하세요. 천둥구름은 흙에 물을 뿌릴 때도 그렇게 하라고 말합니다. 물은 대기로 증발하기 전에 흙을 정화시킵니다."

우리는 디야니에게 체로키 족의 가르침들 안으로 좀 더 깊이 들어갈 때가 되었다고 말했다. 그러자 그녀가 말했다.

"태초부터 인간들은 지상에서 단 한 가지만을 갈망해왔습니다. 그것은 마음속 평화를 이루는 일입니다. 그런데도 세계사는 혼동과 분쟁만을 일삼고 있습니다. 지금까지 어떤 일이 일어났었고, 또 어떤 일이 일어나고 있습니까? 많은 아메리카 인디언들이 그 답을 가지고 있습니다. 모든 불행은 인간이 자기 내면세계와 우주에서 분리되었다는 데 기인합니다. 우주는 영원히 멈추지 않습니다. 끊임없이 새로워지며 스스로를 구축합니다. 우리 모두에게는 이 우주에 대한 정신적인 책임이 있습니다. 모든 인간 존재는 마음의 평화를 얻기 위해 의식 있는 우주의 협력자가 되어야 합니다.

나는 아직도 종종 아메리카 인디언들이 훌륭한 전사들이었다는 말을 듣고는 합니다. 그러나 이 단어의 의미를 이해할 필요가 있습니다. 우리에게, 그리고 긴 시대에 걸쳐 이어 내려온 전통 속에서 전사란 무지와 공격성을 올바른 행동으로 변화시킬 수 있는 사람이었습니다. 그는 사고의 과정과 자연의 법칙을 이해하고 있습니다. 따라서 그에게 무기는 필요하지 않습니다.

인디언 종족이 사냥과 낚시의 권리를 놓고 싸운 것은 사실입니다. 그것은 그들이 가르침들을 잊었기 때문입니다. 그러나 여기서 우리가 한 가지 간과하지 말아야 할 것은 그 순간에도 전쟁은 진짜 전쟁이라기보다는 스포츠의 형태에 더 가까웠다는 점입니다.

구전으로 전해 오는 바에 따르면 체로키 족의 최초 열두 개 부족은 우리들이 '일곱 무희'라고 부르는 플레이아데스 별에서 왔습니다. 이어 그들은 훗날 아틀란티스라는 이름으로 알려진 대서양의 다섯 개 섬에 정착했습니다. 그 후 아틀란티스는 무지와 거만함을 벌하기 위해 그들을 삼켜버렸습니다. 그들이 다른 인간들을 노예 신분으로 몰아넣으려고 자신들의 능력을 악용했기 때문입니다. 그때 살아남은 우리 종족들은 남아메리카와 중앙아메리카로 피신해 갔습니다.

우리가 별의 여자라고 부르는, 하늘에서 떨어진 한 여성의 이야기가 있습니다. 전해지는 바에 의하면, 그녀는 우리 모두의 아버지인 아스가 야 갈룬라티(체로키 인디언들이 말하는, 우리 모두를 하나로 연결해주는 위대한 영. 창조자, 내적인 감동을 주는 살아 있는 영, 생동하는 그 무엇)의 딸이었으며, 별만큼 아름다웠다고 합니다. 어느 날 그녀는 아버지의 정원에서 작은 관목 뒤로 들려오는 북 굴러가는 소리를 들었습니다. 호기심에 그녀는 그 관목 옆을 파헤치다가 자신이 방금 판 구멍 속으로 떨어졌습니다. 그 시기에 지상의 창조물들은 바다 위를 표류하고 있었는데, 그때까지 그들은 지성을 갖추지 못했었습니다.

소녀가 지구를 향해 나선형으로 천천히 떨어지고 있을 때, 딸을 자신에게로 다시 부를 능력이 없었던 아버지는 지상의 창조물들에게 도움의 손길을 부탁했습니다. 창조물들은 자신들이 곧 놀라운 선물을 받게 될 것임을 알았습니다. 그리고 소녀가 안전하게 상륙할 수 있는 장소를 찾아야 한다고 생각했습니다. 그러자 거북이가 말했습니다. '그녀가 내 등 위로 떨어질 거야. 좀 더 신경을 써서 등이 단단하고 안정적일 수 있게 하자.' 수많은 창조물들이 흙을 가지고 오기 위해 바다 밑바닥까지 잠수해갔습니다. 그러나 충분히 깊은 곳까지 내려갈 수 있었던 것은 물거미뿐이었습니다. 물거미는 지쳐 죽을 지경에 빠져서야 한 줌의 흙을 거북이 등 위에 가져다 놓을 수 있었습니다. 이 한 줌의 흙은 우리가 현재 알고 있는 아메리카 대륙을 형성할 때까지 계속해서 커져갔습니다. 자세히 살펴보면, 아메리카 대륙이 정말로 거북이 모양을 하고 있다는 것을 알 수 있을 겁니다.

무사히 지상에 도착한 소녀의 가슴에서 옥수수와 강낭콩, 호박이 나왔으며 두 눈에서 강물이 흘러나왔습니다. 그리고 인간들은 영원히 꺼지지 않는, 현재까지 우리가 불로 상징하는 지혜의 불꽃을, 체로키 인들의 신성한 불씨를 얻었습니다.

2,861년 전에 위야후 인들의 계보를 작성한 사람이 있습니다. 그의 이름은 '창백한얼굴'입니다. 그의 얼굴이 빛을 발하고 있었기 때문에 그렇게 불렸습니다. 그는 인간들이 올바른 행동을 잊었던 시기에 그리스도나 붓다보다 더 먼저 지상에 왔습니다. 그는 정

의를 회복시켰습니다. 그의 가르침들이 현재 우리 존재의 기초가 되고 있습니다. 우리는 그의 가르침대로 살고자 노력합니다. 그는 다음과 같이 예언했습니다. 그가 한 최초의 설법을 사람들이 다시 기억해낼 필요가 있을 때가 오면 언젠가 다시 올 것이라고.

대략 1500년경에 그가 다시 왔습니다. 우리에게 그는 '평화만드는이'란 이름으로 알려져 있습니다. 그는 현재 캐나다에 속하는 지역에 사는 후론 족으로 태어났습니다. 그 시기에 인디언 민족들은 신성한 교리들을 잊고 있었고 계속해서 싸움을 했습니다. 평화만드는이는 남성과 관계하지 않은 여성에게서 났습니다. 그가 매우 어렸을 때부터 인디언 어른들은 그에게서 지혜를 엿보았습니다.

그는 급성장해 성인이 되었습니다. 아버지와 어머니를 떠날 시기가 되자 그는 흰 바위로 배를 만들었습니다. 돌로 배를 만드는 것을 보고 부족 사람들은 그가 미쳤다고 생각했습니다. 사람들이 그에게 말했습니다. '돌로 만든 배가 물에 뜨는 것을 본 사람은 이제껏 아무도 없다.' 그는 오늘날 캐나다의 토론토를 떠나 동쪽을 향해 노를 저어 부족과 부족을 거쳐 갔습니다. 그는 강가로 몰려드는 사람들에게 그들의 의식을 일깨우는 질문을 던졌습니다.

그는 자신이 만난 전투 지휘관에게 물었습니다. '당신들은 왜 서로 싸웁니까?' 지휘관이 대답했습니다. '모호크 족이 우리의 사냥감을 빼앗아 가니까요.' 그러자 평화만드는이가 말했습니다. '당신들은 강의 저쪽에 살고 모호크 족은 반대쪽에서 살지 않습니까? 그런데 어떻게 그들이 당신들의 사냥감을 가져갈 수 있지요? 당신들 두 종족을 위한 사냥감이 충분하지 않습니까?' 그러자 지휘관이 대답했습니다. '사냥감은 충분합니다. 하지만 우리는 싸움에 익숙해져 있습니다. 그리고 싸움을 멈추기 위해 어떻게 해야 하는지 모릅니다.' 말을 마친 뒤 지휘관은 잘못이 자신에게 있었다는 것을 깨달았습니다. 그 후 그는 평화를 만드는 사람이 되었습니다.

평화만드는이는 계속해서 자신의 길을 갔고 북아메리카 인디언들이 이용하던 여러 개의 길들이 교차된 곳에 도착했습니다. 그곳에서 그는 다른 무엇보다도 싸움을 좋아하는 무시무시한 전사와 대면했습니다. 평화만드는이는 그 전사를 강렬한 눈빛으로 바라보았습니다. 그리고 이렇게 중얼거렸습니다. '아! 여기 심하게 고통받는 자가 있구나. 그의 고통을 덜어줄 약을 찾아야겠다.' 그는 조약돌들을 주워 그것으로 염주를 만들었습니다. 그것은 그가 평화로운 사람으로 변화시킨 전투 지휘관에게 준 것과 같은 것이었습니다. 그때 그는 염주를 내밀며 이렇게 말했습니다. '소유에의 욕망이 생길 때마다 마음의 평화를 위해 기도하시오.'

넉 달 동안 평화만드는이는 잔혹한 식인 전사의 집에서 멀지 않은 숲 속 공터에서 야영을 했습니다. 전사는 너무도 미개했고, 머리카락 사이사이와 수염 속에 뱀들이 살고 있었습니다. 그는 호의를 표하려면 어떤 단어를 사용해야 하는지조차 잊고 있었습니다.

그 전사에게 어떻게 접근해야 할지 모르던 차에, 평화만드는이는 굴뚝 위로 올라갈 생각을 해냈습니다. 굴뚝 위로 올라간 그는 전사가 사람 한 명을 구워 먹는 것을 보았습니다. 동시에 잔혹한 전사는 평화만드는이의 얼굴이 자신의 냄비 안에 비치는 것을 보았습니다. 누군가가 굴뚝 위에 있을 것이라고는 상상도 하지 못한 전사는, 자신의 얼굴이 비치는 것이라 믿고는 이렇게 외쳤습니다. '이게 정말 나야? 이렇게 착하게 빛나는 얼굴이? 그런데 나는 왜 이렇게도 무시무시한 일들을 저지르고 있지?' 그의 공격성이 순식간에 사라졌습니다. 그는 자신 안에 존재했던 잠재적 아름다움을 깨닫게 되었습니다.

그는 오두막집에서 나와 앉아 새로운 눈으로 하늘을 바라보았습니다. 그러자 전과는 완전히 다른 느낌을 받을 수 있었습니다. 그 순간, 평화만드는이가 굴뚝에서 내려와 전사의 곁으로 다가가 말했습니다. '오래전부터 다른 이들을 괴롭히면서 그대는 또 얼마나 많이 고통 받았는가!' 전사는 자신이 아무런 답도 할 수 없음을 알고 매우 놀랐습니다. 평화만드는이는 그에게 진주 목걸이를 하나 건네주며 이렇게 말했습니다. '슬픔과 고통이 그대를 방문할 때마다 이 진주들을 하나씩 세며 그 감정들이 사라지도록 소리 내어 기도하라.'

그 무시무시한 전사가 내면의 평화를 찾는 것을 보고 다른 전사들은 깊은 감명을 받았습니다. 이 놀라운 이야기는 함께 모여 기도를 드림으로써 모든 고통들을 잠재우기로 결정한 세 개의 부족들 사이에 퍼졌습니다. 그때가 바로 평화만드는이가 행복하고 평화로운 삶을 위한 율법을 그들에게 전한 때입니다. 그 율법은 온 세계가 지금까지도 감탄하는 미합중국 건설의 기초가 되었습니다.

이해를 돕기 위해 우리가 종족의 어머니라고 부르는 한 여성에 대해 말해야 할 것 같군요. 그녀에게는 일곱 개의 서로 다른 종족의 일곱 아버지로부터 태어난 일곱 아들이 있었습니다. 그녀의 집은 평화의 길 위에 있었습니다. 사람들 모두가 안전하게 여행할 수 있는 길 위에 있었던 것입니다. 전쟁 중인 이들도 그곳에서는 서로 싸울 권리가 없었습니다. 모든 사람들이 음식을 먹고 쉬기 위해 그녀의 집에서 멈출 수 있었습니다. 벤저민 프랭클린(미국의 정치가, 과학자, 저술가. 자연과학 분야에서 전기유기체설을 제창하는 등의 두드러진 활동을 보였으며 정치 외교 분야에서도 활약함. 평생에 걸쳐 자유를 사랑하고 과학을 존중했으며 공리주의에 투철한 전형적인 미국인으로 일컬어짐)이 그녀에 대해 들었을 정도로 그녀는 북아메리카 전역에서 매우 유명했습니다.

벤저민 프랭클린이 신비주의자였으며 우리 조상들의 지혜에 열렬한 관심을 보였다는 것을 당신들도 알고 있을 것입니다. 사람들에게 회자되는 모든 종족의 어머니에 대해 그는 알고 싶은 마음이 들었습니다. 그에게 더욱 흥미로웠던 것은 이로쿼이 인디언 연맹의 주민들이 어떻게 해서 서로 이해하고 무장 분규를 피할 수 있게 되었는지를 알아보는 일이었습니다. 종족의 어머니는 그에게, 결정을 내려야 할 때마다 모든 국민들이 평등하게 각자의 의사를 표명할 수 있다고 설명해주었습니다. 여기서 그는 다른 무엇보다도 의회제도에 대한 영감을 얻었습니다.

그렇게 해서 창백한얼굴과 그를 이어 태어나는 화신들은 민주주의 기본 사상의 기초가 되었습니다. 국제사회에서 재발견된 이런 사상들이 현재 국제연합의 근간을 이루고 있습니다. 이것에 대해 우리는 원주민들이 지구 행성의 이익을 위해 사법제도와 민주주의를 발전시키는 데 기여했다고 말할 수 있습니다.

평화만드는이는 일상생활을 위한 계율도 남겼습니다. 단순하지만 유익한 것들입니다. 모두 다섯 가지로 첫째 언제나 진실을 말할 것, 둘째 다른 사람의 장점을 언급하는 말만 할 것, 셋째 어머니 대지의 능력을 낭비하지 말 것, 넷째 생명을 존중할 것, 다섯째 오늘할 수 있는 일을 내일로 미루지 말 것입니다.

나에게 신성한 불을 꺼뜨리지 말라고 지시한 것도 창백한얼굴입니다. 그는 우리에게 그 불이 별들로부터 온다고 가르쳤습니다. 우리는 그를 우리의 할아버지라고 말합니다. 체로키 족에게는 '불'이라는 단어를 표현하는 일곱 가지 서로 다른 방법이 있습니다. 먼저 불은 주술적 요소입니다. 만약 멀리 있는 누군가의 소식을 듣고싶으면 우리는 불을 지핍니다. 그리고 그 불이 우리에게 그 사람의 안부를 전해줍니다. 또한 불은 건축가이자 파괴자이기도 합니다. 불이 있기 때문에 우리는 계속해서 새로워질 수 있습니다. 내가 일상에서 얻은 가장 깊은 가르침들 중에, 불을 앞에 두고 노인 한 명이 냄비 위로 가죽을 팽팽하게 덧대어 만든 작은 악기를 연주할 때얻은 것이 있습니다. 그런 순간들 속에서 나는 생의 모든 여정과철학을 이해하는 느낌을 받습니다. 타고 남은 재는 나에게 지난날의 영광을 이야기합니다. 누군가를 잃어 너무 외롭다고 느낄 때 우리는 언제나 재 속에서 그의 얼굴을 다시 찾아볼 수 있습니다.

불은 우정의 상징이기도 합니다. 꺼진 듯 보이는 잉걸불은 재 밑에서 계속해서 알을 품습니다. 그와 마찬가지로 당신은 먼 곳에서도 친구와 우정을 지키며 오랫동안 가깝게 지낼 수 있습니다. 우리는 우리의 조상들이 눈물의 여정 속에서도 불씨를 끝내 지켜낸 것을 매우 소중하게 여깁니다.

눈물의 여정은 우리 체로키 족 역사에서 가장 어두웠던 사건들 중 하나입니다. 십팔 세기와 십구 세기 초에 체로키 인들은 우리가 '개화된 다섯 부족'이라고 부르는 부족에 속했었습니다. 체로키 족과 세미놀 족, 크리크 족, 촉토 족, 그리고 치카소우 족이 그 부족들입니다. 그들을 개화된 다섯 부족이라고 부른 것은 그들이 매우 일찍부터 식민지화했고 백인들의 생활 방식을 광범위하게 받아들였기 때문입니다. 백인들은 그들에게 이렇게 말했습니다. '우리에게 받아들여지고 싶다면 우리처럼 하라.' 그래서 그들은 그렇게 했습니다. 그들은 유목생활과 사냥을 버리고 땅을 경작하고 가축 사육하는 법을 배웠습니다. 그들 주변의 백인들처럼 노예까지 얻었습니다. 말하자면 문명화된 것이지요.

그런데 슬픈 일이 벌어졌습니다. 나중에 도착한 식민주의자들은 잘 경작된 영토를 발견했습니다. 그것을 보고 그들은 약탈할 생각만 했습니다. 혼란과 다툼이 이어졌습니다. 1835년 마침내 앤드루 잭슨 장군(미국의 제7대 대통령)은 '인디언들의 이익을 위해' 그들을 동쪽으로, 사우스캐롤라이나와 테네시에서 오클라호마까지 이주시키기로 결정 내렸습니다. 그것은 참혹한 비극을 불러일으켰습니다. 어떤 역사학자는 만 팔천여 명의 체로키 인들이 자신들의 영토를 떠났는데 사천 명에 이르는 이들이 떠나기 전에 감옥에서 죽었거나 여행 도중 죽었다고 말합니다. 그러나 비와 눈보라 속에서도 신성한 불은 언제나 지켜졌습니다.

나의 조상들은 사람들이 '중요 인사'라고 부르는 이들이었기 때문에 떠나지 않았습니다. 그들에게는 그곳에 남아 지역을 지키고 모두의 이익을 위해 기도를 올려야 할 책임이 있었습니다. 그들은 산속에 숨어 들어가 오두막집이나 동굴에서 살았습니다.

어느 유태인 행상의 도움이 아니었다면 우리가 살아남지 못했을 거라고 말하는 것을 나는 늘 들었습니다. 그의 이름은 발렌틴으로 그는 우리에게 우리의 생존을 보장해줄 양식과 따뜻한 옷, 칼과 도구들을 가져다주었습니다. 이런 연유로 해서 우리 가족들은 언제나 유태인들에게 큰 경의를 표합니다. 발렌틴은 매우 종교적인 사람이었습니다.

그는 자신이 카발라(중세 유태교의 신비주의적 교파. 또는 그 가르침을 적은 책)와 체로키 인들의 철학에서 여러 가지 공통점을 찾았다고 주장했습니다. 나아가 우리 가족들과 함께 두 민족의 영적 실천에 대해 끝없는 토론을 벌였습니다. 그는 어느 인디언 부족이 이스라엘에서 사라진 지파라고 증명하기까지 했습니다. 그러나 나는 개인적으로 그것을 믿지 않습니다. 우리가 그들보다 더 오래되었으니까요. 우리의 달력 또한 유태인들의 것보다 훨씬 더 오래된 것입니다. 이제 우리는 새로운 세계의 입구에 와 있습니다. 인디언 어른들은 우리가 1987년 8월 16일에 지옥의 아홉 거처를 떠났다고 말합니다. 이것을 힌두 인들은 칼리(힌두교 시바 신의 아내)의 통치라고 부르며 같은 해 8월 30일 아홉 개 하늘의 첫 주기 안으로 들어갔다고 말합니다. 이 명확한 의식의 표현인 아이들이 이미 탄생했습니다. 그들을 무탄트(돌연변이)라고 말할 수 있습니다. 예로 그들 중 많은 이들은 공격적으로 반응하지 않는 법을 천성적으로 이미 알고 있습니다. 이들은 우리에게 있어 커다란 희망입니다. 문자로 전해지는 바에 따르면 이 무탄트들은 144,000명 이상이 되지 않을 것이며, 사랑을 간직한 그들의 심장은 공격성과 전쟁, 그리고 국가들 간의 분단으로부터 세계를 자유롭게 하기 위해 불타오를 것입니다.

인간은 부정적 카르마와 함께 과거의 습관들을 가지고 오지만, 그 내면은 순수합니다. 매 순간 환영을 제거할 수 있고, 자신이 본래 가지고 있던 순수성을 알아볼 수 있습니다. 이것은 나무를 태우는 불과 같습니다. 밤이 되면 당신은 불꽃에 재를 덮습니다. 재는 정신의 혼동 상태와 같습니다. 그러나 새벽이 되어 재를 헤치고 당신이 발견하는 것은 그 안에 아직 살아 있는 불씨입니다.

두려움과 공격적인 성향들이 자유롭게 흐르는 삶의 물결을 방해하는 장애물처럼 여겨지는 것은 사실입니다. 하지만 영적인 사람은 올바른 관계를 계속 유지해야 하는 과제를 가지고 있습니다. 예를 들어봅시다. 습관적으로 화를 내는 사람이 있습니다. 그는 화내는 습관을 사랑으로 채울 수 있습니다. 또한 자신에게 일어난 모든 일들이 하나의 꿈이라는 것을 깨달을 수 있습니다. 그러면 그는 갑작스럽게 일어나는 분노에 에너지를 쓰지 않게 됩니다. 그는 분노가 약해지도록 내버려두고 그것이 발생한 곳까지 되돌아가도록 합니다.

우리는 우리가 습관적으로 행동한다는 것을 지속적으로 발견해야 합니다. 어렸을 때 사람들은 나에게 가능한 한 모든 것에 주의를 기울이라고 가르쳤습니다. 바람과 날씨에, 강의 노래와 하늘에 떠 있는 구름의 움직임에, 그리고 우리를 둘러싸고 있는 사람들의 행동 등에.

우리는 현재를, 지금 이곳에서 사는 법을 모르고 있습니다. 우리가 우주와 신성한 춤 속에 속해 있다는 것을 기억해낼 때, 우리는 세상의 모든 존재들을 가족 구성원들을 대할 때와 같은 마음으로 존중할 수 있을 것입니다. 원주민들의 기도문에서 우리는 늘 '모두가 나의 가족'이라는 문구를 발견합니다. 대지 위의 모든 존재들은 우리의 가족입니다.

전통에 따른 인디언의 기도는 받은 것에 감사하는 것이 부탁하는 것보다 훨씬 더 많습니다. 이 감사하는 법은 우리를 성장하게 합니다. 우리의 정신적 사고들은 세계 한복판으로 나아갔다가 우리에게 다시 돌아오는 노래와 같습니다. 만약 당신이 사람들이 선하지 않아 믿을 수 없다고 말하면, 당신은 믿을 수 없는 악한 사람들만 만나게 될 것입니다. 대다수의 사람들은 자신조차 믿지 못합니다. 자신들이 우주에 연결되어 있다는 것을 느끼지 못합니다. 그들은 자신이 우주 전체와, 생명의 주기에 관계되어 있다는 것을 알지 못하고 행동합니다.

대부분의 사람들은 원하는 것이 있든 없든 에너지에 대한 개념 없이 행동과 반응의 악순환에 따라 스스로를 낭비합니다. 이것은 그들을 늙고 고통 받게 합니다. 육체를 떠나면서, 그리고 환생의 순간 전에야 비로소 그들은 자기 자신이 어떠했는지 볼 수 있는 시간과 빛 속에서 휴식할 시간을 가지며, 고통스런 마지막 울부짖음이 사라질 때 지상 위로 다시 돌아갈 기회를 갖습니다.

이것은 체로키 족만이 아닌 인디언 모두의 사상입니다. 예를 들면 블랙푸트 족도 모든 고통이 소멸될 때까지 환생을 거듭해야 한다고 생각합니다. 불교 추종자들처럼 말입니다. 이것을 불교는 보리심의 성장이라 이르고, 체로키의 전통은 오네이다의 성장이라고 말합니다. 허약한 정신 상태를 밝히는 빛이 밝은 인간일수록 올바른 행동을 통해 좋은 카르마를 쌓아갑니다.

우리는 기도할 때 감사하는 마음을 갖는 것에 더 치중합니다. 우리는 인간의 육체를 빌려 태어난다는 것과 땅 위를 걸을 수 있다는 것이 이미 놀라운 하나의 기회라고 여깁니다. 인간과 신의 관계를 개선시킬 최상의 방법을 알려달라고 창조주에게 간청합니다. 육체의 병이 영의 왕국 안에서 일어나는 갈등의 결과라고 믿습니다. 그 병은 혹 아직 알려지지 않은 어떤 것을, 보다 좋은 관계를 회복시키기 위해 바꾸어야 할 어떤 것을 가지고 있는 것은 아닐까요?

우리가 겪는 병과 혼란에 대해 창조주를 비난해서는 절대로 안 됩니다. 오히려 우리가 우리의 영적 과제를 잊었다는 것을 인정해야 합니다.. 어렸을 때 할머니가 눈물의 여정에 대해 말할 때마다 나는 감정이 격해지곤 했습니다. 하루는 참지 못하고 다음과 같이 소리쳤습니다. '그런데 왜 우리 조상들은 고통을 피하기 위해 그들의 영적 능력을 사용하지 않았던 거죠?' 그때 할머니가 하신 대답을 나는 아마 영원히 잊을 수 없을 겁니다. 할머니는 이렇게 말했습니다.

'그럴 수 없었단다. 분명 그들은 자신들의 의식과 영적 과제에 대해 충분히 주의를 기울이지 않았을 테니까.'

할머니의 말이 옳았을 것입니다. 그러나 그 대답은 내게 그다지 깊은 인상을 남기진 않았습니다. 그보다는 할머니가 나에게 해준 강제 수용된 사람들이 증명해 보인 정신적 힘과 용기, 그리고 인간으로서 마땅히 지켰어야 했던 존엄성에 더 깊은 감명을 받았으니까요. 그들은 군인이 되기를 거절했으며 눈물을 흘리지도 않았습니다. 눈 속과 진흙 속에서도 그들은 자존심을 지켰습니다. 이런 그들의 태도는 백인들의 마음속과 그들의 영토를 빼앗은 사람들의 마음속에도 큰 슬픔을 남겼습니다. 눈물을 쏟은 것은 나의 조상들이 아니라 그들이 떠나는 것을 바라보던 백인들이었습니다.

우리는 신을 비난하지 않습니다. 오히려 언제나 자신의 행동에서 고통의 원인을 찾으려고 노력합니다. 게다가 우리는 종종 스스로의 잘못에 대해 농담을 하기도 합니다. 인디언들 중 많은 이들이 자동차에 이런 문구가 쓰인 스티커를 붙입니다.

'1492년 아메리카 인디언들은 매우 형편없는 이민법을 가지고 있었다.'

우리의 어른들 중 한 명인 느린거북(슬로 터틀)이 자주 이곳에 오는데, 어느 날엔가 그가 강연에서 이렇게 말했습니다.

'순례자(아메리카 대륙에 온 청교도들이 스스로를 지칭한 말)들과 최초로 접촉을 한 것은 내 부족 사람들이다. 그들은 첫해에 순례자들이 겨울의 혹독함을 이겨낼 수 있게 도와주었고, 식량을 나누어주었으며, 싹을 틔우는 법을 가르쳐주었다. 그렇게 모든 것을 함께 나누었다. 그러나 얼마 안 있어 순례자들은 나누지 않은 전부를 원하기 시작했다. 그들은 땅을 경작하는 것보다 인디언 마을들에 비

축된 식량을 약탈하고 싶어 했다.'

그렇게 인디언 최초의 전쟁이 시작되었습니다. 우리의 신성한 법들을 존중하지 않으며 아이들을 고문하고 부모 앞에서 자식들을 산 채로 불타는 오두막집 안으로 던지는 등 새로 도착한 백인들이 저지르는 잔혹한 행동들을 보면서, 왐파노그 족 사람들은 백인들을 바닷속에 다시 던져버리자고 들고일어났습니다. 그러나 때는 너무 늦어 있었습니다. 백인들의 숫자가 이미 너무도 많이 불어나 있었던 것입니다. 백인들은 보이는 족족 모든 왐파노그 인들을 포획해 노예들처럼 카리브 인이 운영하는 대농장으로 보냈습니다. 그들은 인디언이 노예가 될 수 없다는 것을 모르고 있었습니다. 많은 사람들이 죽어갔습니다. 때때로 어떤 사람들은 두 세대에 걸쳐 자신들이 태어난 나라로 돌아가기 위한 방법을 찾았습니다. 이렇게 해서 왐파노그 인들은 현재까지 생존할 수 있었습니다. 우리에게 있어 그들은 상당히 중요한 사람들입니다.

한 가지 확실한 것은, 백인들은 자신들이 저지르는 일들이 부메랑처럼 언젠가 자기 자신에게로 되돌아온다는 사실을 잊었다는 것입니다. 의식 없는 사람들은 다른 사람들을 통해 자신의 힘을 확증하고, 그럼으로써 안정감을 얻어 안심하려고 합니다. 유럽 인들은 말할 것도 없거니와 미국인 부모들이 자신의 아이를 대하는 것을 보십시오. 그들은 혼란 속에 있고, 서로 이해하지 못하며, 함께 있는 것을 힘들어합니다. 그들은 아이를 때리기까지 합니다. 권위를 내세울 필요가 없는데도 말입니다. 당신은 전통적으로 자란 인디언들이 그렇게 행동하는 것을 볼 수 없을 것입니다. 우리는 한 번도 그렇게 한 적이 없습니다. 올바른 것이 아니니까요.

우리는 바람에게 물을 퍼내려 하니 풍차 바퀴를 돌려달라고 부탁할 수는 있습니다. 그러나 바람을 통제할 수는 없습니다. 우리가 우리 아이들의 울음에 세심한 주의를 기울이지 않는다면, 아이들은 다른 사람들의 울음에 냉담해질 것입니다. 이것은 언제나 악순환이며 더 많은 폭력을 낳습니다. 아이들에 대한 잔인함은 자연에서 이탈한 것입니다. 인간만이, 아니면 침팬지 같은 짐승들만이 그렇게 잔인해질 수 있습니다.

우리는 비폭력주의를 이상적인 것으로 여깁니다. 우리는 폭력을 행사하지 않기 위해 갖은 노력을 합니다. 유럽 인들이 우리를 침략했을 때도 마찬가지였습니다. 우리의 어른들은 유혈 사태를 피하기 위해 모든 시도를 다 했고, 달리 방법이 없을 때는 싸움도 불사했습니다. 불행히도 그들이 최고로 강하지는 않았지만 말입니다.

체로키 족이 가끔씩 크리크 족이나 모호크 족과 싸운 것은 사실입니다. 하지만 대부분의 경우 싸움은 경기장 안에서 이루어졌었습니다. 당신들은 모를 테지만, 하키에서 쓰이는 스틱은 아메리카 인디언들이 발명한 것입니다. 분쟁이 발생해 사람들이 정말로 화가 났을 때, 그들은 두 개의 팀을 지목하고 폭력적인 경기를 낮 내내 벌입니다. 많은 분쟁들이 있었고 그 분쟁들은 이 방법으로 해결되었습니다. 모든 전쟁들이 이랬다면 좋았을 것입니다.

유럽 인들이 도착한 후 많은 전쟁들이 있었습니다. 유럽 인들은 도착한 첫해부터 우리를 나누었고 서로에게 적대감을 갖게 할 방법을 알고 있었습니다. 프랑스 인과 영국인들은 우리가 다른 부족들과 맞서 싸우게 하는 방법을 아주 잘 알고 있었습니다. 하지만 전통적으로 인디언들에게 있어 진정한 전사는 공격성을 올바른 행위로 변화시키는 사람입니다.

그런 의미에서 평화만드는이는 이상적인 전사이자 그 이상의 존재입니다. 원만한 인간관계 외에 우리에게 다른 중요한 것은 없습니다. 이런 이유로 1880년대까지 우리에게는 미합중국 남동쪽에 '평화의 마을'이 있었습니다. 그곳에 사는 이들은 평화를 전파하고, 대지의 맥박과 조화를 이루며 사는 단 한 가지 임무를 지키는 매우 특별한 사람들이었습니다. 그들 중 대부분이 사제였거나 치료사들이었고 전통의 수호자들이었습니다. 우리는 분쟁이 일어날 때마다 매번 그들을 조정자로서 부를 수 있었습니다. 그 평화의 마을들 안에서는 절대로 피를 쏟지 말아야 했습니다. 죄인들도 그곳에서는 피난처를 찾을 수 있었고, 정화 의식에 따른다는 조건 아래 용서받을 수 있었습니다.

우리는 시대를 초월한 특별한 명상법들을 가지고 있습니다. 예를 들어 그 명상법들 중에는 사물을 독차지하고 싶어 하는 마음을 사라지게 하는 명상이 있습니다. 대부분의 분쟁이 무엇인가를 독차지하고 싶어 하는 욕구에서 비롯됩니다. 이러한 소유욕의 소멸에 이르기 위해서는 우리를 통과하는 빛과 우리 자신을 담글 수 있는 광채에 대해 명상해야 합니다.

체로키 인들에게 있어 이 빛을 키우는 일은 가능한 것이며 가장 중요한 일이기도 합니다. 노래하고 악기를 연주하는 것, 춤추고 군대식 기술을 익히는 훈련을 하는 것은 내면에 있는 에너지의 흐름을 확장시킵니다. 그것이 우리를 행복하고 건강할 수 있게 도와줍니다. 나의 증조할아버지는 언제나 이렇게 사셨는데, 백이십칠 세에도 건강한 치아와 검은 머리카락을 하고 돌아가셨습니다.

당신이 진정으로 공격적 성향에서 자유로워지고자 한다면, 하늘과 대지가 당신 안에서 조화를 이루어야 합니다. 그 안에서 당신은 깨달음을 얻을 것이며, 자신을 갈등 속에 빠지게 하는 나쁜 습관들을 버릴 수 있을 것입니다.

예를 들어 화를 내야 할 상황에 처했다고 상상해보십시오. 당신은 자신이 분노의 감정에 기울어지도록 내버려둘 수도 있지만, 용기가 있다면 스스로에 대해 다시금 생각해볼 것입니다. 그리고 이렇게 말할 것입니다. '아! 내가 어디에 있는지 알 수 있는 좋은 기회가 왔다.' 그러면 당신을 화나게 한 대상은, 보다 더 다정하게 연민의 감정으로 당신을 이끄는 대상이 될 수 있을 것입니다. 한번 해보고 잘되지 않으면 다시 시도해보십시오. 그렇게 해야 할 필요가 있다고 나는 확실히 말할 수 있습니다.

다른 예를 들어봅시다. 엉터리 운전사가 아무런 신호 없이 급커브를 돌아 당신을 추월하면, 당신은 보도 쪽으로 급히 핸들을 꺾어야 할 것입니다. 그때 당신의 첫 번째 반응은 욕을 하는 것입니다. 그러나 올바른 반응은 자기 자신에게 이렇게 말하는 것입니다. '나는 저 사람이 무사히 목적을 달성했길 바란다.' 왜 이것이 올바른 반응이냐고요? 우리가 외부로 내보내는 모든 생각들은 결과적으로 자신에게 되돌아오기 때문입니다. 생각이 당신을 좋은 쪽으로 인도하도록 하는 것이 더 낫습니다. 좋은 관계의 씨앗을 심는 것이 더 좋습니다.

이렇게 해보십시오. 당신을 관찰해보세요. 그러면 당신은 나쁜 습관들에서 완전히 자유로워질 수 있을 것입니다. 생각 안의 모순이 지적될 때마다 그것에 알맞은 약을 적용해보십시오. 화에 대한 약은 연민의 감정입니다.

부정적인 생각보다 더 위험한 것은 없습니다. 그래서 나는 나에게 조언을 구하러 오는 사람들에게 종종 침묵하라고 제안합니다. 건설적이지 않은 것들에 대해서는 아무것도 말하지 않는 것을 스스로에게 의무로 부과하는 것이지요. 나는 이런 분위기 속에서 자랐습니다. 나는 나의 조부모님이 긍정적으로 말할 수 없을 때, 침묵을 지키거나 상황과는 상관없는 말들로 난관을 벗어났던 것을 기억합니다. 삶에 대한 이런 시각은 나에게 좋은 교훈이 되었습니다. 나는 지금도 그 교훈 안에서 살고 있습니다.

또한 조부모님은 나에게 단어의 선택을 신중히 하라고 가르치셨습니다. '그 일을 하고 싶어 죽겠어.'라고 말할 상황이 생기면 조부모님은 '그 일을 하고 싶은 마음에 나는 살 의욕을 느껴.'라고 말하라고 일러주셨습니다. 죽는다는 단어를 산다는 단어로 대치하는 것입니다. 아무것도 아닌 것 같지만 하루하루가 지나가면서 이것은 매우 중요한 의미를 갖게 됩니다. 이런 이유로 해서 우리가 타인에 대해 내리는 판단은 그들 자신은 물론 우리에게도 위험할 수 있는 것입니다. 인디언 어른들이 나에게 가장 많이 강조해서 반복하는 말은 바로 '남의 모카신을 신고 천 킬로미터를 걸어가기 전에는 절대로 그를 비난하지 마라.'는 것이었습니다. 조부모님은 내 영혼에 그런 씨앗들을 지속적으로 심어주었습니다.

자신의 욕망을 다스리는 데는 명상이 가장 좋습니다. 명상은 우리로 하여금 광대한 우주와 조화를 이루도록 해줍니다. 동시에 우리들이 세상에서 가장 보잘것없는 씨앗이라는 것을 깨닫게 해줍니다. 이런 식으로 계속 행동하면 영은 소유의 주체자가 되고 싶어 하는 욕망에 보다 덜 집착하게 됩니다.

우리 인디언들은 우리 자신과 가족, 나라, 그리고 은하계의 모든 구성원들을 위해 이로운 생각들을 키우는 일에 전념합니다.

매해 첫날 우리는 서로의 등에 물을 뿌리는 의식을 치릅니다. 그 의식을 통해 우리는 자기 자신의 발전을 위해 더 이상 필요하지 않은 생각과 행동들을 씻어냅니다. 우리는 명확한 의사 전달과는 거리가 먼 모든 것들을 씻어내고, 우리가 고통을 준 모든 대상들에 사죄합니다. 그렇게 우리는 새해를 시작합니다.

어린 시절 나를 매혹시켰던 의식의 정화에 대해 정확히 알려줄 이야기 하나를 해드리겠습니다.

먼 옛날, 오코날루프티 강(미국 남동쪽 노스캐롤라이나의 그레이트 스모키 산에 있는 강 이름. 전에는 이곳에 체로키 족 마을과 애팔래치아 인 공동체가 있었음) 근처의 스모키 산에 훌륭한 사냥꾼이었던 한 아름다운 청년이 살고 있었습니다. 사냥 스승으로부터 그는 새와 사슴, 곰과 칠면조, 그리고 물고기처럼 생각하는 법을 배웠습니다. 그는 숲의 언어를 이해하는 능력을 가지고 있었습니다. 소년이었을 무렵, 청년은 몇 시간이고 나무와 동물을 바라보며 움직이지 않고 한 자리에 서 있을 수 있었습니다. 소년이 성장하자 사냥 스승은 활과 화살을 만들기 전에 나무를 정화하는 법과, 우리에게 깃털을 제공해주는 칠면조와 숲이 베푸는 은혜들에 감사하는 법을 가르쳐주었습니다. 청년은 처음으로 자기 앞에 모습을 드러내는 동물은 죽이지 않고, 그의 부족민들을 먹일 수 있는 다른 동물이 같은 장소에서 나타나게 해달라고 기도했습니다. 그 청년의 이름은 '숲속을걷다'였습니다.

성인이 되자 그는 고기와 가죽 그리고 깃털을 부족의 구성원들에게 마련해주어야 했습니다. 그는 한없이 넓은 마음의 소유자였습니다. 하루는 노인 두 명이 병에 걸리고 말았습니다. 그 병을 고치기 위해서는 곰의 쓸개즙이 필요했습니다. 숲속을걷다는 노인들에게 쓸개즙을 가져다주겠다고 약속했습니다. 길을 나서자마자 그는 이번 사냥이 고될 것이라는 느낌을 받았습니다. 숲은 예전과 달리 침묵을 지키고 있었고 시냇물도 더 이상 소곤거리지 않았습니다. 숲속을걷다는 한 발자국 앞으로 나아가 곰을 불렀습니다.

'히! 하유야 하니와, 하유야 하니와, 에이오나, 요 호, 요 호, 요 호!'

그러고는 얼마 되지 않아 곰의 흔적을 발견했습니다. 그날 밤, 청년은 한 줌의 옥수수를 먹고는 간밤에 곰이 자고 갔던 늙은 나무 밑 주변에서 잠을 잤습니다.

네 번째 날에 숲속을걷다는 곰을 발견했습니다. 그가 곰에게 활을 쏘자 화살이 곰의 어깨에 가 맞았습니다. 그러나 곰은 도망치는 데 성공했습니다. 삼 일을 더 숲속을걷다는 곰을 추적했습니다. 식량도 떨어졌습니다. 비로소 그는 그 사냥이 평범한 것이 아닌 신성한 사냥이라는 것을 깨달았습니다. 칠 일째 되는 날, 그는 창조주에게 기도를 드리며 무슨 일이 일어나고 있는지 물었습니다. 그날 밤 그는 하늘을 가르는 별똥별을 보았습니다. 동물들이 그의 주변으로 이동해왔습니다. 그는 동물들 또한 자신과 마찬가지로 예사롭지 않은 체험을 하고 있는 중이라고 생각했습니다.

태양이 뜨자 숲속을걷는다는 그다지 깊지 않은 수심의 큰 호수가 눈앞에 펼쳐져 있는 것을 보았습니다. 수천 마리 새들이 날갯짓하며 날고 있었고, 수없이 많은 동물들이 호수에 몸을 담그고 있었습니다. 숲속을걷는다는 자신이 쏜 화살에 맞아 상처를 입은 곰을 찾았습니다. 화살은 아직까지 곰의 어깨에 꽂혀 있었습니다. 물속으로 들어간 곰은 화살을 뽑아냈습니다. 그러자 순식간에 어깨의 상처가 나았습니다. 수많은 동물들이 호수 주변으로 몰려들었습니다. 그리고 그들 모두는 호수 안으로 들어가자마자 다쳤던 곳이 씻은 듯이 나았습니다. 평화로움이 그 신성한 장소에 감돌았습니다. 늑대들은 이제 더 이상 사슴을 덮치지 않았습니다. 아타가히(스모키 산의 높은 저 어딘가에 있다고 믿어지는 신비의 호수)라는 그 신비로운 호수에 들어간 모든 존재들은 새로워진 자신들을 발견했습니다.

그러자 천상에서 어떤 목소리가 들려왔습니다. '숲속을걷다여, 그대는 강하고 그대의 마음은 순수하다. 이것을 잊지 마라. 이 호수에 와 몸을 담그는 모든 생명체들은 긴 삶을 누리게 된다. 그리고 그들은 모두의 이익을 위해 살게 된다. 그대의 부족으로 돌아가 이곳에서 사냥을 하지 말라고 전하라. 이곳은 살아 있는 모든 존재들을 위한 성역이다.'

배움을 얻은 숲속을건다는 호숫가에서 베어 온 새싹을 가지고 집으로 돌아가기 위해 발길을 돌렸습니다. 마을을 향해 걷고 있는데 새싹이 노인 두 명의 병을 낫게 할 곰의 쓸개즙으로 변했습니다. 마을에 도착하자, 사람들 모두가 그에게 물었습니다. '곰은 어디에 있지?' 그가 말했습니다. '나에게 놀라운 일이 일어났습니다.' 그리고 청년은 자신이 겪은 일들을 이야기했습니다. 마을 사람들 모두는 신성한 그 장소를 존중하기로 합의했습니다. 순수한 마음을 가진 사람들만이 그 호수의 수면에 반사되는 하늘을 볼 수 있었고 새로워질 수 있었습니다. 순수하지 못한 이들에게 그 호수는 평범한 호수로밖에는 보이지 않았습니다."

디야니의 이야기를 듣는 것은 정말로 행복한 일이다. 이야기할 때의 그녀는 마치 어린아이 같다. 미소를 지은 채 몸짓을 섞어가며 이야기하는 그녀의 목소리는 마치 노래하는 듯하다. 우리는 그녀가 불가에 앉아 부모님이 들려주는 이야기에 귀를 기울이며 행복해하는 소녀로 되돌아간 듯한 느낌을 받았다. 디야니가 들려주는 이야기 속에서 우리는 청년이 몇 시간이고 나무와 동물의 움직임들을 주시하며 서 있을 수 있다는 것에 감동했다.

우리의 인디언 친구들이 자연과 가까이 살며, 자연이 들려주는 소리에 언제나 귀를 기울이고, 우주 만물과의 일체감 안에 살아가는 것을 확인하고 우리는 깊은 감명을 받았다. 동식물과 일체가 되는 이 생활 방식은 서양인들, 그러니까 우리의 전통에서는 전적으로 부재했던 것일까? 내가 이 글을 쓰고 있는 순간, 라셀은 〈길〉이라는 잡지에 실린 기사 하나를 내 눈 밑에 가져다 놓았다. 그 인터뷰 기사에서 뒤르크하임 백작(독일의 외교관이자 심리치료사 겸 선사. 이니시에이션 치료로 유명하며 유럽의 선 분야에 있어 선구자적인 인물)은 이렇게 말했다.

　꽃 한 송이를 보고 우리는 흔히 '아, 정말 아름다운 튤립이구나!'라고 말한다. 여기에는 언제나 두 가지 길이 있다. 그것은 판단을 내리거나 그냥 지나치는 것이다. 그러나 그 외에 한 가지 우리가 체험할 수 있는 어떤 것이 있다.

　이렇게 해보라. 호흡을 가다듬고 그대 중심에서 긴장을 풀고 앉아 꽃을 한번 바라보라. 움직이지 말고 오랫동안. 그러면 흥미로운 일이 순식간에 일어날 것이다. 그것은 바로 꽃이 그대를 바라본다는 것이다. 그대는 소름이 끼칠지도 모른다. 그러나 그런 현상은 실제로 일어나는 일이고, 이제 그대와 꽃 사이의 대화가 시작될 것이다. 많은 사람들이 그 순간에 자리를 뜬다. 그러나 만약 그대가 용기를 내어 그 자리에 조금 더 머무른다면, 그대는 방금 전 그대가 본 것이 더 이상 같은 존재가 아니라는 것을 알게 될 것이다. 꽃은 본연의 자기 안에서, 내면의 눈으로 당신의 내면세계를 바라본다. 그때 꽃과 그대와의 본질적인 대화가 시작된다. 그대는 그곳에 더 오랫동안 머무를 수 있다.

　이러한 머무름은 결코 쉬운 것이 아니지만 거기, 꽃의 본성을 통해 그대는 절대자를 만나게 된다. 그 위대한 실체 안에서 그대는 모든 것이 서로 연결되어 있으며 그 관계 속에서 본래의 자기와 만나게 된다는 것을 알게 될 것이다. 이제 꽃과 그대는 사라지고 없다. 그러나 신성한 일체감이 그곳에 존재한다. 그곳에서 돌아와 잠자리에 누우며 그대는 서서히 그 작은 꽃 한 송이가 눈앞에 모습을 드러내는 것을 보게 될 것이다. 바로 그 순간부터 이제 그대는 그대 안에 한 가지 불가사의한 비밀을 지니게 된다.

현대의 현자들이 쓴 감탄할 만한 글들 속에서 우리의 친구 인디언들은 자신들과 완전히 일치하는 점들을 발견한다. 디야니는 그녀의 글을 통해 다음과 같이 부연 설명을 했다.

아침에 나는 조부모님이 가르쳐준 대로 간단한 찬가를 부른다. 나의 노래는 부모님과 살아 숨 쉬는 생명체 모두를 위한 것이다. 또한 그것은 돌들을 위한 것이기도 하다. 그들도 우리처럼 살아 있으며 성장하는 존재이기 때문이다. 나의 조부모님은 이렇게 말하곤 하셨다. '네가 플레이아데스에서 왔다는 것을 잊지 말거라. 바로 그곳에서 우리 민족이 나왔단다.' 나는 내 머리 위에 뜬 일곱 개의 별들을 가시화시킨다. 그 순간 나는 성스런 세 개의 불꽃이 척추 안에서 타오르는 것을 느낀다. 그렇게 나는 자리에 앉아 불꽃들의 신성한 노래를 듣는다.

그것은 어린 내게 있어 아름다움을 향해 나아가는 첫걸음이었다. 아침나절 찬가 부르는 것을 배우고, 고요히 앉아 내 몸을 지나 사라져가는 빛이 정말로 존재한다는 것을 깨닫는 것, 이 모든 것들은 내 마음 가장 깊은 곳에서 조부모님의 이야기들을 의미 있는 것으로 만들었다. 나는 호흡을 하는 동안 우리 모두의 육체 안에서 정말로 사라지는 빛이 있다는 것을 알았다. 우리의 마음과 지구의 마음이 하나라는 것을 깨달았다.

인생에는 멈춰 서서 고통과 기쁨, 슬픔과 자기 안의 빛을 깨닫고 받아들여야 할
순간이 있다. 그것이 진정으로 이루어졌을 때 우리는 전적으로 현재를 살 수 있다.
내게 있어 현재를 산다는 것은 다른 무엇보다도 자연과 의사소통할 수 있는 것이다.
꽃들과 나무들, 바위들과 이야기하는 것이다.

치유의 원 안에서

평화의 마을에 도착하자 엄청난 일이 우리를 기다리고 있었다. 지난번 벨기에서 만났을 때 디야니는 우리에게 이렇게 말했었다. "우리 집에서 개최될 인디언 어른들의 모임에 참석하러 오세요." 우리는 우리가 참석하게 될 그 모임에 대해 스무 명 남짓의 인디언 노인들이 작은 위원회를 이뤄 그들 부족에 관한 일을 토론하는 것이라고 생각했었다. 그러나 그 생각은 보기 좋게 빗나갔다. 인디언 어른들의 숫자는 우리가 생각했던 것과 비슷했지만, 그 스무 명의 노인들은 삼백여 명에 이르는 열정적인 미국인들과 유럽에서 온 백인들에 둘러싸여 있었다. 이것은 우리를 곧바로 열광하게 했다. 그 모든 청장년들이 배움을 얻기 위해 온 것이 분명했기 때문이다. 그들은 더할 나위 없이 진지했다.

라셀과 나는 대부분 유명 대학을 졸업한 지성인들이, 의사와 변호사와 기술자들과 같은 매혹적인 소비사회의 중심에 사는 그 모든 사람들이, 왜 스무 명가량의 전통을 지키는 나이 든 추장들에게 삶의 비밀들을 묻기 위해 이다지도 많이 대륙을 가로질러 온 것인지 알고 싶었다. 주차된 자동차의 번호판들은 그들이 캘리포니아와 플로리다, 텍사스, 캐나다와 멕시코 같은 곳에서 왔음을 여실히 말해주고 있었다. 인디언의 노래와 의식을 보기 위해 모여든 그들 중 상당수의 사람들은 분명 처음 온 것이 아닐 것이었다. 그곳에 있는 사람들 모두는 지금 이 순간까지도 우리에게 감동을 주는 행복하고 우정 어린 분위기 속에서 생활했다.

아파치 족과 수우 족, 체로키 족과 마야 인 등 다양한 원주민들을 만나 조사하면서 우리는 인디언 부족들이 오백 년 전부터 기다리던 예언이 실현되는 것을 보고 있는 중이라는 사실을 알게 되었다. 그와 같은 예언은 멕시코와 페루, 과테말라, 캐나다, 미합중국, 태평양의 섬들, 호주 등의 서로 다른 장소들에서도 찾아볼 수 있다. 그 예언이 말하는 것은 대략적으로 이렇다. 크리스토퍼 콜럼버스에 의해 아메리카 대륙이 '발견된' 지 오백 년 후, 사라졌다고 믿었던 인디언의 종교들과 전통들이 힘차게 다시 떠오르리라는 것이다. 왜냐하면 그것들은 죽지 않았기 때문이다. 인디언의 전통들은 철갑 옷을 입은 군인과 선교사들, 서방의 정복자들을 피해 노인들과 현자들에 의해 정성껏 보호되어왔다.

콜럼버스가 미 대륙에 도착한 지 오백 년이 지난 후 마침내 우리는 그 문제를 다룰 수 있게 된 것이다. 우리의 새로운 인디언 친구들이 보기에도 때가 된 것이다. 그들은 우리에게 이렇게 반복해 말했다.

"지구가 고통스러워하고 있다. 인간이 지구를 파괴하고 있다. 만약 우리가 한두 세대를 더 이런 식으로 계속해나간다면 지구는 죽고 말 것이다. 위급한 상황이 도래했다. 인간은 자신들이 자연의 지배자가 아니라 그 안에 속한 것이며 지구에 가한 모든 고통들이 스스로에게 되돌아올 것임을 하루빨리 깨달아야 한다."

이것은 인간과 동식물, 그리고 광물에까지 이른 인디언들의 사랑과 우애의 메시지이다.

1969년 아메리카 대륙의 남부와 중부, 그리고 북부의 인디언 어른들이 한자리에 모인 일이 있었다. 그때 그들은 사태의 심각성을 강조했으며 전승되어오는 인디언의 가르침들을 서구 세계와 나눌 시기가 되었다고 진지한 결정을 내렸다. 그러나 인디언들의 가르침 모두에 대한 것은 아니었다. 입문자들만이 치를 수 있는 의식이 있기 때문이었다. 그러나 인간과 자연의 화합을 도모하는 것에 관련된 가르침의 큰 부분만은 나눌 수가 있었다.

일단 이런 결정이 내려지자, 마치 예언이 실현되기 위해 이날을 기다리기라도 했다는 듯 많은 일들이 연달아 일어났다. 인디언 추장 모임에서 선출한 사람들에게 임무가 주어졌다. 그들은 인디언의 지혜를 전파하고 모임들을 조직했으며 제자들을 훈련시켰다. 디야니도 그 선출된 사람들 가운데 한 명이었다. 몇 년 동안 인디언 어른들은 디야니를 주시했다. 그리고 그녀가 원주민들에 관한 것을 가르칠 수 있음이 확실해지자 그녀에게 일을 확장시켜도 좋다고 허락했다. 이렇게 해서 그녀는 '햇빛(선레이)'이라는 명상 단체와 평화의 마을을 설립했다. 그녀는 아메리카 세 대륙과 호주, 특히 삼 년 전부터 영국, 스위스, 스페인, 벨기에, 네덜란드, 독일 등지를 여행해오고 있었다. 그녀가 지나가는 모든 곳에 명상 단체들이 차례로 꽃피어났다. 현재는 세계적으로 삼만 명이 넘는 사람들이 그 단체들에 가입해 있다.

이런 현상에 대해 좀 더 알고 싶었던 라셀과 나는 서양 젊은이들 몇 명에게 대체 어떤 사람들이 디야니의 가르침을 받거나 그녀 같은 사람들에게서 지혜의 비밀을 찾는 것인지 물었다.

리카라는 이름의 백인 여성은 금발에 생기 있는 웃는 얼굴을 가진 활동적인 사람이었다. 그녀는 여름 석 달간 평화의 마을 책임자였다. 책임자라는 말이 의미하는 것은 곧 그녀가 야영지가 원활히 운영될 수 있도록 신경을 쓰는 스무 개의 자원봉사자 팀을 지휘하고, 접수계를 돌보고, 인디언 추장들을 대접하고, 모두에게 혜택이 가도록 보살펴야 한다는 것을 의미했다. 또한 우리가 그녀와 함께 인터뷰를 가질 시간을 아주 어렵게 얻었음을 의미하기도 했다. 마침내 그녀와 약속을 잡은 우리는 야영지의 웅성거림에서 약간 떨어진 나무 밑으로 가서 앉았다.

리카는 당황하거나 부끄러워하지 않으면서 자신이 살아온 삶의 속내 이야기까지 자진해서 할 수 있는 사람처럼 거침없이 말하기 시작했다.

"어렸을 때부터 나는 스승을 찾아다녔습니다. 성장기에는 여러

교회에 다니면서 신부님과 목사님들의 말이 그럴듯하긴 하지만 모두가 마음에서 나온 것들은 아니라는 것을 확인했습니다. 나는 스승 찾기를 계속했습니다. 나는 명상을 하며 고요히 머무르는 것과 많은 에너지를 축적하는 방법에 대해 배웠습니다. 당시 나는 보스턴 근처에서 장애인들과 함께 일했기 때문에 그런 배움이 필요했었습니다. 스물일곱 살에 나는 나보다 스물일곱 살 더 많은 남자와 결혼했습니다. 우리는 함께 명상을 했습니다.

구 년 전 어느 날, 서점 안으로 들어간 나에게 책 한 권이 눈에 띄었습니다. 그 책은 디야니의 집에서 가르침을 펴고 있던 한 여성이 쓴 것이었습니다. 불현듯 무슨 일이 있어도 그곳에 가야 한다는 생각이 들었습니다. 그리고 그렇게 했습니다. 그곳에서 마침내 나는 내가 그토록 오랫동안 추구해오던 것들을 발견했습니다. 나는 최선을 다해 배웠습니다. 그렇게 두 해가 지난 어느 날, 강연을 위해 보스턴에 온 디야니가 내게 자신을 보조해줄 수 있는지 물었습니다.

나의 부모님은 개종을 했었지만 교회에 가진 않았습니다. 그래도 나는 세례를 받았고, 루터교 신자들의 집도 방문했었습니다. 청년기에는 유니테리언(신교의 일파. 삼위일체설을 부정하고 유일신격을 주장하며 그리스도의 신성을 부인)들의 집에도 간 적이 있습니다. 그들이 보다 덜 독단적이라고 느꼈기 때문입니다. 하지만 그 종교 역시 내게 만족감을 주지는 못했습니다. 나는 끊임없이 탐구를 계속했습니다. 그러나 다른 곳에서는 디야니 곁에서 발견한 것들을 찾을 수 없었습니다.

그러나 분명히 말할 수 있는 것은 디야니를 만났을 때 내가 그녀의 마음을 느꼈다는 것입니다. 나는 그녀가 자신이 무엇을 말하고 있는지 알고 있다는 느낌을 받았습니다. 그런 것은 서로 느껴지는 법입니다. 나는 명상을 시작했습니다. 그리고 그것이 매우 강력한 효력이 있음을 확인했습니다.

당신들은 모르겠지만, 나는 멀리서 왔고, 해결해야 할 많은 문제들이 있었습니다. 나는 두려움의 공격을 받고 있었습니다. 성장기에 나는 육체적, 정신적, 심리적, 그리고 성적 폭력들을 겪었습니다. 나의 아버지로부터 말입니다. 오직 명상만이 나에게 자유를 줄 수 있었습니다. 명상을 통해 나는 마침내 나의 삶을 살 수 있게 되었습니다. 또한 명상은 내게 메디신 휠(치유의 원. 어떤 사람에게 고민이 있을 때 사람들이 빙 둘러앉아 여러 각도에서 조언하며 고민을 공유하던 북미 원주민의 제도. 바닥에 그려놓은 윷판처럼 생긴 커다란 원을 메디신 휠이라 부른다)을 이해할 수 있게 해주었습니다. 메디신 휠이 의미하는 것은 두려움과 요구 사항들을 사랑으로 탈바꿈시킬 수 있다는 것입니다. 다르게 표현하면, 자기 자신에 대해 공부하는 것은 다른 사람들을 도울 수 있는 값진 일이라는 것입니다.

명상을 하면서 내가 어쩔 수 없이 받아들여야만 했던 성적 학대들을 떠올렸을 때, 나는 소름 끼치는 순간들을 체험했었습니다. 어딘가로 도망가 완전히 사라지고 싶어질 때면, 나는 전생에서 비롯된 무거운 카르마를 씻어내기 위해 그들 자신이 그런 선택을 했음을 알지 못하면서 나와 같은 학대들을 참아내는 여성들과 아이들을 생각했습니다. 위기의 순간에는 혼잣말로 이렇게 되뇌었습니다. '좋아, 이 일을 통해 내 안에 존재하는 두려움과 맞설 용기를 얻을 거야. 나처럼 고통 받는 이들을 위해서.' 만약 그 일이 나만의 이익을 위한 것이었다면 나는 그렇게 하지 못했을 것입니다.

나에게는 아직도 해야 할 많은 일들이 남아 있습니다. 나는 내 안에 갇혀 있는 것들이 있다는 것과, 나 자신이 사랑받기 위해 지나치게 얌전하게 구는 소녀였다는 것을 알고 있습니다. 그러나 그 외에 나는 내 안에 큰 힘이 있다는 것을, 그래서 내가 다시금 일어설 수 있다는 것을 압니다. 중요한 일을 하기 위해 나는 지금 여기에 있는 것입니다.

명상을 통해 나는 우리 모두가 연결되어 있다는 것을 알았습니다. 또한 아메리카 인디언들의 가르침 안에 중요한 것들이 있음을 믿어 의심치 않습니다. 당신과 나, 우리는 같은 공기 안에서 숨을 쉽니다. 살아 있는 모든 존재들도 마찬가지입니다. 이것에 대해 마음으로 이해하는 것은 사랑으로 향한 길을 열어줍니다.

예를 하나 들겠습니다. 나를 고통스럽게 했던 성적 학대들에 대해 곰곰이 생각해보면서 나는 가족의 다른 아이들도 나와 같은 종류의 학대를 감내하고 있었다는 것을 알았습니다. 나의 언니 한 명과, 두 명의 남자형제 역시 강간을 당했었습니다. 아버지에 의한 것은 아니고 가족의 친구들에게 당한 것이었습니다. 우리들 중 아무도 그것에 대해 감히 말을 꺼내지 못했습니다. 나는 우리가 함께 앉아 각자 겪었던 일에 대해 이야기를 나눠야 한다고 생각했습니다. 인디언들처럼 우리는 '말하는 원'을 만들었습니다. 우리는 돌하나에 색칠을 하고 이렇게 말했습니다. '말을 하고 싶은 사람은 이 돌을 손에 쥐고 이야기가 끝날 때까지 놓지 않아야 해. 말하는 사람이 이 돌을 가지고 있는 동안에는 아무도 그를 방해하지 못해. 이야기가 끝났을 때만 이 돌을 내려놓을 수 있어.' 우리는 그런 식으로 돌아가며 자유로이 서로의 생각들을 표현했습니다. 우리는 그런 대화에 큰 만족감을 느꼈습니다.

이것은 아메리카 인디언들의 전통적인 방법으로 디야니가 가르쳐주었는데, 분명 효과가 있었습니다.

나는 이제 더 이상 아버지가 두렵지 않습니다. 한 사람의 인간으로서 그에 대해 더 이상의 관심도 없습니다. 그는 실수를 했다고 생각했고, 그것에 대해 중요하게 생각하지 않았습니다. 아버지는 나에게 어떤 상황에서든 아이들이란 늘 부모를 비난한다고 말했습니다. 지금 나는 그를 똑바로 쳐다보며 나 자신에게 이렇게 말할 수 있습니다. '이것이 바로 나의 아버지야.' 나는 그를 용서했습니다. 나를 옭아매고 있는 덫에서 빠져나올 유일한 방법은 바로 그를 용서하는 것이었습니다. 이제 그는 나에게 아무런 짓도 할 수 없습니다.

어머니와도 나는 쉽지 않았습니다. 어머니는 그 사실을 언제나 모르고 있다는 듯 행동했었지만 나는 어머니가 알고 있다는 것을 알고 있었습니다. 그때 내가 받은 느낌은 어머니가 자신의 평화를 지키기 위해 딸자식을 팔았다는 것이었습니다. 그녀에게 여섯 명의 자식들이 있었고 그것이 그녀에게 쉽지만은 않았다는 것을 말해야 할 것 같습니다. 우리에게는 해결해야 할 일들이 있었습니다.

내가 당신들에게 이 모든 일들에 대해 이야기하는 것은 나 자신의 삶을 잡고 늘어지기 위해서가 아니라, 디야니의 가르침이 해결할 수 없는 어려움 속에 있는 사람들에게 얼마나 많은 도움이 되는지를 이해시키기 위해서입니다. 디야니는 내가 강한 여성이라는 것을 깨달을 수 있도록 도와주었습니다. 나는 집에서 언제나 권력에 대한 두려움을 느끼고 있었습니다. 그 권력이 잘못 사용되었으니까요. 지금 나는 내 안에 잠재되어 있는 힘을 발견하고 폭력에 대한 두려움을 극복하는 법을 배우고 있습니다. 여기서 하는 명상이 나를 변화시킬 수 있는 도구들을 주었습니다.

나는 이곳에 우연히 오는 사람을 단 한 명도 알지 못합니다. 내가 아는 적어도 다섯 명의 사람들은 디야니의 존재조차 알지 못했음에도 오랫동안 그녀를 꿈꾸어왔습니다. 그들은 서점에서 디야니의 사진을 보고 이곳에 오기로 결정을 내렸습니다. 이곳에 있는 사람들 모두는 매우 흥미로운 이야깃거리들을 가지고 있습니다. 과거로 거슬러 올라가는 일에 두려움을 가져서는 안 됩니다. 그래서 때로 당신은 점심을 먹다가 갑자기 폭발해 오열하는 사람들을 볼 수 있는 것입니다.

우리 모두는 자연이 우리에게 많은 도움을 준다고 생각합니다. 그리고 나 역시 종종 자연에게 도움을 받곤 합니다. 힘든 순간이 찾아오면 나는 나무 곁에 가서 앉아 도움을 청합니다. 그때마다 나는 언제나 나무 내부에 존재하는 힘과 이해력을 발견합니다. 미친 것처럼 보일지 모르겠지만, 이렇게 여러 번 시도를 해보면 당신은 위대한 영이 나무 안에, 물속에, 동물들 안에, 심지어 돌멩이들 안에도 존재한다는 것을 알게 될 것입니다. 그곳에 분리란 없습니다.

나무들은 매우 중요한 존재입니다. 우리가 마시는 공기를 만들기 때문입니다. 마찬가지로 물도 중요합니다. 우리 몸은 칠십 퍼센트의 물로 이루어져 있습니다. 만약 우리가 물을 오염시킨다면, 그때 우리가 죽이는 것은 바로 우리들 자신입니다. 아메리카 인디언들은 우리가 쓰는 물에 대해서도 기도해야 한다고 여깁니다. 물은 흐르는 곳마다 우리가 담은 소망들을 실어 나릅니다.

인디언들도 모두에게 기도합니다. 사냥을 할 적에 인디언들은 자신들이 죽이게 될 동물에게 이렇게 말하면서 간곡히 부탁합니다. '나를 이해해주렴. 내게는 부양해야 할 가족이 있어.' 그러면 동물은 그의 상황을 이해하고 그에게 동의합니다. 왜냐하면 동물 또한 생명의 순환 속에 있으니까요. 식물이나 야채, 혹은 나뭇가지들을 채집할 적에도 우리는 왜 우리가 그들을 필요로 하는지 설명합니다. 그리고 우리는 헌납을 합니다. 디야니는 옥수수 가루나 담배가 없어도 우리에게는 언제나 헌납할 타액과 머리카락이 있다고 말했습니다. 대지에서 무언가를 가져갈 적에 그에 대한 대가를 지불하는 것은 매우 중요한 일입니다. 기도를 하는 것도 좋은 방법입니다.

친구 한 명이 있는데 그녀는 나처럼 디야니의 학생입니다. 뉴욕에 있는 그 친구의 집에는 바퀴벌레들이 있었습니다. 그녀는 어느 날 바퀴벌레들에게 떠나라고 말했습니다. 그런데 정말로 바퀴벌레들이 집을 떠났습니다.

제 경험을 이야기해드리지요. 카리브 해로 휴가를 간 적이 있습니다. 그런데 내가 묵었던 집에는 큰 바퀴벌레들이 있었습니다. 그들을 보고 나는 이렇게 혼잣말로 중얼거렸습니다. '이 벌레들은 이곳에 살고 있어. 하지만 나는 이 집에서 일주일을 보내기 위해 온 손님에 불과해.' 어느 날 저녁 나는 그 바퀴벌레들이 나오는 구멍 앞에 앉아 그들에게 내 입장에 대해 설명했습니다. 그들에게 말했지요. '내가 없을 때는 너희들도 외출할 수 있단다. 가고 싶은 곳 어디라도 갈 수 있어. 하지만 내가 여기 있을 때는 제발 그 구멍 속에 머물러줘.' 그 후, 나는 바퀴벌레들이 구멍 입구에 머무르며 내가 집에 있는 시간만큼은 정확히 밖으로 나오지 않는 것을 보았습니다. 이 일화는 동물들도 우리의 말을 이해할 수 있다는 것을 잘 증명해줍니다.

나는 우리 모두가 여과 장치를 가지고 있어서 그 덕에 흡수할 수 있는 것만을 흡수하는 것이라고 생각합니다. 결과적으로 우리가 배우는 모든 것들은 좀 더 많은 빛을 우리에게 가져오기 위한 것입니다. 보다 더 많은 빛을 가져와 그 빛이 우리에게 점진적으로 더 많은 에너지를 가져다주게 하기 위한 것입니다. 나는 이곳에 오는 사람들의 얼굴이 며칠 사이에 얼마나 많이 변하는지 보고 감탄합니다. 때로 아침에 어린 소년의 얼굴을 하고 있던 어떤 사람은 저녁에는 벌써 성인의 얼굴이 됩니다. 당신들도 그렇습니다. 삼 일 전 이곳에 도착했을 때만 해도 당신들은 약간 긴장해 있었고 불안해 보였습니다. 그런데 지금 나는 당신들로부터 발산되는 영성을 느낄 수 있습니다."

전보다 기분이 좋아지고 우리가 처음에 가졌던 가벼운 걱정이 행복에 자리를 내준 것은 사실이다. 우리 바로 두 발자국 떨어진 곳에 비버들이 사는 연못이 있다. 그리고 그 연못은 너 나 할 것 없이 모두 훌륭한 인디언 어른들에 둘러싸여 있다. 이렇게도 아름다운 자연의 품속에 있으면서 어떻게 기쁨을 피부로 느끼지 않을 수 있겠는가? 이곳의 분위기는 정말로 이상하리만치 조화롭다. 나는 잉그리드와 노르베르트의 얼굴을 바라본다. 그들은 몇 주간 평화의 마을에서 지내기 위해 여행 온 독일 부부이다. 우리와 같은 날 도착했던 그들은 첫날 혼란스럽고 불편해 보였으며 걱정스러워 보였었다. 하지만 우리 곁에 온 지금의 그들을 보라. 미소 띤 그들의 얼굴은 매우 평화로워 보이지 않는가! 우리 옆에 앉은 그들이 인터뷰 요청을 허락했다.

그들은 프랑크푸르트에서 왔다. 금발 머리에 살집이 좋은 부인은 열정적으로 보였다. 그녀는 역사와 철학을 가르치는 교사였다. 남편은 침착해 보였고, 마른 몸에 갈색 머리를 하고 있었으며, 대학에서 물리학과 수학을 가르쳤다. 평화의 마을에서 우리는 그 부부가 한 번도 떨어져 있는 것을 보지 못했다. 그들은 길을 걸을 때 서로 손을 잡고 있었다. 우리는 무엇이 이 지적이고 화려하며 분명히 그들이 사는 사회에 잘 적응했을 두 명의 독일인들을 버몬트의 이 외진 구석으로 오게 할 수 있었는지 묻지 않을 수 없었다. 먼저 입을 연 것은 행복하고 수다스러워 보이는 잉그리드였다.

"나는 개신교 신자입니다. 가톨릭교도였던 나의 아버지는 어머니를 신부로 맞아들이기 위해 개신교로 개종을 했습니다. 사실 아버지는 무신론자에 가까웠습니다. 신부님들을 너무 독선적이라고 생각했던 아버지는 그들과 사이가 별로 좋지 않았었습니다. 그런데 신부님들 중 한 명이 신자들이 성당에 봉헌한 것을 사익을 위해 탈취한 일이 있었습니다. 아버지는 다시는 성당 안으로 발을 들여놓지 않을 거라고 선언하셨습니다. 당신들에게 이 말을 하는 이유는 어린 시절 종교에 관심을 가져본 일이 내게 한 번도 없었다는 것을 말하기 위해서입니다. 나는 신부님과 목사님이 우리에게 설교하는 신이란 있을 수 없다고 생각했었습니다. 당시 내가 확신할 수 있었던 것은 세상이 이런 식으로 지속될 수는 없으며 변해야만 한다는 것이었습니다. 그러나 세상을 변화시키기 위해 먼저 나는 나 자신을 변화시켜야 했습니다. 그래서 나는 타로 점과 재탄생 요법, 이완 요법 등에 관심을 가졌습니다.

하지만 그것들로는 충분하지 않았습니다. 어렴풋이 빛을 느낀 나는 이따금 그 빛에 다가가고 싶어 미칠 것만 같았습니다. 명상을 해보기도 했지만 지도해주는 사람이 아무도 없었기 때문에 내게는 너무 어려웠습니다. 그런데 신비 주제들을 다루는 잡지에서 디야니의 사진을 보게 되었습니다. 나는 본능적으로 그녀에게 가야 한다는 것을 알았습니다. 이 년 반 전 이월에 일어난 일입니다. 그 후 두 달이 지났을 때, 프랑크푸르트 근처에 온 디야니는 그곳에서 두 주를 보냈습니다. 나는 서둘렀습니다. 내게는 이제껏 찾아오던 것을 발견하게 되리라는 느낌이 있었습니다. 그 감정은 어릴 적 내가 인디언들에 대해 가지고 있던 호감만큼 강했습니다. 어린 시절, 나는 인디언들에 대한 책을 닥치는 대로 읽었습니다. 그들의 순수해 보이는 마음이 나는 특히 좋았습니다.

그래서 그런지 디야니를 만나고 그녀가 가진 이해심과 깊은 영성을 발견한 나는 이제까지 내가 헛수고해왔다는 것을 알았습니다. 그녀와 함께하는 첫 명상에서부터 그녀가 인디언들이 숭배하는 영적 존재인 아다위들을 불렀을 때 나는 그들을 볼 수 있었습니다. 그것은 참으로 놀라운 경험이었습니다. 나는 이전에는 한 번도 그들을 그렇게 선명하게 본 적이 없었습니다. 그들은 디야니가 종종 말하곤 했던 네 방위의 동물들 모습을 하고 있었습니다. 그러나 그들의 모습은 반투명한, 완전히 물질적인 것은 아니었습니다.

디야니와 같이 있으면서 처음부터 나는 편안함을 느꼈습니다. 명상에 있어서도 마찬가지였습니다. 디야니가 떠난 후, 나는 무척 흥분해 있었습니다. 그래서 친구 크리스티나와 함께 명상 그룹을 조직하기로 결정했습니다. 우리의 모임은 규모 면에서 매우 작습니다. 아직 다섯 명밖에 없기 때문에 작은 모임이라고 부르는데, 때때로 몇 사람들이 더 모임에 참석하러 오기도 합니다. 의식을 행할 때는 스무 명 이상이 됩니다. 우리는 일 년에 몇 번 큰 축제들을 엽니다. 봄, 여름, 가을 그리고 겨울에 체로키의 관습에 따라서요.

지난 이 년 반 동안 나는 깊이 명상하는 법을 배웠고 마음의 평화를 회복했습니다. 그리고 예전보다 더욱더 내가 우주와 하나 되고 있다는 것을 느낍니다. 나에겐 고민이 하나 있었습니다. 나는 내가 무엇을 하고 싶어 하는지 모르고 또 알 수가 없었습니다. 그러나 지금은 알고 있습니다. 사람들에게 동화를 들려주고 싶습니다. 나는 언제나 동화를 좋아했습니다. 그래서 그 일을 하며 살아보기로 결정을 내렸습니다. 동화는 대단히 중요합니다. 심각한 문제를 가지고 있는 사람들이 종종 그런 이야기들 속에서 답을 얻곤 하니까요.

나의 아버지는 훌륭한 이야기꾼이었습니다. 아버지가 돌아가신 다음 나는 아버지의 재능이 내게 들어왔다는 것을 느꼈습니다. 그 느낌은 명상을 하면서 점점 더 강해졌습니다. 나는 내가 해야 할 일이 정말로 그 일인가를 알고 싶었습니다. 그래서 남편과 신혼여행을 가서 그것에 대해 알아보기로 했습니다. 노르베르트와 나는 일종의 심오한 입문 의식을 받기 위해 샤르트르(프랑스 북서부 상트르 주의 한 도시)에 갔습니다. 그리고 그곳에서 디아니의 가르침을 들은 이후로 이제 더 이상 내가 교회에 대해 전과 같은 문제들을 가지고 있지 않다는 것을 알았습니다. 나는 몇몇 교회들이 내게 영감을 주었으며 그곳에서 평화를 찾을 수 있다는 것을 깨달았습니다. 샤르트르에서 명상을 하면서 나는 내 삶의 목적이 무엇이었는지 알게 되었습니다. 그런데 마치 우연처럼 몇 주 후, 친구 한 명이 나에게 자신이 기획한 어린이들 모임에서 이야기를 해달라고 부탁했습니다. 내게 있어 그것은 큰 경험이었습니다. 나는 내가 해야 할 일이 바로 동화를 매개로 사람들을 돕는 일임을 알았습니다.

나는 하루가 다르게 좋아졌습니다. 내 안에서 달갑지 않은 점을 발견할 때 나는 깊은 명상에 들어갑니다. 그리고 명상 안에서 완전한 믿음을 얻습니다. 유년기의 문제들도 명상 안에서 해결 방법을 찾았습니다. 어릴 적에 나는 언제나 부모님에게 싸우지 말라고 애원을 했습니다. 부모님의 싸움은 나를 고통스럽게 했습니다. 많은 시간이 지난 후에야 나는 부모님을 다른 시각으로 볼 수 있었습니다. 디야니가 말하는 체로키 족의 가르침 중 하나는 어떤 대가를 치르더라도 부모와 평화롭게 지내야 한다는 것입니다.

우리는 한 번은 우리의 전통에 따라, 그리고 다른 한 번은 인디언식으로 두 번 결혼식을 올렸습니다. 우리는 두 번째 결혼식을 더 중요하게 여깁니다. 그런 경험을 함께한다는 것은 매우 아름다운 일입니다. 마치 두 개의 반쪽이 하나를 이루기 위해 만나는 것처럼 말입니다. 그의 집이 곧 나의 집입니다. 이 남성적, 여성적 에너지들의 만남은 새로운 생명을 탄생하게 합니다."

노르베르트가 진지하게 동의했다. 우리는 그를 보면서 그의 입을 열게 하는 것이 쉽지 않을 것이라 직감했다. 정말로 그는 아직까지 단 한 단어도 입 밖에 내지 않았다. 라셀이 그에게 직업이 뭐냐고 묻자, 마침내 그가 입을 열었다.

"나는 물리학자이고, 대학에서 물리학과 수학을 가르칩니다. 또한 컴퓨터 프로그램을 만들기도 합니다. 나는 이런 일들을 통해 유물론자들의 과학과 신비론자들의 정신 사이에서 균형을 이룰 수 있었습니다. 예를 들어 점성가들에 대한 프로그램을 만드는 일은 나를 다른 세계 안으로 빠져들게 했습니다. 대학에서는 나에게 명료한 과학만이 있다고 가르쳤습니다. 그런데 나는 완전히 다른 세계를 발견한 것입니다. 빌헬름 라이히(이십 세기를 통틀어 가장 위대한 자연과학자 중 하나로 손꼽힘. 프로이트의 수제자로 활동했으나 프로이트 학설에 이견을 느끼고 서구 사상의 양 축인 마르크스주의와 프로이트주의를 공격해 계급 해방과 욕망 해방이라는 틀을 새롭게 결합, 시도한 정신분

석가)에 대해 나는 많은 연구를 했습니다. 그리고 그 덕에 물리학과 심리학을 결합시킬 수 있었습니다. 이렇게 해서 나는 조금씩 영적인 영역들 속으로 들어설 수 있었습니다.

지금 나는 안정을 찾았고, 사는 것이 훨씬 더 쉽다는 것을 알았습니다. 현대물리학이 에너지 또한 물질의 형태라는 것을 발견하고 있다는 것을 아십니까? 명상 안에서도 나는 이것을 발견할 수 있습니다. 우리는 함께 자주 명상을 합니다."

성격이 급한 어떤 사람과 약속이 있었기 때문에 우리는 그 새로운 친구들과 헤어져야만 했다.

아니크라는 마흔 살가량의 프랑스 여성은 길게 땋아 내린 머리와 시시각각 변하는 표정, 그리고 한없이 깊은 미소를 짓는 눈을 가지고 있었다. 그녀의 몸은 목걸이와 반지, 팔찌 등 인디언 장신구로 온통 뒤덮여 있었다. 프랑스 방데 출신의 그녀는 다른 어떤 인디언들보다 더 인디언적이었다. 그녀는 평화의 마을에서 이 킬로미터 떨어진 곳에서 지내고 있었다. 그곳까지 가는 길은 그녀가 설명하는 데 애를 먹을 정도로 길을 잃기가 쉬웠다. 바위에서 바위로 노래하며 튀어 오르는 시냇물이 드넓은 초원을 가로지르며 흐르고 있었다. 그런 풍경 속에 나지막이 세워져 있는 흰 티피(인디언 천막)들은 그곳을 지상낙원처럼 보이게 했다. 친구 몇 명과 함께 여름을 그곳에서 은거하며 보낼 것이라고 그녀는 말했다.

우리는 아니크와 많은 이야기를 나누었다. 아니크는 말을 잘했고, 새로운 사건들의 연속인 그녀의 삶은 책 한 권을 써도 모자랄 정도로 파란만장했다. 그녀의 삶은 어느 정도 요약이 필요했다.

아니크는 프랑스 방데 지방의 여느 사람들과는 다른 가정에서 태어났다. 그녀의 할아버지는 정원사이자 벌목꾼이었고 약간의 요술을 부리는 마법사이기도 했다. 어느 농가의 하녀로 일하던 할아버지의 어머니는 집시의 아이를 임신하게 되었다고 한다. 그러니 그가 마법사였다는 것은 그리 놀라운 일도 아니다. 그녀는 1920년 집에서 쫓겨나 니오르(프랑스 푸아투샤랑트 주의 한 도시)로 도망쳤다. 그 일은 당시 큰 스캔들이 되었다. 아니크가 이야기를 시작했다.

"아버지는 집시의 영혼을 가지고 있었습니다. 어릴 적, 마을로 집시들이 지나가면 아버지와 나는 몰래 집시들을 찾아가 새벽녘까지 그들과 함께 춤을 추었습니다. 그러던 어느 날 밤, 어떤 고령의 여인이 우리 집 앞에 와서 죽었습니다. 사람들은 그녀가 나의 증조할머니라고 말했습니다. 나는 내가 정말로 누구이고, 그런 가정에서 무엇을 할 것인지 알 수가 없었습니다."

술을 마시고 하루가 다르게 폭력을 휘두르는 아버지와 간질병 환자에다 지적 장애아이기도 한 언니를 가진 그녀의 가족사는 매우 슬펐다. 아니크는 예닐곱 살부터 어머니가 운영하는 작은 식당에서 일을 해야만 했다. 어느 날 저녁 그 지역의 한 유명 인사가 술에 만취해 그녀를 건드리려고 했다. 그녀는 그의 뺨을 때리고 그의 얼굴에 침을 뱉었다. 아니크의 어머니가 남자에게 용서를 구하라고 강요했지만, 부당함에 반감을 느낀 소녀는 그 요구에 거세게 반항했다. 그 남자는 일주일 뒤에 죽었다. 죽으면서 그는 이웃들에게 소녀가 자신에게 저주를 퍼부었다고 말했다.

열 살 때 가출한 그녀를 경찰들이 찾아 집으로 데려왔으나, 소녀가 영리하다는 것을 안 청소년보호위원회는 그녀를 어느 수도원으로 보내기로 했다. 그녀가 어린 시절을 회상했다.

"그 무렵, 이미 나는 마녀가 될 수 있는 기질을 다분히 가지고 있었습니다. 당시 나에게는 작은 괘종시계가 하나 있었어요. 그 시계는 내가 던지는 질문들에 대답을 해주었습니다. 잘사는 집 여자아이들은 미래를 점치기 위해 나에게 이 프랑씩 주곤 했습니다. 또한 나는 몽상가이기도 했습니다. 미사 시간에 나는 성경 책 아래 소설책을 감추고 읽었습니다. 육체를 떠나 천체를 여행하는 일이 일어나기도 했습니다. 신자들은 내가 더 이상 그곳에 없다는 것을 보면서도 무슨 일이 일어나고 있는 것인지 이해하지 못했습니다.

휴가를 보내고 있던 어느 날 나는 번개를 맞았습니다. 번개를 맞고도 살아남는 사람은 예전의 자신에게로 돌아갈 수 없다고 인디언들은 말합니다. 내게도 그런 일이 일어났습니다. 마치 나의 모든 에너지들이 순식간에 변해 재구성된 것만 같았습니다. 석 달 동안 나는 아무것도 먹지 못했습니다. 그래서 혈관주사로 영양을 계속 주입받아야 했습니다. 같은 해 구월에 어머니는 나를 성모를 기리는 성지순례에 데리고 가기로 했습니다. 성지에서 어머니는 내게 물을 마시게 했습니다. 그곳에는 제과하는 사람이 있었는데, 그가 나에게 초콜릿 과자를 주었습니다. 그때 나는 그것이 물이었는지 초콜릿 과자였는지 분간하지도 못했습니다. 그러나 그 순간 나는 기적적으로 회복되었습니다."

병이 회복된 그녀는 다시 공부를 시작해 고등학교 졸업 시험을 통과한다. 그 시절, 이미 그녀는 인디언들에 열중해 있었다. 인디언에 대한 책들을 손에 잡히는 대로 모두 읽으면서, 그녀는 언젠가 인디언을 만날 것이며 그 만남이 자신을 새로이 해줄 것이라는 예감을 받는다. 영어를 배우기 위해 그녀는 침식을 제공받는 대신 가사를 전담하는 학생 신분으로 영국으로 건너간다. 그곳에서 그녀는 자신과 같은 나이 또래의 청년과 사랑에 빠져 프랑스로 돌아와 함께 살기로 결정을 내린다. 하지만 청년의 가족은 상당히 보수적이었기 때문에 그들의 동거를 인정하지 않고 결혼을 강요한다. 파리로 건너온 둘은 대학을 다니지만 서로 마음이 멀어진다. 청년이 좋은 직업을 꿈꾼 반면, 그녀는 돈이 자신의 삶에 중요한 역할을 할 것이라고는 생각지 않았다. 이런 상태에서 그녀가 1968년 당시의 유행을 따른 것은 그리 놀라운 일이 아니다. 그녀는 뱅센 대학에서의 심리학 공부를 포기하고 아베롱(프랑스 남부 미디피레네 주 남부의 한 마을)에 단체를 만들어 포도밭을 되살렸으며, 스무 마리 정도의 염소들을 키우기 시작한다. 그러나 그런 경험은 한철 지속될 뿐이었다.

그녀에게는 단 한 가지, 여행하고 싶다는 마음밖에 없었다. 그녀는 폭스바겐 트럭을 사기 위해 스위스에서 포도 수확 일을 했다. 이윽고 모든 모험에 대한 준비가 끝나자 그녀는 어디로 갈 것인지 생각한다. 그때 그녀의 남자친구가 말레이시아에 대해 이야기를 하며 그곳에서는 아직도 장인들이 멋진 중국배를 만든다고 말한다. "트럭을 타고 말레이시아까지 갈 수 있다면 아마 바다가 너를 두 팔 벌려 환영할 거야." 1968년 당시 사람들의 왕래가 잦았던 터키와 이란, 아프가니스탄과 인도에 대해서는 더 이상 생각해볼 필요도 없었다. 말레이시아로 가기 위해 그녀는 인도 남부의 마드라스에서 배에 올랐다. 말레이시아에 도착한 그녀는 중국인 장인이 그녀를 위해 중국배를 만드는 이 년 동안 말라카에서 살아야만 했다. 그녀는 뉴칼레도니아로 가서 아이들을 가르치기로 했다.

마침내 배가 준비되었다. 두 명의 아이와 함께 배에 오른 그녀는 무척 흥분했다. 그녀가 말했다.

"중국배는 노래를 합니다. 대나무 안에 바람이 차면 당신에게 기막히게 아름다운 음악회를 열어줄 겁니다. 그러나 그 음악을 들으려면 시간이 필요합니다."

시간이 있었던 그녀는 해적선들 사이를 뚫고 십 년간의 기적적인 항해를 시작했다. 그녀는 아무런 무기도 소지하지 않았지만 자신이 보호받을 것이라고 확신했다. 그녀에겐 두려움이 없었다. 인생의 마지막 날까지 배 위에 머무르기로 결정을 내린 그녀는 배 안에서 행복했다. 아들 한 명이 캡스턴(닻을 감아올리는 장치)을 회전시키다가 다쳐 몸이 마비되는 일만 없었다면 분명 그녀는 자신의 여생을 그 배 위에서 마쳤을 것이다. 그녀는 거의 미치다시피 되어 호주행 비행기 표를 샀다. 그리고 그곳에서 아들의 치료에 필요한 기간 동안 머물기로 결정했다. 그녀가 말했다.

"그것이 일 막의 마지막이었습니다. 여섯 달 동안 나는 약간 고집불통이었고, 매일 아침 바다 같은 눈물을 흘렸습니다. 어느 하루는 불현듯, 잠에서 깨어나면서 무슨 일이 있더라도 흐름을 거슬러 헤엄치기를 멈추지 말아야 한다고 스스로에게 말했습니다."

생애 처음으로 그녀는 돈을 벌어야겠다고 생각했다. 그녀는 돈을 언제나 경멸했었다. 그런데 갑자기 그녀는 돈이 에너지이며, 부의 축적만을 위해 쓰이는 것이 아니라는 것을 깨달았다. 그녀는 약용 엑기스를 뽑아내는 식물들을 재배해 그 약재들을 필요로 하는 사람들을 대상으로 클리닉을 만들었다. 그녀가 말했다.

"내가 만드는 약병들에 사랑을 넣으면, 사람들이 그 사랑을 전해 받을 것입니다."

그녀는 엄청난 돈을 벌었고 좋은 집을 샀다. 비행기를 타고 세계를 두루 여행하기도 했다. 그녀는 시간을 내어 현재 그녀가 전 세계적으로 가르치고 있는 일본식 치료술인 레이키(일본인 우스이가 산에 올라가서 이십일 일간의 단식기도 끝에 자신의 머리에 빛이 와서 얻은 치유 기법. 우주의 에너지, 영의 에너지를 받아들여서 지구로 흐르게 하는 작업으로 튜닝을 통해 잘 정렬된 영의 에너지는 그 빛과 진동으로써 신성을 지구에 가져와 인류와 지구, 지구 위의 모든 존재에 치유와 함께 진화를 불러온다)를 배웠다.

하지만 그녀의 가장 아름다운 여행은 낯설기만 했던 호주 원주민들과의 만남이었다. 그 여행에 대해서는 할 이야기가 너무도 많았다. 호주 원주민들과 더불어 그녀는 산속 급류의 송어처럼 자유롭고 행복하게 살아가는 새로운 세계를 발견했다. 그녀가 말했다.

"호주 원주민들과 가까워지기란 매우 어려웠습니다. 그들의 영토에 들어가려면 먼저 허가를 받아야 했습니다. 처음으로 한 원주민 노인을 만나기 전까지 나는 집요하게 삼 년을 기다렸습니다. 십년 전 내가 그들을 만났을 때만 해도 원주민들은 마음 깊이 상처를 입고 있었습니다. 나는 원주민들 사이에서 알코올 중독자와 폭력을 휘두르는 사람을 자주 봤습니다. 많은 이들이 그 무렵까지도 자신들의 전통을 알고 있었지만 그 의미는 이미 사라지고 없었습니다. 그러나 현재 그들은 매우 빠른 속도로 변화하고 있습니다.

나는 이러한 긍정적인 변화가 대부분 백인들로 인해 생겨난 것이라고 생각합니다. 실망과 불행 속에서 길을 잃은 백인들은 자신들이 어디로 가야 하는지 모르고 있습니다. 그런 그들은 자신들이 원주민 문화에 끌리고 있음을 느낍니다. 백인들 사이의 이러한 현상은 원주민들에게 메아리가 되어 자신들의 소중함을 자각하게 했습니다. 그런 이유로 새로운 이해관계가 생겨나고 있는 것입니다. 나는 이런 일들이 매우 중요하다고 생각합니다.

그래서 디야니는 이런 생각에 공감하는 백인들과 인디언 어른들의 만남을 기획하는 일에 그토록 많은 노력을 기울이는 것입니다. 그런 일들은 결과적으로 우리가 그들에게 관심이 있으며, 그들을 존중하기 때문에 조언을 구한다는 것을 알게 하는 참된 의미에서의 치유입니다. 조 워싱턴 노인이 자신의 연설을 모두 마치고 나서 '나같이 가난한 늙은이의 말을 참을성 있게 들어주셔서 감사합니다.' 하고 말한 것을 기억하십니까?"

그렇다, 정말 놀라운 일이 아닐 수 없었다. 불신의 수 세기가 지난 다음, 자신들에게 지혜를 나누어달라고 부탁하는 백인 젊은이들을 보는 것이 그들에게는 대단한 감동이고 긍지이리라. 아니크의 말처럼 무엇인가가 부활하고 있는 중이었다.

아니크가 말을 이었다.

"삼 년을 기다린 끝에야 만날 수 있었던 그 원주민 노인은 처음에는 나에게 아무것도 말하고 싶어 하지 않았습니다. 그렇지만 결국 나는 그의 입의 입을 여는 데 성공했습니다. 우리는 언제나 모닥불 주변에서 이야기를 나누었습니다.

결론적으로 그가 말한 것은 아메리카 대륙과 태평양 섬들에 사는 원주민 모두가 이 짓밟힌 문명의 자손들이며 지금 우리의 눈앞에서 새로운 생명을 얻어 세상에 태어나고 있다는 것이었습니다. 노인은 지구 위의 모든 존재들이 에너지를 가지고 있다고 설명했습니다. 그가 이르기를, 우리가 그들의 말을 알아들을 수만 있다면, 동물들과 나무들 그리고 바위들까지도 우리에게 말을 걸 수 있으며 조언을 해줄 수 있습니다. 이것은 우리 삶의 가장 중요한 순간들에도 마찬가지입니다. 그는 질문할 필요조차 없다고 단언했습니다. 그저 우리가 한곳에 바른 자세로 앉아 있는 것만으로도 충분하다고.

놀라운 것은 변화의 속도가 얼마나 빨라지고 있는지 보는 일입니다. 옛날에 지혜의 깨달음은 신성하고 비밀스러운 것이었습니다. 그것을 얻기 위해서는 반복적이고 비밀시되는 긴 입문 의식을 거쳐야만 했습니다. 대부분의 전통들이 현재까지 신성한 것으로 남아 있긴 하지만 이제 더 이상 비밀스럽지는 않습니다. 물론 인디언들이 우리에게 모든 것을 다 말해주지는 않습니다. 그들은 우리가 흡수할 수 있는 것만 이야기합니다.

이런 점들을 나는 특히 하와이의 카후나(하와이 원주민 주술사)들에게서 느낄 수 있었습니다. 오 세기 동안 그들은 정글 속으로 숨어 다녀야 했습니다. 그들의 지혜는 금기시되었으며, 그 금기들은 1989년에게 가서야 철회되었습니다. 금기시되었다는 것은 의식을 치르는 것이 허용되지 않았다는 것과, 그 모든 것들이 비밀리에 이루어져야 했다는 것입니다. 비밀리에 이루어졌던 그 모든 일들은 두려움을 키우는 결과를 낳았습니다. 많은 원주민 젊은이들은 그들의 입문 의식을 극복해낼 수 없었습니다.

한 예로, 나는 조부모님의 손에 길러져 열두 살에 입문 의식을 치른 청년을 알고 있습니다. 사람들은 그를 화산 지대로 데리고 갔습니다. 상상해보십시오. 화산은 곧 불입니다. 사람들은 삼 주 동안 먹을 것과 물조차 주지 않은 채 그 소년을 버려두었습니다. 생존하기 위해 적절한 조치를 취해야 할 사람은 다른 누구도 아닌 바로 그 소년이었습니다. 육체적 한계에서 벗어날 능력이 있다는 것을 보여주기 위해 그는 뜨거운 재 위를 걸어야 했습니다. 삼 주가 지나자 할아버지는 소년에게 두 개의 신성한 돌을 엄숙하게 하사했습니다. 돌 하나는 의식을 위한 것이었고 다른 하나는 치유를 위한 것이었습니다. 하지만 소년은 그 혹독하기만 했던 입문 의식을 거친 후 전통에 따라 계속해 살 것인지, 아니면 우리가 문명이라고 부르는 세계의 가슴 안으로 들어가 살 것인지 도무지 알 수가 없었습니다. 결국 군 복무를 마친 후 청년은 신성한 돌들을 버리고 호놀룰루로 살러 갔습니다.

많은 카후나들이 그 소년과 같은 처지에 있습니다. 전통과 소비 사회의 유혹 사이에서 망설이면서 말입니다. 그러나 나를 감동시킨 것은 점점 더 많은 젊은이들이 자신들의 전통에 열정적인 관심을 가져간다는 것입니다. 그들은 언젠가는 그들의 전통이 부활할 것이며 그때가 도래했다고 믿고 있습니다. 그들은 그들 스스로의 영광을 위해서가 아니라 모두의 이익을 위해 힘을 키우고 싶어 합니다. 나 역시 그들과 같습니다. 나를 열광하게 하는 것은 이 외에는 다른 아무것도 없습니다.

지난해에 나는 믿을 수 없는 기적들을 행하는 사람들을 만났습니다. 기적은 언제나 내가 '틈'이라고 부르는 시공간을 초월한 곳에서 이루어집니다. 대부분의 원주민 치료사들이 그렇게 에너지와 함께 일합니다. 나는 그들과 함께 배웠습니다. 꽃과 나무들과 대화를 나누라고 나는 호주에서 사람들을 삼림지대로 데리고 가곤 했었습니다. 그때마다 그들은 혼란스러워했습니다. 자신들이 완전히 자연과 단절되어 있다고 느꼈기 때문입니다.

인디언들과 원주민들의 세계에서 내가 감동받는 것은 그들이 자연 그 자체이기 때문입니다. 나는 그들이 '자연에 연결되어 있다.'고 말하지 않습니다. 내가 한 가지가 끝나면 또 다른 것을 향해, 이 모임에서 저 모임으로 옮겨 다니며 배움을 추구하는 이유가 바로 여기에 있습니다. 디야니와 함께 당신은 단순히 빛에 대해서만 공부하는 것이 아닙니다. 당신은 지상 위의 원소들과 함께 배우는 것입니다. 그들과 함께 새싹과 대지, 흐르는 물과 대화 나누는 법을 공부하는 것입니다.

디야니 덕분에 나는 티베트 전통 속에서 찾아볼 수 있는 매우 중요한 어떤 것을 발견했습니다. 그것은 나의 삶을 선택한 것이 바로 나라는 사실입니다. 어떤 가정에서 태어날지도 내가 선택했습니다. 그 안에서 배워야 할 것들이 있으니까요. 그래서 나는 알코올 중독자에다 폭력을 휘두르는 아버지를 선택했습니다. 나는 이것에 대해 매우 잘 알고 있습니다.

아버지와 나의 관계는 아름다운 것입니다. 나는 그를 용서해야 할 필요가 있다고 느꼈습니다. 그리고 같은 순간, 용서가 가진 아름다움과 중요성을 깨달았습니다. 전에 내가 했던 것은 나 자신과의 투쟁뿐이었습니다. 하지만 지금 나는 평화롭습니다. 모두 인디언들과 디야니의 가르침 덕분입니다."

우리는 아니크에게 하와이에서의 경험에 대해 이야기해달라고 부탁했다. 아니크가 말했다.

"그곳에 도착했을 때 나는 마치 집에 있는 것 같은 느낌이 들었습니다. 나는 카후나들의 춤과 노래에 곧바로 감동을 받았습니다. 어떻게 하면 그때 내가 받은 감동을 표현할 수 있을까요? 나는 소리들이 내 몸의 세포 하나하나에 작용한다고 느꼈습니다. 그리고 그 소리가 우리가 가지고 있었지만 잃어버리고 만 어떤 의식을 깨우고 있다고 느꼈습니다. 그 새로운 친구들로부터 약간의 신뢰를 얻게 되자, 그들은 나를 '은신의 마을'이라고 불리는 곳으로 데리고 갔습니다. 그곳은 평화를 찾는 사람들을 돕기 위해 구상된 장소였습니다. 큰 죄를 지은 사람도 거기서는 용서받을 수 있었습니다. 물론 어떤 의식들을 치르고 명상에 응한다는 조건하에서요.

삼 일째 되는 날 우리는 하와이의 왕들이 가톨릭으로 개종했을 때 쓰러졌다는 거대한 바위 곁으로 갔습니다. 전해지는 이야기에 따르면, 그 바위는 백인들이 그 장소의 여신들에게 관심을 갖는 날 다시 일어날 것이라고 합니다. 그곳은 매우 강한 에너지가 느껴지는 장소였습니다. 내가 최면 상태에 들자, 우리는 신성한 노래들을 불렀습니다. 나는 나의 지난 몇몇 전생들의 환영을 보았습니다. 그 삶들에서 나는 희생자였습니다. 그 순간 누군가의 목소리가 들려왔습니다.

'삶이 진행되는 동안 그대의 여행은 매번 중단되었었다. 그러나 그대는 이것을 알아야 한다. 그대가 당한 학대는 다른 누군가를 학대했던 그대 행위의 결과이다. 또한 그대가 만약 누군가에게 잔인하게 살해당했다면, 그것은 그대가 누군가를 잔인하게 살해했기 때문에 일어난 것이다. 마녀처럼 화형 당했는가? 그대가 순결한 이들을 박해했기 때문에 그대는 화형을 당한 것이다.'

나는 완전히 정신이 나가 있었습니다. 주변에서 어떤 일들이 일어나고 있는지 아무것도 보이지 않았고 노랫소리도 들리지 않았습니다.

마지막 순간에, 카후나 의식의 지도자가 내 곁으로 와서 손을 얹었습니다. 그때 나는 하와이의 전사였고, 적을 죽이는 중이었습니다. 성이 날 대로 난 내 턱은 보기 싫게 일그러져 있었습니다. 카후나 의식의 지도자는 나를 그 에너지에서 해방시키기 위해 잠시 내 곁에 머물렀습니다. 그는 나에게 오늘 이 의식에 참가한 모든 사람들은 전생에 카후나였으며 각자 여행을 계속할 필요가 있다고 말했습니다. 과거의 카르마를 씻고 부정적인 감정들에서 해방될 필요가 있기 때문이라고. 그는 내가 향후 일 년간 받아들이기 힘든 삶을 살게 될 것이라고 예언했습니다. 정말로 나는 그 기간 동안 놀라운 비전과 감정들을 경험했습니다. 자살 충동을 느낄 정도로 말입니다.

하와이로 돌아온 나는 내가 아직 준비되어 있지 않다는 것과 정화를 끝낼 필요가 있다는 것, 그리고 특히 어머니와의 마지막 문제를 해결해야 한다는 것을 깨달았습니다. 내가 알고 있는 모든 인디언들은 성장을 원한다면 부모와의 조화로운 관계에 도달해야 한다고 강조해서 말합니다. 부모가 아직 살아 있든 죽었든지 간에 말입니다. 세세하게 그 모든 것에 대해 말하고 싶지는 않습니다. 왜냐하면 너무 사적인 이야기들이니까요. 하지만 부모와의 해결되지 않은 문제가 지속되는 한 진정한 해방은 있을 수 없다는 것은 증명할 수 있습니다. 인디언들은 이것을 정신분석학보다 몇 세기 이전에 알고 있었습니다.

나는 지구와 하나가 되는 법을 배웠습니다. 그러기 위해서 먼저 한 여성과 화해해야 했습니다. 나는 슬픈 유년기를 보냈습니다. 오빠와 남동생들은 축구를 하러 나갈 수 있었지만, 나는 집에 남아 손님들을 대접해야 했습니다. 나는 내가 가치 없고 무시당한다는 느낌을 받았습니다. 그리고 그것을 보상받기 위해 나는 사내아이 같이 행동했습니다.

물론 지금은 그렇지 않습니다. 무엇보다도 나는 모든 여성들이 성공하기를 바랍니다. 인디언들 덕분에 나는 내가 지금 성공을 향해 나아가고 있다고 생각합니다. 또한 여성으로 태어난 것을 행운이라고 여깁니다. 자신이 가진 여성성에 대해 스스로 높이 평가를 하면, 그는 여신이 될 수 있습니다. 나는 남성들보다 여성들이 더 쉽게 자연과 결합할 수 있다고 생각합니다.

자신의 과거와 화해하기 위해 자신의 전 생애를 쏟아부어야 할 수도 있습니다. 이것은 영원히 끝나지 않는 이야기입니다. 그러나 바꾸어야 할 것은 바로 그러한 당신의 태도입니다. 당신은 당신의 과거에 무관심할 수도 있습니다. 그때 당신은 언제나 무엇인가가 거슬린다는 것을 알게 될 것입니다. 게다가 그것은 우리에게 믿을 수 없는 오해를 하게 만들기도 합니다. 가족들을 보러 오랜 시간이 지난 후 집으로 돌아갔을 때, 나는 그들에게 어린 시절의 내가 어땠는지 얘기해달라고 했었습니다. 나는 그들이 내가 고통스러워하는 슬픈 소녀였다고 말할 거라고 예상했었습니다. 그런데 전혀 그렇지 않았습니다. 그들은 아니크가 가족의 작은 익살꾼이었고, 끊임없이 애교를 부리고, 모두를 웃게 하는 소녀였다고 기억하고 있었습니다. 그것을 나는 잊고 있었습니다. 그들은 내가 알지 못하던 내 생애 가장 아름다운 선물을 해주었습니다. 예전에 그랬던 것처럼, 나에게 다시 명랑하고 즐거운 작은 여자아이를 되돌려준 것이지요. 이 일은 내게 충격으로 다가왔지만 유익한 충격이었습니다.

인생에는 멈춰 서서 고통과 기쁨, 슬픔과 자기 안의 빛을 깨닫고 받아들여야 하는 순간이 있습니다. 그것이 진정으로 이루어졌을 때 우리는 전적으로 현재를 살 수 있습니다. 내게 있어 현재를 산다는 것은 다른 무엇보다도 자연과 의사소통할 수 있는 것입니다. 꽃들과 나무들, 바위들과 이야기하는 것입니다. 그들이 나에게 하는 말을 들을 수 있다는 것은 우주의 에너지와 만나 그 안으로 내가 들어갈 능력이 있다는 것과, 그 에너지가 나에게 힘을 줄 수 있다는 것을 의미합니다.

이 모든 것들이 내 친구 인디언들 덕분이라는 것은 내가 아무리 강조한다 하더라도 충분치 않을 것입니다."

모든 사람들이 가진 의무는 자신보다 적게 알고 있는 사람들을 가르치고,
자신보다 더 많이 알고 있는 사람들로부터 배우는 데 있다. 우리 모두는 서로를 돕기 위해
이 대지 위에 존재한다. 서로를 돕는 주체에는 어머니 대지와, 살아 숨 쉬는 모든 것들,
그리고 영혼을 가진 모든 것들이 포함된다. 설령 그 영혼이 우리가 가지고 있는
영혼과 온전히 닮은 것이 아닌 동물들과 초목, 돌멩이와 강물에 관계된 것이라 하더라도.

영혼이 같은 사람들

그날 아침 디야니가 늦는 관계로 기다리는 동안 잠시 디야니의 비서 마사와 함께 이야기를 나누었다. 디야니에게 볼일이 있을 때마다 그녀에게 문의했었기 때문에 우리는 마사를 이미 알고 있었다. 그녀에 대한 뒤섞인 여러 생각들로 그녀를 판단하기 어려웠던 우리는 어쩔 수 없는 호기심을 느끼게 되었다. 키가 크고 약간 각진 얼굴의 그녀는 능력 있고, 강하며, 안정된 인상을 주었다. 아일랜드 인과 웨일스 인의 피를 반반씩 받은 그 여성이 어떤 연유로 디야니의 일에 자신의 삶을 바치게 된 것인지 궁금했다.

"왜 사는가에 대한 의문이 전 생애에 걸쳐 내 머릿속을 떠나지 않았습니다. 나는 그 물음에 대한 해답을 가톨릭 안에서는 찾을 수 없었습니다. 이미 어린 시절부터 나는 인디언들이 가진 모든 면들에 끌렸었습니다. 내가 성장한 오하이오에는 체로키 족 골동품 가게가 하나 있었는데, 그곳에서 화살촉이나 공들여 만들어진 물건들을 발견할 적마다 나는 감동하곤 했습니다. 신비롭게도 나는 나의 조상들이 이 땅에 도착하기 전부터 이곳에 살고 있던 사람들과 연결되어 있었다는 느낌을 받았습니다.

어느 날 우연히 버몬트에서 인디언들이 집회를 가질 것이라는 말을 들었습니다. 당시 나는 워싱턴의 군비축소 기관에서 일하고 있었습니다. 무엇에 이끌려 차에 올랐던 건지는 모르지만, 몇 시간 후 나는 평화의 마을에서 백십 킬로미터 떨어진 곳을 달리고 있었습니다. 누군가에 의해 내가 인도된 것만 같았습니다. 홀 안으로 들어간 나는 빈 의자에 가서 앉았습니다. 바로 그 순간 문이 열렸고, 빛을 발하는 얼굴의 한 여자가 들어오는 것을 보았습니다. 그녀는 내게 이렇게 말했습니다. '아! 당신이 언제 올지 생각하던 차였어요.' 디야니였습니다. 모임이 끝날 무렵, 나는 이제야 비로소 스승을 찾게 된 것이라고 생각했습니다. 그것이 칠 년 전의 일입니다. 삼 년 전, 나는 디야니를 보조하기 위해 이곳에 왔습니다.

우리 조상들이 이 나라에 도착한 것은 삼 세기 전의 일입니다. 그 후부터 우리는 디야니의 선조들이 묻힌 땅 위를 걷고 있는 것입니다. 내 혈관을 흐르는 피는 인디언의 것이 아니지만 내가 태어난 이 땅은 인디언의 영혼을 가지고 있습니다. 나는 이것에 대해 하루가 다르게 더 깊이 느끼고 있기 때문에 놀라지는 않습니다. 당신이 태어난 땅은 당신 영혼을 사로잡습니다. 나는 이 땅과, 우리 조상들보다 훨씬 이전에 이곳을 걸었던 사람들, 그리고 지금 이곳을 걷는 모든 사람들을 가슴 깊이 존경하고 사랑합니다.

원주민들이 우리에게 준 커다란 선물은, 우리가 대지와 어떤 관계를 맺어야 하는지 알도록 도와준다는 것입니다. 실제로 현대를 살고 있는 우리에게 부족한 것도 바로 그것이고요. 우리는 우주와 단절되어 있습니다. 우리는 신이 있어야 할 자리에 텔레비전을 가져다 놓았습니다.

나의 부모님은 매우 평범한 사람들입니다. 그들의 꿈은 대부분의 미국인들이 가지고 있는 꿈과 같은 것이었습니다. 애플파이와 별이 그려진 국기 말입니다. 내가 디야니의 가르침을 따르기 위해 이곳에 온다는 것을 알았을 때 부모님은 겁을 내셨습니다. 내가 가죽점퍼를 입고 깃털들을 머리에 달고 다닐 거라고 생각하셨으니까요. 그러나 이곳에 와서 사무실과 컴퓨터를 보고 부모님은 마음을 놓으셨습니다. 사무실과 컴퓨터, 바로 그런 것들이 부모님의 마음에 안도감을 주는 세계입니다.

집에 가면 나는 어머니와 함께 교회에 갑니다. 어머니를 기쁘게 해드리기 위해서입니다. 나는 가톨릭과 신비주의에 대한 책들을 읽습니다. 예수님이 빛의 존재였다는 것도 확신합니다. 그가 말했던 것들이 아직 내 마음속에서 울리고 있습니다. 내가 불편함을 느끼는 것은 단지 체제에 대한 것일 뿐입니다."

마사와 나눈 대화는 우리 눈을 뜨이게 했다. 오늘날 수많은 미국 청년들이 인디언 전통으로 고개를 돌리는 것은 그들이 불행에

처했거나 불안정한 사랑에 빠져서, 혹은 민속학에 관심이 있어서
만은 아니다. 그것은 자신들이 살고 있는 땅에서 발산되는 진동에
민감히 반응하고 있기 때문이기도 한 것이다.

창밖으로 디야니가 티베트 승려들의 검소한 옷을 입은 키가 크
고 마른 미국 처녀와 함께 초원 위를 성큼성큼 걸어오고 있는 것이
보였다. 그 미국 처녀의 얼굴은 너무나 창백해서 마치 지하실이나
동굴에서 나온 것 같았다. 그녀는 삭발한 머리에 둥근 철제 안경을
쓰고 있었는데, 우리가 디야니와 인터뷰를 하는 내내 한 마디도 않
고 잠자코 자리를 지켰다.

이날의 인터뷰는 자연스럽게 체로키 족과 티베트 불교도의 연관
관계에 집중되었다. 우리에게 자신의 친구를 소개하면서 디야니가
말했다.

"우리는 우리가 서로 매우 가깝다고 느낍니다. 우리가 가진 의식
들이 무척 비슷하니까요. 알고 계실지 모르겠지만 우리는 티베트
교단과 깊은 관계를 맺고 있습니다. 티베트 인들이 치르는 불 의식
은 우리와 매우 비슷합니다."

라셀이 물었다.

"당신의 조상들은 티베트 전통과의 이런 만남을 미리 예고했었
나요?"

디야니가 말했다.

"나의 할머니는 종종 어떤 꿈을 꾸셨습니다. 그 꿈은 우리 인디
언 고유의 전통들이 살아남을 수 있도록 도와줄 어떤 존재들이 서
너 세대마다 외부 세계에서 올 것이라고 했습니다. 할머니는 특히

동쪽에서 오게 될 홍인종에 대해 말했습니다. 우리가 그들과 함께 의식을 치르게 될 것이라고 단언하셨지요. 보시다시피 그 예언이 오늘날 실현되고 있습니다. 일본 승려와 티베트 인들, 각기 다른 혈통과 종교를 가진 모든 원주민들이 현재 같은 불꽃을 둘러싸고 의식을 치릅니다. 나는 이 일이 매우 놀라운 것이라고 생각합니다. 동일한 에너지가 우리의 가르침 모두를 연결하고 있습니다. 그런 이유로 나는 호피 족 사제들은 물론 티베트의 훌륭한 라마승들과 도 함께 연구할 수 있었던 것입니다.

우리는 티베트 인들을 우리와 같은 혈족으로 여깁니다. 우리는 놀라운 방식으로 서로 닮아 있습니다. 그에 대한 한 예로, 세네카 족(아메리카 인디언의 이로쿼이 연맹 중 가장 큰 부족) 사람들이 중국의 도교 승려들과 연관되어 있는 것처럼 우리 인디언들과 티베트 인 들은 서로 관계가 있습니다. 그것은 신비로운 일이며 우리는 이것 을 깊이 체감합니다.

우리의 두 전통은 같은 방식으로 자연을 바라봅니다. 또한 정신 과 현상의 본질에 대해서도 마찬가지입니다. 우리는 현상을 초월 해서 보는 법을 알고 있습니다. 모든 것이 빛이며 우리를 둘러싸고 있는 모든 것들이 우리에게 연결되어 있다는 것을 공감합니다. 또 한 인간의 몸을 하고 태어나는 것이 대단히 큰 특권이라는 것과, 육체는 잠시 동안 우리에게 대여된 것이라는 것, 그리고 이 몸을 우리 자신과 모두의 이익을 위해 지혜롭게 사용할 책임이 있다는 것에 동의합니다. 보살의 정신과 우리가 '보살피는이'라고 부르는 영은 본질적으로 같은 것입니다. 이 둘은 모든 생명체들이 마침내 빛을 발견할 때까지 계속해서 지상 위로 되돌아오며, 언제든 돌아올 준비가 되어 있습니다. 그들은 오직 세상의 고통을 덜어주기 위해서 옵니다. 불가사의한 이 가르침들은 진실로 같은 것입니다. 두좀 린포체(티베트에서 가장 뛰어난 요가 수행자, 학자, 명상가 가운데 한 사람. 파드마삼바바의 살아 있는 후계자로 간주되는 그는 많은 저서를 남겼고, 파드마삼바바가 비밀로 한 많은 '보물'들을 드러냄)는 우리의 종교 의식에 관해 연구하면서 이렇게 외쳤습니다.

'이건 금강승(바즈라야나. 티베트 불교의 비밀 전통. 밀교 혹은 탄트라 불교로도 불림)이잖아!'

기도를 올리고 의식을 치르면서 조부모님은, 티베트에는 지상의 에너지들이 평형을 이루고 모든 생명체들이 고통을 덜 수 있도록 우리와 같은 의식을 치르는 사람들이 있다고 나에게 말해주었습니다. 우리는 언제나 이 연관성에 대해 자각하고 있습니다. 파드마삼바바(티베트의 트리송 데첸 왕의 요청으로 티베트에 건너와 탄트라 불교를 전한 인도의 스승. 아미타불의 화신이라 여겨지며 전통적으로 두 번째 부처로 숭배됨)는 티베트에서 가르침을 펼쳤고, 평화만드는이의 마지막 화신은 우리에게 파드마삼바바 구루의 가르침과 형제처럼 꼭 닮은 가르침을 주었습니다.

오랫동안 세상에 알려지지 않았다가 현재 그 빛을 발하고 있는 파드마삼바바의 예언이 있습니다. 그는 이렇게 말했습니다. '철로 만든 새가 하늘을 날 때, 철의 말이 질주를 할 때, 다르마(진리)가 홍인종 나라에서 꽃피어날 것이다.' 현재 일어나고 있는 일들이 정확히 그것입니다. 이보다 덜 오래된 예언 하나는, 인디언들과 닝마

파와 카규파가 일제히 한 절에서 의식을 치를 날이 오리라고 말합니다. 우리는 그 절을 지금 여기에 세울 것입니다. 우리는 두좀 린포체와 밀접한 관계를 맺고 있습니다.

우리가 모든 것들을 혼합하는 것은 아닙니다. 우리 중 어떤 이들은 원주민의 전통만 따르겠다고 결정할 수 있고, 또 어떤 이들은 티베트의 의식을, 그리고 또 다른 이들은 그 두 개의 의식을 결합시키겠다고 결정할 수 있습니다. 그리고 또 다른 사람들은 그들 본래의 종교 안에서 계속해 살아가면서 자기 자신과 전생에 대한 앎을 심화시키기 위해 이곳에 옵니다. 이렇게 우리 햇빛명상센터의 일은 아메리카 인디언들에 대한 연구와 대승불교 및 금강승에 대한 연구, 그리고 원주민들의 가르침을 개인과 공동체 심리학에 적용하는 계획으로 세분됩니다.

티베트 불교도들과 밀접한 관계가 있다고 느끼는 사람들이 체로키 족만이 아니라는 점을 덧붙여 말해야겠습니다. 촉토 족도 다른 라마승과 함께 연구를 한다는 것을 나는 알고 있습니다."

우리는 동의할 수밖에 없었다. 〈현대의 예언자들〉을 집필하기 위해 라셸과 나는 프랑스에서 꽃을 피운 티베트 센터들과 오랫동안 잦은 왕래를 가졌었다. 게다가 이곳에 도착한 후로 우리는 우리가 같은 대기를 숨 쉬며 같은 체험들을 하고, 매우 특별한 분위기 속에 잠겨 있다는 느낌을 받았다. 그리고 그 분위기는 온정과 사랑으로 이루어진 것이었다.

또한 우리는 〈현대의 예언자들〉을 티베트 불교에 바치며 마쳤던 것처럼 이 장을 끝맺는 것이 잘못된 것이 아님을 확신한다.

'그들이 찾고 있는 것은 무엇인가? 지나치게 흥분하고 열정적이며 심각한 재난들에 의해 위협받는 우리의 서구 세계에서 도망친 그 젊은이들은 무엇을 찾고 있는 것인가? 그들은 왜 물질주의의 기슭 너머로 날아오르려 하는가? 그 세계는 그들에게 많은 꿈들과 만족감을 주겠다고 제안하지 않았는가?'

그 젊은이들은 하나같이 동일한 대답을 한다. 그들이 원하는 것은 자유라고. 그런 진정한 자유를 경험한 이들은 모든 것을, 심지어는 자기 자신까지도 버린 사람들이다.

그들은 그러한 자신들의 노래를 티베트 시로 만들었다.

어디를 가든 모든 것을 포기한 자는 자유로우리.

장소들과 사물들에 집착하는 것이 무엇에 좋은가.

외부의 모든 욕망을 버리라.

미지의 땅이 곧 깨달음의 장소이니.

그녀의 이름은 린다이다. 우리는 그녀와 평화의 마을에서 조금 떨어진 브리스톨의 한 식당에서 만나기로 약속되어 있었다. 그녀는 온통 인디언 장신구들로 뒤덮인 채 독수리 깃 두 개를 틀어 올린 머리에 꽂고 도착했는데, 그런 자신이 이목을 끈다는 것을 알아차리지 못하고 있는 듯했다. 이상한 옷차림만 아니었다면 사람들은 그녀를 백인 여성으로 여겼을 것이다. 우리 눈에는 그런 그녀가 지금부터 펼쳐질 이번 장에 완벽하게 어울리는 모습을 하고 있는 듯 보였다.

바로 얼마 전까지만 해도 많은 사람들에 의해 유전적인 결함이 있는 것처럼 여겨지던 인디언들은 자신들의 존재를 조심스럽게 감춰야 했었다. 그래서 인디언 보호구역에서 나와 교육을 받고 백인들의 세계에 동화된 '운이 좋았던' 사람들에게는 오직 한 가지 생각밖에는 없었다. 그것은 최대한 하얗게 되는 것, 자신들의 뿌리를 잊는 것, 그리고 가능한 한 빨리 그들을 매혹시키는 이 소비사회의 일원이 되는 일이었다.

하지만 시대가 바뀌었다. 점점 더 많은 인디언 청년들이 자긍심을 되찾고, '검은 것은 아름답다.'라는 것을 알아가기 시작한 당시의 흑인들과 똑같은 혁명을 체험하고 있는 중이다. 많은 인디언들이 자신들이 인디언이라고 불리기를 이제 더 이상 원치 않는다. 그들 중 한 명이 그 이유에 대해 이렇게 설명했다.

"크리스토퍼 콜럼버스가 방향에 대한 착오를 했기 때문에 우리는 우리의 것이 아닌 이름으로 불려왔습니다. 인디언들은 인도에 있지 아메리카에 있지 않습니다. 그렇지만 부득이한 경우에는 우리를 아메리카 인디언이라고 부를 수 있습니다."

그러나 이야기를 마치자마자 우리는 그 청년이 자신을 인디언이라고 부르는 것을 듣고 놀라지 않을 수 없었다. 이처럼 습관들은 근절하기 어려운 법이다.

어쨌거나 우리는 린다와 그녀가 단 깃털들을 마주하고 있다. 옆 테이블에서 곁눈질로 자신을 쳐다보는 시선을 전혀 느끼지 못하는 린다의 앞에. 그녀와 함께한 인터뷰는 짧았지만 인터뷰 내용을 거의 대부분 옮겨 적을 정도로 대단히 인상적이었다. 첫 번째 질문이 대단히 자연스럽게 터져 나왔다.

"왜 깃 장식들을 하고 나오셨습니까?"

린다가 말했다.

"우리 인디언들이 너무 오랫동안 우리 존재에 대해 수치스럽게 생각했기 때문입니다. 우리에게 깃털은 신성한 것입니다. 깃털을 몸에 지니고 다니는 것은 우리에게 좋습니다. 인디언 전통 의상을 입고 몇 시간이고 춤을 추는 밤, 누군가가 깃 장식을 떨어뜨리면 우리는 즉시 춤을 멈추고 그 앞에 몸을 굽혀 기도합니다. 모든 것에 대해 알고 싶으시다면 말씀드리지요. 나는 가슴에 늑대의 그림과 늑대 털 뭉치를 지니고 다닙니다. 그것은 늑대가 나의 동물신이고 늑대의 힘은 그의 털 안에 있다는 계시를 받았기 때문입니다.

나의 남편은 백인입니다. 그는 캔자스에 있는 소아병원의 부원장입니다. 나는 미국인의 삶을 선택할 수 있었고, 그 안에서 행복할 수 있었습니다. 아무도 그것을 이상하다고 생각하지 않았을 것입니다. 하지만 나는 내가 아메리카 인디언이라는 것과 내 부족의 가치와 전통을 보존하는 길을 선택했습니다. 나에게는 당연한 일이었습니다. 내 마음이 간절히 원하던 것이었으니까요. 이 외에 다른 것은 아무것도 나와 어울리지 않습니다. 나는 많은 인디언들이 자신들이 누구인지 이제 더 이상 알지 못하고, 자신의 진정한 자리를 찾지 못하고 있다는 것을 알고 있습니다. 선택은 내 안에서 이루어진 것이지 내가 결정한 것이 아닙니다.

나는 인디언 보호구역에서 자라지 않았습니다. 아주 어렸을 적에 사람들이 나를 백인 가정에 입양시키기 위해 내 가족으로부터 빼앗았습니다. 나의 부모님은 너무 가난했고 알코올 중독자였습니다. 사회복지 기관들이 나를 가족과 떨어뜨려놓은 것입니다. 나의 다른 형제들 역시 모두 뿔뿔이 흩어졌습니다. 특히 세기 초 이후로 이런 일들이 인디언들에게 많이 일어났습니다. 예전에 백인들은 인디언 어린이들을 고아원에 데려다 놓았습니다. 지금은 그 어린 이들을 가정에 입양시키려고 시도합니다. 인디언 아이들이 꼭 가난하고 알코올 중독자인 부모 밑에서 태어나는 것은 아닙니다. 백인들은 아이들이 인디언이라는 이유만으로도 가족들에게서 충분히 떨어뜨려놓을 수 있었습니다. 자기 집에 남아 있는 이들에게도 백인들은 인디언의 언어를 사용하지 못하게 하고, 그들의 정신에 따라 살지 못하게 하기 위해 모든 짓을 다 했습니다. 당신은 우리가 어떻게 살았는지 상상도 하지 못할 것입니다. 신문들도 그것에 대해서는 일절 언급하지 않았습니다.

사람들이 우리를 기독교화시켰습니다. 그래서 많은 인디언들이 자신들의 영혼을 잃었습니다. 그 일이 바로 내 부모님에게도 일어났습니다. 백인 사회는 우리가 인디언으로 존재하는 것을 치욕적으로 생각하도록 만들었습니다. 나는 가족 중에서 인디언 전통을 두 팔로 안은 최초의 후손입니다. 나는 그것에 긍지를 느낍니다.

나의 남편도 인디언 전통에 열정적인 관심을 갖고 있습니다. 당신들이 인디언 어른들을 둘러싼 모임에서 보았던 열정적인 청년들처럼 말입니다. 남편은 단지 나에게 자유를 주는 것이 아니라 많은 것들을 나와 함께 나누고 있는 것입니다.

우리에게는 아들이 둘 있는데, 나는 그들에게 선택의 자유를 줄니다. 아들들은 인디언 전통에 대해 알고 있고, 내가 하는 일을 높이 생각합니다. 맏이는 인디언 철학을 품에 안기로 결정했습니다. 그리고 열일곱 살 먹은 둘째는 기독교 신자로 남아 있습니다. 나를 보면서 머리를 긁는 둘째에게 나는 위대한 영을 향한 길은 언제나 많이 있다고 가르칩니다.

우리 가족 모두는 집에서 자유롭습니다. 전통과 종교에 대한 논쟁이 존재할 이유가 별로 없다는 것을 당신들도 아실 겁니다. 프란체스코회의 수도사 친구가 한 명 있는데 그는 아파치 족의 신부입니다. 겸허한 마음으로 성직자로의 삶을 시작한 그는 성당 안에 낯선 신도들의 북과 깃털들, 그리고 신성한 물건들을 가져다 놓기 시작했습니다. 그는 신도들의 관습에 경의를 표하며 그들에게 자신들의 전통을 저버리지 말라고 당부했습니다. 신도들은 그를 좋아했습니다. 그가 도착하고 삼 년이 지나자 신도들은 그에게 자신들의 치료사 옆에서 그들의 의식과 춤을 축복해달라고 부탁했습니다. 그것은 하나의 치유입니다.

오랫동안 나는 착한 소녀이고자 노력했습니다. 그러나 성인이 된 후 나는 나의 길을 걸었습니다. 사실 나를 입양한 부모님은 나에 대해 걱정이 많으셨습니다. 내가 지옥에 갈까 봐 두려워했지요.

하지만 나는 결국 그들의 사고가 신을 향한 다른 길들도 있을 수 있음을 받아들이도록 열렸을 것이라 믿습니다. 남편과 아이들, 그리고 나는 노년에 이른 그들을 언제나 마음 깊이 사랑했으니까요. 양부모님은 팔십 세가 넘어서 돌아가셨는데, 우리는 언제나 그들 곁에 있었습니다. 그것은 사랑에 의한 것이었습니다. 오직 사랑만이 중요하니까요.

형제들과 나는 이십칠 년간 서로 보지 못했습니다. 우리가 얼마나 급작스럽고 난폭한 방법으로 헤어졌는지 아십니까? 우리는 서로의 주소조차 가지고 있지 않았습니다. 나는 그들을 잃었다고 생각했습니다. 그러던 어느 날, 1980년에 나는 전화 한 통을 받았습니다. 한 여인이 나에게 혹시 린다 페이 뉴커크가 아닌지 물었습니다. 그 이름은 사람들이 입양 부모님에게 나를 양도하면서 버리게 했던 이름이었습니다. 내 형제들만이 그 이름을 알고 있었습니다. 나는 깜짝 놀랐습니다. 그녀가 나에게 분명히 말했습니다. '난 네 언니 실비아야.' 나는 울음을 터트렸습니다. 내 두 아들과 함께 자동차를 타고 그녀와 나 사이를 갈라놓고 있던 사백 킬로미터를 달렸습니다. 나의 아홉 형제들을 다시 찾은 것입니다. 그들은 내 주소를 알아내기 위해 상당히 어려움을 겪었다고 했습니다.

맏언니는 어머니가 직접 그녀에게 남겨주신 것을 나에게 전해주었습니다. 그로 인해 내 결심이 확고해졌습니다. 실비아는 마음속으로 전통을 지켰고, 대중에게 이야기하는 것은 좋아하지 않았습니다. 그녀 역시 백인을 남편으로 맞았습니다. 다른 형제들은 정말로 가난했고 고된 삶을 살았습니다. 실비아와 나는 형제들 중 가장 행복한 사람들입니다.

나는 그리스도와 함께 땀천막 안으로 들어갑니다. 그는 내 마음속에 언제나 존재합니다. 내가 사랑하는 것은 예수가 아니라 그리스도의 본질이라는 것을 아십니까? 그리스도는 모두를 위한 존재입니다. 기독교인들만을 위한 것이 아니라. 나는 힌두 신전과 불교, 가톨릭과 이슬람교 인들의 신전에서도 기도를 드릴 수 있습니다. 신은 모든 곳에 존재합니다."

라셀이 그녀에게 말했다.

"당신은 깃털을 숭배합니다. 새에 대한 신앙을 가지고 있나요? 올봄에 흥미로운 일이 일어났습니다. 어느 날 우리는 현관 문 유리에 무언가가 부딪치는 굉음을 들었습니다. 밖으로 나간 우리는 커다란 말똥가리 한 마리를 발견했습니다. 새는 거의 죽어가고 있었습니다. 나는 그 새를 팔에 안아 불 곁에 놓고는 먹이를 주고 기운을 차리게 하려고 했습니다. 그래도 나아지지 않자 이번에는 새를 수의사에게 데리고 갔습니다. 수의사는 그 새가 몸 여기저기에 류머티즘을 앓고 있는 아주 나이 든 새라고 했습니다. 우리는 그 새에게 시나라는 이름을 주었습니다. 그 이름은 자연스럽게 떠오른 것이었습니다. 우리는 시나를 이틀 동안 보살폈지만 결국 죽고 말았습니다. 우리는 시나를 우리 집에서 매우 가까운 곳에 묻어주었습니다."

린다가 말했다.

"잘하셨습니다. 나는 말똥가리가 당신 집에 와서 죽고자 한 자신의 선택을 매우 행복하게 여겼다는 것을 당신들이 깨달았기를 바랍니다. 그 새는 그곳을 자기가 좋아하게 될 것임을 알고 있었을 겁니다. 새들은 많은 것들을 알고 있습니다."

린다는 말똥가리의 직감에 대해 진심으로 믿고 있다. 그녀는 동물과 식물, 그리고 광물들까지도 확고한 지혜를 가진 세계 안에 살고 있는 것이다. 그래서 그들이 우리가 귀 기울일 지혜를 가지고 있다고 믿는다. 그녀는 그 세계 안에서 편안하다. 그녀가 다시 찾은 자신의 전통 안에서 편안함을 느끼는 것처럼. 그녀는 행복하다.

우리가 지금 만날 남자 역시 행복을 전파하는 사람이다. 그는 행복을 전파하는 일 외에는 다른 어떤 것에도 기쁨을 느끼지 못한다고 우레 같은 목소리로 말했다. 그의 이름은 일곱마리매이다. 만약 그가 절대로 벗지 않는 커다란 검은 모자를 벗는다면 사람들은 그를 백인으로 여길 것이다. 그는 아파치 족이며 사회적으로 완벽한 성공을 거두었다. 그는 자신의 전 생애를 살인을 저지른 죄인들을 다루는 공익 업무 수사관으로 일했고, 무술과 범죄 조사 기술들을 경찰학교에서 가르쳤다.

"나는 삼십사 년 동안 가라테를 했고, 또 삼십 년간 선불교를 공부했습니다. 지금은 은퇴를 해 이백오십 헥타르에 이르는 평원에서 살며, 스트레스를 받는 이들과 경찰들을 돕기 위해 미국 각지를 돌아다니며 세미나를 합니다. 또한 나는 색을 이용한 치료와 명상 등 다른 많은 일들도 합니다. 나는 세 번이나 죽음을 경험했습니다. 첫 번째는 테네시 주에서 겪은 것으로 그때 나는 방광이 막혀 혼수상태에 빠졌었습니다. 혼수상태이기는 했지만 나는 의사가 내 귀에 대고 중얼거리는 소리를 들을 정도의 의식은 있었습니다. '싸워 이기세요. 당신에게는 백 명 중 열 명만이 살아남을 수 있다는 가능성이 있으니까요!' 갑자기 나는 혼수상태에서 빠져나왔고 눈을 떠 그 의사를 정면으로 바라보며 이렇게 말했습니다. '그렇게 말하지 말고, 열하고도 반 이상이라고 하세요.' 나는 얼굴이 완전히 노랗게 질려 있었습니다. 아내가 그때의 나를 사진으로 찍어두지 않은 것이 유감일 뿐입니다. 그때 나는 영락없는 중국인의 얼굴을 하고 있었으니까요.

두 번째는 신장 발작을 일으키던 중, 고통을 완화시키기 위해 주사를 맞았는데 그것이 알레르기 반응을 일으켰습니다. 그때 내가 움직일 수 있던 것이라고는 정말로 손가락 두 개밖에 없었습니다. 세 번째는 나무를 하역하다가 심장마비를 일으켰던 일입니다. 나는 헬리콥터에 실려 병원으로 이송되었습니다. 매우 인상적이었지요. 도착하자마자 정맥에 있던 응고된 피 한 덩어리가 심장까지 올라갔고, 내 심장은 멎어 더 이상 뛰지 않았습니다. 다시 소생하기는 했지만, 내 상태는 의사가 수술을 하기 전 며칠을 더 기다리자고 할 정도로 심각했었습니다. 의사 모르게 나는 인디언의 방식으로 스스로를 돌봤습니다. 커다란 크리스털을 내 침대 머리맡에 두고 다른 하나는 발치에 두었습니다. 외과의사가 수술을 하자고 했을 때는 그 핏덩어리가 사라지고 없었습니다. 그 의사는 아직도 무슨 일이 일어난 것인지 이해하지 못하고 있지요."

일곱마리매가 웃었다. 그의 웃음은 평화의 마을 끝까지 들릴 정도로 컸다. 그래서 우리는 입가에 맴돌던 질문을 그에게 할 수 있을 만한 적당한 순간이 오기까지 기다려야만 했다.

내가 물었다.

"당신은 잘 웃고 끊임없이 농담을 하지만, 우리는 당신이 그 모든 것들 뒤에 가지고 있는 어떤 진지함을 느낄 수 있습니다. 거의 무겁게 느껴질 정도로. 나는 당신 내면의 깊은 곳을 알고 싶습니다. 적어도 표면적으로는 당신은 백인들의 삶을 살고 있습니다. 나는 당신이 당신 안에 존재하는 아파치 족인 당신과 어떤 관계를 유지하고 있는지 알고 싶습니다."

일곱마리매가 말했다.

"내 안 깊은 곳을 들여다보면, 나는 곧 조상들이 전해준 가르침들을 발견합니다. 그 가르침은 내 뼈와 유전자 안에 들어 있습니다. 예를 들어, 조상들은 나에게 모든 사람들이 가진 의무는 자신보다 적게 알고 있는 사람들을 가르치고, 자신보다 더 많이 알고 있는 사람들로부터 배우는 데 있다고 알려주었습니다. 우리 모두는 서로를 돕기 위해 이 대지 위에 존재합니다. 내가 말하는 서로를 돕는다는 것은 우리 어머니 대지와, 살아 숨 쉬는 모든 것들, 그리고 영혼을 가진 모든 것들에 있어 포괄적입니다. 설령 그 영혼이 우리가 가지고 있는 영혼과 온전히 닮은 것이 아닌 동물들과 초목, 돌멩이 하나와 강물에 관계된 것이라 하더라도 말입니다.

나는 언제나 내가 취할 수 있는 모든 수단과 방법을 동원해 가능한 만큼 다른 사람들을 도우려고 애씁니다. 나는 언제나 내가 알고 있는 것들을 다른 사람들에게 가르쳐주는 것을 좋아했었습니다. 그러나 나는 그들로부터 내가 언제나 배워왔다는 것 역시 알고 있습니다. 누군가를 더 가르칠수록, 나는 내가 너무도 많은 것들을 모르고 있다는 것을 알게 됩니다.

내가 확신을 갖고 말할 수 있는 것이 있습니다. 그것들은 내가 이미 오래전에 배운 것들이고, 또 그 진정성을 종종 확인할 수 있었던 것들입니다. 그것은 당신이 눈으로 보거나 귀로 듣거나 입으로 말하는 것이 아니고, 뇌로 생각하는 것이 아닙니다. 당신은 모든 것을 마음으로 합니다. 눈과 귀, 입과 뇌는 착각을 할 수 있지만 당신 마음은 착각을 하는 일이 절대로 없습니다. 이것은 우리 아메리카 인디언들의 가르침들 중 가장 중요한 것입니다.

아실지 모르겠지만, 내가 언제나 농담을 하는 건 내게 있는 신중한 면을 보여주지 않기 위해서가 아니라, 단지 다른 사람들을 웃게 하려고 그러는 것입니다. 웃음은 치료에 좋고 기분을 나아지게 하는 데 도움을 주니까요. 웃으면서 당신은 에너지 생성을 돕는 원자들을 일하게 합니다. 그리고 웃음은 자기를 지키는 좋은 방법이기도 합니다. 아무도 웃고 있는 나를 때릴 수는 없으니까요."

"어떻게 디야니를 만나셨습니까?"

"테네시 주에 있을 때 디야니에 관한 말을 들은 나는 그녀를 만나고 싶은 마음이 들었습니다. 그래서 그녀를 만나러 갔습니다. 그녀가 하는 모든 말들은 마음에서 나오는 것이었습니다. 그녀가 가진 진실성에 감동받은 나는 강연을 마친 그녀와 개인적으로 만났습니다. 우리는 십여 분 동안 별다른 말을 하지 않고 그저 함께 앉아 있었습니다. 그러나 그것으로도 충분히 나는 그녀의 정직함과 진실성에 감동을 받았습니다. 그녀도 분명 나에 대해 그렇게 느꼈을 겁니다. 석 달 전, 그녀가 나에게 이곳으로 와서 사람들에게 가르침을 달라고 부탁했으니까요.

나는 사람들이 스스로의 감정을 다스려 사람들과 최고의 관계를 가질 수 있게 되길 바랍니다. 나는 심리학을 공부하지 않았습니다. 나의 이야기들은 경험을 통한 것입니다. 나는 내가 아메리카 인디언들의 전통적인 가르침들에 매우 가까이 있다는 것을 깨닫습니다. 어렸을 때 나는 '당신의 삶에서 일어나는 일들은 그렇게 중요하지 않다. 정말로 중요한 것은 그 일들을 통해 당신이 얼마만큼 성장했는지 아는 것이다.'라는 말을 들었습니다. 이 말을 이해하는 데 심리학은 필요하지 않습니다. 이것에 대해 선불교와 나의 조상들은 수천 년 전부터 가르쳐왔습니다. 감정은 당신이 그것을 허락했을 때만 당신 안에 자리를 잡습니다. 왜 감정에게 그것을 허락합니까? 어쨌거나 그것은 당신의 감정입니다. 당신은 그 감정을 당신이 원하는 대로 조절할 수 있습니다. 문제는 감정이 아무런 예고도 없이 불쑥 일어나기 때문에 당신이 그것을 조절할 수 없다는 데 있습니다. 그러나 당신은 언제나 당신 안에서 발생하는 감정을 조절할 수 있습니다.

고무풍선을 한번 생각해보기 바랍니다. 만약 당신이 풍선을 계속해서 불면, 풍선은 결국 망가져 못 쓰게 될 것입니다. 풍선 안에 바람을 넣지 말아야 합니다. 감정들을 간직하지 말아야 하고, 그것이 오도록 허락해선 안 됩니다.

당신이 그것을 여기, 당신 마음속에 있도록 허락하지 않는 이상 고통은 당신을 찾아오지 않습니다. 당신이 주인이라는 것을 절대로 잊어서는 안 됩니다. 분노의 주인이 바로 당신이라는 것을. 당신은 집 안에 있습니다. 내가 당신의 문을 두드립니다. 당신이 문을 열면 나는 당신의 따귀를 때립니다. 당신은 어떻게 하겠습니까? 당신은 세차게 문을 닫고 나에게 이렇게 소리칠 것입니다. '저리로 가버려!' 바로 이것이 화를 대하는 정확한 방법입니다. 화가 당신 집으로 와 문을 두드립니다. '똑똑!' 당신은 그에게 문을 열어주고 들어오라고 말합니다. 그러나 그래서는 안 됩니다. 문을 닫고 그에게 말하십시오. '저리로 가버려! 난 너를 원하지 않아!' 그리고 다른 것들에 대해 생각하십시오. 풍선에 숨을 불어넣지 마세요.

한때 나는 입에서 습관적으로 내뱉어지는 욕을 조절하기 위한 훈련을 받았습니다. 강사들은 나에게 말했습니다. '안 돼요. 절대로 욕을 해서는 안 됩니다. 그건 좋지 못하니까요. 감정을 다스리는 법을 배우고 싶으면 화가 당신을 점령하게 내버려두어서는 안 됩니다.' 나는 화를 다스리려고 시도해보았지만 처음에는 성공하지 못했습니다. 욕설이 혼자서 나왔으니까요. 그래서 나는 욕에게 말했습니다. '아! 이번에는 성공하지 못했어.' 그다음 번에도 나는 실패하고 말았습니다. 그러던 어느 날 나는 욕에게 이렇게 말할 수 있었습니다. '이번에는 내가 너를 거의 따라잡았어.' 그리고 그다음 번에 나는 나 자신에게 이렇게 외칠 수 있었습니다. '성공했다!' 이것이 아무것도 아닌 것처럼 보일지 모르지만, 입에서 나오고 싶어 안달하는 욕을 조절할 수만 있다면, 화는 물론 부정적인 모든 생각들을 조절할 수 있습니다.

부정적이거나 해로운 생각이 내 안에 모습을 드러낸다면 지금 나는 그것을 맞이할 필요가 없습니다. 하지만 조심하셔야 합니다! 내가 알게 된 것 중 하나는 내가 내쫓아버린 그 부정적이고 해로운 생각들이 다른 사람들에게 가서 자리를 잡아버린다는 것입니다. 그래서 나는 그런 생각들을 돌려보내기 전에 끌어안고 어루만지며 이렇게 속삭입니다. '이제 착하게 굴어야지.' 나는 그 생각들이 긍정적인 방향으로 나아갈 수 있도록 노력합니다. 그래서 다른 사람들에게 해를 입히지 않게 하려는 것이지요. 미친 짓처럼 보이겠지만 나를 믿으세요. 효력이 있으니까요!

사람들은 모두 조금이라도 발전하기 위해서는 위대한 구루를 만나거나 수십 년간 수련을 해야 한다고 생각합니다. 하지만 그렇지 않습니다. 우리는 내일 당장 발전할 수 있습니다. 필요 의식을 가지고 충분히 집중하면 그럴 수 있습니다. 당신이 주인이라는 것을 절대로 잊지 마십시오. 당신은 이 일, 혹은 저 일을 할 수 있고, 이곳에 갈 수도 저곳에 갈 수도 있습니다. 그 결정권은 바로 당신에게 있습니다. 나는 당신을 조금은 도울 수 있지만 당신의 입장에서 어떤 일들을 대신 할 수는 없습니다. 이것은 매우 간단한 것입니다. 무슨 대단히 불가사의한 일이 아닙니다.

내세에 있어서도 마찬가지입니다. 내세는 우리가 생각하는 것만큼 그렇게 복잡한 것이 아닙니다. 죽음은 언제나 여기, 우리와 함께 있습니다. 육체는 계속해서 변화하며 늙어갑니다. 태어나는 날부터 우리는 이미 죽어가기 시작합니다. 마치 감옥 안에 있는 것처럼 현재 나는 이 육체 안에 있지만 언젠가 이 육체를 떠나 다른 곳으로 갈 것입니다. 그곳에서 나는 자유로워질 것이고, 더 이상 늙음이나 병에 대해 걱정을 하지 않게 될 것입니다. 이것이 바로 삶입니다.

높은 곳에 올라간 나는 방금 끝이 난 나의 삶을 바라볼 것입니다. 어쩌면 나 자신에게 이렇게 말할지도 모릅니다. '아! 그때 나는 옳지 않았어. 돈을 가지고 잘못 행동했구나. 나는 돈이 많이 있었는데 그걸 다른 이들과 나누지 않았어. 그 점을 고쳐야겠다.' 그런 다음 나는 주변을 둘러보며 돈을 다른 사람들을 돕기 위한 하나의 에너지처럼 쓸 기회를 가질 수 있는 다른 삶을 찾을 것입니다. 아니면 돈을 소유하지 않는 것을 배우기 위해 다음 생에서는 아주 가난하기로 결정을 내릴 수도 있습니다. 그때는 가난했던 생을 마치면서 이렇게 말할 것입니다. '아! 이런 삶을 나는 전혀 좋아하지 않아. 다음에 환생할 때는 다시 돈을 많이 가져야겠다. 하지만 그것을 나눌 줄 안다는 조건 아래서.' 아시겠지요. 인생은 학교입니다. 우리는 배우기 위해 이곳에 온 것입니다. 아주 간단하지요.

자신에게 일어나는 감정을 조절함으로써 배울 수 있는 또 다른 점은 자신과 의견을 달리하는 이들에 대한 이해입니다. 나는 자주 이런 말을 합니다. 인생이라는 것은 주변에 네 개의 의자들이 놓인 네모난 탁자와 같습니다. 나는 책 하나를 집어 그것을 테이블 중심에 똑바로 세워놓습니다. 의자 위에는 네 명의 사람들이 앉아 있습니다. 나는 첫 번째 사람에게 그가 무엇을 보고 있는지 말해달라고 합니다. 그 사람은 책의 표지를 보고 말합니다. '좋아요, 나는 세로이십에 가로 십팔 센티미터의 물건을 보고 있습니다. 색은 갈색이고, 그 위에 뭐라고 적혀 있습니다.' 나는 그에게 맞았다고 말하고는 옆에 앉은 사람을 향해 고개를 돌립니다. 그는 첫 번째 사람과 같은 책을 보고 있지만 이렇게 주장합니다. '그가 말한 것 중에 맞는 것도 있지만, 방금 말한 사람은 미쳤습니다. 그가 말한 대로 정말로 색은 갈색이지만 그는 이 사물이 십팔 센티미터의 넓이를 가지고 있다고 잘못 말했습니다. 그건 사실이 아닙니다.' 나는 책의 뒷면을 보고 있는 세 번째 사람에게 묻습니다. 그 사람은 나에게 앞서 발언한 사람들 모두가 착각을 했다고 말합니다. 색깔이 갈색인 것과, 이십 센티미터에 십팔 센티미터인 것에는 동의하지만, 그 위에는 아무것도 적혀 있지 않다고 말합니다. 책등을 보고 있는 마지막 사람은 나에게 다른 사람들이 미쳤다고 말합니다. 그의 눈에는 그 사물의 넓이가 이 센티미터밖에 되지 않고 표면에 뭐라고 적혀 있기 때문입니다.

인생에 대한 당신의 시각은 당신이 앉아 있는 의자에 좌우됩니다. 왜냐하면 네 사람 모두 옳은 대답을 한 것이니까요.

여기서 책은 진실을 상징합니다. 내가 만약 그것에 대해 알고 싶다면 먼저 나는 네 개의 의자들에 모두 가 앉아봐야 합니다. 그러면 나는 다른 사람들이 서로 다른 방법으로 사물을 봤다는 것을 이해하게 됩니다. 그들이 나와 같은 의자에 앉아 있지 않았다는 것을 알게 되니까요. 우리가 갖게 되는 관점들은 태어난 장소와 자라난 가정, 그리고 삶에서 겪은 경험들에 좌우됩니다.

지혜로운 사람은 네 의자 위에 모두 가 앉습니다. 그리고 그것이 책이라는 것을 알게 됩니다. 그다음 그가 할 수 있는 일은 그 책을 펼쳐 읽는 것입니다. 이것은 매우 간단한 것입니다. 당신은 오늘 완전한 진실을 소유했다고 생각합니다. 하지만 당신은 착각했을 수도 있습니다. 내일 또 다른 진실을 발견하게 될지도 모르는 일이니까요. 당신에게는 참된 자신이 누구인지 길을 찾을 권리가 있습니다. 그것을 누리십시오. 그리고 다른 사람들이 그들의 길을 찾을 수 있도록 그들을 내버려두십시오. 우리는 모두가 같은 산을 오르고 있습니다. 다른 누군가가 똑같은 정상에 오르기 위해 우리와 같은 길을 가지 않는다면 더 잘된 일입니다. 하지만 가끔은 우리 뒤로 기어 올라오고 있는 사람을 돕기 위해 뒤돌아보아야 합니다. 절대로 그것을 잊어서는 안 됩니다.

이것이 바로 내 조상들의 가르침입니다. 자기 자신의 주인이 되라. 삶에서 일어나는 일들이나 감정들에 의해 자신이 조종되도록 자신을 내버려두지 마라. 우리 모두가 한 가족임을 잊지 마라. 그렇기 때문에 다른 사람들을 도와야 하고, 어머니 대지에게 해를 끼치지 말아야 한다는 것을 잊지 마라. 대지가 살아 있으며 감정을 가지고 있다는 것을 절대로 잊지 마라. 그리고 마지막으로 이 사항들을 사람들에게 알리라. 만약 모든 이들이 이렇게 한다면 지구는 천국이 될 것이다. 그때 지구는 행복할 것이고, 이 성가신 두 발 짐승을 어떻게 몰아낼 것인지를 자기 자신에게 묻지 않을 것이다. 우리 인간들은 하늘과 땅의 중개인이라고 보는 시각을 언제고 잊지 마라. 우리 안에서, 바로 우리 마음속에서 위와 아래의 에너지들이 다시 만난다는 것을……

우리는 있는 그대로의 우리 어머니를 좋아합니다. 어머니가 행복해하는 것을 보고 싶어 합니다. 그런데 우리는 왜 우리 어머니 대지를 사랑하지 않습니까? 왜 그녀가 행복해하는 것을 보고 싶어하지 않습니까? 우리 아메리카 인디언들에게 주어진 특별한 임무는 사람들이 탐욕에 의해 지구를 파괴하는 것을 막는 것입니다. 그러나 우리는 총을 사용하지는 않습니다. 우리는 사랑의 에너지를 사용합니다. 그 결과 마침내 우리는 우리가 지구에 가한 모든 고통들이 결국에는 우리 자신에게 되돌아온다는 것을, 우리가 죽이고 있는 것이 바로 우리 자신이 살고 있는 지구라는 것을 깨닫게 될 것입니다.

우리 어머니 대지가 화산 폭발과 지진, 산사태와 홍수들을 일으켜 우리에게 말하는 것이 들리지 않습니까? 지구가 우리 귀에 대고 이렇게 말하는 것이? '내 말 좀 들어! 만약 당신들이 내 말을 듣지 않는다면 다음번에는 좀 더 강하게 당신들을 위협할 수밖에 없어.' 그런데도 우리가 만약 그 말을 듣지 않으면 지구는 조금 더 큰 몽둥이를 들 것입니다. 그때는 선택의 여지가 없을 겁니다. 해야 할 일을 하거나 사라지는 것, 그 둘 중 하나일 것입니다.

나는 우리 어머니 대지가 우리 자신을 변화시키기 위해 필요한 에너지를 우리에게 보냄으로써 우리를 돕고 있다고 확신합니다. 하지만 지구는 우리 입장에서 모든 일을 하지는 않을 것입니다. 많은 미국인들이 이 새로운 에너지를 느끼고 있습니다. 그들은 그 에너지가 어디서 오는가 서로에게 묻습니다. 그 에너지를 최초로 느낀 것은 오래전의 아메리카 인디언들이었습니다.

우리는 이 주제를 가지고 몇 주를 더 이야기할 수 있습니다. 우리가 교회에 다니든 아니면 유태교회나 절에 다니든, 모든 종교에 있어 기도는 본질적인 것입니다. 만약 우리 모두가 같은 것에 대해 기도할 수 있다면 그것은 훌륭한 약이 될 것입니다. 개인적으로 나는 우리 어머니 대지가 2000년에서 2012년 사이에 결정을 내릴 것이라고 생각합니다. 어쩌면 어머니 대지는 이렇게 말할지도 모릅니다. '좋아, 당신들이 노력을 했으니까 얼마간 시간을 더 주겠어.' 아니면 이렇게 말할지도 모르는 일입니다. '당신들은 정말로 너무 게으르군. 나를 해치고 파괴하는 것밖에 몰라. 아무리 시간이 가도 당신들은 배울 수 없을 거야. 그래서 나는 당신들이 더 이상 필요하지 않아!' 그러면 그것으로 모든 것이 끝날 것입니다. 불과 지진과 심각한 산사태들과 원자폭탄 등 그 모든 것들이 동시에 일어날 수 있습니다."

라셀이 물었다.

"왜 2012년이지요?"

일곱마리매가 이렇게 말했다.

"나도 잘 모르겠지만 그렇게 느낍니다. 그리고 그렇게 느끼는 사람은 나 혼자만이 아닙니다. 공기를 통해 그것을 감지할 수 있습니다. 지구가 우리에게 솔직하게 말한다는 것을 아시지요. 어쨌거나 당신들은 당신들의 책을 2012년 전에 끝내야 할 것입니다."

라셀이 다시 물었다.

"당신은 자신이 인디언이라는 사실이 고통스럽게 느껴지지 않았습니까?"

일곱마리매가 말했다.

"그런 적은 없습니다. 하지만 나는 자신이 인디언이라는 것에 대해 고통스러워하는 많은 사람들을 알고 있습니다. 개인적으로 나는 국적이나 인종에는 어떤 차이점도 없다고 생각합니다. 우리 모두의 기원은 최초의 인간으로 내려가니까요. 인종차별주의자들이 존재할 권리는 있지만 그건 그들에게 안타까운 일입니다.

아무것도 복잡하지 않습니다. 마음속에 증오의 감정과 화가 가득 찬다면, 그 안에 사랑이 자리할 곳은 없을 것입니다. 그러나 당신은 당신 마음속에 사랑이 사 분의 일, 혹은 십 퍼센트만 자리하는 것을 원하지는 않을 것입니다. 당신은 전부를 원합니다. 만약 당신이 마음속에 사랑을 간직하고 있다면, 당신은 더욱더 행복할 것이며 당신 주변의 모든 존재들을 행복하게 할 것입니다. 당신이 하는 모든 사소한 일들이 온 세계에 파급될 수 있다는 것을 염두에 두십시오. 돌 하나를 들어 바다 한가운데 던지면, 형성된 동심원은 해안까지 퍼져갑니다. 멀어지면서 점점 더 약해지겠지만 그래도 해안 끝까지 나아갑니다. 이것은 당신의 생각과 느낌들이 인간 모두와 이 세상 모든 만물들에 영향을 미친다는 것을 의미합니다."

생텍쥐페리는 이런 말을 했다.

'별을 방해하지 않고는 꽃 한 송이를 꺾을 수 없다.'

나는 위대한 영과 창조자에게 감사하며 아침을 시작한다. 세상 만물에게 사랑을 보낸다.
나 자신이 부정적 에너지를 긍정적 에너지로 변화시키는 불꽃으로 가득하다고 생각한다.
설령 어두운 영들이 들어온다 하더라도 그들은 이 빛과 만나면서 빛의 존재로 변화한다.
하루하루를 이런 식으로 산다면 당신은 매 순간 당신의 삶이
얼마나 빠르게 변화하는가를 볼 수 있을 것이다. 이보다 더 중요한 것은 없다.

우리는 배우기 위해 이곳에 온 것

은빛여우의 집에 도착하기 위해서 우리는 장시간 길을 돌아야 했다. 언덕들 사이로 구불구불하게 나 있는 먼지투성이 좁은 길들의 미로 안에서 그만 길을 잃어버린 것이다. 그러다가 마침내 우리는 숲 속 빈터 중앙에 있던 높은 언덕에 도착했다. 그는 청바지에 '크리스토퍼 콜럼버스의 발견 훨씬 이전부터 인디언들이 존재했었다.'고 선언하는 붉은 글씨가 쓰인 티셔츠를 입고 유연한 발걸음으로 우리에게 다가왔다. 흰 머리카락이 길게 그의 어깨까지 내려와 있었다. 그는 우리를 마치 오래된 친구들처럼 두 팔로 안아 맞이했다.

잠시 후 우리는 야외에 놓인 테이블을 가운데 두고 자리에 앉았다. 그는 자기소개를 하거나, 우리가 그에게 질문을 할 시간도 주지 않고 곧장 문제의 핵심으로 들어갔다.

"당신들은 내가 백인처럼 생겼다고 생각할 것입니다. 사실입니다. 내 머리카락이 희어지기 전에 금발이었다는 것도, 내 코가 그림책들에 나오는 인디언들처럼 구부러지지 않은 것도 말입니다. 하지만 나는 진짜 체로키 사람입니다. 그 사실을 나는 1950년에야 알게 되었습니다. 그때 나는 이미 스물일곱 살이었습니다. 그때까지 나는 백인처럼 길러진 것입니다.

해안에 살던 체로키 인들은 보통 다른 지역들의 인디언들보다 피부가 더 하얗습니다. 다른 지역보다 많은 혼혈이 있었으니까요. 이제껏 거론된 적은 없었지만, 콜럼버스가 미 대륙을 발견하기 전에 이곳에 먼저 도착한 백인들이 있었습니다. 옛이야기에 의하면 성 브렌던(뱃사람들의 수호성인. 아일랜드 태생의 수도사로, 십 세기경 대서양에 있는 낙원 '약속의 섬'을 찾기 위해 구 년에 걸친 경이로운 대항해를 했다는 기록인 〈성 브렌던 항해기〉로 그 이름이 전 유럽에 널리 알려짐) 같은 아일랜드의 수도승들이 팔 세기에 이미 도착했다고 합니다. 이 말을 하는 이유는 오래전부터 우리 체로키 부족은 백인들과의 왕래가 있었던 반면, 서쪽의 인디언들은 그렇지 않았기에 지난 세기까지 혼혈을 모면할 수 있었다는 것을 설명하기 위해서입니다.

나는 페닐이라고 부르는, 우리말로 '신의 얼굴'이라는 뜻을 가진 플로리다의 작은 시골 마을에서 왔습니다. 좀 더 오래전으로 거슬러 올라가면 우리 가족은 최초의 카리브 해 인들입니다. 어렸을 때 나는 이 모든 것들에 대해 모르고 있었습니다. 백인들의 세계에 동화된 가족들은 내가 인디언 출신이라는 것을 조심스럽게 숨겼습니다. 나는 가족들에게서 인디언의 모습을 찾을 수 없었습니다. 내가 어렸을 때만 하더라도 인디언으로 살아간다는 것은 너무도 불편한 일이었습니다. 백인들은 적어도 우리 인디언 인종이 동부에서는 사라졌다고 믿고 싶어 했습니다. 그래서 우리는 백인이나 흑인이 될 필요가 있었습니다. 내 부모님은 이것도 저것도 아닐 바에야 차라리 백인이 되겠다는 선택을 하셨습니다.

나중에 나는 이 모호함이 어린 시절을 불편하게 한 근거가 되었다는 것을 알았습니다. 내가 사람들이 '자폐아'라고 부르는 아이가 아니었다는 것은 확실합니다. 그러나 어떤 선생님들은 나를 가르치는 것을 포기하기까지 했습니다. 선생님들은 나를 창가에 혼자 내버려두곤 했습니다. 나는 창가에 앉아 밖에서 무슨 일이 일어나는지 바라보곤 했습니다. 나는 자살하고 싶다는 생각을 할 정도로 불행했습니다.

부모님은 자신들이 할 수 있는 일을 했습니다. 그들은 결국 나를 외할머니에게 맡겼는데, 외할머니는 정신적인 면에서 진정한 나의 어머니였습니다. 부모님은 인디언 전통에 대해 알지 못했지만, 조부모님에게 아이의 교육을 위임했고 그에 따랐습니다. 특히 할머니에게. 우리는 언제나 어머니 쪽 혈통을 따르기 때문입니다. 아주 오래전부터 그래 왔습니다. 예를 들어 어느 날 할머니는 작은아들에게 이렇게 말했습니다. '잭, 나는 하비(사람들이 은빛여우를 이렇게 불렀었다)를 내 아들로 여긴단다. 그래서 나는 그에게 내 집을 물려주고 싶어.' 삼촌은 동의하셨습니다. 자신들이 백인이라고 주장했던 그들은 인디언 전통에 있어 무엇이 가장 중요한 것인지 몰랐지만 어쨌거나 전통을 준수했습니다. 만연된 인종차별 아래 인디언들은 흑인으로 사는 것보다 더 심한 고통을 겪었습니다.

그 시절에 나는 인종차별에 대한 잠재적 혐오감을 가지고 있었습니다. 나중에 잭슨빌의 대학에서 음악 교수를 할 당시, 나는 최초로 흑인 학생을 뽑았습니다. 유색인종 차별은 그 당시에도 여전히 존재했었지만, 그 여학생은 정말 재능이 있었습니다. 그녀는 타악기 연주자였습니다. 인디언들과 아프리카 인들은 북을 통해 다시 만납니다. 그들에게 있어 북을 치는 것은 우리 어머니 대지의 심장을 치는 것과 같습니다. 그 학생을 등록시키면서 나는 커다란 소란을 일으켰지만 결국 내 뜻을 관철시켰습니다.

내가 스물일곱 살 때 이상한 일이 있었습니다. 어느 날, 집에 도착한 나는 두 명의 인디언, 두 나바호 사람을 보았습니다. 그들은 나를 어떤 집으로 초대했습니다. 그곳에는 노래하는 사람들이 있었는데, 그들은 치료사이기도 했습니다. 방 한가운데 옷을 반만 걸친 여인이 있었습니다. 동쪽을 향해 앉아 있는 그녀는 몹시 아파 보였습니다. 그녀 주변에서 사람들이 북을 치고 노래를 불렀습니다. 우리는 내가 나바호 인의 무릎에 앉고, 내가 가르치는 학교 학생이 내 무릎 위에 앉아야 할 정도로 바싹 좁혀 앉았습니다. 나는 밤새 그들과 함께 노래를 불렀습니다. 나는 더할 나위 없이 기분이 좋았습니다. 그때 놀라운 일이 벌어졌습니다. 나는 그날 밤 알게 된 그 사람들과 완벽한 조화를 이루고 있었던 것입니다. 나바호 사람들은 물론 유트 족과 페이우트 족들과도 함께. 우리의 노력에도 불구하고 여인은 회복되는 데 시간이 걸렸습니다. 우리는 이 의식을 이어지는 칠 일 동안 밤마다 되풀이했습니다. 나는 낮에 일하고 밤에는 노래를 했습니다. 나는 피곤함을 느끼지 않았고, 거의 무의식 상태에 빠져 있었습니다. 마지막에 나는 나의 새로운 친구들이 내가 인디언이라는 사실을 알고 있었다는 것을 알았습니다. 내가 흰 피부를 가지고 있었지만 말입니다. 그들은 영을 통해서 그 사실을 알게 된 것입니다. 할머니가 마침내 진실을 알려주었습니다. 할머니는 나에게 인디언 전통 의상을 입고 있는 외증조할머니 사진도 보여주었습니다. 나는 그 사진을 이미 본 적이 있었습니다. 그러나 그때 할머니는 나에게 이렇게 말했었습니다. '아! 그 사진은 내가 놀러갔던 친구 집에서 가져온 거야.' 이렇게 해서 내 삶이 바뀌게 되었습니다. 갑자기 모든 것들이 다시 자리를 잡았습니다. 결국 나는 나 자신을 찾은 것입니다.

인디언으로 살겠다는 나의 선택은 모든 것을 바꾸어놓았습니다. 나는 결혼을 했고 아이들이 있었습니다. 하지만 아내는 나의 그 새로운 존재를 절대로 인정하고 싶어 하지 않았습니다. 그녀에게 있어 인디언이라는 존재는 불행이었으며 치욕이기까지 했습니다. 어느 날 그녀는 나에게 선택을 하게 했습니다. 그녀는 이렇게 말했습니다. '당신이 아직도 당신이 만나고 다니는 사람들의 일원이 되겠다고 한다면, 우리 사이는 이것으로 끝이에요.' 그것으로 우리 관계는 끝이 났습니다. 법적으로 이혼을 하기까지 우리는 이 년이라는 시간을 보내야 했습니다.

나에 대해 알게 된 그 새로운 사실은 내 안에 남아 있을지도 모를 인종차별의 상처를 눈부시게 날아오르게 할 수도 있었습니다. 흑인들이 그들의 유명한 '검은 것은 아름답다!'라는 구호를 외친 것처럼 마침내 나는 인디언들도 자신들의 긍지를 되찾을 때가 되었다는 것을 알았습니다. 흑인과 인디언 사이에서 태어난 많은 혼혈아들이 있습니다. 자신들을 친절히 받아들여준 인디언 부족들 안으로 피난 온 도망친 노예들은 종종 그곳에 뿌리를 내리고 살았습니다. 나는 점점 더 많이 흑인들과 함께 일을 합니다. 그리고 그들에게 우리가 함께 항거해야 한다고 말합니다. 비록 우리가 서로 다른 학교에 다녔다 하더라도 우리는 어쨌든 함께 자라났습니다.

내가 가르치던 학생들 중에 매우 영적인 여학생이 있었습니다. 1970년 그녀가 나에게 생일 선물로 은을 입힌 여우 모양의 조각을 선물했었습니다. 그녀는 알지 못했었지만 이미 오래전부터, 십 년 전쯤부터 나는 여우를 나의 토템으로 여기고 있었습니다. 확인한 바에 의하면 내가 알고 있던 것보다 훨씬 더 많은 인디언들이 여우를 안내자로 삼고 있습니다. 전 세계적으로 여우는 부정적으로 간주됩니다. 사람들은 여우가 의심 많고 음흉하며 약삭빠르다고 말합니다. 그러나 여우는 사실 매우 매력적인 동물입니다. 아빠 여우를 보세요. 그는 일부일처주의자에다가 가족에 충실하고 엄마 여우의 부담을 덜어주기 위해 최대한의 주의를 기울여 자신의 어린 것들을 돌봅니다. 그리고 가족 모두가 화목하게 아주 작은 땅속 둥지 안에서 삽니다. 사람들은 여우들이 자연의 순환 안에서 중요한 역할을 한다는 것을 깨닫지 못하고 괴롭힙니다. 나는 여우를 내 동물신으로 가졌다는 것이 참 행복하고 그것에 대해 영광스럽게 생각합니다. 그래서 내 이름이 은빛여우가 된 것입니다."

나는 은빛여우에게 인디언들의 담뱃대 의식의 의미에 대해 설명해달라고 부탁했다.

그가 물었다.

"담뱃대 의식에 참여하고 싶으십니까?"

라셀이 얼른 대답했다.

"아, 물론이지요!"

그 즉시 담뱃대를 찾으러 집 안으로 들어간 은빛여우는 담뱃대를 마치 성배를 들고 오는 것처럼 가지고 왔다. 스카프에 말려 있던 담뱃대를 그는 조심스럽게 천천히 풀었다. 조금 전까지만 해도 단순하고 미소 띤 얼굴을 한 친절한 사람이었던 그가 갑자기 진지하고 엄숙한 훌륭한 사제로 변했다. 그의 목소리는 마치 신전에서 들려오듯 우리 내면으로 파고들었다. 그가 말을 하자 우리를 둘러싸고 있던 대기가 변했다. 나는 미풍에 흔들리던 나무들을 바라보며 내가 들었던 말을 기억한다. '나무들조차 우리의 공범자가 되었다.' 내가 느낀 것은 완전히 비정상적인 것이었다. 그것은 옛날에 이교도들이 자연 속에서 의식을 치렀을 때 느꼈을 것과 같은 종류의 것이었다. 은빛여우가 중얼거리듯 말했다.

"이 스카프는 나의 아버지 것이었습니다. 내게 이 스카프는 신성합니다. 아직 이 안에 아버지의 에너지가 있기 때문입니다. 담뱃대는 내가 어린 시절부터 알고 지내던 야생 체리나무로 만들었습니다. 담뱃대를 만든 사람은 나무의 껍질을 벗겨내고 이 나선형의 모양을 드러나게 했습니다. 이 담뱃대를 나는 플로리다에서 가지고 왔습니다. 나는 이 담뱃대의 세 번째 수호자입니다. 내가 '수호자' 라고 말한 이유는 그 누구도 이 담뱃대의 주인이라고 말할 수 없기 때문입니다. 이것은 사고팔 수 없는 신성한 물건입니다. 흥미롭게 도 내 선임자는 수피교도였습니다. 우리는 함께 담배를 피웠습니 다. 그는 이 담뱃대가 오래전부터 나에게 운명 지어져 있었다고 말 하며 나에게 이것을 주었습니다. 두 개의 담배통이 달린 이런 담뱃 대를 나는 다른 곳에서는 본 적이 없습니다. 그래서 불붙이기가 어 렵기 때문에 많은 주의를 기울여야 합니다. 담뱃대와 조화를 이루 어야 하니까요.

잘 들여다보면, 당신은 이 담뱃대가 당신에게 가르쳐주는 것이 많다는 것을 확인할 수 있을 것입니다. 줄기를 남성이라면 독수리 모양의 머리 부분은 여성입니다. 남성성과 여성성을 그 안에 함께 가지고 있지 않으면 담뱃대는 완전한 것이 아닙니다. 남성은 여성 없이는 아무것도 아니며 여성 또한 마찬가지이기 때문입니다. 담 뱃대와 담배통이 연결되듯이 나의 행동은 결합을 상징합니다.

이 담뱃대는 언제나 나의 동반자였습니다. 나는 이 담뱃대를 중 국과 브라질, 페루 등 내가 가는 곳 어디에나 데리고 다녔습니다. 자, 이제 준비가 되었습니다. 잠시 집중해서 의식에 들어갑시다."

잠시 침묵이 흐르는 동안 나는 어린 시절 읽은 책들에서 묘사한 깃 장식을 한 근엄한 표정의 인디언들이 서로 담뱃대를 돌리던 장 면을 떠올릴 수밖에 없었다. 악의는 없었지만 그럼에도 불구하고 작가들은 인디언들을 담뱃대와 같이 세속적인 물건을 숭배한다는 점에서 다분히 무지한 이교도들처럼 표현했었다. 인디언들이 그렇게 행동하는 것은 그들이 진정한 신을 알지 못하기 때문이라고 치부해 버리면서. 백인들은 다른 민족들의 신앙과 종교 의식에 있어 믿을 수 없을 만큼 우월감을 가지고 있다. 코끼리 같은 코를 한 백인들이 요란한 몸짓에 얼굴을 찌푸리며 티베트 인들의 의식에 대해 빈정거리는 것을 나는 얼마나 많이 보았던가! 인디언들이 눈앞에서 펼쳐지는 로마 교회의 호화로운 예식을 처음으로 보고 놀라는 모습을 나는 쉽게 상상할 수 있다. 우리에게는 언제나 매우 신성하게 여겨지는 그 행동들이 그들에게는 이해할 수 없게 보일 것이다.

은빛여우가 이런 내 내면의 독백에 끝을 맺었다. 조개 안에서 불타는 쑥으로 우리에게 '향을 뿌리는' 것으로 의식을 시작한 그는 다음과 같이 말하며 담뱃대를 하늘을 향해 높이 들어 올렸다.

"창조주여, 나는 담뱃대를 들어 올리며 여성 담배통과 남성 담뱃대에 감사의 뜻을 표합니다. 우리 조상들의 전통이 우리에게 전해질 수 있었던 것에 감사합니다. 우리에게 대지를 내려주신 위대한 영에게 기도할 수 있는 것에 감사합니다. 나는 지금 풀 한 줌을 집어 듭니다. 사람들은 우리가 이 담뱃대에 담배만을 넣는다고 생각하지만 그것은 사실이 아닙니다. 우리는 여러 가지 풀들은 물론 아메리카와 터키, 중국에서 온 다양한 담배들을 사용해 위대한 영을 찬양합니다.

나는 그 모든 것들 중에서도 신성한 것인 이 쑥을 담배통에 넣으면서 의식을 시작합니다. 위대한 아버지 어머니여, 우리가 살고 있는 우리 어머니 대지에게 나는 고마움을 전합니다. 우리 자손들 모두가 축복받을 수 있기를 기원합니다. 매일 아침 떠오르는 태양이 있음을 나는 당신에게 깊이 감사드립니다. 또한 한낮의 빛과 공기, 그리고 독수리의 비상에 대해서도 당신에게 감사드립니다. 당신에게 간청하오니 내게 겸허한 마음과 순결함을 주십시오."

은빛여우는 그렇게 태양이 지평선 위로 기울 때까지 기원을 계속했다. 말을 마친 후 그는 우리를 자리에 앉으라고 한 다음 담배 연기를 한 모금 빨아 마셨다. 그러고는 우리에게 담뱃대를 건네주고 몇 번 연기를 내뿜으라고 말했다. 오랜 시간의 준비와 긴 기도를 마친 후 나는 내가 매우 감동적인 의식에 참가했다는 느낌을 받았다.

의식은 끝났지만, 우리는 은빛여우가 담뱃대를 청소하고 진지하게 다시 스카프로 쌀 동안 좀 더 기다려야 했다. 그는 조심스러운 걸음걸이로 담뱃대를 다시 가져다 놓기 위해 집으로 들어갔다. 다시 밖으로 나온 그는 이곳에 도착한 우리를 맞이했던 은빛여우로 되돌아가 있었다. 이윽고 우리는 다시금 대화를 이어갈 수 있었다.

라셀이 그에게 말했다.

"이 의식에 참석해서 매우 행복했습니다. 우리에게 이 의식의 의미를 설명해주시면 감사하겠습니다."

은빛여우가 말했다.

"이 의식의 목적은 우리 모두가 아버지이며 어머니인 하나의 창조주, 즉 같은 조상에서 나왔다는 것을 상기시키는 데 있습니다. 또한 창조주를 사랑하고, 우리 모두가 세상 만물과 연결되어 있다는 일체감을 느끼도록 해줍니다. 이것은 매우 간단한 의식이지만 그리스도는 가장 작은 것이 천국에서는 가장 큰 것일 수 있다고 말하지 않았습니까? 아무리 단순해도 공을 들인 의식만큼 중요한 것은 없습니다.

이 의식은 가장 원시적인 시대까지 거슬러 올라갈 수 있습니다. 〈늑대와 함께 춤을〉이라는 영화를 보셨다면, 당신은 인디언 노인들이 심사숙고해 어떤 결정을 내릴 적에 담배를 피운다는 것을 알았을 것입니다. 담배를 피우는 행위는 우리에게 있어 기도를 드리는 것과 같은 것입니다. 그 영화는 사실에 매우 가깝습니다. 인디언 보호구역에 사는 사람들에게는 구전되어온 귀중한 전통들이 남아 있습니다. 영화 제작자들이 그들에게 많은 조언을 받았다고 들었습니다. 많은 어른들이 그 영화를 보면서 눈물을 흘렸습니다. 나는 그 영화가 우리 인디언 민족에게 가해진 끔찍한 일들을 많은 이들로 하여금 마침내 자각할 수 있게 해주었다고 생각합니다. 그 영화는 소녀를 납치해 가던 사람들은 물론 마차꾼을 죽여 죄를 지은 인디언들도 보여주었다는 점에서 매우 정직한 영화였습니다."

내가 말했다.

"이제 땀천막이 담고 있는 의미에 대해 말씀해주십시오."

은빛여우가 말했다.

"그것이 담고 있는 의미는 다른 무엇보다도 정화입니다. 땀천막, 곧 치유의 오두막은 대지의 자궁입니다. 대지에서 탄생한 돌은 역시 대지에서 온 나무들에 의해 덮혀집니다. 오두막 안에 들어가서 우리는 돌 위에 풀을 올려놓고 호흡을 합니다. 우리는 우리의 어머니 몸 안에 잠시 머물러 있다가 밖으로 나옵니다. 그러면서 마침내 새로 태어납니다. 치유의 오두막에 대해 나는 오랜 시간 더 말할 수 있지만 그보다는 샤론이 당신들에게 자신의 경험을 말해줄 것입니다."

샤론은 담뱃대 의식을 시작하기 바로 전에 도착해 있었다. 그녀는 우리를 방해하지 않고 곧바로 자리에 앉았는데, 키가 크고 아름답지만 슬픈 눈을 하고 있었다. 우리와 함께 매우 진지하게 담배를 피운 그녀가 다시 진지하게 이야기를 시작했다.

"지난 몇 년간 나는 너무도 고통스러웠습니다. 이미 십 년 동안 남편의 죽음을 극복하기 위해 씨름해왔습니다. 그런데 다시금 나를 되찾기 시작할 즈음, 두 아들을 잃었습니다. 한 아이는 열아홉 살에 자동차 사고로 죽었고, 다른 한 아이는 스물일곱 살에 자살을 했습니다. 친구들이 은빛여우에 대해 말하는 것을 들었지만, 그때만 하더라도 나는 자살을 생각하고 있었습니다. 친구들은 치유의 오두막이 그 모든 비극들의 의미를 이해하는 데 도움이 될 것이라고 장담했습니다.

이렇게 해서 나는 오두막 안으로 들어가게 되었습니다. 오두막 안에서 나는 내 주변 사람들의 두려움과 근심을 느끼고 깜짝 놀랐습니다. 그들의 고통은 내가 그들을 도와야겠다고 느낄 정도로 강한 것이었고, 나는 고통 받는 사람들을 도와주는 것이 이제부터 내가 존재할 이유가 될 것이라고 느꼈습니다.

그 최초의 체험 후 나는 몸이 몹시 아팠습니다. 하지만 걱정스럽진 않았습니다. 나에게는 버려야 할 참으로 많은 것들이 있었습니다. 은빛여우를 다시 만나러 간 나는 그와 며칠을 함께 보냈습니다. 나는 많은 이야기를 했고, 많이 울었으며, 또 기도도 많이 했습니다. 다른 인디언 어른들이 찾아왔습니다. 나는 그들에게서 큰 지혜와 사랑을 발견했습니다.

오두막을 나오던 어느 날, 마침내 나는 오래전부터 느끼지 못했던 커다란 기쁨을 느꼈습니다. 그때 내게 일어났던 일을 모두 말로 표현하기란 힘이 듭니다. 하지만, 이런 표현이 적절한 것인지 잘 모르겠지만, 나는 위대한 영은 모든 것을 치유할 능력을 가지고 있다는 것을 알았습니다. 이제 더 이상 나는 혼자가 아닙니다. 고통받고 있는 다른 이들을 도울 수 있도록 하기 위해 내게 그러한 기쁨이 주어졌었다는 것을 나는 깨달았습니다.

나는 이 치유의 오두막에서 일어나는 놀라운 일들을 증언할 수 있습니다. 나에게는 몬트리올에 살고 있는 절망적인 상태에 빠진 친구 한 명이 있습니다. 그녀는 유방암으로 가슴을 잃었고, 암은 이미 뼈까지 전이되어 있었습니다. 나는 그녀가 완전히 치료될 수 있는지 의문이 들었습니다. 하지만 오두막 안에서 정화 의식을 치른 후, 의사들은 그녀 안에서 더 이상 암의 흔적을 발견할 수 없었습니다. 그녀와 나는 위대한 영의 딸들입니다.

나는 오두막 안에서 일어난 일이 육체와 마음, 그리고 정신에 대한 동시적 정화라고 믿습니다. 이것은 내가 하고 있는 불교 의식과 일치합니다. 오두막이 직접적인 결과를 가져오는 반면 때때로 불교에서는 많은 시간이 필요하기도 하지만 말입니다.

의식은 서로에게 쑥 향을 뿌리는 것으로 시작합니다. 그런 다음 무릎을 꿇고 오두막 안으로 들어갑니다. 오두막 중앙에 마련된 구덩이 안에 집어넣은 돌들이 다시 차가워지면 다른 돌을 가져옵니다. 이렇게 네 번을 연속할 수 있습니다.

오두막 안에는 스무 명 정도까지 들어갈 수 있습니다. 자리가 넉넉하지 않으면 두 번에 나누어 하거나 다른 사람들의 무릎 위에 앉을 수도 있습니다. 모든 체험은 마음에서 이루어집니다. 의식은 보통 한 시간 반에서 두 시간가량 진행됩니다. 나는 사우나를 견디지 못하는 많은 사람들을 알고 있습니다. 나도 사우나를 견디지 못합니다. 하지만 여기서는 견딜 수 있습니다. 나는 어머니의 배 안에 있는 것이니까요. 오두막 안에서 모든 것은 신성하며, 위대한 영 그 자신도 오두막 안으로 들어옵니다.

나는 이전에 이 땅에서 살았던 인디언들의 존재를 느낄 수 있습니다. 그들은 아직 이곳에 존재합니다. 하지만 사람들이 그들의 신성한 장소들을 점령해 계속적으로 파괴하기 때문에 행복하지 않습니다. 사람들은 그들 위에 댐을 건설해 침수시키고, 묘지들을 더럽힙니다. 끔찍한 일입니다.

플로리다에서 정치인들이 인디언 보호구역 안에다 핵폐기물을 버리려고 했었습니다. 다행히 묘지들 안에서 토기 파편들이 발견되어 그곳을 고고학적 장소로 분류해 넣을 수 있었습니다. 나는 더럽혀진 묘지를 다시 봉헌하는 일을 한 적이 있습니다. 최근에는 가톨릭 주교도 와서 의식에 참여하기도 했습니다.

우리가 나아진 것은 사실이지만 이제 더 서둘러야 합니다. 희망적인 일은 지금까지 완전히 닫혀 있던 종교적 관습들이 서로를 이해하고 다시 결합되기 시작했다는 것입니다. 한 예로, 지난 이월에

나는 플로리다에서 있었던 불교 의식에 초대되었습니다. 만다라
(산스크리트 어로 '원'이라는 뜻. 힌두교와 탄트라 불교에서 종교 의례를 거
행할 때나 명상할 때 사용하는 상징적인 그림. 만다라와 유사한 의례용 도안
은 힌두교와 불교 이외에 북아메리카 인디언의 모래그림에서도 나타남)를
만들었던 재료들을 대서양에 버리면서 참석자들이 해변에 둥글게
원을 그리며 섰습니다. 우리는 함께 담뱃대에 불을 지폈습니다. 그
리고 축복을 나누었습니다.

나는 이런 이해와 상호 간의 사랑, 그리고 우리 어머니와의 결합
이 지구를 구할 수 있는 단 하나의 방법이라고 생각합니다. 우리
아메리카 인디언들이 세계에 기여할 수 있는 것도 바로 이러한 부
분입니다."

은빛여우는 우리에게 흑인들과 인디언들 사이에 많은 혼혈이
있었다고 말했다. 이다 맥시 스콧이라는 이름의 이 여성은 그 좋은
예일 것이다. 인디언들의 어른 모임에서 우리는 곧장 그녀에게 관
심을 느꼈었다. 우리는 그녀와 이미 이야기를 나누었다. 그리고 그
녀에게서 발산되는 에너지에 깊은 인상을 받았다. 지금 우리는 강
하다는 단어가 내포하는 모든 의미에서 '강한' 한 여성 앞에 있다.
엽서 속 인디언들처럼 크고, 강인하고, 냉정해 보이는 그녀가 다른
인디언과 차이가 있다면 그들보다 피부색이 단연 더 어두웠다는
것이다. 처음에 그녀는 우리와 이야기 나누는 것을 망설였지만 끝
내 우리의 청을 받아들였다. 그녀는 모든 것을 알려고 하고 자신들
에게 많은 해를 입힌 백인들 전체를 믿지 않는 듯했다.

이다는 자신이 뉴욕의 복잡한 지역인 퀸스에서 태어났으며, 체로키 족이지만 델라웨어 족과 블랙푸트 족, 독일, 아일랜드 그리고 아프리카계 미국인의 피도 가지고 있다는 말로 이야기를 시작했다. 그녀는 오랫동안 그녀의 조상들에 대해 이야기했는데, 라셀과 나는 그녀의 이야기를 듣고 이런 질문을 할 수밖에 없었다.

라셀이 물었다.

"아메리카 인디언들이 얼마나 멀리까지 자신들의 계보를 증명할 수 있는지 나는 정말로 놀랐습니다. 어떻게 당신들은 그 모든 것들을 알 수 있지요? 대부분의 서양 사람들은 그들의 증조부 이상은 알지 못합니다."

이다가 말했다.

"우리에게는 구전되어온 오랜 전통이 있다는 것을 잊지 마시기 바랍니다. 우리는 많은 것들을 기억하고 있습니다. 나는 우리가 특히 이런 우리 자신의 정체성을 확립해야 한다고 생각합니다.

인디언으로 살아가는 것이 아직까지도 매우 힘들다는 사실을 당신들이 알고 있기를 바랍니다. 아무리 우리 자신의 계보에 대해 알고 있다 하더라도 우리들 중 대부분은 자신들이 누구인지조차 알지 못합니다. 우리는 모든 인디언들이 전멸되었거나 백인들의 세계에 동화되었다고 생각하며 그 사실에 기뻐하는 나라에 살고 있습니다. 다시 말해서, 백인이거나 흑인이어야 하는 나라에 살고 있는 것이지요.

나의 할아버지는 종종 노스캐롤라이나로 가족들을 만나러 가기 위해 기차를 탔을 때 느꼈던 감정에 대해 말했습니다. 할아버지는 언제나 기차의 어느 칸을 타야 하는지 알 수가 없었다고 했습니다. 기차에는 백인들과 흑인들을 위한 객차만이 있었기 때문입니다. 그는 어느 칸에 타야만 했을까요? 승무원들조차도 그를 어디로 올라가게 해야 할지 알 수가 없었습니다. 흑인들과 함께 가기로 결국 결정을 내린 건 나의 할아버지였습니다. 그때까지만 해도 흑인들과 함께 있는 것이 감정적으로 더 나았으니까요. 이것은 우리가 인디언으로 살아가는 것이 얼마나 어려운지를 보여주는 한 가지 예입니다.

나는 언제나 내가 인디언이라고 느끼고 있었습니다. 부모님이 헤어지고 난 다음 인디언들과는 아무런 상관도 없는 백인 거주지역에서 살면서 그런 느낌을 받았다는 것은 매우 이상한 일입니다. 아버지는 자신이 인디언이라는 점을 잊지 않고 있던 분이었지만, 나는 아버지를 본 적이 한 번도 없었습니다.

나는 인디언과 관계된 모든 것들에 열정적이었습니다. 어렸을 때 나는 나와 같은 문제를 안고 있던 한 소녀를 만났습니다. 텍사스에서 온 그녀는 자신이 인디언인지 아니면 멕시코 인이나 스페인 인인지 모르고 있었습니다. 그녀의 어머니는 그녀가 멕시코 인의 피를 가진 스페인 인이라고 늘 말했지만 그 대답은 그녀를 만족시키지 않았습니다. 그녀는 자신이 인디언이라고 느꼈습니다. 우리 둘은 함께 찾아볼 수 있는 인디언들의 모든 것들에 대해 공부했습니다. 당시 나는 열한 살이었고 그녀는 열네 살이었습니다.

우리는 서로가 영적으로 매우 강하게 연결되어 있다고 느꼈습니다. 우리는 우리가 정말로 누구인지 알고 싶었습니다. 우리의 간곡한 청에 마침내 위대한 영이 우리에게 도움을 주기 위해 왔습니다. 그리고 나에게는 '옥수수어머니'라는 이름과 그녀에게는 '아침별' 이라는 이름을 주었습니다.

둘 중 어떤 것이 우리의 이름이었는지 우리는 단지 느꼈을 뿐입니다. 그러나 그 느낌은 매우 강한 것이었습니다. 착각하지 않을 만큼. 그 이후로 우리의 목적의식은 더 뜨거워졌습니다. 몇몇 인디언들을 만나기 시작한 우리는 체로키 신문 구독 신청을 했습니다. 신문 뒷면에는 잃어버린 가족들을 찾는 이들의 연락처가 많이 나와 있었습니다. 그 이유는 오륙십 년대에 인디언 보호구역들 안에 살고 있던 많은 어린이들이 가족들로부터 강제로 떨어졌기 때문입니다. 정부는 어린이들이 자신들의 생계를 꾸리고 사회에 이바지하는 도시인이 되려면 절대적으로 백인들의 생활 방식을 배워야 한다고 생각했습니다. 당신들은 이런 정부의 만행에서 비롯된 비극에 대해 상상할 수 없을 것입니다. 성장한 후에도 많은 이들은 가족을 다시 찾고자 하는 열망에 끊임없이 고통 받았습니다. 그래서 그들은 그런 사람 찾는 광고들을 냈던 것입니다.

그러나 혼란은 계속되었습니다. 가족을 찾은 후에도 그들은 자기 가족들에게서 낯선 느낌을 받았고, 그런 혼동은 모든 것들을 회복시킬 수 없었습니다. 그들은 백인으로도 인디언으로도 살 수가 없었습니다. 그래서 그들 중 많은 사람들이 현재 술이나 마약에 빠져 있습니다. 그들은 자신들의 언어와 종교를 잃었습니다. 그것은 영혼을 잃은 것과 다름없습니다. 이런 혼란은 술을 마시고 마약을 하며 스스로 목숨을 끊는 젊은이들 모두에게 아직까지 계속되고 있습니다.

현재 인디언 보호구역에 학교들을 짓고 있긴 하지만, 백인들은 아직도 인디언들이 자신들의 언어로 이야기하는 것을 막기 위해 많은 시도들을 합니다. 그러나 정부가 그렇게 아이들을 빼앗아 갈 당시 몇몇 조부모들에 의해 숨겨진 아이들이 있었습니다. 바로 그 아이들 덕에 우리의 전통은 그런 모든 일들에도 불구하고 보존될 수 있었습니다. 또한 그들 덕에 십여 년 전부터 시작된 인디언들의 자긍심 회복을 우리가 지금 목격할 수 있는 것입니다.

백인들이 우리 인디언 조상들의 영토를 빼앗고, 인디언들이 그 자리에서 떠나는 것을 보고 싶어 못 견뎌 했었다는 것만 알아두십시오. 그들은 농가들로 와서 이렇게 말하며 말과 돼지, 소들을 빼앗아 갔습니다. '이제 이 모든 것들이 내 것이다!' 그래서 우리 조상들은 그 자리에서 그들 재산의 가장 큰 부분들을 버려야 했습니다. 정부는 문서에 서명을 하면 배상을 하겠다고 약속했었습니다. 내가 찾은 문서들 중 한 장에서 나는 내 조부모님의 존재를 찾을 수 있었습니다.

나이가 들면서 내가 인디언의 언어와 전통, 종교에 몰두했다는 것을 당신에게 따로 말하는 것은 불필요한 일입니다. 몇 해 전부터 나는 내가 나의 형제로 여기는 사람들 모두를 만나기 위해 여러 곳을 두루 돌아다녔습니다. 나는 이미 브리티시컬럼비아 주, 오클라호마 주, 몬태나 주, 애리조나 주 등지를 다녔습니다. 올해에는 버지니아 주에 갈 것입니다. 그리고 뉴욕 브루클린에 있는 체로키 인들의 롱하우스(미국 북동부 지역, 특히 뉴욕 주 북부에 살던 이로쿼이 인디언들이 십구 세기에 그들의 주거지역을 떠날 때까지 사용한 전통적인 기다란 주택 유형으로 이 이름을 따 세네카 족 추장 가니오다요가 롱하우스 종교를 창시하였다. 롱하우스 종교는 북아메리카에서 가장 오래된 예언 운동으로 인디언의 동일성을 유지하려 노력하며 이십 세기에도 계속 성장하고 있다)에 다시 갈 것입니다. 우리는 매월 첫째 주 일요일에 만납니다. 우리는 삼월 초승달이 뜰 때 특별히 성대한 의식을 치릅니다. 바로 그 순간이 지구의 생명을 축하하는 순간이기 때문입니다.

살아오면서 나는 많은 일을 했습니다. 예전에 나는 법정에 고용되어 일했고, 두 아이를 길렀으며, 그림을 그렸습니다. 지금은 연금을 받아 여행을 다닙니다. 나는 모든 민족의 역사에 열정을 가지고 있습니다. 이미 나는 중국과 일본, 케냐와 탄자니아, 러시아와 불가리아, 루마니아와 스페인, 프랑스와 포르투갈에 다녀왔습니다. 나는 박물관들과 문화생활에 특별한 관심을 보이는 사람들 중 하나입니다. 현재 영적인 추구를 하는 배에 올라탄 나는 원주민 민족들과 예전보다 더 깊은 친밀감을 느낍니다.

다양한 나라와 민족들의 역사에 대해 공부하면서 나는 각양각색의 종교들을 공부하게 되었습니다. 불교를 접했을 때 나는 집에 온 것 같은 느낌을 받았습니다. 그래서 내가 디야니와 그의 단체들과 함께 있을 때 기분이 좋은 것입니다.

내게 있어 영은 조화로움 안에 있습니다. 살아 있는 것들과 지구가 이루는 조화 말입니다. 그래서 나에게는 빌딩들로 숨 막히는 대도시보다는 여행이 필요합니다. 내게 있어 여행은 나무와 초목, 하늘, 산, 그리고 탁 트인 공간과의 재회입니다. 나는 언제나 인간들은 물론 동식물들과 곤충에 이르기까지 그들 안에 깃들인 생명을 존중하고자 노력합니다.

조상들로부터 나는 죽음을 이해하는 것을 배웠습니다. 그들은 현생에 대해서만이 아니라 전생과 내생에 이르는 일곱 세대에 관심을 가졌습니다. 이런 관심은 우리의 아이들에게 어떤 지구를 남겨줄 것인가에 대해 다시 한 번 생각하게 해줍니다. 마찬가지로 우리는 우리 조상들이 언제나 우리와 함께 있다는 것과, 늘 우리를 도울 준비가 되어 있다는 것을 알고 있습니다.

나는 오리건 주에 살았던 시애틀 추장이 한 이 말을 매우 좋아합니다. '삶은 거미줄과 같다. 우리 모두는 그 집을 구성하는 하나의 거미줄이다. 그 거미줄 하나를 강하게 할 때 결과적으로 우리는 거미줄 전체를 강하게 하는 것이다.' 우리 인디언들의 임무는 인류의 집이 찢어지지 않도록 가능한 한 튼튼한 실로 존재하는 것입니다.

튼튼한 실로 존재하기 위해서는 자연과 함께 조화롭게 살아야 합니다. 물에 감사하며 말입니다. 물 없이는 살 수 없으니까요. 또한 오늘 우리에게 주어진 양식과 매일 아침 떠오르는 태양에 감사해야 합니다. 필요한 것이 주어졌다면 남은 것은 쓸데없는 사치라는 것을 알아야 합니다. 아시다시피 그건 그렇게 복잡한 것이 아닙니다. 이렇게 행동한다면 당신은 매우 강한 존재가 될 것입니다.

우리는 해로운 감정을 품고 있는 것이 위험하다는 것을 잘 알고 있습니다. 나는 언제나 인디언 어른들이, 백인들이 창조주와 충분히 가깝지 않고 그의 법을 따르지 못하기 때문에 옳지 못한 행동을 하는 것이라고 말하는 것을 들어왔습니다. 언젠가 한 노인이 내게

이렇게 말했습니다. '백인들은 어리석은 행동을 하는 아이 같다.'

백인들을 증오하는 대신 그들이 더 나은 행동을 하고, 특히 지구를 위해 좋은 일을 하도록 돕는 것이 우리의 역할이라고 나는 생각합니다. 유토피아를 이루는 날은 그렇게 긴 시간 후의 일이 아닙니다. 지금 무슨 일이 일어나고 있는지 보십시오. 세계 각지에서 원주민들의 전통이 부활하고 있습니다. 아즈텍과 마야, 잉카와 북아메리카 인디언, 태평양 섬들과 호주에 이르기까지 모든 민족의 정신이 다시 살아나고 있는 것입니다. 그것은 당신이 상상하지 못할 정도로 강력한 움직임입니다. 영적 추장들이 다시 떠오르고 있으며 수천 명의 백인들이 그들의 가르침을 받고 있습니다. 우리의 오랜 예언이 실현되고 있는 것입니다.

인디언 달력은 우리의 메시지를 온 세계에 전할 시간이 도래했다고 말합니다. 그런데도 당신은 아직 우리가 오래된 원한을 가슴 속에 키우는 것이 낫다고 생각하십니까? 현재 세계 정세로 봐서 이런 말을 하는 것이 미친 것처럼 들릴지도 모르겠지만, 나는 이것을 믿습니다. 언젠가 머지않은 시일 안에 우리 모두는 형제이자 자매가 될 것입니다."

그녀는 아무도 없는 텅 빈 신성한 정자 아래서 우리를 위해 춤추고 있다. 원시적이고 감동적인 춤을. 한 마리 거대한 독수리처럼 날개를 펴 팔 안에 아기를 안고 조용히 흔드는 듯싶더니 곧이어 인디언 전사처럼 커다란 도끼를 휘둘렀다. 그러고는 몸을 떨고 있는 늙은 여성이 되어 떨리는 목소리로 털썩 주저앉았다. 상상의 지팡이에 기댄 그녀는 다시 몇 걸음을 걷다가 몹시 지쳐 땅 위로 쓰러졌다. 그러다가 갑자기 몸을 일으켜 두 팔을 하늘을 향해 올렸다.

그녀는 매우 인상적인 여성이었다. 가죽 드레스를 입은 그녀는 크고 강해 보였다. 그녀의 어깨 위로 길게 기른 머리카락이 흘러내려오고 있었다. 굳은 얼굴과 고정된 시선의 그녀는 마치 우리가 보지 못하는 존재들을 보고 있는 듯했다.

그녀의 이름은 사키나이다. 사키나는 푸른 별을 의미한다. 그녀는 애리조나에서 왔다. 우리가 자신에게 말을 건 첫 순간부터 그녀는 우리가 친구처럼 여겨졌다고 말했다. 우리를 위해 노래하고 춤추기 위해 자기 곁으로 오라고 한 것은 바로 그녀였다. 그녀는 그 춤을 가르쳐준 것이 위대한 영이라고 말했다. 그 춤은 사냥꾼이 먹이를 찾고, 젊은 어머니가 자신의 아이를 잠재우고, 나이 든 여성이 죽고 다시 태어나는 생을 표현한 것이었다.

춤을 마친 후 그녀가 우리 곁에 와 앉으며 이야기를 시작했다.

"나는 내가 태어난 매사추세츠 주에서 여러 해를 살았습니다. 나는 추장 포하탄과 그의 아내 포카혼타스의 후예입니다. 그들은 1600년경에 버지니아 주에서 온 영국인들을 최초로 받아들였습니다. 내 조상들 중에는 또한 메이플라워 호를 타고 코드 곶(미국 매사추세츠 주 남동부에 있는 반도)에 도착한 청교도들을 받아들인 이들이 있습니다. 내가 이 이야기를 하면, 인디언 친구들은 일찍부터 우리가 두 팔 벌려 그 백인들을 맞이한 것은 잘못한 일이고, 백인들을 전멸시키거나 바다에 던져버리기 위해 그들의 약점과 빈곤을 이용했어야 한다고 말합니다. 인디언 친구들의 말이 옳을 수도 있지만 어쨌거나 나는 이제 우리 모두가 화합해 하나라는 것을, 그리고 같은 아버지와 어머니를 두고 있다는 것을 깨달아야 할 시간이 되었다고 생각합니다.

위대한 영에게 나 자신을 바쳤을 때 나는 아직 어린아이였습니다. 나는 그에게 말했습니다. '당신에게 필요한 시간만큼 나를 쓰십시오.' 그때부터 많은 조상들의 영과 여러 부족들의 영이 나를 통해 말을 했습니다. 나는 상당히 오래전부터 사용되지 않았던 매우 오래된 언어를 사용하는 사람들과 대화를 나누기도 했습니다.

현재 나는 애리조나의 세도나에 살고 있습니다. 그곳은 인디언의 여러 부족들이 언제나 신성하게 여겼던 장소입니다. 많은 사람들이 그곳에 성지순례를 하러 갑니다. 우리 집에서 매우 가까운 곳에는 올드 오라이비라고 불리는 마을이 하나 있습니다. 그 마을은 미국에서 가장 오래된 마을입니다. 호피 족은 적어도 구백 년 전부터 그곳에서 같은 방식으로 살아왔습니다. 고대부터 그곳의 삶은 거의 변한 것이 없습니다. 사내아이들은 언제나 신성한 방들인 키와 안에 모입니다. 그곳에서 그들은 우리 민족의 역사와 전설들을 모두 배울 때까지 부족의 어른들과 몇 시간이고 머무릅니다.

호피 족의 역사는 오만 년 동안 대대손손 이어져 보존되어왔습니다. 그들은 현재 우리가 살고 있는 세상이 네 번째 세계라고 말합니다. 첫 번째 세계는 지구가 자전을 세 번 하면서 파괴되었습니다. 이것은 몇몇 학자들이 말하는 지축 이동설과 관계가 있습니다. 두 번째 세계는 지구가 얼음으로 뒤덮여 파괴되었는데 이것이 빙하기입니다. 세 번째로 지구는 대홍수에 의해 삼켜졌습니다. 우리에게 닥친 네 번째 파괴는 곧 불에 의해 이루어질 것입니다.

현재 무슨 일이 일어나고 있는지 생각해보십시오. 우리는 무시무시한 방법으로 우리 어머니 지구를 괴롭히고 있습니다. 지구는 스스로를 치유할 필요가 있습니다. 호피 인들은 말합니다. '석유를 채취하는 일은 마치 지구의 피를 강탈하는 것과 같다.'고. 날이 갈수록 지진이 일어나는 빈도가 늘고 있는 것은 현재 대지의 판들이 윤활제 없이 움직이고 있기 때문입니다. 화산 분출은 종기와 같습니다. 말하자면 지구가 우리가 버린 모든 불순물들을 치우기 위한 방법을 찾은 것입니다.

우리 내면의 목소리를 들어야 합니다. 우리는 명상을 통해서만 그 말을 들을 수 있습니다. 명상을 하는 동안 내면의 목소리가 우리에게 많은 것을 이야기하기 때문입니다.

대부분의 인디언들은 자신들이 별에서 태어났으며 언제고 그곳으로 되돌아간다고 믿습니다. 현재까지도 그들은 우리를 인도하기 위해 사람들이 별에서 내려온다고 단언합니다.

상당수의 인디언들은 이것에 대해 말하고 싶어 하지 않습니다. 그들은 이것이 아무도 침범할 수 없는 그들만의 신성한 부분이며, 백인들은 이것을 이해할 능력이 없다고 여깁니다. 나 또한 그것이 사실이라는 것을 압니다.

나는 메시지를 받았습니다. 그들은 나에게 세상에 말을 전해야 한다고 말했습니다. 그래서 나는 캠핑카를 하나 장만해 그 차에 '바퀴 달린 티피'라고 이름을 지어주었습니다. 그리고 여행을 시작했습니다. 먼저 나는 네 명의 아들 중 셋이 살고 있는 콜로라도로 갔습니다. 그곳 아스펜에서 나는 명망 높은 인디언 추장들 중 한 사람인 검은고라니(오글라라 수우 족의 치료 주술사. 가톨릭 신앙생활을 하는 동시에 환상을 통해 영혼과 만나는 등 치료 주술사로서 부족을 위해 계속 봉사했음)를 만났습니다. 그에게로 나를 인도한 것은 위대한 영이었습니다. 나중에 나는 매사추세츠와 인디애나 주, 뉴욕에도 갔었습니다. 나는 강연을 했고, 치료 의식을 치렀습니다.

아메리카 인디언들이 세상에 기여할 수 있는 것이 무엇일까요? 나는 아메리카 인디언들이 생명 모두에 대한 이해와 그것에 경의를 표하는 것을 가르칠 수 있다고 말하겠습니다. 의식을 치를 때 나는 언제나 사방의 영들에게는 물론 식물과 바위, 바람의 영, 구름과 별에게 사랑을 보냅니다. 나는 우리 할머니 달의 아름다움과, 할아버지 태양의 따스한 빛, 그리고 어머니 대지가 우리에게 먹을 것과 필요한 모든 것을 주는 것에 감사합니다.

의식들을 완벽하게 치르기 위해서는 새들과 네발짐승은 물론, 두발짐승도 똑같이 대해야 합니다. 물속에서 헤엄치는 생명체들과 바닥을 기는 존재들도 모두. 우리는 특히 독수리를 숭배합니다. 모든 새들 중 독수리가 가장 높이 날기 때문입니다. 따라서 독수리들은 위대한 영이 우리 마음속에 있는 것을 알 수 있도록 우리의 메시지들과 기도들을 전할 의무가 있습니다. 뿐만 아니라 독수리들은 우리에게 위대한 영의 메시지들을 전해줍니다. 적어도 내면의 귀로 들을 줄 아는 사람들에게 말입니다.

방금 당신 앞에서 추었던 춤으로 나는 의식을 끝마칩니다. 그 춤을 배우게 된 과정이 있습니다. 그때 나는 계곡에 있었습니다. 그곳에는 매우 오래된 폐가들이 있었습니다. 내 옆에는 내 친구 독수리 할머니가 있었습니다. 이 팔찌는 그녀가 나에게 준 것입니다. 그녀는 언젠가 이곳에 왔을 때 매우 오래전에 살았던 인디언들이 자신을 보러 왔었다고 나에게 말해주었습니다. 그때 그녀는 이미 초자연적인 현상들에 익숙해 있었기 때문에 놀라지 않았습니다. 한 젊은 여성이 그녀에게 말했습니다. '우리가 이해하지 못한 점이 있습니다. 백인 병사들이 우리 마을에 왔을 때 우리는 그들과 우정을 쌓아갔습니다. 우리는 그들에게 사냥감과 곡물, 물을 찾을 수 있는 장소들을 가르쳐주었고, 병사들의 상처와 병을 치료해주었습니다……. 우리는 그들을 친구라고 생각했었지만 어느 날 그들은 우리에게 와서는 당장 떠나라고 말했습니다. 이제부터 우리의 땅이 자신들의 것이라고 하면서 말입니다. 나는 그들에게 말했습니다. "아니, 우리는 떠나지 않을 거야! 여기가 우리 집이니까." 그러자 병사들이 나와 자신들을 향해 몸을 날리던 내 남편을 죽였습니다. 그들은 왜 그렇게 한 것이지요?'

지혜로운 할머니가 그녀에게 이렇게 대답했습니다. '아! 그들은 짐승들처럼 행동했어요. 새로운 영토를 차지하고 싶어 하는 곰처럼, 자신의 허락 없이는 아무도 자기 영역에 들어올 수 없다고 발톱으로 나무에 흔적을 남기는 곰처럼 말예요. 병사들이 바로 그렇게 한 거예요. 그리고 그들은 대장이 내린 명령에 따른 거예요. 만약 명령에 따르지 않았다면, 아마 그들 자신들도 죽었을 거예요.' 그러자 젊은 여성이 말했습니다. '고맙습니다, 독수리 할머니. 이제 이해가 갑니다. 내 이름은 에타와입니다. 나는 나의 춤을 사키

나에게 가르쳐주고 싶습니다. 그래서 나는 그들과 함께 여행하고 그들을 통해 춤출 것입니다.' 조금 전에 당신들이 본 춤이 바로 그 춤입니다.

내가 춘 춤 중에 아기를 흔드는 장면은 새로운 삶, 환생을 의미합니다. 호피 족 사람들은 환생에 대한 강한 믿음이 있습니다. 그들은 환생할 때도 지구상에 호피 족으로 다시 태어난다고 확신합니다. 아마도 같은 가정에 말입니다. 그들에게 죽음은 잠시 동안 떠났다가 되돌아오는 일입니다.

나는 같은 부족 안에 다시 태어난다고 생각하지 않습니다. 여러 번에 걸쳐 전생 체험을 했기 때문에 확신할 수 있습니다. 사실 세도나는 문을 열고 과거 속으로 갈 수 있는 최적의 장소입니다. 전생 체험을 통해 나는 두 번째 남편을 만났습니다. 내가 세도나에 살기 시작한 지 대략 일 년 정도 되었을 때 그가 그곳에 왔습니다. 어느 날 남편과 나는 한 번도 가보지 않았던 계곡으로 산책을 갔습니다. 그곳에는 우리가 영의 다리라고 부르는 다리가 하나 있습니다. 백인들은 그 다리를 악마의 다리라고 부릅니다. 그들은 모든 영혼을 악마라고 생각하기 때문에 그것은 그렇게 놀라운 일이 아닙니다.

영의 다리에 도착한 다음 나는 남편이 명상에 들어가 있는 동안 다리를 그리기 시작했습니다. 그런데 길을 되돌아 내려오는데 놀라운 일이 일어났습니다. 폭포 근처를 지나치려는 순간이었습니다. 남편과 내가 동시에 전생 체험을 한 것입니다. 전생에 그는 사냥꾼이었고 나는 아라파호 족 여자로 그의 아내였습니다. 나는 모카신을 신고 있었고, 가죽 윗도리에 깃털들을 달고 있었습니다. 우리의 사랑은 너무도 강했었습니다. 그런 전생을 체험한 후, 우리는 이 생에서 결혼을 할 수밖에 없었습니다.

남편은 결혼 후 오 년이 되던 해 죽었지만, 우리는 함께 멋진 삶을 살았습니다. 우리는 많은 여행을 했고 많은 의식과 기도들을 올렸습니다. 인디언 폐가들을 발견하면 우리는 안으로 들어가 아직도 그곳에 존재하는 영들과 이야기를 했습니다. 나는 그 영들에게 경의를 표했고, 감사와 사랑의 마음을 나누었습니다. 불행한 몇몇 영들을 해방시킬 힘이 나에게는 있었습니다. 나는 그들에게 말했습니다. '이제 더 이상 당신들은 고통스러운 이 장소에 머무를 필요가 없습니다. 당신들은 당신들이 원하는 곳으로 자유롭게 갈 수 있습니다.'

우리가 있는 이곳에도 그런 영들이 많이 있습니다. 그래서 당신들이 신성한 장소에 있다는 느낌을 받을 수 있는 것입니다. 그들을 부르기 위해서는 방울을 흔들거나 북을 치는 것만으로 충분합니다. 우리는 영들에 둘러싸여 살아가고 있습니다. 어제 천둥구름이 이야기를 시작했을 때 거세게 불던 바람이 일순간 잦아들었던 것을 당신들은 기억하실 겁니다.

살아 있는 모든 것들, 동물들과 새들은 모두 영을 가지고 있습니다. 그래서 우리에게 동물신이 있는 것입니다. 모든 존재들은 사라지지 않습니다. 육체는 옷처럼 벗어버릴 수 있지만 영은 남습니다.

나는 영들을 볼 수 있습니다. 그림을 그릴 때 영들이 내 연필 아래로 오는 일들이 쉽게 일어납니다. 그러면 나는 그들의 존재를 느낍니다. 그들은 나를 통해 말을 하기도 하고 나를 인도하기도 합니다. 해로운 영들도 있긴 하지만 그들을 도울 수 있습니다. 아직 화를 내고 있는 영들이 있습니다. 지상에서 눈뜨고 볼 수 없는 끔찍한 일이나 정당하지 못한 일들을 겪었기 때문입니다. 그들을 자유롭게 하는 것은 신성한 과제입니다.

나는 위대한 영과 창조자에게 감사하며 아침을 시작합니다. 세상 만물에게 사랑을 보냅니다. 나 자신이 분홍빛 사랑의 빛과 부정적 에너지를 긍정적 에너지로 변화시키는 불꽃으로 가득하다고 생각합니다. 설령 어두운 영들이 들어온다 하더라도 그들은 이 빛과 만나면서 빛의 존재로 변화합니다. 이렇게 한 후 나는 하루 동안 내가 어느 방향으로 가야 하는가를 묻고 귀를 기울입니다. 하루하루를 이런 식으로 산다면 당신은 매 순간 당신의 삶이 얼마나 빠르게 변화하는가를 볼 수 있을 것입니다. 이보다 더 중요한 것은 없습니다.

기도하면서 나는 낮 동안 나를 인도해달라고 부탁합니다. 매 기도마다 하루 낮의 안내만을 청합니다. 혼자 길을 걸으며 언제나 나는 내가 받은 모든 축복에 감사하다는 말을 합니다. 나는 나와 같은 순간에 같은 대지 위를 걷는 모든 존재들과 하나가 됩니다.

우리 모두가, 남성과 여성 모두가 아버지 하늘과 어머니 대지와 연결되어 있습니다. 만약 우리가 우리 자신을 아버지의 빛으로 가득하게 해달라고 청한다면, 또한 그 빛이 우리를 관통하고 어머니 대지 안으로 들어가 사방으로 빛을 퍼트리는 것을 볼 수 있다면, 그리고 우리가 지속적으로 아버지 하늘과 어머니 대지에게 감사하다고 말할 수 있다면, 우리는 살아 있는 기도 그 자체가 될 수 있습니다. 심장 중심부에서 우리는 이 빛과 기도를 그것을 필요로 하는 고통 받는 불행한 존재들에게 보낼 수 있습니다. 그 빛은 치유의 빛입니다. 그래서 우리는 그들을 도울 수 있는 것입니다. 당신은 크리스털을 사용해 그 빛을 더 강화할 수 있습니다.

이렇게 나는 고맙다는 말을 하고 사랑의 마음을 세상 만물에게 바칩니다. 나는 긍정적 진동이 자유롭게 흐를 수 있도록 우리 모두를 보호의 빛으로 두릅니다. 나는 우주의 치유 에너지가 내 안을 흐르고, 그 에너지가 내 본래의 에너지와 그것이 지나가는 크리스털을 통해 증폭되게 해달라고 청합니다.

나는 사람들을 치료한 적이 있습니다. 그것은 모두 이 빛 덕분이었습니다. 그러나 가끔은 치료가 불가능한 경우도 있습니다. 나는 그 이유가 카르마와 관계한 것이거나 병을 통해 얻을 교훈이 있기 때문이라고 생각합니다."

그녀가 이야기를 마쳤을 때, 천둥구름이 멋진 미소를 머금은 채 다가왔다. 천둥구름은 입술과 얼굴만을 움직이는 것이 아니라 존재 전체로 웃는다. 고백하건대, 나는 그런 미소를 이전에는 한 번도 본 적이 없다.

그가 우리에게 말했다.

"라셀이 내 동물신에 대해 알고 싶어 했었습니다. 그래서 그녀에게 나는 도움을 줄 수 있는 친구가 있다고 말했었습니다. 자, 여기 있는 이 사람이 바로 그 친구입니다. 그의 이름은 리처드 앨런입니다. 그는 인디언이 아니지만 대부분의 인디언들보다 동물신에 대해 더 잘 알고 있기 때문에 여기 있을 가치가 있습니다."

리처드 앨런이 집회에서 매우 특별한 자리를 차지하고 있는 것은 사실이다. 디야니의 보조 역할을 하고 있는 그는 전 생애에 걸쳐 북만 친 사람처럼 전통적인 인디언 북을 매우 잘 쳤다. 그는 작았지만 에너지가 넘쳐나는 사람이었다. 얼굴은 수염에 가려져 있었으며, 긴 머리카락은 말 꼬리를 연상시켰다. 우리는 그 어떤 적의나 반감도, 혹은 일말의 불신의 흔적도 없는 그의 눈빛이 마음에 들었다. 그는 열린 사람이었고, 우리가 그로부터 배우기를 원하는 것을 바로 보여줄 준비가 되어 있었다. 그와 함께라면 우리가 이야기를 듣고 싶어 하는 낯선 영역에서 벗어나지 않을 것이었다.

"내 이름은 리처드 앨런입니다. 나의 영적 이름은 티베트 어로 '다르마의 본질'이라는 뜻을 가진 첸위입니다. 나의 동물신들은 독수리와 곰, 그리고 사슴입니다.

나는 뉴잉글랜드의 중산층 가정에서 태어났습니다. 나의 어머니는 유태인이고 아버지는 기독교 신자입니다. 공부를 마친 후 나는 정신과 의사가 되었습니다. 나는 병원에서 죽어가는 사람들을 돌보며 일할 기회를 가졌습니다. 내게 있어 병원에서의 그런 경험은 매우 중요한 것이었습니다. 나는 내가 하는 일에 도움을 줄 사람들을 찾기 시작했습니다. 그때 처음으로 나는 디야니에 대한 소문을 들었습니다.

디야니를 만났을 때 나는 그녀가 말하는 것을 머리가 아닌 마음으로 이해했습니다. 플루트를 연주하면서 그녀는 한 젊은 여성을 가리키고는 나에게 이렇게 말했습니다. '그녀의 영기가 변하는 것을 보세요.' 나는 유심히 살펴보았지만 그녀 주변에서 어떤 영기의 흔적도 찾지 못했습니다. 십 분 후 정작 내가 보기 시작한 것은 디야니의 영기였습니다. 매우 인상적인 체험이었습니다. 그 순간 나는 그녀와 함께 나의 길을 계속 걸어가겠다고 결정을 내렸습니다.

그것이 십이 년 전의 일입니다. 이런 경험을 하기까지 내가 어떤 준비 과정을 거쳤는지 말씀해드리겠습니다. 나의 부모님은 여행에 많은 애착을 보이던 분들이었습니다. 스무 살에 내가 이미 유럽을 다섯 번이나 다녀왔을 정도로요. 대학을 졸업하자마자 나는 첫 번째 인도 여행을 떠났습니다.

어머니는 심리학자이고, 아버지는 티베트 예술품 수집가이십니다. 내가 아직 어렸을 때, 아버지는 가족 모두를 데리고 달라이 라마를 만나러 갔습니다. 그 경험을 통해 나는 불교 철학을 공부하게 되었습니다. 그래서 디야니를 만났을 때 나는 나 자신이 그녀의 가르침을 받을 준비가 되었다고 느꼈습니다.

그녀는 내가 빠른 시간 안에 치료사가 될 수 있다고 말했습니다. 그리고 무의식적으로 그 일이 일어났습니다. 나는 사람들 위에 내 손을 얹었습니다. 그러자 어떤 일이 일어났습니다. 그에 대한 예를 들어드리지요. 처음 한 여학생이 등이 아파 나를 보러 왔었습니다. 나는 그녀 위에 내 손을 십오 분 정도 올려놓았습니다. 그녀는 일종의 최면 상태로 들어갔습니다. 마지막에 이르러 그녀는 오열을 터트리며 말했습니다. '아픔이 사라졌고 나는 신과 하나가 되는 경험을 했습니다.' 그 학생과 나, 우리 둘 중에서 더 많이 놀란 사람은 바로 나였습니다.

그때 나는 죽어가는 사람들과 함께 놀랍도록 훌륭한 일을 해온 스타니슬라스 그라프라는 이름의 정신 분석의를 만났습니다. 그의 도움을 받아 나는 나의 전생들 중 몇 개에 대해 알 수 있었습니다. 특히 그는 나에게 기를 사용해 일하는 법을 가르쳐주었습니다.

하지만 그것은 단지 육체적이거나 정신적인 문제를 가지고 있는 사람들에게만 해당되는 것은 아니었습니다. 영적인 길을 걷고 있는 사람들 중에 성장하기를 원하는 많은 이들이 나를 찾아왔습니다. 그들에게 손을 올려놓으며 나는 그들이 내면의 균형을 되찾도록 도와주었습니다. 에너지를 사용해서 우리는 값비싼 외과술을 사용하는 것과 동일한 영향을 몸에 줄 수 있습니다.

1980년, 지구 정화의 시간은 당연히 더욱더 가까워져 있었습니다. 나는 티베트의 위대한 스승들과 공부하기 위해 다람살라로 떠났습니다. 그곳에 머물러 있는 내내, 나는 디야니와 텔레파시로 연락을 취했습니다. 그것은 믿을 수 없는 일이었습니다. 예를 들어 어느 날 밤 나는 그녀가 나에게 작은 크리스털들을 선사하는 비전을 보았습니다. 그다음 날, 잠에서 깨어나면서 나는 침대에서 그 작은 크리스털들을 발견했습니다.

그런 일이 정말로 일어났습니다. 얼마 후, 나는 어머니께서 불치의 암에 걸리셨다는 소식을 듣고 미국으로 돌아왔습니다. 그리고 정확히 나와 거의 같은 시기에 달라이 라마의 주치의가 보스턴에 도착했습니다. 어머니를 검진한 후 그는 의사들이 오진을 했으며 그녀가 암에 걸린 것이 아니라고 말했습니다. 그렇게 해서 나는 나를 받아들이겠다고 승낙한 여러 곳의 학교들이 있는 캘리포니아로 갈 수 있었습니다.

캘리포니아에 도착한 지 몇 주가 지나 나는 어떤 체험을 했습니다. 옛 조상들이 하늘 속에 모습을 드러내 진화된 사람들과 살기 위해 내가 캘리포니아를 떠나야 한다고 말했습니다. 나는 이 비전에 대해 이야기하기 위해 디야니에게 전화를 했습니다. 내 말을 들은 뒤 그녀가 말했습니다. '만약 당신이 그와 비슷한 경험을 두 번 더 하면 비전을 따라야 합니다.'

두 개의 다른 비전들은 이후 석 달 안에 연이어 일어났습니다. 마지막 비전은 나에게 내가 십 일 안에 떠나지 않으면 목숨이 위험해질 것이라고 말했습니다. 그래서 나는 디야니가 운영하는 단체에서 살기 위해 서둘러 되돌아왔습니다. 그리고 그곳에서 삼 년 반을 머물렀습니다. 당신들이 확인할 수 있듯이, 이곳은 많은 에너지들이 집중되는 매우 강한 장소입니다.

팔 년 전, 마침내 나는 매사추세츠의 케임브리지에서 스티븐 갈레고스를 만났습니다. 그는 훌륭한 심리학자로, 차크라(인간 신체의 여러 곳에 있는 정신적 힘의 중심점 가운데 하나)에 해당하는 신체 포인트들에 짐승들을 불러 병을 치료하는 데 눈부신 결과를 이루어낸 사람입니다. 이것은 긴장을 풀고 차크라에 집중해 모습을 드러내는 동물을 맞이하는 것으로 충분합니다. 그 동물은 우리를 가르칠 많은 것들을 가지고 있습니다.

동물이 모습을 드러낼 때 당신은 그에게 인사를 하고, 당신에게 할 말이 혹시 있는지 묻습니다. 당신이 성장하도록 도울 수 있는 어떤 것이. 그는 당신이 어디에 있어야 하고, 성장하기 위해 무엇을 해야 하는지 알고 있습니다. 당신은 차크라에 따라 여러 개의 동물들을 가질 수 있습니다. 나중에 어떤 동물들은 다른 사람들에게 가기 위해 당신을 떠날 수도 있습니다. 그들은 당신을 보살피는 이로운 이들입니다.

관대하며 매우 지혜로운 존재들이 우리를 위해 준비되어 있습니다. 취리히의 한 심리학자는 이런 심리요법 형태에 대해 잘 알고 있습니다. 그는 동물들이 '영혼의 전령들'이라고 말합니다. 그것은 완전히 내 경험과 일치합니다. 동물들은 단지 우리가 성장하기 위해 필요한 경험들만을 알고 있는 것이 아니라, 우리 내면의 길이 가야 할 단계들에 대해 정확히 알고 있습니다.

하지만 이것은 설명하기가 매우 어렵습니다. 말보다는 직접 경험을 해보는 것이 더 낫습니다."

그래서 라셀과 나는 직접 경험해보기로 했다. 우리는 땀천막 안에서 리처드를 옆에 두고 몇 시간 동안 누워 있었다. 그 경험은 라셀과 나, 우리 둘의 마음을 모두 사로잡았다. 우리는 우리가 그런 경험을 할 수 있었다는 것에 감사한다. 땀천막을 떠나기 전에 우리는 리처드에게 그와 함께 우리가 체험한 것을 책에 써도 좋은지 물었다. 그가 대답했다.

"그래도 별문제는 없을 거라고 생각하지만 먼저 디야니에게 허락을 구해서야 할 겁니다."

디야니가 허락을 하지 않았기 때문에 우리는 매우 놀라지 않을 수 없었는데, 그녀는 우리가 몇몇 인디언 어른들이 조심스럽게 보호하고 싶어 하는 분야를 건드린 것이라고 말하며 우리를 이해시켰다. 우리가 체험한 그 요법은 확실히 서양의 심리학자들에 의해 이루어지는 심리요법과 관계가 있었지만 그보다는 상당히 오래된 샤먼의 의식에 가까운 것이었다. 따라서 인디언 어른들의 눈에는 위험하게 여겨질 수 있었던 것이다.

이런 이유로 해서 대단히 유감스럽지만 우리는 우리가 체험한 것에 대해 말하지 않기로 했다.

오, 우리 어머니 대지여, 우리 어머니 대지여!
우리가 당신에게 한 모든 잘못을 용서해주소서.
오, 우리 어머니 대지여, 우리 어머니 대지여!
우리에게 뉘우칠 시간을 주소서.

우리는 다시 또다시 이곳에 온다

그녀가 의례용 큰북을 규칙적인 리듬으로 치고 있다. 눈을 감고 느슨하면서도 바른 자세로 앉아서. 짙은 피부색에 약간 주름진 그녀의 얼굴은 지난 세기의 만화가가 그린 인디언 할머니의 모습 그대로였다.

우리를 눕히기 전에 그녀가 말했다.

"긴장을 푸십시오. 신체의 각 부분들과 세포 하나하나까지 모두. 그리고 당신이 매우 긴 터널 안에 진입했다고 상상하십시오. 터널 끝에 이르러, 그곳을 나오면서 무슨 일이 일어나고 있는지를 생각해보십시오."

내가 상상한 터널이 너무 비좁았기 때문에 터널을 통과해 빠져

나가는 것은 그렇게 쉬운 일이 아니었다. 나는 미끄러지고 기어서 마침내 터널 끝에 이르렀다. 그곳은 감탄할 만한 곳이었다. 나는 꽃들로 뒤덮인 들판에 이르렀다. 풀잎들은 환상적인 옅은 초록색을 띠었고, 시냇물이 바위와 바위를 지나 튀어 올랐으며 사방으로 나비들이 날고 있었다. 열 마리 남짓한 나비들은 지상에는 존재하지 않는 것 같은 색을 가지고 있었다. 나는 큰 행복감을 느끼며 나 자신이 이렇게 중얼거리는 소리를 들었다. '마침내 난 내 집에 왔다!' 나는 북의 리듬이 얼마 동안이나 지속되었는지 몰랐지만 북소리가 멈추자 무한한 기쁨 상태를 잃지 않고 눈을 떴다.

유니스 바우먼은 북을 가죽 케이스 안에 조심스럽게 다시 넣었다. 라셀이 아직 휴식을 취하고 있었기 때문에 그녀는 이미 일어나 있던 나에게 무엇을 보았는지 묻고 해석을 해주었다.

"나비들을 본 것은 좋은 일입니다. 왜냐하면 나비는 영원히 계속되는 변화의 사이클을 상징하니까요."

다음으로 라셀이 말했다.

"나는 터널 안으로 들어갔었지만 그곳에서 나올 수가 없었어요. 나는 터널 끝에서 빛을 보았어요. 그 빛은 매우 아름다웠어요. 그러나 나는 내가 가야 할 숲 속의 빈터까지 갈 수가 없었어요. 그 이유는 분명 며칠 전부터 내가 그 어느 때보다도 많이 과거에 잠겨 있었기 때문일 거예요. 나 자신이 아무것도 아니라고 생각되었던 과거 말예요. 나는 터널 속에 너무 꼭 끼어 있었기 때문에 머리를 꺼내는 데 애를 먹었어요."

유니스 바우먼이 머리를 절레절레 흔들며 말했다.

"터널 안을 빠져나올 수 없다는 것은 걱정과 두려움을 의미합니다. 그런데 혹시 동물을 보진 못했습니까?"

라셀이 대답했다.

"까마귀 한 마리를 봤어요."

유니스가 말했다.

"까마귀는 매우 중요한 동물입니다. 까마귀는 수 세기 동안 여러 전설에 영감을 불어넣은 동물입니다. 그에 대한 한 예로 자기 그림자를 쫓는 까마귀 같은 존재가 있습니다. 그 까마귀는 찾아낸 자기 그림자를 먹고 죽었습니다. 까마귀는 왼손의 수호자입니다. 까마귀의 눈을 들여다보면 당신은 초현실로 들어가는 문을 발견할 수 있을 것입니다. 그는 우리의 신성한 법의 수호자이며, 당신에게 서로 다른 두 개의 공간 안에 존재할 수 있는 가능성을 줍니다. 나는 당신에게 까마귀에 대해 한 시간이라도 이야기할 수 있습니다.

북도 마찬가지입니다. 북은 다른 세계로 들어가는 문입니다. 나는 평범한 방법으로 명상하는 것이 어렵지만 누군가가 내 옆에서 북을 치면 아무런 어려움 없이 명상에 들어갈 수 있습니다. 그러려면 매우 규칙적인 리듬으로 북을 쳐야 합니다. 심장 고동 소리처럼. 혹은 좀 더 빠르더라도 괜찮습니다. 많은 이들이 북이 가진 효과에 대해 말합니다. 북은 모태 안에 있을 때 경험했던 것과 같은 상태에 빠지게 합니다. 확실히 태아의 생명은 어머니의 심장 고동 소리에 리듬을 맞춥니다. 동일한 소리를 내기 위해 훌륭한 북 연주자는 늘 같은 장소에서 북을 쳐야 합니다.

북소리가 녹음된 카세트테이프를 가지고도 명상을 하는 일이 원칙적으로는 가능합니다. 그러나 나는 북이 강한 효력을 보일 때는 사람들이 사방에서 동시에 북을 칠 때라는 것에 주목할 수 있었습니다. 카세트테이프에서 나오는 소리가 아니라.

북 또한 치유의 한 도구입니다. 하지만 이것은 다른 기술입니다. 북은 당신의 상위 세계에 도달하고 그곳에서 스승을 찾도록 해줄 수 있습니다. 내게 최초로 그런 일이 일어났을 때, 나는 내가 언제나 열성적으로 숭배했던 벤저민 프랭클린을 만났습니다. 내가 그에게 스승이 되어줄 수 있느냐고 묻자 그가 그럴 수 있다고 대답했습니다. 또 한번은 인디언 보호구역 안의 우리 집에서 매우 가까운 곳에 살고 있던 한 남자와 만난 일이 있습니다. 그는 매우 친절했고 거의 말을 하지 않았습니다. 그가 살아 있을 때 만나 그에 대해 좀 더 알지 못했던 것이 유감스러웠습니다.

상위 세계 안에서는 동물들도 만납니다. 나의 조상들은 동물들이 인간보다 강하다고 여겼습니다. 동물들이 자연과 더 가까이 살기 때문입니다. 자연은 먹고 입는 데 필요한 모든 것을 그들에게 주었습니다. 우리 인디언들에게 가장 강한 동물은 봄에 다시 태어나는 곰입니다.

나는 때로 치료를 위해 북을 치기도 합니다. 심각한 문제를 가지고 있었던 한 청년과 함께 사 년 넘게 일을 했었습니다. 그의 걸음은 매우 무거웠지만 현재 그는 날아다닙니다. 또 나는 완전히 궁지에 몰렸던 한 여성을 알고 있었습니다. 그녀가 얼마 전에 나에게 이렇게 말했습니다. '당신과 당신의 북 덕분에 나는 나았습니다. 나는 언제나 나 자신이 꼭 어린아이 같다고 생각했었는데 이제 내

가 한 여성이라는 것을 알게 되었습니다.'

그녀가 치유된 이유는 유년기의 근심과 두려움들을 옆에 내려놓을 수 있었기 때문입니다. 이미 일어난 일들은 지울 수 없지만 그것들을 있는 그대로 내버려둘 수는 있습니다. 오마르 하이얌(십일 세기 페르시아의 시인, 수학자, 철학자, 천문학자. 대표 시집 〈루바이야트〉가 1895년 에드워드 피츠제럴드에 의해 영문 번역되어 유럽에 알려지면서 세계적으로 유명해짐)의 이 말을 생각해보십시오. '손가락이 벽 위에 쓴 글은 어떤 눈물과 노력으로도 영원히 지울 수 없다.'

나는 그런 일을 너무도 많이 봐왔습니다. 내가 칠 년간 함께 일했던 한 여성의 경우도 마찬가지였습니다. 그녀의 아버지는 딸에 대한 자신의 사랑을 절대로 드러낼 수 없었습니다. 농구 챔피언 자리를 따낸 것이 자랑스러워 어느 날 그녀는 매우 흥분한 상태로 집으로 들어갔습니다. 그런데 그녀는 아버지가 자신에게 이렇게 말하는 소리를 들어야 했습니다. '넌 더 잘할 수 있었어!' 그녀는 아버지의 칭찬을 한 마디도 듣지 못한 채 시간을 보냈습니다. 지금 그녀는 어린 시절의 상처에서 회복되었습니다."

라셀과 나는 여러 분야에서 많은 학위를 딴 대학교수인 그녀가 조상들의 치료 기술들에 대해 이야기를 하는 것에 깊은 감명을 받았다. 실제로 그녀는 메인 대학에서 석사와 박사 학위를 받은 최초의 여성이자 캘리포니아 주립대학의 데이비스 캠퍼스에서 교편을 잡은 노련한 교수이다. 또한 그녀는 인디애나와 메인의 대학에서도 강의를 했다. 그녀는 많은 여행을 했으며 페루와 볼리비아에서 '평화 사절단'으로 일하며 살기도 했다. 그녀는 대학에서 그녀가 한 일에 대해 많은 상을 받았고, 퇴직을 한 오늘날까지도 아메리카 인디언들의 전통에 대한 수업을 진행하고 있다.

그녀는 이곳에서 매우 가까운 메인 주의 올드타운과 근접한 페눕스코트 인디언 보호구역에서 태어났다. 그곳 사람들은 소비사회가 주는 쾌락에 많은 부분 굴복했다. 사실 유니스 바우먼에게 가기 위해 라셀과 내가 통과한 그 보호구역은 그 지역을 둘러싼 다른 백인지역과 별다른 점이 없었다. 집들은 나무로 만들어져 있었고 문 앞에는 자동차들이 세워져 있는 등……

유니스 바우먼은 가톨릭 성당에서 세례를 받았으며, 자기 부족의 언어를 말하지 못한다. 그녀가 아는 부족의 언어는 몇 마디가 전부일 뿐이다. 그녀가 그것에 대해 설명을 했다.

"매우 오래전에 우리는 백인들과 접촉을 했습니다. 가족들은 나에게 우리말을 배울 필요가 없다고 말했습니다. 내가 백인들의 세계에서 살아야 했기 때문입니다. 지금 나는 모든 언어들이 매우 중요하다는 걸 알고 있습니다. 한 민족의 언어 안에는 그 민족의 우주론이 담겨져 있으니까요. 우리의 언어는 중국어와 약간 비슷합니다. 말의 의미를 완전히 바꾸기 위해 음절 하나만 바꾸면 되니까요. 우리 조상들의 언어에 대해 속속들이 잘 알고 있는 사람이 현재 전 세계에 한 명밖에 없습니다. 그는 백인 인류학자입니다.

기독교가 나에게 정말로 중요하지는 않았습니다. 나는 기독교가 요구하는 대로 살지 않았으니까요. 나는 나 자신에게 계속해서 물어오던 것이 있었습니다. 그래서 어느 날, 신부님을 만나러 간 나는 그에게 이렇게 말했습니다. '당신은 신이 그의 상상에 따라 인간을 창조했다고 주장합니다. 그런데 지금 나는 인간이 그보다 훨씬 더 단순한 유기체를 시작으로 진보했다고 배우고 있습니다.' 내 질문에 대해 그가 해준 대답은 믿음을 가지라는 말이 전부였습니다. 그러나 나는 확인도 해보지 않고 믿음을 갖는 그런 부류의 사람이 아니었습니다. 그래서 강도 높은 연구에 뛰어들었습니다.

나의 어린 시절에 대해서는 물어볼 필요도 없습니다. 고등학교를 끝마쳤을 때 나는 가정부 일을 배우기 위해 포틀랜드(메인 주 남서부에 있는 도시)에 갔었습니다. 그곳은 내가 모든 것을 다해 갈망해오던 곳이었습니다. 내가 가진 조건들로 봤을 때 나는 내가 다른 것을 가질 수 있을 것이라고는 상상도 하지 못했습니다.

어느 날 나는 침대 밑에 누워 바닥을 청소하고 있었습니다. 나는 아직도 침대의 철제 용수철이 어땠는지 생생히 기억할 수 있습니다. 침대 밑에는 전선들이 서로 얽혀 있었습니다. 그중 전기가 흐르고 있던 전선 하나에 나는 그만 감전이 되고 말았습니다. 그때 받은 충격이 내 삶을 변화시켰습니다. 갑자기 침대 밑에서 하나의 광선이 나를 통과한 것만 같았습니다. 그 빛이 나를 깨닫게 해주었습니다. 나는 스스로에게 이렇게 물었습니다. '여기서 뭘 하고 있는 거니? 다른 사람들을 위해 가정부 일을 하면서 너는 너의 삶을 전부 보내버릴 거니? 이건 네 자리가 아니야!' 그 즉시 나는 어떤 희생을 치른다 하더라도 공부를 계속해야겠다고 결심했습니다.

나의 집안은 부자가 아니었지만 나는 장학금을 받았습니다. 결혼을 한 뒤 남편은 삼 년간 내가 더 공부를 할 수 있도록 재정적으로 뒷받침해주었습니다. 남편은 백인이고 매우 부유한 가정에서 태어났습니다. 당시 그는 매우 시설 좋은 중학교에서 교편을 잡고 있었습니다. 그런데 불행히도 전쟁이 일어났고, 그는 노르망디 상륙작전에 참전했습니다. 그 후 그는 완전히 다른 사람이 되었습니다. 심각한 우울증에 걸린 그는 몇 달간을 병원에 입원해 있어야 했습니다. 퇴원 후 그는 다시 강단에 섰지만, 우리는 헤어질 수밖에 없었습니다. 그가 너무 다른 사람이 되어버렸기 때문입니다.

그렇지만 나는 계속해서 아동심리학 수업을 들었습니다. 나는 아동심리학에서 석사학위를 받았지만 이내 정부의 교육정책에 대한 심한 갈등에 빠졌습니다. 나는 우리 인디언들의 문화와 우주론, 그리고 우주에 대한 비전이 백인들의 것과는 너무도 다르다는 것을 깨달았습니다.

학기 초부터 나는 교수들이 치료를 받고 있는 아이에게만 관심을 기울인다는 것을 알았습니다. 화가 난 나는 이렇게 말했습니다. '그렇게 해선 안 됩니다. 교수님은 아이의 가족들 모두를 치료 대상으로 보아야 합니다. 아이는 바로 그 가족들 사이에서 병든 것이기 때문입니다.' 모두가 나를 미쳤다고 생각했습니다."

내가 물었다.

"당신은 그 생각이 당신의 조상들에게서 나온 것이라고 생각하십니까? 당신은 인디언들에게 있어 공동체란 매우 견고한 것이었다고 말한 적이 있습니다. 그러니까 인디언들은 우리 서구인들이 잃어버린 가족에 대한 전체적인 시각을 가지고 있었던 것입니까?"

유니스가 말했다.

"나에게는 당연한 것이었습니다. 함께 사는 가족들을 모두 무시하고 아이만 돌보는 것은 아무런 의미가 없습니다. 나는 아이들이 가정에서 어떻게 길러졌으며, 어떤 대우를 받았는지, 가족들이 아이를 다정하게 대했는지 아니면 학대를 했는지, 숨 막히도록 쓰다듬어주었는지, 그와 반대로 밤새도록 울게 내버려두었는지 등을 아는 것이 얼마나 중요한 것인지 알게 되었습니다. 나는 가족 내부의 모든 관계에 대해 알고 싶었습니다. 무언가를 알아내기 위해서는 반드시 수십 개의 질문들이 있어야 합니다. 인디언 어린이들은 매우 특별한 방법으로 양육되었습니다. 최초의 개척자들은 이것을 보고 소스라치게 놀랐습니다. 그들은 젊은 백인 엄마들이 인디언식 양육법을 받아들일까 봐 두려워 마을을 둘러싸고 울타리를 세우기까지 했습니다.

인디언 아이들은 모두가 큰 자유를 가지고 있었습니다. 나는 나 자신을 예로 들 수 있습니다. 나에게는 다섯 명의 남자형제들과 언니와 여동생이 있습니다. 나의 언니와 오빠들은 언제나 나를 안아주고, 흔들어 재워주고, 함께 놀아주었습니다. 그런 일들은 대여섯 살이 된 나에게 무척 강한 인상을 남겨주었습니다. 당신 주위 사람들이 언제나 미소를 지으면, 당신은 세상이 매우 아름다운 곳이라고 생각할 것입니다.

그런데 만약 당신이 어린이들에게 겁을 주고, 잘못을 벌하고, 학대하며, 볼기를 때리고, 저녁도 먹이지 않은 채 침대로 보내버린다면 분명 아이들은 세상에 대한 나쁜 이미지를 가지게 될 것입니다. 그것은 전 생애에 걸쳐 반복됩니다. 나를 대하며 가족들이 보여준 이러한 삶의 방식은 나를 진정으로 자유로운 사람으로 만들어주었습니다.

나는 주변 사람들이 나를 좋게 생각하는지 혹은 나쁘게 생각하는지 알려고 한 적이 한 번도 없습니다. 그것에 대해 걱정한 적도 없습니다. 또한 나는 사랑받기 위해 착하게 행동하라고 자신에게 강요한 적이 없습니다. 당신이 나를 좋아한다면, 그것은 다행스러운 일입니다. 그러나 만약 당신이 나를 좋아하지 않는다면 그것은 당신의 문제입니다. 언제나 이런 식이었습니다. 내가 메인 대학에서 최초로 학위를 받은 여성이 될 수 있었던 것은 분명 이런 이유때문일 겁니다. 선생님들의 가르침이 옳다고 여겨질 때에도 나는왜 그런지 언제나 주저하지 않고 질문을 했었습니다. 그래서 나는그 모든 것들을 받아들일 수 있었습니다.

인종차별에 대해서도 나는 언제나 그것이 인종차별주의자들의 문제지 내 문제는 아니라고 생각했습니다. 나는 나를 좋아하고 내가 누구인지 압니다. 나에게는 별다른 문제가 없습니다.

사회의 정의와 평화를 위해 투쟁하는 한 단체가 어느 날 나에게 인종 문제에 대해 강연을 해달라고 부탁했습니다. 나는 강연에서어떤 말을 할지 생각해보았습니다. 그런데 갑자기 한 가지 떠오른것이 있었습니다. 그것은 누군가가 타인을 버린다면, 그 자신도 버려진 느낌을 받는다는 것이었습니다. 그 결과 사람들은 타인의 아픔을 생각할 수 있게 됩니다. 내게 있어 이러한 사실들은 매우 중요한 발견이었습니다.

이야기가 다른 곳으로 흘러가는 것일지도 모르지만, 중요한 것은 우리 모두가 연결되어 있다는 것과, 내가 당신들에게 혹은 지구에 가한 것들은 필연적으로 나에게 되돌아올 것이라는 사실을 깨닫는 것입니다. 만약 내가 당신을 자비와 사랑의 마음으로 대한다면 그 또한 나에게 돌아올 것입니다. 이것은 인종차별에 있어서도 마찬가지로 적용됩니다.

내가 경험한 일에 대해 말해야 할 것 같습니다. 1951년 10월 뉴욕에서 공부를 할 때의 일입니다. 나의 결혼 생활은 이미 깨져 있었고, 나는 수많은 상점들과 식당들, 그리고 막대한 교통량으로 매우 활기찬 뉴욕 오륙 번가 사이 팔 번지에 살고 있었습니다. 어느 저녁나절, 나는 학교에 가기 위해 길을 걷고 있었습니다. 워싱턴 스퀘어 공원으로 가기 위해 인도로 내려오던 바로 그 순간 믿어지지 않는 일이 일어났습니다. 마치 내 눈을 가리고 있던 장막이 순식간에 벗겨져 내린 듯, 혹은 어두운 지하실 안에서 나와 갑자기 눈부신 태양 아래 선 것처럼 그 일이 눈 깜짝할 사이에 일어났습니다. 나는 가던 길을 계속 걸어갔습니다. 길을 건너고 공원 안으로 들어갔지만 나는 이미 이전의 내가 아니었습니다. 나무들 위로 푸른 하늘이 모습을 드러내고 있었습니다. 마치 한 폭의 일본화를 보는 것 같았습니다. 나는 가던 길을 멈추고 소리쳤습니다. '이 모든 것들이 언제나 내 주변에 있었구나! 그런데 나는 이제까지 그것을 알아채지 못하고 있었어!'

순간적으로 나는 우리가 신이라고 부를 수 없는 것은 아무것도 없다는 것을 깨달았습니다. 혹은 당신 기호에 맞춰 말한다면, 가톨릭 교리 교육이 신이 무엇인가에 대해 내게 주입시켰던 생각들에 섬광처럼 하나의 날개를 달아준 것과 같은 그런 체험이었습니다.

그 경험이 내 삶을 변화시켰습니다. 그런 체험은 두 번 다시 없었지만, 그때 내가 경험한 것은 아직 내 안에 살아 있습니다. 그 경험을 이해하기까지 많은 시간이 걸렸습니다. 여러 해가 말입니다. 나는 그것이 내가 잊고 있던 것에 대한 갑작스런 기억의 상기였다고 생각합니다. 아시다시피 모태 안에서 어머니와 태아는 하나로 연결되어 있습니다. 나는 내가 그 상태를 다시 체험한 것이라고 생각합니다. 그날 이후로 나는 내가 모두와 연결되어 있다는 것을 알게 되었습니다. 내게는 그에 대한 확신이 있습니다.

음악을 들으면서 꽃 한 송이를 느낄 수 있는 때가 가끔 있을 겁니다. 그때 당신은 과거에 지나가버린 어떤 일을 떠올립니다. 그런 생각은 빛처럼 당신 위로 떨어집니다.

나중에 누군가가 나에게 선에 관한 내용을 담은 스즈키 다이세쓰(이십 세기 일본의 대표적인 불교학자. 1960년대 미국에서 순회강연을 하면서 선불교 돌풍을 일으킴)의 책을 추천해주었습니다. 책을 읽고 나는 내가 '사토리(일본 선불교에서 깨달음을 뜻하는 말로, 자아의 편견과 알음알이에 붙박여 있다가 순간적으로 망념이 떨어져 자신의 본체를 깨닫는 것)'를 체험한 것임을 알게 되었습니다. 내 조상들은 이에 대해 잘 알고 있습니다. 그들은 자신들이 우주 전체와 동물, 식물과 하늘, 강물과 달과 별들 등에 연결되어 있다고 느낍니다. 그것은 단순히 연결된 감정 이상의 것입니다. 우리가 단 하나의 존재라는 것을 깨닫는 것입니다. 그러한 앎 안에는 나와 생명들 간의, 나와 우주를 가르는 분리감은 더 이상 존재하지 않습니다.

확언하건대, 이러한 체험은 평생토록 잊히지 않습니다. 아직도 눈을 감으면 그 일이 일어났던 장소가 선명히 눈에 보입니다. 〈파리에서의 사토리〉란 책에서 잭 케루악(1950년대 미국의 젊은 세대로서, 현실 사회와 문명에 대한 외면에서 출발해 기성 권위나 도덕을 거부하고 방랑, 타락하여 원시적 감정을 주로 하는 비트 세대의 대표 작가)이 비슷한 경험에 대해 이야기를 했었지만, 그는 그 일이 일어난 장소가 브뤼주(프랑스의 중심 도시)에서였는지 아니면 파리에서였는지 기억하지 못했습니다. 그래서 나는 그가 스스로가 묘사하는 것을 알지 못한다는 생각에 이르게 되었습니다. 그가 일종의 환각제를 복용한 것인지도 모릅니다.

조금 더 시간이 지난 1986년의 어느 날, 나는 디스커버리 잡지를 읽게 되었습니다. 잡지에서는 물리학자 존 슈워츠(미국의 이론물리학자로, 우주를 구성하는 최소 단위를 끊임없이 진동하는 끈으로 보고 우주와 자연의 궁극적인 원리를 밝히려는 이론인 초끈이론을 제시함)와 마이클 그린(영국 케임브리지 대 이론물리학 교수로 존 슈워츠와 함께 초끈이론을 발견하여 이 이론으로 우주의 근원을 해석함)이 궁극적 실체에 대해 내린 결론을 다루고 있었습니다.

아인슈타인의 물질과 에너지에 대한 이론에서 시작해 그들은 가느다란 줄 모양의 미립자 세포들 간의 결합 관계를 발견했습니다. 그 미립자들을 십 세제곱으로 끝과 끝을 맞추어 놓으면 그것들은 일 센티미터 길이로 늘어납니다.

그 기사를 쓴 사람들은 다음과 같이 말했습니다.

'이 이론은 물리학자들을 수학자들로, 그리고 수학자들을 물리학자들로 만들었다. 그들은 물질과 에너지, 모든 힘과 모든 존재들, 식물과 별, 개와 고양이, 퀘이사(태양보다 수조 배 밝고 우주에서 가장 멀리 있을 것으로 여겨지는 천체. 퀘이사의 빛이 지구까지 오는 데는 아주 오랜 시간이 걸리므로 이를 연구하면 초기 우주에 대한 정보를 얻을 수 있음) 원자들, 자동차들, 그리고 그 외의 모든 것들 안에서 우주의 실체를 본다. 그 모든 것들은 이러한 극소미립자들의 상호작용과 행동의 결과이다.'

이를 통해 우리는 우주를 만드는 것이 무엇이라는 것을 알게 되었습니다. 또한 그 이론이 모든 것이 연결되어 있다고 이미 말해왔던 우리 선조들의 생각과 같다는 것을 증명하게 되었습니다.

이 이론의 결과는 경탄할 만한 것이었는데, 이것은 분명히 사람들의 뇌 안에 해를 거듭해 스며들었을 것입니다. 조상들로부터 이어받은 DNA 안의 각각의 유전자들은 이러한 십만 개의 필라멘트들을 가지고 있다고 추산합니다. 한 여성이 나를 만나러 왔었습니다. 그녀는 나에게 자신이 전생에 아틀란티스 대륙의 공주였다고 말했습니다. 그때 나는 그녀 안에는 상당량의 DNA가 저장되어 있으며 그것을 그녀가 기억하는 것이라고 대답했습니다.

그것이 내가 환생을 보는 방법입니다. 불교와 힌두교에서 말하는 카르마의 개념도 같은 것입니다. DNA의 기억은 양과 질에 좌우됩니다. 만약 당신이 오래되었지만 많은 양의 조상들의 DNA를 가지고 있으면, 당신은 그들을 기억하고 당신 안에서 그들이 다시 살고 있다고 믿게 될 것입니다.

매 세대에 걸쳐 조상들은 환생합니다. 그러나 오늘을 살고 있는 나는 이백 년 전에 살았던 사람과는 같은 몸을 가지고 있지 않습니다. 우리가 가지고 있는 기억들은 일종의 유전적인 기억들과 같습니다. 이것을 융은 인종의 기억이라고 부릅니다.

나는 내가 원하는 모든 것을 언제나 자유롭게 배울 수 있었습니다. 내 관심을 끄는 모든 것을. 현재 나는 티베트 의술에 관한 책을 읽고 있습니다. 그들의 의술은 매우 놀라운 것이며, 나는 그것이 미래를 위한 의술이라고 생각합니다. 책을 읽으면서 나는 티베트 인들과 아메리카 인디언들의 의술에서 일치되는 점들을 발견했습니다. 티베트 인들과 우리 인디언들에게 존재하는 유사성은 그러니까 우리 모두가 북을 중요시 여긴다는 것만이 아닙니다.

나는 샤먼 북을 가르치는 한 스승을 만나러 갔습니다. 그때 나는 그런 길을 통해 의식의 전환 상태로 들어갈 수 있다는 것을 확인했습니다. 이 의식의 전환에서 치유가 일어날 수 있을 것입니다.

개인적인 예를 통해 그것을 입증해보겠습니다. 어느 날 스승님은 말했습니다. '조금이라도 몸이 아프다면 동물 그림을 그리거라.' 그때 나는 허리가 많이 아팠었습니다. 나는 누워서 명상을 시작했습니다. 명상 중, 나는 커다란 검은 고양이거나 혹은 표범일지도 모르는 짐승이 뒷다리로 서서 '츠!' 하고 소리 내는 것을 보았습니다. 그의 긴 다리가 내 허리를 스치고 지나가는 것을 느꼈습니다. 순간적으로 나는 아픈 부분이 허리의 다른 쪽보다 올라가 있는 것을 알았습니다. 곧이어 나는 나의 척추를 보았습니다. 척추뼈들이 제자리로 돌아가고 있었습니다. 혈액순환 시스템도 정비되고 있었습니다. 그런 일이 정말로 일어난 것인지 모르겠지만 그날 이후로 내 허리는 훨씬 좋아졌습니다.

이러한 의술은 집단으로 이루어질 때, 참석자들이 환자를 둘러싸고 같은 생각을 할 때 보다 더 강한 힘을 발휘할 수 있습니다.

나에게 있어 신은 형태 없이 분산되는 에너지이지 사람이거나 물체이지 않습니다. 그리고 이 형태 없는 에너지는 우리가 생각하는 것보다 훨씬 더 우리와 가까이 있으며 훨씬 더 현실적입니다. 신은 우리의 일부이며 우리는 그 안에서 우리 자신이 됩니다. 신의 개념에 대해 생각해보면, 나는 그것이 형태 없는 에너지와 같은 어떤 것이라는 결론에 도달하게 됩니다.

이것은 현대 과학 이론들과 완전히 일치하며, 또한 아메리카 인디언들의 전통적 가르침과도 일치합니다. 적어도 가톨릭교회들이 신의 모습을 탈바꿈시키기 전에 말입니다. 특히 기독교는 언제나 우리의 신앙들과 관습들을 그들에게 편입시키는 방법을 알고 있었습니다. 그들은 전 세계에 걸쳐 그와 같은 일을 했습니다."

라셀이 그녀에게 꿈에 대해 물었다.

"나는 인디언들이 전통적으로 꿈을 어떻게 여겨왔는지 알고 싶습니다. 인디언들은 꿈을 중요하게 여겼습니까?"

유니스가 말했다.

"꿈은 우리 인디언들에게 있어 매우 중요한 의미를 갖습니다. 꿈은 언제나 우리에게 중요한 것들을 일러주니까요.

중요한 일에 대해 말씀드리지요. 우리 식구 중 여덟 명의 아이들 속에는 다른 형제들에 비해 눈에 띄게 뒤떨어지는 아이들이 있었습니다. 지능적으로 약간 미숙하다고도 말할 수 있습니다. 하루는 내가 큰 집 안에 있는 꿈을 꾸었습니다. 나는 방에서 방으로 이동하며 다른 형제들보다 모자라는 남동생과 여동생을 봤습니다. 이 꿈은 대학을 다니며 뉴욕에 있는 동안 계속되었습니다. 나는 그 꿈이 무엇을 의미하는지 알 수가 없었습니다.

그러던 어느 날 나는 침대에 누워 철학 책을 읽고 있었습니다. 책 제목은 잊었습니다. 그때 나는 그 책의 내용이 잘 이해되지 않았기 때문에 몇 장을 반복해서 읽었습니다. 그러다가 책 위에 얼굴을 묻고 잠이 들었는데 예전에 꾸었던 것과 같은 꿈을 꾸었습니다. 그러나 나는 그날 잠에서 깨어나면서 빛을 느꼈고, 그 꿈의 의미를 알 수 있었습니다. 꿈이 말하려 했던 것은 내가 동생들에게 일어났던 일이 나에게도 일어날까 봐 두려워서 뇌를 다 사용하지 않았다는 것이었습니다. 그런데 믿을 수 있겠습니까? 그날 이후로 나는 그 꿈을 다시는 꾸지 않았습니다. 두려움은 사라졌고, 나는 어떤 콤플렉스도 느끼지 않고 공부를 계속할 수 있었습니다. 내가 이 이야기를 당신에게 하는 이유는 올바른 꿈의 해석이란 문젯거리를 영원히 풀어줄 수 있는 것임을 보여주기 위해서입니다.

뉴욕에서 반복되었던 그 꿈을 꾸면서 나는 몹시 불안했었습니다. 방에서 방을 거치면서, 나는 내가 무엇을 발견하게 될지 두려웠습니다. 이러한 내 두려움은 남동생과 여동생처럼 되는 것이 무서웠던 동시에 그들과 같이 있지 말아야 한다는 생각에서 온 죄의식의 강조된 표현이었습니다.

해마다 나는 사우스캐롤라이나의 도미니크 수도원으로 수녀님들을 만나러 갑니다. 그곳에는 신부님들을 비롯해 종교인들을 위한 휴식 센터가 있습니다. 거기서 나는 강연을 하고 북을 연주합니다. 처음에 나는 참석자들 대부분이 북과 그 효력에 대해 알고 있는 것을 확인하고 깜짝 놀랐습니다. 어떤 사람들은 자기들만을 위한 전용 북을 만들기까지 했습니다.

어느 날 오후, 책임자인 트리나가 나를 위해 북을 연주해주겠다고 말했습니다. 너무 오랫동안 나를 위해 북을 쳐준 사람이 없었기 때문에 내가 '여행'할 기회를 너무 오랫동안 갖지 못했다는 이유에서였습니다. 나는 바닥에 누워 여행을 떠났습니다. 여행 중 나는 괴로워지기 시작했습니다. 불타오르는 행성을 봤기 때문입니다. 나는 끊임없이 눈물을 흘렸습니다. 그 여행 속에서 나를 나오게 하기 위해 트리나가 나를 흔들었습니다. 나는 그때 내가 본 것을 말하고 싶지 않았습니다. 그곳에 온 많은 사람들이 지구에 대해 걱정을 하고 있었으니까요. 많은 사람들은 그런 재앙을 필연적으로 들이닥칠 미래로 받아들였습니다. 그래서 희망을 잃은 그들은 더 이상 아무런 일도 하고 싶어 하지 않았습니다. 예언은 반드시 일어날 일만을 예고하는 것이 아닙니다. 그것은 하나의 경고입니다. 예언은 당신들에게 이렇게 말합니다. '아무것도 하지 않는다면, 바로 이러한 일이 당신들에게 일어날 것이다.'

재앙이 바로 우리 머리 위에서 멈출 수도 있지만, 그것을 피하기 위해 우리는 일단 무엇인가를 해야 합니다.

불교로 개종한 과학자이자 〈평화의 책〉의 저자인 버나드 벤슨이 어느 날 우리에게 이런 말을 했습니다. '나는 재앙이 일어날지 혹은 일어나지 않을지에 대해서는 알지 못합니다. 내가 알 수 있는 한 가지는 오직 재앙을 막기 위해 내가 할 수 있는 일을 최후의 날까지 계속할 것이라는 겁니다. 폭탄이 이미 대기 중을 날고 있다고 하더라도 나는 내가 해야 할 일을 멈추지 않을 것입니다.'

그것이 바로 내가 내 딸들에게 언제나 가르치는 것입니다. '영원히 살 것처럼 살아라.'

오늘날 세계가 변화하고 있다고 나는 느낍니다. 그리고 그것이 나에게 용기를 줍니다. 러시아에서 일어나는 일을 보십시오. 정말로 놀랍지 않습니까!

위대한 추장 검은고라니는 이러한 비전을 받았습니다. '인디언들의 나라를 침략하고 그들의 형제들을 고통스럽게 한 백인들에 이어 또 다른 백인들이 도착할 것이다. 그러나 그들은 이전과 달리 인디언들에게 이로운 존재가 될 것이다.' 신성한 정자에서 있었던 집회에서 나는 백인 청년들을 앞에 두고 이렇게 말했습니다. '나는 당신들이 바로 그 존재들이라고 생각합니다.'

디야니를 방문했던 지난 칠팔 년 동안 나는 그렇게 많은 사람들이 모인 것을 본 적이 없었습니다. 미합중국에는 많은 거짓말쟁이들과 사기꾼들이 있습니다. 모든 사람들이 백만장자가 되고 싶어 합니다. 희망하건대, 우리는 당신들이 이미 프랑스에서 배운 것처럼 물질적인 소유가 결코 우리를 행복하게 해주지는 않는다는 사실을 좀 더 배워가야 합니다. 나는 디야니의 집회에 온 사람들이 이 아주 단순한 진리를 발견한 사람들에 속한다고 믿습니다. 그들은 평화를 추구합니다.

매주 금요일마다 나를 만나기 위해 보스턴에서 오는 한 친구가 있습니다. 그는 컴퓨터 프로그램들을 제작해 많은 돈을 벌었습니다. 그러나 현재 그는 그 모든 것을 버리고 매우 적은 돈을 버는 일을 하고 있습니다. 그는 언제나 노래하듯 살고 있습니다.

되는 대로 마구 살 수 있는 많은 길들이 있습니다. 그 길 안에서 술과 마약에 빠져드는 사람들이 있습니다. 그것이 무엇인지도 모르면서 그다지 필요하지도 않은 것들에 빠져드는 것입니다. 마약은 삶이 놀랍고 환상적인 것이라고 생각하게 해줍니다. 어느 날, 나는 대마초의 지배 아래 있는 한 여성 옆에 앉아 있었습니다. 그녀는 나를 넋 잃은 눈으로 바라보며 계속해서 질문을 퍼부었습니다. '정말 삶은 놀라운 것이에요. 그렇지 않은가요?' 나는 그녀에게 나 역시 이미 오래전부터 삶이 놀랍다는 것을 알고 있었지만, 그것을 깨닫기 위해 대마초가 필요하지는 않았다고 대답했습니다.

이곳 메인 주를 비롯해 다른 지역의 인디언들이 어떤 대우를 받았는지 보면서 나는 종종 이런 의문이 들곤 했습니다. '어떻게 해서 우리가 생존할 수 있었지? 내가 오늘 지금 여기에 있기 위해 그들은 어떻게 살아온 것이지?' 우리가 생존을 위해 가져야 했던 용기는 놀라운 것이었습니다. 그러나 아직 우리는 이곳에 있으며 그 수도 점점 더 많아지고 있습니다. 흑인들을 보십시오. 흑인이라는 것에 긍지를 잃지 않고 백인들의 사회 안에서 살아가는 법을 배운 그들을 말입니다. 그런 일이 아메리카 인디언들에게도 일어나고 있습니다. 그들은 자신들의 전통과 진정한 가치를 다시 발견하면서 자긍심을 되찾고 있습니다. 그들은 백인들에 대해 백인들보다 더 많은 것을 알고 있습니다. 흑인들처럼 그들은 그들에게 일어난 삶에 적응할 줄 압니다. 나는 아메리카 인디언들에 대해 많은 희망을 가지고 있습니다.

떠나기 전에 당신들에게 노래를 하나 선물하고 싶습니다. 아침 저녁으로 이 노래를 부르고, 다른 이들에게도 가르쳐주어 전 세계 인이 모두 함께 이 노래를 부를 수 있게 된다면, 그때 우리 모두의 삶은 변화할 것입니다.

노래는 다음과 같이 매우 짧습니다.

오, 우리 어머니 대지여, 우리 어머니 대지여! 우리가 당신에게 한 모든 잘못을 용서해주소서.

오, 우리 어머니 대지여, 우리 어머니 대지여! 우리에게 뉘우칠 시간을 주소서.

우리에게는 두려워할 권리가 없다. 그래서 우리는 아이들이 두려움을 느낄 때,
그 두려움을 용기로 변화시킬 수 있도록 돕기 위해 아이들과 함께 일하는 것이다.
우리는 낙천주의자가 될 이유가 충분히 있다. 현재 세계는 깨어나고 있는 중이며,
비로소 우리가 직면한 문제가 무엇인지 의문을 갖기 시작하고 있다.
여기에 우리의 희망이 있으며, 우리는 그 희망을 버리지 않을 것이다.

별의 아이들

오십여 명의 아이들이 커다란 천막 아래 모여 있다. 그들은 다섯 살에서 열두 살 사이의 아이들로, 우리가 지켜보는 가운데 무도극에 몰두해 있다. 우리는 그것이 의미하는 바가 무엇인지 전부 다 이해하지는 못했다.

그곳은 평화의 마을에서 아이들을 위해 마련한 공간으로, 디야니가 우리에게 그곳에 가보라고 조언해주었다. 거기 모인 아이들 대부분은 백인이었는데, 우리는 그런 경우를 처음 보았기 때문에 매우 놀랐다. 아이들은 부모와 함께 있었다. 우리가 질문을 던진 부모들은 전통적인 인디언 교육에서 아이들은 물론 부모 자신들을 성숙하게 하는 좋은 방법들을 찾아냈다고 말했다. 그것은 그들이 이전에는 경험해보지 못했던 안정된 가정을 보증하는 것이었다.

아이들은 놀이를 하는 것처럼 보였지만, 사실 진지하게 여교사가 자신들에게 지시하는 동작들을 따라 하고 있었다. 아이들의 부모들 역시 같은 지시에 따르고 있었다.

"우리를 하늘과 땅에 연결하는 것으로 시작하겠습니다. 우리는 평화만드는이의 가르침을 체험하기 위해 이곳에 왔습니다."

"우리의 예배를 별들과 바람에게 바칩니다."

"우리가 누구인지를 기억합시다……."

우리는 단순한 몸동작과 진지한 얼굴들에 감동받았다. 아이들은 분명히 그들 중 상당수에게는 생소한 것이었을 세계 속으로 별다른 어려움 없이 들어갔다. 별들과 바람, 영들의 세계는 이제 그들의 것이다. 그 세계 속으로 아이들은 편안히 이동해갔다.

여교사가 계속해서 말했다.

"삼나무 잎과 쑥을 태우는 순간 대지와 하늘의 영들은 우리와 함께 있습니다. 우리는 그 영들을 아다위라고 부르는데 그들은 우리의 수호천사이기도 합니다. 그들은 여러 문을 지키는 수호자들입니다. 삼나무 잎과 쑥에 불을 붙이면 아다위들이 우리를 향해 달려옵니다."

"소리에는 치유의 힘이 있습니다. 그것을 잊지 마십시오. 여러분이 하는 친절한 말 한 마디와 악의에 찬 말은 결코 같은 색을 가지고 있지 않습니다."

"주말 내내 우리는 우리가 하늘의 자식들임을 기억할 것입니다……."

라셀과 나는 그곳에 다시 가지 않았다. 어린이들은 이번 주말 내내 몇 시간이고 일상 세계와는 정반대의 우주 속에서 행복하게 지낼 것이다. 그들은 지루한 설교가 아니라 사랑과 자연의 모든 힘들과 하나 되는 것에 대해 이야기를 들을 것이다. 그곳에서 아이들이 배우는 것은 놀이에 가까웠지만 진지한 것이었고, 말로 이루어진 것이었으나 참가자들의 내면 깊은 곳을 울리는 것들이었다.

여기 지나는 길에 걸어 올린 몇 개의 문장이 있다. 이것은 여교사가 이번 주말 내내 아이들을 지도하며 한 말들이다. 또한 이것들은 그들이 마음을 다해 임했던 정신치료 연극 속에서 계속해서 놀이를 하며 얻어진 것들이다.

"우리는 우리의 부모님과 조부모님을 생각합니다. 우리는 우리가 많은 축복을 받은 존재들이며 그렇기 위해서는 함께해야 한다는 것을 깨닫습니다. 우리는 평화를 만드는 사람이 될 수 있습니다. 우리는 두려움을 용기로, 의심을 신뢰로, 공격성을 자비로 변화시킬 수 있습니다."

"우리는 우리 안에 있는 어린아이에게 경의를 표하기 위해 이곳에 있습니다. 우리는 모두가 함께 멋진 융단을 만들어갈 수 있습니다. 시간은 중요하지 않습니다. 과거와 현재 그리고 미래는 서로 다시 만납니다."

"온 세계 사람들과 하나가 되어 만납시다. 그들에게 안녕을 묻고 작은 입맞춤을 보냅시다."

"이미 태어난, 그리고 앞으로 태어날 어린이들에게 사랑과 자비심으로 가득한 미래를 만들어줍시다. 우리가 잊지 말아야 할 것은 뱀은 물론 이 세상의 모든 생명체들도 우리와 같은 부모를 가지고 있다는 것입니다."

주말 내내 어린이들은 마지막 날 밤을 위해 기호 파티를 준비했다. 악기를 연주할 줄 아는 아이들은 악기 연습을 하고, 연주할 수 있는 악기가 없는 아이들은 박자에 맞추어 방울들을 흔들었다.

원 안에서는 모두가 서로 돕는다. 이에 대해 여교사는 다음과 같은 말을 했다. "이렇게 서로를 도우면서 우리는 우리들을 모두 연결하는 일체감을 느낄 수 있습니다. 우리들 모두의 안에 존재할지도 모르는 이러한 원은 전파됩니다." 파티는 얼마 전에 죽어 지금은 하늘에서 빛이 된 어린 칼렙에게 바쳐질 것이었다. 여교사가 그의 사진을 보여주었다.

천막을 둘러싸고 기호들이 배치되었다. 어린이들로 구성된 모임이 차례로 원과 세모, 네모, 마름모, 두 개의 세모로 이루어진 다윗의 별을 향해 갔다. 다윗의 별은 우리 아버지 하늘과 우리 어머니 대지의 사랑을 의미한다. 두 개의 삼각형은 서로 결합해 있다. 이어서 아이들은 평화의 상징인 사면체로, 사면체를 지나 다시 우주적 의식을 상징하는 원으로 이동했다. 그리고 모든 기호들이 진열되어 있는 탁자를 둘러싼 채 근엄한 춤을 춘 다음 기호들이 태양 아래 빛날 수 있도록 풀밭 안으로 가지고 갔다.

진지하게 그 장면을 연기하는 아이들을 보고 우리는 감동을 받았다. 우리가 보기에도 아이들은 자신들이 어떤 중요한 일에 참여하고 있다고 느끼는 것 같았다. 또한 아이들은 자신들이 무엇을 하고 있는지 이해하고 있는 듯했다. 그들은 상징적 의미를 알고 있었고, 자신들이 이제 막 알아가고 있는 우주적 결합에 속해 있다는 것을 느끼고 있었다.

나는 우리가 깊은 감명을 받았음을 고백한다. 그래서 여교사에게 이야기를 조금 더 해달라고 부탁했다.

그녀의 이름은 암툴 하난이다. 암툴은 젊고 통통한 여성으로 온몸에서 친절함과 열정이 배어났다.

그녀가 말했다.

"나는 언제나 지혜와 깨달음에 많은 관심을 가지고 있었습니다. 그래서 오랫동안 내가 나의 길을 갈 수 있도록 안내해줄 위대한 스승을 찾았습니다. 내 아이들과 함께 메인 주의 한 야영지에서 머무르고 있던 어느 날, 언니가 나에게 말했습니다. '방금 나는 나의 스승을 만났어. 그녀는 아메리카 인디언이고 이름은 디야니야.' 언니의 말을 들으면서 나는 이미 디야니를 알고 있는 것 같은 느낌이 들었습니다.

그것이 1978년 8월의 일입니다. 그 후로 이상한 일들이 일어났습니다. 디야니에 대한 말을 이전에는 한 번도 들은 적이 없었던 나는 그녀를 알고 있는 사람들을 계속해 만나게 되었습니다. 그들은 모두 디야니에 대해 찬탄의 말을 아끼지 않았습니다. 그녀가 우리 집에서 매우 가까운 매사추세츠의 케임브리지에 온다는 소식을 듣고 나는 서둘렀습니다.

나는 그녀에게 세 명의 딸들이 있다는 것을 알고 있었습니다. 홀 안으로 들어간 나는 그곳에 있는 여성들 속에 디야니가 있다고 생각했습니다. 피리를 불고 있던 그녀는 열두 살 이상으로는 보이지 않았습니다. 디야니가 자리에 앉는 순간, 나는 그녀가 백 살 노인의 지혜를 지니고 있다고 생각했습니다. 바로 그런 존재가 디야니입니다. 그녀는 어린이와 내면 가득 지혜를 지니고 있는 노인의 모습을 동시에 가지고 있습니다.

그곳을 나오던 마지막 순간에 나는 디야니에게 내 소개를 하면서 눈물을 흘렸습니다. 그녀 역시 울었습니다. 그녀는 내 머리 위에 손을 얹고 이렇게 말했습니다. '당신과 나는 다시 만나게 될 것입니다.'

그날부터 나는 디야니와 함께 많은 일을 했습니다. 1985년 디야니는 우리에게 육체 안의 빛을 방사시키는 것을 가르쳐주었습니다. 체로키 인들은 그것을 창문 없는 팔각형 모양의 신전에서 합니다. 그들은 자신들이 발산하는 빛으로 신전의 내부를 비춥니다. 그것은 매우 인상적인 체험입니다. 내가 심리요법 치료사이기 때문에 디야니는 나에게 '별아이(스타 차일드)' 운동에 몸담아 일해달라고 부탁했습니다. 육 년째 나는 그 일을 하고 있습니다.

그 운동의 목적은 아이들에게 경의를 표하는 것입니다. 이미 태어난 아이들과 곧 태어날 아이들에게. 또한 '별아이'는 자기 내면에 어린아이를 간직하고 있는 어른들을 위한 것이기도 합니다.

우리가 매우 어두운 시대를 살고 있으며, 많은 분야에서 무지가 군림하는 혼동의 시대를 살고 있다는 것을 깨닫도록 인디언 어른들이 나를 도와주었습니다. 특히 어린이 교육에 있어서는 그 심각성이 매우 크다고. 우리들 대부분은 어린 시절에 힘든 일들을 겪었습니다. 우리는 아이들을 교육할 단 하나의 방법이 그들을 벌하고 때리는 것이었던 시대를 살았습니다. 현재 우리는 그 결과를 봅니다. 그런 교육은 창조적 재능이 발전하지 못하게 합니다. 또한 인류에게 부정적인 영향력을 주는 사람들을 만들어냅니다. 왜냐하면 불행한 어린이는 건설적인 어른이 될 수 없기 때문입니다.

우리 인디언들은 조상의 신성한 가르침을 강조해서 이야기합니다. 무슨 일이 있더라도 우리가 정말로 피하고 싶은 것은 어린이의 영혼 속에 심판과 처벌, 수치심이 자리 잡는 것입니다. 아이가 잘못을 저질렀을 때 우리는 그런 일들을 정말로 무슨 일이 일어나고 있는지 이해할 하나의 기회로 여깁니다. 그리고 좀 더 멀리 내다보는 기회로 여깁니다. 아이들에게 체벌을 가하는 것과 그냥 내버려두는 것은 정반대의 태도이지만 사실 같은 울림을 가지고 있습니다. 우리는 그 너머에 있는 자애와 자비의 음악 소리를 발견해야 합니다. 그러기 위해서는 과거, 현재, 미래를 동시에 봐야 합니다. 아메리카 인디언들의 비전은 훨씬 더 넓습니다. 그 비전은 우리에게 의식을 키우라고 합니다.

어린이를 보십시오. 한번 그를 잘 바라보십시오. 그러면 당신들은 그가 신성하다는 것을 느낄 수밖에 없을 것입니다. 아이의 행동을 보십시오. 어떤 아이가 자기 장난감을 소유하기 위해 다른 아이의 머리를 때린다면, 그 아이는 마땅한 행동을 한 것입니다. 그는 그 장난감을 원하고 그것을 갖기 위해 취해야 할 행동을 한 것이니까요. 우리는 아이들이 다른 사람들에게 해 끼치지 않고 자신이 원하는 것을 가질 수 있는 창조적인 방법을 찾을 수 있도록 아이들을 도와주어야 합니다. 그때 교육은 우리에게 주어진 신성한 기회의 연속이 됩니다. 나날이 어린이들의 의식의 밭이 넓어집니다. 이것은 매우 소중한 일입니다.

인디언의 자녀 교육에 있어 인상적인 부분은 부모들이 아이들과 함께하는 시간을 많이 갖는다는 것입니다. 이곳에 오는 부모들은 아이가 티셔츠를 그리느라고 바쁠 때 자기가 그 곁에 앉아 있는 것이 얼마나 중요한가를 금방 깨닫습니다. 그들은 아이의 행동을 보고 그가 얼마나 훌륭한지를 확인합니다. 아이도 그것을 느끼고 부모의 곁에서 자신의 부모가 얼마나 훌륭한가를 느낍니다. 가족의 품에서 서로를 존중하게 되는 것이지요.

내가 이상 세계를 그리는 것이라고 생각할 수도 있겠지만, 나는 당신이 내 말을 믿어주길 바랍니다. 나는 인디언들의 교육법이 아이들에게 어떤 영향을 주는지 실제로 매일 목격합니다.

이런 인디언 전통들이 가치 있다고 생각하는 사람이라면 그는 세상이 '미개인'이라고 부르는 다른 문명들에서도 그 가치를 발견할 수 있을 것이라고 나는 확신합니다. 분명 이런 전통들은 당신들의 나라 유럽에도 존재할 것입니다. 예를 들면 켈트 족 같은.

디야니와 함께 일하던 얼마 전의 일입니다. 하루는 티베트의 한 린포체(과거생에 출가 수행자로 수도에 전념하다가 죽은 후 다시 인간의 몸을 받아 환생하였다는 것이 증명된 사람)가 우리를 방문했습니다. 나는 인디언과 티베트의 두 문화가 결합한다면 현대 세계에 많은 공헌을 할 완벽한 의학을 만들 수 있을 것이라고 생각합니다. 티베트

인들은 고산지대에서 세계와 단절되어 살아왔습니다. 그런데도 그들의 종교 의식과 아이들을 키우는 방법은 놀라울 정도로 아메리카 인디언들과 흡사합니다. 그들은 우리와 마찬가지로 신비주의적 접근을 하고 있습니다. 나는 신비주의가 그들 일상의 한 부분이라고 말하고 싶습니다. 명상가들 역시 마찬가지입니다.

이것은 내게 우리가 매우 멋진 시대를 살고 있다는 생각을 하게 합니다. 그러나 우리가 살고 있는 이 시대는 아름답지만 동시에 심각하기도 합니다. 우리는 면도날 위에서 살고 있습니다.

이곳에서 아이들은 놀이만 하는 것이 아닙니다. 아이들은 놀이를 통해 신비를 체험합니다. 그 신비 체험은 즐거움 속에서 순식간에 이루어집니다. 집에 돌아가서도 아이들은 이곳에서 체험한 것을 잊지 않습니다. 많은 부모들이 해를 거듭해 이곳에 다시 오기 때문에 알 수 있습니다. 부모들은 집에서 무슨 일이 일어났었는지 우리에게 이야기해줍니다. 아이들은 티셔츠에 그림을 그리고 종이와 두꺼운 도화지를 사용해 놀이를 하며 계속해서 창의력을 키워갑니다. 부모들은 텔레비전 앞에 앉아 있는 것보다 자식들과 함께 시간을 보내는 것이 중요하다는 것을 알고 있습니다.

이곳에서의 체험이 큰 도움이 되었다고 그들은 말합니다. 당신이 아실지 모르겠지만, 우리는 실제로 마술도 합니다. 예를 들어 우리는 여름에 질기고 두꺼운 종이를 네모나게 자른 다음 불이 켜진 초를 그 위에 붙여 물에 띄웠습니다. 그것은 빛의 배들입니다. 그러자 하늘이 붉게 타올랐습니다. 우리는 북극의 오로라를 얻은 것입니다. 그런 순간은 절대로 잊히지 않습니다. 당신이 있는 그대로의 자연성을 되찾을 때 신비가 옵니다. 신비는 언제나 이곳에, 바로 당신 안에 있던 것이니까요.

많은 부모들이 우리에게 도움을 청하러 옵니다. 나에게는 그리스 출신의 한 친구가 있는데, 그는 청소년기에 접어든 딸과 심각한 문제를 가지고 있었습니다. 남자가 되고 싶었던 친구의 딸은 밤새도록 춤을 추며 다녔습니다. 딸은 아버지의 말을 귀담아 듣지 않았습니다. 그 친구가 나에게 말했습니다. '어느 날 나는 그 애를 죽이고 싶다는 생각을 했어. 그런데 그때 우리가 별들의 모임에서 나누었던 이야기가 떠올랐어. 우리 모두는 공격적 성향을 사랑과 자비로 변화시킬 수 있다는 말을 말이야. 나는 신에게 이것을 잊지 않게 해준 것에 감사했어. 바로 그 이야기 덕분에 내가 이 긴 시련을 견디어낼 수 있었고, 올바른 태도를 유지할 수 있었으니까.' 이렇게 아버지와 딸은 그 힘든 시기 동안 서로 가까이 남아 있을 수 있었습니다. 그들은 서로에 대한 사랑과 존경심은 물론 타인의 존엄성을 지키며 함께 지옥을 건넜습니다. 이 이야기 속에서 우리는 매우 귀중한 것을 찾아볼 수 있습니다.

나에게는 자식이 셋 있습니다. 그러나 나는 내 아이들에게 그렇게 하지 못했었습니다. 나는 내 아이들에게 끔찍한 짓을 저질렀습니다. 그들을 위협했고 벌을 주었습니다. 나는 다른 어머니들과 똑같았습니다. 그때 나는 무지했었으니까요.

지금 하고 있는 이 일은 내가 자식들에게 저지른 잘못들을 만회하는 계기가 되어줍니다. 어린 시절, 나의 아버지와 어머니는 대단히 좋은 분들이었지만 혼란스러운 분들이었습니다. 부모님은 거친 말과 거친 행동을 했습니다. 그 때문에 나는 고통 받았습니다. 그래서 나는 자식들이 생기면 부모님처럼 행동하지 말자고 다짐했었습니다. 그런데도 불구하고 나는 부모님처럼 행동했습니다. 그리고 그것이 얼마나 해로운지를, 특히 아들 중 한 명에게 얼마나 나쁜 영향을 주었는지 알게 되었습니다. 나는 정신적 수련을 하기도 전에 이것을 이해하기 시작했습니다. 이미 내 안에는 나 자신은 물론 모든 것으로부터 자유로워지고 싶다는 열망이 있었습니다.

이어, 나는 디야니의 가르침을 받았습니다. 나는 '평화 만드는 사람'이라는 프로그램에 참석했고, 그 안에서 매우 편안했습니다. 그것은 많은 문들을 열 수 있는 하나의 열쇠였습니다.

아이들은 내가 어떻게 사는지 알고 있고 나를 이해해줍니다. 아이들이 친구들과 이야기하는 것을 듣고 나는 그들이 얼마나 훌륭하고 주의 깊으며 남을 도울 줄 아는지 알았습니다. 내 아이들은 내가 이곳에서 다른 아이들을 가르치는 방식대로 살기에는 이미 너무 나이 들었지만, 나를 통해 그들의 삶이 채색되고 있습니다. 내 아이들은 내가 하는 일이 얼마나 중요한지 마음으로 느끼고 있습니다.

나는 이곳에서 사이코드라마 형식으로 어른들과 함께 여러 가지 일을 합니다. 그 연극이 아이들보다는 어른들을 위해 존재한다고 말할 수 있을 정도입니다. 결과적으로 그들은 유년기의 좋은 점들을 재발견합니다. 부모들은 자신들이 할 수 있으리라고는 상상도 못 했던 일들을 합니다. 놀이를 하고 티셔츠에 그림을 그리고, 자신의 아이들만이 아니라 다른 부모들과도 함께 대화를 나눕니다.

이런 대화는 특히 자기 자신 안에 갇혀 살고 있는 많은 이들에게 도움이 됩니다.

나는 그리스 친구 앙겔로에 대해 말했었습니다. 뉴욕에서 그는 상당히 중요한 사업가입니다. 그런 그가 여기서 모든 일에 참여합니다. 자신이 원하는 만큼 공상에 빠지고, 웃고 즐기며 마치 자녀들에 대해 전혀 아는 것이 없었던 것처럼 자기 자식들에 대해 알아가는 법을 배웁니다. 아이들처럼 부모들도 자기 자신으로부터 해방되는 것입니다.

어른들에게도 아이들처럼 사는 것을 허락해주어야 합니다. 나는 독일에서 연 워크숍에서 많은 감명을 받았습니다. 그때 나는 폐쇄적인 많은 사람들을 보았습니다. 그들은 비록 의식하지 못하고 있다 하더라도 독일이 전쟁에서 저지른 잘못에 대해 부끄러워하고 있었습니다. 많은 사람들이 자신의 어린 시절을 충만하게 살 권리를 가지고 있지 못했었습니다.

인디언들은 파우와우(매년 봄이 되면 한곳에 모여 한 해 동안의 병의 회복, 사냥의 성공 등을 기원하는 북미 인디언들의 전통 의식 행사)라는 놀라운 치유법을 가지고 있습니다. 그것은 원을 그리고 모여, 아무에게도 방해받지 않고 돌아가며 자기 역할을 차례로 표현할 권리를 갖는 것입니다. 미국의 지도자가 이렇게 행동하지 못하는 것이 유감스러울 뿐입니다.

우리는 아메리카 인디언의 교육법을 되찾아야 합니다. 이곳에 자주 오는 어떤 멋진 남자가 있습니다. 그의 이름은 느린거북입니다. 그의 가르침들은 간단하지만 매우 심오합니다. 어느 날 나는 보스턴에서 한 가지 의식을 준비했습니다. 그는 그곳에서 어린이들을 축복하기로 되어 있었습니다. 마침내 의식이 시작되었습니다. 그런데 의식이 시작될 때부터 울음을 그치지 않는 한 아이가 있었습니다. 어머니가 그 아이를 조용히 시키려고 해봤지만, 조용히 하지 않자 그녀는 아이를 바깥으로 데리고 나가려고 자리에서 일어났습니다. 그러자 느린거북이 그녀에게 말했습니다. '나가지 마십시오. 아이를 이곳으로 데리고 오십시오. 그는 우리의 미래입니다. 그가 우리에게 이야기하고 싶은 것이 있나 봅니다.'

인디언 세계의 가장 오래된 전통들 중 하나는 어린이는 언제나 부모들과 함께 있어야 한다는 것입니다. 어머니는 아기를 언제나 업고 있습니다. 사람들은 아이를 회의에도 데리고 갑니다. 어른들은 어린이가 느낀 것을 알고 싶어 하고, 그의 말에 귀 기울이려 노력합니다.

이곳에서 나는 항상 '쉿! 조용히 해.'라는 말만 듣고 자란 아이들을 봅니다. 그들은 이곳에 도착한 후 처음에는 잘 이해하지 못합니다. 모임을 통해 종종 아이들은 폭발하고, 억제되었던 것을 발산합니다. 바깥에서 보고 있던 어떤 사람들은 이런 광경을 혼란이라고 여깁니다.

아이들이 우리에게 보여주는 것은 하나의 통보입니다. 우리가 너무 많은 말을 했으며, 이제 다른 일을 할 시간이 되었다는 것을 말해주는 것입니다. 귀를 기울여야 할 사람은 아이들이 아니라 바로 우리입니다.

올해 우리는 인류에게 미래가 있다는 것과 그것이 우리 모두에게 달려 있다는 주제로 워크숍을 열기로 했습니다. 그 미래는 사랑으로 이루어져 있으며 앞으로 태어날 어린이들 모두를 환영하는 것입니다. 그 점에 있어 인디언 조상들은 아직도 우리에게 가르쳐 줄 것이 많습니다.

이따금 나는 우리의 국가원수들이 이미 내린 혹은 아직 내리지 않은 결정들에 대해 몹시 걱정을 합니다. 하지만 인디언 치료사들에게 이런 이야기를 하면 그들은 나에게 정치인들이 하는 일에 간섭하지 말아야 하며, 그들의 결정에 좌지우지되지 말라고 충고합니다. 걱정을 아무리 해도 이룰 수 있는 게 없으니 차라리 행동하라고.

인디언의 지혜는 우리가 하는 말들은 그것을 현실화시킬 힘이 있다고 말합니다. 따라서 우리는 해탈한 존재들과 성인들처럼 이 지구 위를 여행할 수 있습니다. 우리에게는 모든 존재들을 축복하고 우리 어머니 대지를 사랑할 자유가 있습니다.

우리에게는 두려워할 권리가 없습니다. 그래서 우리는 아이들이 두려움을 느낄 때, 그 두려움을 용기로 변화시킬 수 있도록 도움을 주기 위해 아이들과 함께 일하는 것입니다. 아이들은 이 메시지를 매우 잘 이해하고 실생활에 적용합니다. 우리에게는 낙천주의자가 될 이유가 충분히 있습니다. 현재 세계는 깨어나고 있는 중이며, 비로소 우리가 직면한 문제가 무엇인지 의문을 갖기 시작하고 있습니다. 여기에 우리의 희망이 있으며, 우리는 그 희망을 버리지 않을 것입니다.

우리 조상들은 오백 년 전 백인들이 이곳에 도착하기 이전부터 그들의 도착을 예언했습니다. 그들은 커다란 배가 천국이나 지옥을 자신들에게 가져다줄 것을 알고 있었습니다. 그들은 배 위로 거대한 붉은 십자가가 그려진 흰 돛들이 펄럭이는 것을 보고 천국이 오고 있다고 생각했습니다. 그러나 뱃머리에 여자들이 없는 것을 보고 그들은 그것이 지옥이라는 것을 알았습니다. 그래서 우리 조상들은 마음속에 의술의 가방을 묻었습니다. 자신들의 지혜를 대대로 물려주며 조심스럽게 간직해왔습니다. 오백 년이 지난 지금, 그들은 우리를 위해 그 의술의 가방들을 열고 있습니다. 그것들은 손대지 않은 그대로의 것입니다. 그 안에는 우리의 삶을 변화시킬 수 있는 지혜가 담겨 있습니다. 우리가 '별아이' 운동을 벌이는 목적도 바로 그것입니다. 무지와 혼동을 뚫고 그 지혜의 가방들에 빛을 가져다주는 것입니다."

암툴의 긴 이야기가 끝났을 때 라셀이 물었다.

"당신은 아이들에게 두려움을 용기로 바꾸는 법을 가르친다고 말했습니다. 구체적으로 어떻게 합니까?"

암툴이 말했다.

"작년에 거칠고 남성 우월주의에 빠진 소년이 이곳에 왔었습니다. 그는 우리의 생활을 힘들게 했습니다. 우리가 어떻게 했냐고요? 체로키 인들은 아이들을 절대로 처벌하지 않으며 그들이 잘못을 했다고도 말하지 않습니다. 우리는 아이에게 이렇게 말했습니다. '필립, 들어봐. 서로 이해를 하지 못한 것 같구나. 그런데 많은 문제가 있어. 넌 여자친구를 울게 했어. 여기서 우리가 깨달을 수 있는 것엔 무엇이 있을까?' 아이에게 질문하고 문제점들을 제시해 그가 수치심을 느끼지 않도록 무엇이 문제인가 대화를 나누는 일은 그 아이를 폐쇄적이거나 공격적으로 되게 하지 않았습니다. 그는 머리를 긁고는 우리에게 말했습니다. '쳇! 어떻게 해야 할지 몰랐어요. 나는 평화의 마을 같은 데 있었던 적이 한 번도 없었는걸요.' 이렇게 해서 우리는 아이에게 상황을 설명할 수 있게 했고, 그는 문제를 일으키는 짓을 그만두었습니다."

라셀이 다시 물었다.

"아이들에게 어떤 이야기들을 들려주는가요?"

암툴이 말했다.

"동화를 비롯해 인디언들에게 전해 내려오는 이야기들을 들려줍니다. 상징이 풍부하고 매우 교육적인 이야기들입니다."

라셀이 그중 한두 개를 들려줄 수 있느냐고 묻자 암툴이 말했다.

"그 이야기는 저기 방금 도착한 사람에게 들으시면 좋겠군요. 그는 훌륭한 이야기꾼입니다. 저기 미니버스 앞에 있는 사람이 바로 그 사람입니다."

그의 이름은 붉은천둥구름(레드 썬더클라우드)으로 인디언 그림책에서 막 나온 것처럼 전통적인 인디언 모습을 하고 있었다. 가죽옷을 입고 머리에 끈을 두른 그는 키가 컸으며 깊이 주름 잡힌 얼굴은 햇볕에 많이 그을려 있었다. 그의 얼굴에 잡힌 주름은 유머 감각이 풍부한 그의 성격을 잘 나타내주고 있었다.

그는 남부 캘리포니아의 카토바 족 사람으로 유년기의 많은 시간을 인디언 어른들과 함께 보냈다. 그는 자기 부족 언어를 말할 줄 아는 최후의 사람이자, 조상들의 춤을 추고 제사를 지낼 줄 아는 마지막 사람이기도 했다. 그는 식물을 이용해 병을 치료하는 법에 대해 알고 있었다. 게다가 이야기꾼인 그는 미국과 캐나다로 자신의 얼룩덜룩한 미니버스를 타고 두루 돌아다니며 옛날이야기들과 부족의 오랜 전설들을 부활시키고 있었다.

우리가 그에게 이야기 몇 개를 해달라고 부탁하자 그는 손을 하늘로 높이 쳐들었다.

"지금은 이야기의 계절이 아닌걸요. 여름에 옛날이야기를 하면 길가에 뱀이 나타난다는 말을 나는 자주 들었습니다. 옛날이야기를 하는 것은 겨울입니다. 눈으로 땅이 뒤덮이고 위그왐(북아메리카에 사는 인디언들의 천막식 집. 원형이나 반원형으로 기둥을 세우고 나무껍질이나 짐승 가죽 따위를 씌움)에서 아름다운 불꽃이 타오를 때 말입니다. 하지만 당신들에게는 특별히 어떻게 해서 혜성들이 태어나게 되었는지 이야기해주기로 하지요.

호그니는 어느 날 베리 열매를 줍기 위해 아들과 함께 숲으로 떠났습니다. 길을 걸으며 그들은 나무들과 키 작은 관목들의 아름다움에 경탄했습니다. 그러다가 그만 그들은 시냇물의 속삭임에 의해 마법에 걸리고 말았습니다. 호그니는 갑자기 무거운 피로감을 느꼈습니다. 그녀는 소나무 아래 누워 잠이 들었습니다. 잠에서 깨어난 그녀는 아들을 불렀지만 아들은 대답하지 않았습니다. 걱정에 가슴이 멘 그녀가 울기 시작했습니다.

그때 아름다운 검은 새 한 마리가 그녀에게 물었습니다. '왜 울고 있지?' 그 시대에는 모든 것이 마술임을 잊지 마세요. 사람들과 새들과 동물들 모두는 서로 말을 할 수 있었습니다. 여자가 대답했습니다. '잠시 잠이 들었었는데 아들이 사라졌어요.' 새가 대답했습니다. '당신은 삼십 일 동안 잠들어 있었어요. 나에게 당신이 가진 옥수수빵을 조금만 나누어주면 아들이 어디에 있는지 말해드릴게요.'

여자는 그 새에게 빵을 주었습니다. 그러자 새가 그녀에게 말했습니다. '고약한 마녀가 힘든 일을 시키려고 당신 아들을 잡아 집으로 데리고 갔어요.' 새는 그녀에게 어떤 길로 가야 되는지 설명해주었습니다. 여자는 너무 기뻐 새에게 그녀가 가지고 있던 옥수수빵을 모두 주며 말했습니다. '고마움의 표시로 머리를 빨갛게 칠해줄게요.' 그때부터 청딱따구리의 머리는 붉어졌습니다.

강으로 내려온 여자는 거대한 바위에 묶인 배 한 척을 보았습니다. 그녀는 배 안에 올라 오두막집의 연기가 보일 때까지 노를 저었습니다. 아들을 그곳에서 찾을 수 있다고 확신한 그녀는 배를 바짝 대놓고 키 큰 풀 속으로 조심스럽게 들어갔습니다. 집 근방에서 그녀는 휘파람 소리를 냈습니다. 신호를 들은 아이는 어머니가 왔다는 것을 알고 비슷한 휘파람 소리로 답을 했습니다. 그리고 마녀에게 말했습니다. '산책하러 갔다 올게요. 혹시 당신에게 필요한 뿌리들을 찾을 수 있을지도 모르니까요.' 마녀는 소년이 나가는 것을 허락했습니다.

소년은 태양을 향해 걷기 시작했고, 곧이어 어머니를 발견했습니다. 아이가 말했습니다. '엄마, 엄마! 들어보세요. 여기 속이 빈 나무 안에 숨으세요. 엄마가 잠을 자고 있는 동안 마녀가 나를 사로잡았어요. 마녀는 자기가 할 일 모두를 나에게 시켰어요. 내가 빠져나와볼게요.' 아이의 심장은 북처럼 울렸습니다. 그는 뿌리들을 손에 들고 마녀 곁으로 되돌아와 말했습니다. '차를 만들 수 있는 월귤나무 뿌리를 찾았어요. 지금 밖으로 나가서 우리가 잔치를 벌일 수 있게 사슴을 잡아도 될까요?'

소년은 활과 화살을 들고 숲으로 갔습니다. 그는 귀를 기울이고 조용히 걸었습니다. 바스락거리는 소리를 들은 소년은 그것이 사슴이라는 것을 알았습니다. 그는 바닥에 엎드려 고사리를 꺾은 다음 사슴이 자기 냄새를 맡지 못하도록 팔과 가슴, 그리고 다리들에 문지르기 시작했습니다. 그는 이 꾀를 자기 부족의 사냥꾼들에게 배웠습니다. 아무런 소리도 내지 않으며 조용히 걷기 시작한 아이는 곧 커다란 붉은 사슴과 마주쳤습니다. 그가 쏜 화살은 사슴의 심장에 맞았습니다. 그는 사슴에게로 다가가 죽은 것을 확인했습니다.

소년은 마녀 집으로 돌아가 말했습니다. '할머니, 내가 사슴을 죽였어요!' '사슴이 어디 있는데, 이 게으름뱅이야?' '사슴을 들고 올 만큼 난 힘이 세지 않아요. 그걸 찾으러 가주세요.'

마녀가 사슴을 찾으러 숲으로 가자, 소년은 속이 빈 나무 곁으로 뛰어가 어머니에게 말했습니다. '나오세요, 지금 도망가요!' 그들은 뛰기 시작했습니다. 그런데 소년이 갑자기 소리쳐 말했습니다. '잠깐만요! 마녀의 위그왐에 불을 놔야겠어요. 마녀가 더 이상 나쁜 짓을 하지 못하도록 그녀의 모든 마법 재료들에 불을 지를 거예요.' 소년은 불을 붙였고, 그들은 온 힘을 다해 달렸습니다.

멀리서 마녀가 연기를 봤습니다. 소년과 어머니는 마녀가 큰 힘을 가지고 있다는 것과 그들보다 훨씬 더 빨리 달릴 수 있다는 것을 잊고 있었습니다. 마녀는 이미 그들을 따라잡기 시작하고 있었습니다. 하지만 인간을 창조한 신이 그들에게 요술 밧줄을 던져주었습니다. 그 밧줄을 타고 그들은 점점 더 높이 하늘을 향해 올라가기 시작했습니다. 밑으로 마녀가 그들을 따라 올라오는 것이 보였습니다. 그것을 보고 신이 손짓을 했습니다. 그러자 밧줄이 끊어졌습니다. 마녀는 불덩이가, 혜성이 될 정도로 빨리 떨어졌습니다. 이렇게 해서 신은 어머니와 아들을 하늘나라로 불렀습니다. 신이 손짓을 한 번 하자 어머니는 커다란 흰 구름이 되었고, 신의 다른 손짓은 아들을 작은 구름이 되게 했습니다. 이렇게 해서 그 둘은 함께 하늘을 두루 여행하기 시작했습니다.

카토바 인들은 하늘 위로 커다란 구름이 작은 구름을 동반하고 떠가는 것을 보면 아이들에게 이 이야기를 해줍니다. 그 속에서 그들이 보는 것은 어머니와 아들의 모습입니다. 또한 밤에 하늘을 가로지르는 불덩이를 보는 날이면 아이들에게 고약한 마녀가 하늘에서 떨어지는 것이라고 이야기해줍니다."

붉은천둥구름은 또 다른 이야기들을 들려주었다. 우리는 꼬리 없는 작은 줄다람쥐가 어떻게 등에 줄무늬를 가지게 되었는지, 미친독수리가 어떻게 해서 전투에서 이겼는지, 그리고 어떻게 해서 젊은 전사가 그의 부족을 게걸스럽게 먹어치운 거대한 거머리를 죽였는지 알 수 있었다.

우리의 새 친구는 정말로 매력과 장난기로 가득한 이야기꾼이다. 우리는 왜 그의 이야기들이 아이들에게 있어 두려움을 용기로 변화시키는 데 도움을 주는지 알 수 있었다.

암틀이 우리에게 말했다.

"내일 우리는 가면을 만듭니다. 아이들은 이야기를 들으면서 가면을 쓸 겁니다. 밤이 내리면 아이들은 촛불을 켜고 거울을 보겠지요. 그리고 가면을 벗으면서 진짜 자기 얼굴을 발견하게 될 것입니다. 이것은 언제나 매우 감동적인 체험입니다. 부모들 또한 그렇게 할 겁니다. 아직 자신의 진짜 얼굴을 기억하고 있는 아이들과 달리 대부분의 부모들은 그것을 완전히 잊고 있기 때문입니다."

체로키 전통에서는 일곱 살까지의 어린이 모두를 '작은 사람들', 혹은
'영적인 사람들'이라고 부른다. 그들은 영들에 직접적으로 연결되어 있다.
일곱 살부터 영적인 세계와의 연락이 자연적으로 끊긴다. 아이들은 학교에 다니면서,
그리고 텔레비전을 보면서 영적 세계와 단절된다. 일곱 살까지는 매우 중요한 시기이다.
그렇기 때문에 우리는 아이들에게 우리의 전통과 가치들을 가르치려는 것이다.

잊을 수 없는 치유의 저녁

커다란 흰 천막 안에 열광의 시간이 다가왔다. 바닥에 앉은 백오십여 명의 참석자들은 점점 더 빨라지는 북의 리듬에 맞추어 몸을 좌우로 흔들었다. 그들 중 몇 사람이 박자에 맞춰 방울을 흔들었다. 그 소리는 이따금 견디기 힘들 정도로 너무 크고 격렬했다. 상승에 상승을 거듭하는 일종의 최면 상태.

우리는 지금 몇 주 전부터 기다리던 금요일 치유의 만남에 들어서 있었다. 처음부터 참석자들 모두는 정신을 집중하고 있었다. 참석자들은 완벽한 침묵 속에서 삼나무 잎과 쑥 연기로 정화 의식을 치른 후 차례로 천막 안에 들어가 자리에 앉기 전에 제단과 네 방위를 향해 고개를 숙였다.

모두 자리에 앉자, 우리가 동물신을 발견할 수 있도록 도와준 리처드 앨런이 우리에게 위대한 영과 아다위들을 기원하는 체로키족의 찬가를 가르쳐주었다. 그런 다음 우리에게 일어나라고 한 그는 우리를 풀밭으로 데리고 나갔다. 그곳에서 우리는 맨발로 우리 몸 안에서 걸림돌이 되고 있는 것을 해방시키기 위해 네 방위의 춤을 추었다.

우리는 북과 방울들의 리듬 속으로 빨려 들어갔다. 나는 나이가 지긋한 부인과 남자들이 대단히 신중하게 방울을 흔드는 것을 보고 특이하다고 생각했다.

다시 북이 연주되기 시작했고, 리듬이 점차적으로 빨라졌다. 오래전부터 인디언들은 북의 리듬을 지구의 맥박과 같은 것으로 여겨왔다. 나는 눈을 감고 아무런 저항감 없이 내가 알지 못하는 먼 곳으로 빠져들어 갔다. 나는 북과 방울 소리가 완전히 멈췄을 때 다시 눈을 떴다.

환하고 커다란 미소를 얼굴 가득 머금은 채 디야니가 들어왔다. 그녀는 강렬한 색상의 인디언 의상을 입고 머리카락을 머리 꼭대기에 말아 올리고 있었다. 그녀는 네 방위를 향해 고개를 숙인 다음 우리에게 말했다.

"나는 여러분 모두의 내면에 있는 빛에게 안부를 전합니다."

인사말을 마친 후 그녀는 제단 뒤 단상에 가 앉은 다음 다섯 줄로 된 리라를 연주했다. 그녀는 리라 연주의 목적이 에너지들의 평형을 이루게 하는 데 있다고 설명했다.

북소리가 다시 오랫동안 울려 퍼졌다. 디야니의 말에 의하면, 북소리는 우리에게 전생의 비밀들을 탐구하게 해주고, 다른 사람들과의 의사소통이 이루어지게 하며, 모든 것들이 우리와 하나라는 것을 깨닫게 해준다.

디야니는 몸의 질병에 대해 이렇게 설명한 적이 있다. 보통 인간의 몸은 이백 년 혹은 그 이상을 살 수 있지만, 생각의 놀음을 통해 우리는 끊임없이 에너지를 낭비한다. 그렇다면 그 에너지를 어떻게 낭비하는가? 우리는 받아들임과 거절 사이에서 끊임없이 망설이면서 에너지를 소비한다. 왜냐하면 간단히 말해 우리는 있는 것을 바라지 않고, 없는 것을 바라기 때문이다. 이것은 우리를 고통스럽게 하고 늙게 만든다.

우리는 병과 혼란스러운 상태에 맞서 창조주를 비난하는 경향이 있지만, 사실 우리에게 일어나는 일들에 대한 책임은 우리 자신에게 있다. 그래서 체로키 인들은 건강이 우리의 자연적 상태임을 거듭 강조한다.

며칠 전 디야니는 우리에게 다음과 같이 말했다.

"치유의 만남에 참석하기에 앞서 아메리카 인디언의 의술이 무엇인지 조금 더 명확하게 알면 좋을 겁니다. 시간 관계상 나는 당신들에게 모든 것을 말해드릴 수가 없습니다. 그러니까 뤼크 부르고를 만나러 가세요. 그는 젊지만 치료에 있어 큰 기술적인 발전을 이루었습니다."

우리가 뤼크를 찾아낸 곳은 평화의 마을에서 이삼 킬로미터 떨어진 곳에 위치한 친구들로부터 그가 세낸 집 안에서였다. 그에게는 캐나다식 프랑스 어 악센트가 있었다. 그 말투가 우리 내면의 섬세한 현을 건드렸다. 그 이유는 아마도 우리가 캐나다 인들의 프랑스 어 발음이 우리 조상들의 것이라고 의식하고 있기 때문일 것이다.

그는 캐나다 중앙 서스캐처원 지방의 작은 도시에서 태어났다. 그의 부모는 프랑스계 캐나다 인이었다. 오랫동안 그는 자기 안에 인디언의 피가 흐르고 있다는 것을 알지 못했다. 그의 부모는 알고 있었지만 자신의 혈통을 아는 것보다는 지배적인 문화에 적응하는 편이 낫다고 생각해 그에게 말하지 않았던 것이다. 그는 매일 아침 미사에 가는 등 독실한 가톨릭 신자처럼 양육되었다.

"견진성사 후에 사람들이 우리가 성령의 은혜를 받게 될 것이라고 말하는 것을 들었습니다. 나는 그 말을 진심으로 믿었습니다. 의식이 끝나고 나서 나는 나무 곁으로 가서 앉았습니다. 그리고 오랫동안 기다렸습니다. 하지만 아무 일도 일어나지 않았습니다. 그 때부터 나의 신앙심은 많이 줄어들었습니다.

나중에 나는 인디언들과 함께 일하기 시작했습니다. 그러던 어느 날 한 샤먼이 나를 산꼭대기로 데리고 갔습니다. 그러고는 나에게 신의 은혜를 받을 것이라고 말했습니다. 그런데 정말로 나는 신의 은혜를 받을 수 있었습니다. 매우 놀라운 체험이었습니다.

나는 거의 백 퍼센트 가까이 백인처럼 키워졌지만, 인디언 조상들이 내게 말을 하기 시작한 것은 내가 대학에 다닐 때였습니다. 그들은 꿈속에서 나에게 말을 걸었습니다. 나는 내 머릿속을 울리는 누군가의 목소리를 들었습니다. 처음에 나는 말을 하고 있는 사람이 바로 나라고 생각했습니다. 나중에 나는 그들이 나의 조상들임을 알았습니다.

그들이 나에게 한 말은 상당히 많아서 다 전해드릴 수가 없습니다. 그들은 나에게 자연에 대해 이야기했습니다. 세계가 병들어 있다고. 자연은 파괴될 것이며, 새로운 세계가 그 폐허 위에 세워질 것이라고 말했습니다.

그 조상들이 인디언들이라는 것을 금방 안 것은 아닙니다. 나는 내 몸속에 인디언의 피가 흐르고 있다는 것을 서서히 깨달아갔습니다. 때때로 나는 나에게 말하는 존재가 바로 내 안을 흐르고 있는 인디언의 피라는 느낌을 받았습니다. 이런 일들은 나로 하여금 대학을 떠나 미국 동부와 캐나다 전역을 돌아다니며 토착민들을 만나러 가게 했습니다.

나는 십오 달러를 가지고 몬트리올을 떠났습니다. 몬트리올로 다시 돌아간 것은 그로부터 이 년 후의 일입니다. 나는 아메리카 인디언들과 술을 많이 마셨고 파티도 많이 했습니다. 돈이 떨어지는 건 으레 있는 일이었고 그럴 때면 그들 집에서 먹을 것과 잠잘 곳을 찾을 수 있었습니다.

무척 힘든 여행이었습니다. 인디언들 대부분이 극심한 가난 속에서 술과 마약에 파묻혀 처참한 모습으로 파괴되어 살아가고 있었기 때문에 더 힘들었습니다. 퀘벡으로 갔을 때의 나 역시 그들과 다를 바 없었습니다. 그들이 가지고 있던 문제들 모두를 나 또한 가지고 있었습니다. 인디언들이 자기 민족의 정신적 가치를 얼마 기억하지 못하고 있다는 사실은 너무도 불행한 일이었습니다. 게다가 그들은 자신을 경멸하고 부정하는 사회 속에서 살아야 했습니다. 인디언들에게 있어 처참하기 그지없는 상황이었습니다.

여행을 마치고 집으로 돌아온 나는 다시 예전의 생활에 적응하는 데 애를 먹었습니다. 나는 교회로 되돌아갔고, 대학에서 음악을 공부했으며, 요가 수업을 받았습니다. 그러면서 조금씩, 아주 조금씩 내가 힘을 되찾고 있다는 것을 느꼈습니다.

여러 번에 걸쳐 나는 디야니의 소문을 들었습니다. 어느 날 그녀가 몬트리올에 온다는 소식을 듣고 나는 서둘러 그녀를 만나러 갔습니다. 내가 아메리카 인디언의 지혜가 가진 정신성에 대해 알게 된 것은 바로 디야니를 통해서였습니다. 첫째 날, 나는 마술쇼에 참석하고 있다는 느낌을 받았습니다. 계단에서 피리를 불고 있던 나는 옆방에서 디야니의 피리 연주 소리가 들려오는 것을 감지했습니다. 그때 그녀의 비서가 나에게 크리스털을 하나 가져다주었습니다. 그것은 그녀가 입고 있던 옷에서 직접 떼어낸 것이었습니다. 그 크리스털은 나에게 막대한 에너지를 주었습니다. 나중에 그녀는 조상 한 명이 나에게 귓속말을 하는 비전을 보았다고 했습니다. 바로 그다음 날, 나는 비전을 통해 푸른독수리라는 이름을 받았습니다. 그 이름을 지금 내가 사용하고 있는 것입니다.

나는 디야니를 스승으로 여겼습니다. 나는 그녀와 함께 칠 년 동안 공부했습니다. 나는 태양곰(선 베어)과도 같은 공부를 했습니다. 현재 그는 우리 시대에서 가장 유명한 치료사입니다. 또한 나는 아파치 족의 여성 전사인 오시나와도 함께 공부했습니다.

현재 나는 샤머니즘의 도움을 점점 더 많이 받고 있다고 느낍니다. 위대한 영과 대화를 나누는 일은 다른 의식의 왕국으로 여행을 떠나는 것입니다. 나는 병을 치료합니다. 그것은 육체적인 활동만이 아니라 영과 모든 환경을 회복시키는 것입니다. 내가 말하는 치료는 더 넓은 의미에서의 치료입니다. 왜냐하면 나의 치료는 실체적 존재들을 통해 이루어지는 것이니까요. 그것은 사람들만 의미하는 것이 아니라 동물과 광물, 식물과 바람, 물, 공기, 땅 등 모든 것들에 해당됩니다.

육체적 설계를 가지고 존재하는 모든 것들은 그 안에서 살아 움직이는 영을 가지고 있습니다. 만약 당신이 그 영들과 연결되는 법을 알고 있다면, 그들은 모든 종류의 것을 당신에게 가르쳐줄 수 있습니다. 내가 사는 북반구의 사냥꾼들은 그들이 '동물들의 주인'이라고 부르는 존재와 대화를 나눕니다. 언제 어디로 사냥을 갈 것인지, 어떤 사냥감을 죽이고 어떤 것을 살게 내버려두어야 하는지 알아내기 위해서입니다. 하지만 이것에 대해 너무 자세히 이야기해서는 안 됩니다. 이런 능력을 악용하는 사람들이 있으니까요.

대화는 단순해야 합니다. 인간들과 반대로 동물들은 텔레파시 능력을 잃지 않았습니다. 그들에게 말하세요. 당신은 그들의 대답을 처음에는 이해할 수 없겠지만, 그들은 당신을 이해할 것입니다. 대화는 이렇게 서서히 이루어질 겁니다.

지구는 너무도 심각하게 훼손되어 있습니다. 정상적으로라면 벌써 우리 모두는 파괴되었을 겁니다. 하지만 창조주는 몇몇 사람들이 살아남을 수 있도록 우리에게 아직 시간을 주었습니다. 공동체 안에서 다시 모여 살 지혜를 가진 사람들과 땅에서 나는 열매만으로 살 수 있는 사람들이 바로 그들입니다. 조상들의 영은 이제 남은 시간이 많지 않다고 말합니다. 태양곰은 서너 인종의 인간들이 사라질 것이라고 단언합니다. 모든 것이 완전히 붕괴될 것이며 남극과 북극이 상하 전도될 것입니다. 가장 위협받는 사람들은 도시에 사는 사람들입니다.

이 재앙들은 지구를 정화시키기 위해 필요합니다. 너무 많은 사람들이 물질적인 이익의 축적에 급급해왔습니다. 정확히 오 퍼센트에 이르는 사람들만이 조금이나마 깨어난 의식을 가지고 있습니다. 그러나 물질에 대한 집착에서 완전히 초월한 사람은 아직 너무도 적습니다.

우리가 진심으로 실천해야 할 것은 물질이 주는 이익들에 집착하지 않는 일입니다. 왜냐하면 그런 것들은 덧없는 것들이기 때문입니다. 우리는 나눌 줄 알아야 합니다. 그리고 언제나 받은 것에 보답할 줄 알아야 합니다. 오늘 아침 돌 하나가 나에게 말을 걸었습니다. 그 돌은 자비심으로 가득했는데, 나와 함께 가고 싶어 했습니다. 나는 대지에게서 그 돌을 선물받은 답례로 담배를 흙에 바쳤습니다.

지구는 지금 인간이라는 질병에 걸려 있습니다. 인간은 지구에게 있어 그를 서서히 죽이는 암과 같습니다. 그렇기 때문에 위대한 영이 아메리카에 사는 민족들에게 임무를 맡긴 것입니다. 그 임무는 바로 가르치는 것입니다. 그 임무 수행을 위한 준비로 아메리카 인디언은 자신들에게 가해졌던 고통들을 참고 견뎌야 했습니다. 예언은 붉은 종족의 가르침이 지구 전체로 확장되고, 정화를 거친 후 우리가 '무지개의 다리'라고 부르는 다리와 협력해 새로운 세계와 고대를 연결시킬 것이라고 말합니다. 이미 그 일들이 시작되었습니다. 인디언 어른들의 모임에 참석하기 위해 오는 많은 백인들을 보십시오. 당신들도 책을 쓰면서 이 일에 협력하고 있습니다.

나는 아메리카 인디언들의 정신을 알리는 일과 음악치료, 메디신 휠, 명상 워크숍 등을 통해 기여합니다. 메디신 휠, 즉 치유의 원은 태양곰이 나에게 가르쳐준 것입니다. 먼저 커다란 원 안에 적당량의 돌을 놓습니다. 이것은 전류가 흐르는 방사선 모양의 에너지들을, 소용돌이를 만들어냅니다. 그러면 원 안은 신성한 장소가 됩니다. 이것은 효력이 매우 강한데, 때로 이천 킬로미터까지 퍼져갑니다. 바로 그 에너지를 우리는 치료와 명상, 그리고 의식들에 사용합니다. 물론 그 에너지는 믿을 수 없을 정도로 강력합니다.

다른 어떤 것보다도 나는 크리스털을 사용합니다. 하지만 지금 그것에 대해 말할 수는 없습니다. 왜냐하면 그것이 매우 강한 효력을 가진 기술이기 때문입니다. 그래서 순수하지 못한 사람들에게는 매우 위험한 결과를 초래할 수 있습니다. 당신 책을 읽는 독자들 중 누군가가 이것을 혼자 시험해볼 수도 있을 겁니다. 그러면 상당히 난처한 일들이 일어날 수 있습니다.

어느 날 나는 길을 가다가 마을 어귀에서 작은 크리스털 하나를 발견하고 그것에 매료되었습니다. 당시 나는 다섯 살이었습니다. 그날부터 모든 종류의 크리스털들과 나누는 나의 진정한 사랑 이야기가 시작되었습니다. 하지만 그것에 대해 나는 더 이상 말할 수 없습니다. 그 대신 내가 쓴 〈인디언 전통 크리스털 치료법〉의 한 구절을 인용해드리겠습니다.

크리스털을 다루는 능력이 모든 사람들에게 주어진 것은 아니다. 정화와 여과의 정신적 과정은 매우 중요한 것으로, 그것이 뒷받침 되지 않은 상태에서 크리스털을 사용하는 것은 도움을 주기보다는 해를 끼칠 수 있다. 대규모로 이루어지는 크리스털의 잘못된 사용 은 이미 위태로워진 행성의 균형을 깨뜨릴 수 있다.

뤼크는 지금 커다란 천막 안, 진행 요원 자리 첫 줄에 앉아 눈을 감은 채 앞뒤로 몸을 흔들며 북을 친다. 북과 방울들이 만들어내는 리듬, 강한 진동, 서로 등을 대고 좁혀 앉은 사람들, 같은 느낌의 나눔, 이 모든 것들은 우리 사이에 모두가 하나라는 범상치 않은 감정을 느끼게 해주었다. 마치 우리가 같은 신체의 구성원들이 된 것만 같았다. 그리고 그 느낌은 몇 시간이고, 아니 밤을 새워 계속 될 수도 있을 듯싶었다.

갑자기 디야니가 일어났다. 북소리가 일제히 멈췄고 사람들이 눈을 떴다. 때로 그녀는 진지하게, 때로는 미소 지으며, 그리고 또 때로는 처음 그녀를 만났을 때 우리 마음을 사로잡아버렸던 어린 아이 같은 웃음을 터트리며 한 시간가량 이야기를 했다. 내가 여기 에 적을 수 있는 것은 그녀가 우리에게 말한 것 중 강한 인상을 남 긴 몇몇 말들이다.

"여러분은 무엇보다도 먼저 자신들이 저지른 잘못을 깨닫고, 스 스로를 병들게 하는 경향들을 뿌리 뽑아야 합니다. 그런 경향들은 자기 자신과 내면의 부조화에서 비롯되기 때문입니다. 우리 모두 는 자연스러운 모든 것들과 조화를 이루어야 합니다. 바로 그러한 조화에서 건강한 신체가 유지되기 때문입니다. 나는 여러분이 여러분의 몸과 마음을 정화해야 할 필요가 있음을 깨닫게 되길 바랍니다.

대부분의 사람들은 '나는 이걸 원해. 그리고 저것도……'라고 끊임없이 반복해 말합니다. 그들은 자신이 원하는 것을 얻지 못했다고, 모든 것들이 잘못될 것이며 자신들의 삶은 살 만한 가치가 없는 것이라고 생각합니다. 우리가 해야 할 일은 이와 반대되는 일입니다. 여러분에게 주어진 모든 것들에 감사하는 것으로 시작하십시오. 이것이 바로 첫 번째 약입니다. 여러분은 이러한 행동을 통해 모이는 에너지가 어떤 것인지 상상도 하지 못할 것입니다.

또한 여러분은 고통을 바라보는 새로운 법을 배울 수 있습니다. 때에 따라 여러분은 그 고통에 감사해야 하기도 합니다. 왜냐하면 그 고통들은 종종 여러분을 정화하기 위한 하나의 수단이 되기 때문입니다.

다른 모든 것보다 먼저 여러분이 배워야 할 것은 자신의 에너지를 가꾸는 일입니다. 여러분 안에 빛이 있다는 것을 깨닫는 것입니다. 우리는 이 빛이 우리 안에서 성장할 수 있도록 해주어야 하며, 그 에너지를 사용해 자기 자신과 조화를 이루고, 우리 자신은 물론 인간들 모두에게 도움이 될 수 있도록 안정을 되찾아야 합니다.

우리의 육체는 이번 생을 위해 잠시 빌린 것입니다. 우리는 삶의 마지막 순간까지 이 몸을 건강한 상태로 유지해야 합니다. 그러기 위해서는 우리 모두가 유일한 존재이며, 우리와 비슷한 몸을 가진 존재란 없다는 것을 알아야 합니다. 이런 까닭에 우리 체로키 족 사람들은 서로 다른 두 사람에게 같은 처방을 내리지 않습니다. 치료사들 모두는 개개인에게 부합되는, 한 사람 한 사람에게 맞는 에너지를 줄 수 있는 약재를 찾아야 합니다. 흔히 우리는 병든 사람들에게 시골로 가서 가능한 한 의식을 가지고 자연 속을 걸으라고 말합니다. 그래서 자신들을 끌어당기는 어떤 것을, 어떤 식물들을 찾아 느끼라고 당부합니다."

짙은 침묵이 감돌았다. 마치 방금 디야니가 한 말들이 우리에게 흡수되도록 기다림의 시간이 주어진 것처럼.

"우리는 우리가 동떨어진 별개의 개체들이 아니며, 우주의 한 부분이라는 사실을 끊임없이 자각해야 합니다. 여러분 안에서 일어나는 에너지는 모든 존재들에게 있어 공통된 것입니다. 땅에서 올라오는 에너지와 하늘에서 내려오는 에너지는 여러분의 심장에서 다시 만납니다. 매 순간 우리는 그 만남을 의식해야 합니다. 대지의 에너지는 우리 몸에 진정한 양분을 제공합니다."

그녀는 말을 멈추고, 우리가 이전에는 한 번도 보지 못한 일종의 현악기를 연주하며 에너지에 대한 명상 속으로 들어갔다. 음악은 매우 명상적이고 경쾌했는데 선음악과 비슷한 부분이 있었다.

명상이 끝나자 북소리가 다시 울렸으며, 시시각각으로 그 리듬이 빨라졌다. 우리는 천막 아래서 에너지가 상승하는 것을 느꼈다. 그와 동시에 내 안에서 일종의 흥분된 감정과 가벼운 근심이 함께 솟아올랐다. 나는 마치 육체를 빠져나가고 있는 것 같았다.

엄숙한 순간이 찾아왔고, 자리에서 일어난 디야니는 천막 중심까지 걸어와 앉아 있던 라셀을 연단 위로 불렀다.

왜 라셀을 부른 것일까? 인터뷰를 하던 중 라셀은 오래전부터 몸이 아팠다는 이야기를 했었다. 라셀은 각종 관절염과 류머티즘, 척추와 경추에서 비롯된 신경통으로 고통 받고 있었다.

그런 라셀에게 디야니는 다음과 같이 말했었다.

"치유의 모임이 진행되는 동안 내가 당신을 돌봐주겠습니다. 당신이 중앙에 있게 될 것입니다. 사람들 모두의 눈앞에서 치유되는 사람은 바로 당신이 될 것입니다. 그러나 당신을 통해 모든 참석자들은 보살핌을 받을 것입니다. 그날 저녁의 좋은 에너지가 전 세계로 퍼져나갈 것입니다. 우리는 당신 조상들의 고통 또한 치료할 것입니다.

당신을 처음 만나던 날, 나는 당신 조상들의 근심과, 당신이 가진 자식들에 대한 걱정, 그리고 당신에 대한 자식들의 걱정을 보았습니다. 이 모든 근심들을 당신은 축적해온 것입니다. 그로 인해 당신 허리가 변형되었습니다. 이 병은 사 년 혹은 칠 년 전에 생긴 것입니다. 당신은 자신을 지키기 위해 잘못된 자세를 취했습니다. 당신 마음속에 있는 모든 근심들이 여기에 자리를 잡았습니다. 허리 근육들이 비틀려 있습니다. 이것은 척추의 부조화를 낳았고 통증의 원인이 되었습니다. 당신은 행복할 권리가 있습니다. 우주의 에너지가 당신을 도울 것입니다."

그렇게 해서 라셀은 연단 위로 가 앉을 준비를 했다. 라셀 뒤에 서서 디야니는 그녀의 등에 매우 길고 좁은 크리스털 두 개를 대고 누르기 시작했다. 인상적인 침묵이 감돌았다.

라셀이 자신이 체험한 것에 대해 말하는 것을 지금 들어보도록 하자.

"나는 군중들의 모든 관심이 내게 쏠리는 것을 느끼며 겁이 났고 혼란스러웠습니다. 또한 천막 안에 나보다 몸이 더 아픈 사람들이 있을지도 모른다고 생각하며 죄책감을 느꼈습니다.

디야니가 크리스털들을 가지고 나를 치료하기 시작하자, 나는 리처드 덕분에 발견한 내 동물신인 독수리 왕이 곁에 있다고 느꼈습니다. 어떻게 해서 내가 나의 동물신을 발견하게 되었는지 말할 수는 없지만, 나는 그것이 아주 나이 든, 거대한 발톱과 강인한 다리를 가진 독수리라는 것을 확신을 갖고 말할 수 있습니다. 독수리가 나의 오른쪽 옆으로 다가와 말했습니다. '내 힘이 네 안에 있다. 그것을 자각하라.' 나는 그의 힘이 내 안에서 솟아오르는 것을 느꼈습니다. 그러자 등이 너무도 자연스럽게 교정되었습니다. 지금까지 나는 내 등이 비틀려 있었다는 것을 모르고 살아왔습니다.

이 이야기를 하면서 지금 나는 완전히 의식이 깨어 있습니다. 많은 사람들은, 특히 대단히 이성적인 사람들은 이해하기 어렵겠지만 말입니다. 그러나 나의 이성은 인디언 친구들의 집에서 머물며, 그리고 디야니의 이야기에 귀 기울이며 맹렬한 공격을 당했습니다. 또한 천둥구름의 집에서 느꼈던 고요한 상태는 그의 세상이 데카르트의 눈가리개를 하고 보았을 때 우리가 이미 익숙하게 보아 왔던 세상이 아니라는 것을 깨닫게 해주었습니다. 나는 어떠한 논쟁 안으로도 들어가고 싶지 않으며 단지 내가 오늘 저녁 커다란 흰 천막 안에서 체험했던 것을 이야기하는 데 만족합니다. 그때 나는 내 마음을 가득 채우는 사랑으로 눈이 떠졌음을 느꼈습니다.

그렇게 나는 나의 독수리 왕 곁에서 척추가 교정되고 모든 척추 뼈들이 자기 자리를 되찾고 있는 것을 느꼈습니다. 늑골이 원래의 자리를 차지하기 위해 열렸습니다. 그러자 내 몸속으로 보다 더 많은 공기와 자유, 생명이 들어갔습니다. 그렇습니다. 그동안 내 안으로 들어온 공기가 끊임없이 헌신했지만, 나는 단 한 번도 그 풍요로움을 느끼지 못했었습니다.

그러던 어느 순간, 나는 갑자기 어떤 손 하나가 내 왼쪽 발목을 잡아당기는 것을 느꼈습니다. 다른 쪽보다 확실히 더 짧았던 그 다리를 늘이기 위해서였습니다. 호기심과 놀라움, 그리고 감탄 속에서 나는 아픈 곳을 치료하며 뒤틀려 있던 것을 교정하는 생명의 힘을 느꼈습니다. 내 발목은 살아 있는 에너지에 의해 부어올랐고, 발과 두 다리, 그리고 종종 마비된다고 느끼던 몸의 왼쪽 부분도 부풀어 올랐습니다. 내 몸의 왼쪽 부분은 순종적이고 유순한 어머니를 상징했었습니다. 그 이미지가 내게 피부처럼 들러붙어 있던 것이었습니다.

나의 왼손도 심하게 부어올랐습니다. 손가락들이 부어 서로 멀리 떨어졌습니다. 나는 몸 양쪽에서 생겨나는 일종의 불균형을 느꼈습니다. 내 몸의 오른쪽 부분이 왼쪽에 비해 발육이 덜 된 것 같았습니다. 이런 신체 변형을 목격하는 것은 그다지 기쁜 일이 아니었습니다.

그런데 서서히 모든 것이 안정을 되찾아갔습니다. 내 몸의 양쪽 두 부분은 서로 조화를 이루는 듯했고, 평화와 결합 속에서 호흡했습니다. 나는 디야니와 조화를 이루고 있었습니다. 노래를 하며 우리를 둘러싸고 있는 다른 사람들처럼. 미풍에 잠겨 내 몸은 그들과 함께 노래했습니다. 마치 내 몸이 자신에게 부여된 새로운 삶을 느끼고 있는 듯했습니다. 내 마음은 디야니에 대한 고마움으로 가득 찼고, 그 훌륭한 여사제는 나를 치료하고 있었습니다. 치료가 끝나자 그녀가 나에게 일어나라고 말했습니다. 자리에서 일어난 나는 이전과 같은 여성이 아니었습니다.

다음 날 디야니를 다시 만난 나는 그녀에게 다음과 같이 질문하지 않을 수 없었습니다. '내가 정말로 나은 건가요?' 그러자 디야니가 대답했습니다. '그래요, 아직 아픔을 느끼는 순간들이 있을 겁니다. 몸의 기억은 서서히 사라지는 것이니까요. 그러나 당신은 조금씩 회복될 것입니다.' 그 후로 여러 달이 지나갔고, 지금 나는 그녀가 옳았다는 것을 압니다. 물론 아직 나의 오래된 문젯거리들이 다시 발생하는 일이 있지만 통증은 완화되었고, 날이 갈수록 드물게 발생합니다. 나는 알고 있습니다. 그 치유의 저녁이 내게 결정적인 순간이었다는 것을.

디야니는 내가 자리로 돌아오기 전에 나에게 말했습니다. '오늘 밤 당신은 꿈을 하나 꿀 것입니다. 그 꿈을 기억하십시오.' 그리고 그날 밤, 정말로 나는 꿈을 꾸었습니다. 나는 추기경을 비롯한 교회 사람들이 작가들에게 상을 주는 모임에 참석하고 있었습니다. 추기경은 나에게도 상을 주었습니다. 나중에 나는 추기경 옆에 앉아 있는 나를 보았습니다. 내 맨발 위에 놓인 큰 구리 쟁반 하나가 좌우로 흔들리고 있었습니다. 나는 웃으며 속으로 이렇게 말했습

니다. '만약 누군가가 나에게, 내가 이렇게 추기경 옆에서 놀게 될 것이라고 말했었다면!'

잠에서 깨어난 나는 그 꿈을 이해해보려고 노력했습니다. 나는 내가 새로운 생명을 얻었다는 것을 알고 있었습니다. 그래서 나의 오래된 원한들을 가지고 갈 수가 없었습니다. 특히 모로코에서 유태인으로 보냈던 어린 시절에 내가 가톨릭교회에 대해 쌓아오던 반감을. 그 꿈은 아마도 화해의 신호였을 것입니다.

잠시 후 같은 날 밤, 나의 독수리가 두 날개를 크게 펼치고 내 꿈에 나타났습니다. 그가 내 발 위에 와서 앉았습니다. 나는 그의 강인한 발톱을 느꼈습니다. 나는 생각했습니다. '그는 내 발을 지적하고 있어. 왜냐하면 발은 뿌리이고, 나는 언제나 발이 시원치 않았으니까. 그 뿌리들은 힘을 가지고 있어. 내 마음과 두 팔을 열게 해줄 힘을!'

다음 날 인디언 여자 한 명이 나를 찾아왔습니다. 그때 나는 비버들이 살고 있는 호숫가에 앉아 있었습니다. 그녀는 나에게 치유의 만남 동안 내가 체험한 것에 대해 물었습니다. 내가 체험을 이야기해주고 난 다음, 나는 그녀가 누구이며 그날 저녁 무엇을 체험했는지 물었습니다. 그녀가 나에게 말했습니다. '처음에, 나는 어떻게 해야 할지 알 수가 없었습니다. 그래서 눈을 뜬 채로 명상 상태에 들어가자고 결정을 내렸습니다. 그런데 불현듯 당신에게 할애되었던 그 치유의 시간이 당신 혼자만을 위한 게 아니라 그곳에 있었던 모두를, 아니 지구 전체를 위한 것이었다는 확신이 들었습니다. 나는 일 년에 한 번 이상은 꿈을 꾸지 않는데, 간밤에 꿈을 꾸었습니다. 그것은 꿈이라기보다는 몽상에 가까웠고, 비전과 같은 것이었습니다. 낯선 누군가가 내게 와서 오래전부터 나를 괴롭히던 문제에 대한 정확한 답을 주었습니다.'

나는 그녀를 축복해주었습니다. 나는 그때까지도 치유를 위해 내가 선택되었다는 것에 죄책감을 느끼고 있었습니다. 그런데 그녀가 나에게, 그날 밤 천막 안에서 디야니를 통해 이루어졌던 치유는 나만을 위한 것이 아니라 자신은 물론 참가자 모두, 그리고 지구 전체를 위한 것이었음을 확인시켜주었습니다."

신성한 정자 아래서 열린 첫 모임 때부터 우리는 실제 나이보다 젊어 보이는 한 인디언 노인에게 매료되었다. 다른 많은 주름진 얼굴들 가운데 매끈한 얼굴을 하고 있던 그는 정말로 젊어 보였다. 구릿빛 얼굴의 다른 인디언들 한가운데 유독 흰 피부를 가진 그는 백인과 다름없었다. 그러나 비록 그가 다른 인디언들과 달랐다 하더라도 그는 마음을 열고 다른 사람들과 마찬가지로 열정적으로 북을 치고 있었다.

우리가 디야니에게 그가 누구인지 묻자, 그녀는 우리에게 겉으로 보이는 것과 정반대의 대답을 해주었다. 그의 혈관 속에는 체로키 부족의 피가 알맞은 비율로 섞여 흐르고 있다는 것이었다. 그는 여러 개의 학위를 취득한 병원 운영자였다. 디야니는 우리에게 그와 대화를 나눠보라고 했다. 대화는 바로 다음 날 이루어졌다.

그가 웃음을 터트리며 우리에게 말했다.

"나의 아버지는 아일랜드 인입니다. 그는 정말로 매우 흰 피부를 가지고 있었습니다. 나의 J. T. 개릿이라는 호적상의 이름은 아버지의 이름을 그대로 따른 것입니다. 나의 어머니는 체로키 인이지만, 어머니의 혈관 속에 흐르는 피의 팔 분의 일은 프랑스 인의 것입니다. 출생증명서에 적힌 어머니의 이름은 로저스였지만, 어머니는 걸어다니는지팡이(워킹 스틱)라는 단 하나의 이름을 중요하게 여겼습니다. 나 또한 걸어다니는지팡이라는 이름을 가지고 있습니다. 우리는 모계 혈통을 따르니까요.

나는 노스캐롤라이나에 살고 있던 체로키 부족의 영토에서 태어났습니다. 그들은 스모키 산에 삼만 오천 헥타르의 영토를 소유하고 있으며, 인구는 약 이천 명 정도가 됩니다. 우리는 주권을 가진 국민이며 그것에 자긍심을 가지고 있습니다. 이것은 우리가 미합중국과 정부 대 정부의 관계를 맺고 있음을 의미합니다. 우리는 우리 고유의 학교와 병원, 경찰서와 법원을 가지고 있습니다. 우리 부족은 씨족과 가족을 중심으로 이루어져 있습니다. 또한 우리는 '치료의 길'이라고 부르는 전통적인 삶을 살고 있습니다. 그것이 우리가 살아가는 방식입니다.

어릴 때부터 나는 우리 부족의 치료사들에게 매료되었습니다. 열일곱 살 때, 나는 우리 지파의 치료사를 만나러 갔습니다. 어렸던 나는 그에게 다음과 같이 경망스럽게 말했습니다. '당신과 함께 일하러 왔습니다.' 그는 나에게서 등을 돌렸습니다. 열 시간이나 나는 그의 대답을 기다렸습니다. 그러나 그가 아무런 답을 주지 않자 이렇게 소리쳤습니다. '나는 매우 바쁜 사람입니다. 그래서 더 이상 기다릴 수 없습니다.' 그래도 그는 묵묵부답이었습니다. 나는 그곳에 더 있을 수 없어 자리에서 일어났습니다. 떠나는 나를 보며 그가 중얼거리듯 말했습니다. '그대가 가장 먼저 배워야 할 것은 바로 기다리는 일이다.'

여러 해에 걸쳐 나는 가끔씩 그를 만나러 갔습니다. 그러나 나는 그와 함께 무언가를 할 시간을 낼 수 없을 정도로 공부를 하느라 바빴습니다.

그가 자신의 딸을 시켜 나를 불러오게 한 것은 내 나이 스물여덟 살 때의 일입니다. 그가 나에게 말했습니다. '이제 그대는 의술을 배울 수 있다.' 이 말은 혼혈아와 일하는 것을 그가 승낙했음을 의미했습니다. 그런 일은 우리 부족에서는 전적으로 예외적인 일이었습니다.

그가 그런 결정을 내린 것은 틀림없이 훌륭한 치료사였던 나의 할아버지 때문일 겁니다. 처음에 그 노인은 매우 신중했습니다. 나에게 이렇게 말했으니까요. '그대가 할 수 있을까?' 나는 가능한 한 자주 그를 보러 갔습니다. 그는 나를 관찰하고 시험했습니다. 그가 다른 세계 속으로 가는 지점에 있을 때, 이미 내 나이는 오십을 바라보고 있었습니다. 당시 나는 큰 병원을 경영하고 있었습니다. 그러던 어느 날 그는 자신의 아들과 나를 머리맡으로 불렀습니다. 그리고 나에게 말했습니다. '때가 되었으니 이제 그대에게 의술을 전해주겠다.' 그의 아들은 순수한 혈통의 체로키 인이었습니다. 그래서 나는 매우 놀랐습니다."

라셀이 놀라서 말했다.

"당신은 놀라운 인내심을 가졌군요. 그를 처음 만났을 때 당신은 열일곱 살이었습니다."

개릿이 말했다.

"그가 말하지 않았던가요? '그대가 가장 먼저 배워야 할 것은 인내심을 가지고 기다리는 일이다.' 많은 시간을 기다린 것은 사실이지만, 그 시간을 헛되이 잃은 것은 아니었습니다. 나는 공부를 했고, 경력을 쌓았으며, 노스캐롤라이나 의회의 인디언 부서 책임자가 되었습니다. 또한 기업에 오랫동안 몸담아 일했으며 체로키 병원의 책임자가 되었습니다.

체로키 병원은 우리 영토 위에 세워진 것입니다. 모든 시설을 다 갖춘 현대적 병원입니다. 나는 통상적인 현대 의료시설을 갖춘 병원 옆에 아메리카 인디언 치료 센터를 만들었습니다. 전통적인 방법으로 치료를 받기 원하는 사람들은 누구나 그곳에 갈 수 있습니다. 단, 그러기 위해선 한 가지 조건이 있습니다. 전통적인 치료는 현대식 진료와 겹칠 수 없습니다. 나는 우리가 '인디언 치료실'이라고 부르는 방을 만들었습니다. 그 안에는 당신들이 디야니의 집에서 본 것과 비슷한 제단에 신성한 방울과 약초들, 그리고 크리스털들이 놓여 있습니다. 이 모든 것들은 우리의 전통적 유산을 상기시킵니다.

체로키 부족의 의술에 있어 중심되는 사상은 인간들 모두가 유일한 존재라는 것입니다. 그런 이유로 치료법 또한 개개인에 맞추어진 유일한 것입니다. 치료는 개개인의 체질에 따라 달라집니다. 사람들 모두에게는 영이 있습니다. 그들에게 우리는 도움을 청할 수 있습니다. 예를 들어, 그에게 잘 맞는 약초는 무엇인가에 대해.

이것은 총체적 의술입니다. 우리는 육체와 마음, 그리고 정신을 분리하지 않습니다. 인간의 모든 것을 돌보는 것이지요. 그래서 의학이 철학이 되어야 한다는 것입니다. 우리는 모두에게 역점을 두어 말합니다. 건강에 대한 책임은 자기 자신에게 있다고. 건강을 유지하기 위해서는 자기 자신과 무엇이 자신을 위해 좋은지 알아야 합니다. 이러한 의술은 매우 조화로운 것입니다. 게다가 상당한 효과도 있습니다."

내가 물었다.

"디야니는 네 방위의 중요성에 대해 몇 번이나 말했습니다."

개릿이 말했다.

"사실 그것은 매우 중요합니다. 당신은 우리가 언제나 시계 방향으로 돌며 네 방위에 안녕을 묻고 모임을 시작하는 것을 눈여겨보았을 것입니다. 이것은 우리가 메디신 휠이라고 부르는 것의 구성요소가 됩니다.

우리는 동쪽부터 시작합니다. 동쪽 방향은 태양의 길과 영적인 길을 상징합니다. 동시에 살아 있는 모든 존재들에 대한 존경의 표현이기도 합니다. 그것은 동물들, 새와 꽃, 광물들은 물론이고 우리의 형제인 남성과 여성 모두에 대한 것입니다. 동쪽 방향의 색은 보통 노란색이지만 종종 붉은색으로 표현되기도 합니다.

다음 우리는 남쪽을 향해 돌아섭니다. 남쪽은 젊음과 순결의 길을 상징합니다. 이 방향은 생명력에 에너지를 부여합니다. 또한 남쪽은 평화의 길이기도 합니다. 그것은 다른 사람들을 알아가고 그들을 존중하며 약초에 관한 지식과 사용법을 배우게 합니다. 남쪽을 상징하는 색은 새 생명을 의미하는 녹색, 순수함의 상징인 흰색, 그리고 어린이들의 순결을 의미하는 흰색입니다.

서쪽은 육체적 의술과 손이 하는 치료, 안정과 명상, 자기 자신에 대한 자각과 신체 보존의 방위입니다. 이 방위를 향해 돌아서면서 어른들은 아이들에게 자기 자신에 만족하고, 스스로를 다스리며, 다른 사람들과 좋은 관계 맺는 법을 가르칩니다. 서향을 상징하는 색은 검정입니다. 검은색은 생명에 대한 경의를 상징합니다.

북쪽은 고요와 평화로움, 그리고 나눔의 방위입니다. 북향은 의식을 감수성의 가장 높은 단계에까지 오르게 합니다. 또한 북쪽 방위는 자신에게 주어진 책임감을 자각하도록 도와줍니다. 북향에 대해 생각할 때 가장 자주 떠올리게 되는 이미지는 산속 오솔길에서 서로 손을 마주 잡은 두 사람의 모습입니다. 북쪽의 색은 흰색입니다. 흰색은 고요와 영의 순수함을 상징합니다.

생명의 원은 균형과 조화를 의미하는 네 방위를 에워쌉니다. 우리는 모두 서로에게 연결되어 있으며, 부활과 새로움의 길 위로 함께 나아갑니다. 균형과 조화는 우리 세계가 현재 가장 필요로 하는 것입니다.

인디언 어른들은 방울과 북, 깃털과 담배, 그리고 약초들을 매우 중요하게 여깁니다. 그들에게 있어 이 모든 것들은 신성한 것입니다. 우리가 '얼굴 흰 사람들'이라고 부르는 서구인들은 아메리카 인디언 문화에 대해 배울 것이 많습니다. 인디언 어른들의 말에 따르면, 어머니 대지와 우리가 조화와 균형을 이루는 것은 생존을 위해 필수적인 자본과 같습니다. 그들은 살아 있는 모든 것을 존중하라고 가르칩니다.

샤먼은 치료 능력을 가지고는 있지만, 너무 자주 주술을 겁니다. 영적인 사람은 그렇게 하지 않습니다. 해롭지 않은 샤먼들도 있지만, 나는 샤먼과 관계된 일들에는 관심이 없습니다. 체로키 인들은 그것을 마술이라고 부르며, 영적인 힘을 잃고 싶지 않다면 그 세계 속으로 빠지지 말아야 한다고 말합니다.

우리가 '정신'이라는 단어를 이야기할 때 종교를 기준으로 말하는 것이 아닙니다. 치료의 길에서 동쪽 방위에는 육체가 있듯이 우리에게는 정신이 있다는 것을 자각하도록 돕습니다. 현재 나는 물질적 육체 안에 있지만 지구상에 나보다 먼저 왔던 모든 존재들의 영과도 연결되어 있습니다. 그들이 전하는 모든 메시지들을 우리는 몸속의 DNA에 간직하고 있습니다.

전통적으로 체로키 인은 과학에 대해 어떤 문제도 가지고 있지 않습니다. 우리는 DNA의 소용돌이를 이해할 준비가 되어 있습니다. 공부를 하면서 내가 무엇을 배우고 감탄했는지 할아버지에게 말씀드리자 할아버지는 이렇게 답했습니다. '네가 말하는 모든 것들은 우리가 이미 알고 있던 것들이구나! 그런데 그걸 우리는 백인들의 학교에서 배우지 않았지.' 정말로 인디언 조상들은 늘 생명의 소용돌이와 우리보다 먼저 이곳에서 살았던 존재들이 우리에게 전해주는 메시지에 대해 말해왔습니다.

우리는 환생에 대해 말하지는 않지만 영의 전달에 대해서는 이야기를 합니다. 예를 하나 들겠습니다. 체로키 전통에서 우리는 영세부터 칠 세까지의 어린이 모두를 '작은 사람들', 혹은 '영적인 사람들'이라고 부릅니다. 그들은 자신들보다 먼저 온 영들에 직접적으로 연결되어 있으니까요. 일곱 살부터 영적인 세계와의 연락이 자연적으로 끊긴다고 우리는 생각합니다. 아이들은 학교에 다니면서, 그리고 텔레비전을 보면서 영적 세계와 단절됩니다. 영 세부터 칠 세까지는 매우 중요한 시기입니다. 그렇기 때문에 우리는 가능한 한 아이들에게 우리의 전통과 가치를, 그리고 우리가 '연인들'이라고 부르는 노인들을 존경하는 법을 가르치려고 시도하는 것입니다.

아이들은 우리에게 선물과 같습니다. 아이들은 우리에게 삶의 교훈을 줍니다. 그 가르침들은 대개 매우 소중한 것들입니다. 우리가 아이들을 이해할 수만 있다면 그들은 우리의 훌륭한 교사가 될 수 있습니다. 삶을 경험하기 위해 우리를 부모로 선택한 것은 바로 우리의 아이들입니다.

디야니가 말하는 티베트 인들과의 관계에 대해서 나는 신중한 편입니다. 티베트 인들과 우리 사이에는 너무 많은 차이점이 있습니다. 게다가 우리는 역사학자들이 주장하듯이 우리가 베링 해협(북아메리카 대륙의 알래스카와 유라시아 대륙의 시베리아 동쪽 끝 사이에 있는 해협)을 지나 이 대륙에 도착했다고는 믿지 않습니다. 그보다는 멕시코를 지나 이곳에 도착했다고 생각하지요. 거슬러 올라갈 수 있을 만큼 멀리 우리 부족의 역사를 살펴보아도 그 안에 승려들은 존재하지 않았습니다. 아즈텍과 마야의 승려들이 있었지만, 그들은 승려라기보다는 교육자들이었습니다. 어쨌거나 그들은 티베트의 라마승처럼 예외적인 존재들로 분류되지 않습니다.

치료사는 사람들의 존경을 받았으며 때때로 두려움의 대상이 되기도 했지만 그 이상은 아닙니다. 그들의 존재에 신앙심을 갖는 것은 '의술'에 대해 아무것도 이해하지 못하는 것입니다.

누군가가 나를 높이 평가하려고 하면 나는 그에게 말합니다. '이러지 마십시오. 나는 당신이 나를 존중해주길 바라지만, 그것은 당신이 당신 자신을 존중하는 마음과 같은 것이어야 합니다.' 내 역할은 주는 것이지만, 주면서 나는 또 많은 것을 받습니다.

우리 조상 중 네 세대가 조지아 주에서 백인 병사들에게 학살당했습니다. 금을 찾는 사람들에게 있어 인디언들은 매우 작은 천연 귀금속 덩어리보다도 못한 존재로 여겨졌습니다. 법은 없었습니다. 정글의 법칙이 있을 뿐이었습니다.

해안가에 백인들이 도착했을 때 인디언들은 순진한 아이와 같았습니다. 살인과 악습은 인디언의 것이 아니었습니다. 그들의 삶은 완벽에 가까웠습니다. 많은 인디언들은 죽음을 최상의 삶으로 되돌아가기 위한 하나의 떠남으로 생각했습니다. 처음에 그들은 스스로를 방어하는 것이 무엇인지도 몰랐습니다. 그들에게 서로 싸우는 것을 가르쳐준 이는 바로 백인들이었습니다. 내 조상들 대부분은 처음에 무슨 일이 일어났는지 아무것도 이해하지 못했습니다. 그들은 백인들을 기쁘게 하기 위해 가톨릭으로 개종까지 했습니다.

당신들은 텔레비전에서 인디언들이 적의 머리 가죽을 벗기는 장면을 봤겠지만 인디언들은 단 한 번도 그렇게 한 적이 없습니다. 그 풍습을 가지고 온 것은 프랑스 인들이었습니다. 그들은 인디언 머리 가죽 하나당 일 달러를 지불했습니다.

　인디언 부족들은 언제나 전쟁을 치르고 있었다고 백인 학자들은 말합니다. 진실은 이렇습니다. 많은 인디언 부족들은 그들이 '작은 전쟁'이라고 부르는 전투에 대해 알고 있습니다. 그들에게 있어 그 것은 하나의 놀이였습니다. 싸움에 이긴 자가 분쟁의 대상이 되었던 것을 가져가는 일종의 경기였습니다. 그들은 살생을 하지 않기 위해 경기와 같은 전투법을 선택한 것입니다. 그들에게는 젊은이들이 매우 필요한 존재였습니다. 그들이 진짜 전투를 하는 단 하나의 경우는 전사들이 다른 부족의 신성한 장소를 침범했을 때만 일어났습니다. 그 전투에서는 사람들이 죽기도 했습니다. 하지만 부족들이 서로 대항해 싸우도록 버릇을 들인 것은 프랑스 인과 영국 인들이었습니다."

우리는 이 모든 채소를 손으로 직접 가꾼다. 흙을 뒤집을 때에도 우리는 기계를
사용하지 않는다. 시간을 들여 정원을 가꿀 줄 알아야 한다. 이것은 인디언 조상들이
우리에게 가르쳐준 훌륭한 교훈들 중 하나이다. 어느 것도 서둘러서는 안 된다.
살아 있는 모든 것은 그것이 아무리 보잘것없는 새싹일지라도 영혼을 가지고 있으니까.
그것을 깨닫고 존재 깊숙이 체험하는 것은 나에게는 놀라운 하나의 계시였다.

인디언의 텃밭에서

평화의 마을에서 처음으로 우리의 주의를 끈 것은 지름 십여 미터의 두 개의 커다란 원으로 된 마을 입구였다. 원 내부에는 소용돌이 같은 것이 있는데, 그 소용돌이 안에는 채소와 꽃들이 무질서하게 심겨 있었다. 그러나 곧바로 우리는 우연에 의한 것은 하나도 없다는 것을 알았다.

설명을 부탁한 우리에게 리카가 이렇게 대답했다.

"텃밭은 인디언 방식으로 꾸며진 것입니다. 이곳의 텃밭들은 모두 저마다 이야기를 가지고 있습니다. 이것은 조상 대대로 내려온 지혜의 열매입니다. 캐런이 나보다 훨씬 더 나은 설명을 해줄 수 있을 겁니다. 그녀가 텃밭을 돌보니까요."

그 즉시 캐런을 찾아 자리를 뜬 우리는 디야니가 살고 있는 집으로부터 그리 멀지 않은 곳에서 마침내 그녀를 발견했다. 캐런은 티피 세 개가 세워진 초원 중앙의 또 다른 텃밭 안에 있었다.

캐런은 금발에 키가 크고 마른 아름다운 처녀였다. 우리는 타인에 대한 불신의 흔적이 조금도 없어 보이는 그녀의 눈빛이 좋아졌다. 그녀는 자연스럽고 솔직했으며 어떤 것에도 망설이지 않았다. 그런 그녀는 장화에 작업 바지 차림을 하고 있었지만 여전히 우아해 보였다.

첫 번째 질문이 자연스럽게 튀어나왔다. 라셀이 먼저 물었다.

"당신이 누구인지 알고 싶습니다. 여기서 인디언 방식으로 텃밭을 만들어 가꾸고 있지만 결국 당신은 미국에 사는 백인입니다. 어떻게 해서 이곳에 오게 된 것입니까?"

"내 이름은 캐런 매넬입니다. 나는 아일랜드 인으로 가톨릭 신자인 어머니와 러시아 인이며 유태교 신자인 아버지 사이에서 태어났습니다. 나는 인디언의 피를 이어받지는 않았지만, 나의 아버지는 그 분야에 학위를 가지고 계셨으며, 나는 아즈텍 인들과 톨텍 인들의 나라에서 자라났습니다. 내가 기억하는 추억들 중 최초의 것은 멕시코의 피라미드들을 등반한 일입니다. 비록 내 혈관 안에는 유럽 인의 피가 흐르지만, 남미에서 자라며 어린 시절 체험한 것들은 나와 인디언들을 매우 가깝게 연결시켜주었습니다. 내게 있어 이런 사실은 매우 중요한 것입니다.

나는 언제나 인디언들에게 호감을 가지고 있었습니다. 매우 어린 나이였을 때부터 나는 인디언들을 만날 적마다 놓치지 않고 그들에게서 무언가 배울 수 있는 기회를 가졌습니다."

이번에는 내가 물었다.

"그러니까 당신이 이곳에 있는 이유는 매우 당연한 결과로군요. 당신도 디야니에 대한 소식을 듣고 그녀와 만나고 싶다고 생각하셨군요?"

캐런이 웃으며 말했다.

"비약이 조금 빠르시군요. 사실 나는 불교의 주선으로 이곳에 왔습니다. 나는 가톨릭식으로 자랐고, 게다가 매우 충실한 신자이기도 했습니다. 부모님은 나를 가톨릭 학교에 입학시켰습니다. 여기서 매우 가까운 미들베리 대학에서 공부를 마친 후 나는 여행을 가기로 결정을 내렸습니다. 나는 유럽을 지나 중앙아시아와 유태인들의 나라인 팔레스타인에도 갔었습니다. 그러다가 마침내 인도에 끌리기 시작했습니다. 불교도들의 시각을 탐구하기 위해 인도에서 나는 처음으로 티베트 승려들과 함께 생활했습니다. 티베트에서 매우 가까운 히말라야 산속의 승원 안에서요.

여행 도중 미들베리를 지날 때 나는 디야니의 강연에 참석할 기회를 갖게 되었습니다. 그녀의 아름다움과 인디언들의 가르침을 펼치는 기품 있는 모습은 곧바로 나를 매혹시켰습니다. 그녀 안에서 내가 좋아하던 불교와 나의 친구 인디언들을 동시에 찾은 것이 나는 무척 행복했습니다. 디야니를 만난 직후 나는 인도로 되돌아갔습니다.

당시 나는 임신 중이었습니다. 그래서 임신 일곱 달째까지 인도에 머물렀습니다. 출산 후 이곳으로 온 나는 아기와 함께 당신들이 지금 보고 있는 티피 안에 자리를 잡았습니다. 현재 나는 공동체에 소속되어 있습니다."

텃밭 일은 어떻게 하게 되었느냐고 묻자 캐런은 말했다.

"나는 내가 언제나 대지와 연결되어 있다고 느꼈지만 손에 흙을 묻힌 일은 한 번도 없었습니다. 이곳에 도착했을 때만 하더라도 채소와 잡초를 구별할 줄 몰랐으니까요. 사실 나는 채소라고는 슈퍼마켓에서 파는 양배추밖에 아는 것이 없었습니다. 그런 내게 있어 채소들은 영혼을 가지고 있지 않은 존재들이었습니다. 여기서 나는 아메리카 인디언들이 흙을 경작하는 일에 신성한 의미를 부여하는 것을 보고 깊은 감명을 받았습니다.

파종을 예로 들어보죠. 우리는 아무 씨앗이나 마구잡이로 뿌리지 않습니다. 파종 시 우리는 밭에서 모두 함께 의식을 치릅니다. 북을 치고 방울을 흔들면서 불꽃을 에워싸고 네 방위를 향해 춤을 춥니다. 이 과정을 통해 우리는 축복받은 씨앗들을 텃밭까지 가지고 오는 것입니다. 우리에게 파종은 언제나 신성한 행위입니다.

내가 이곳에 도착했을 때만 하더라도 밭들은 버려져 있었습니다. 나는 티피들에 가까운 곳에서부터 밭을 가꾸기 시작했습니다. 나는 원 가운데 십자가 모양을 넣어 텃밭을 '평화만드는이'를 상징하는 형태로 만들었습니다. 나는 네 방위에 있는 아다위들의 가호 아래 일했습니다. 정원의 사 분의 일에 해당하는 땅에 옥수수와 호박을 심고, 사 분의 일은 비료 대신으로 흙 안에 덤불을 묻었습니다. 나머지 사 분의 이에 해당하는 땅에는 서로 적당히 떨어져 있을 수 있도록 알맞은 거리를 두고 채소들을 심었습니다. 보충된 식물들은 서로를 보호하고 해충과 기생식물들의 번식을 막아줍니다. 인디언들을 표본 삼아 나는 달의 주기에 큰 의미를 두었습니다.

과테말라의 마야 인들도 그렇게 합니다. 우리의 목적은 조상들의 방법들을 되찾는 데 있습니다. 그래서 우리는 조상들이 이름도 알지 못하고 자연스럽게 실행했던 퍼머컬처(호주의 빌 몰리슨이 지속 가능한 삶을 위해 우리가 가진 자원을 어떻게 효율적으로 우리 세대와 다음 세대에 이르기까지 공유할 수 있을지를 경험을 통해 체계적으로 정리한 방법)를 하는 것입니다. 퍼머컬처는 해가 갈수록 땅을 강하게 해줍니다. 화학비료와 살충제를 상습적으로 사용하는 경작법은 지력을 지속적으로 경감시킵니다.

나는 적당량의 퇴비와 약간의 두엄을 사용합니다. 우리는 봄에 묻어두었던 약초를 겨울에 심습니다. 수확량이 충분하지는 않지만 대지는 영혼을 필요로 합니다. 그것을 우리는 지켜야 합니다. 또한 모든 밭이 신성한 공간이라는 것을 잊어서는 안 됩니다. 우리는 밭에 아무렇게나 들어가지 않습니다. 쑥과 삼나무 잎으로 스스로를 정화한 다음에야 들어갑니다. 신성한 정자 안으로 들어갈 때와 같이 말입니다. 그것을 당신은 보게 될 겁니다. 우리가 하는 매 행위들은 영적인 울림을 갖습니다. 그에 대한 한 예로 '해로운 풀'을 뽑는 것을 도와주기 위해 오는 사람들을 그들 마음속에서 제거해야 할 것들을 뿌리 뽑는 데 초대합니다. 씨앗을 심을 때 그들이 원하는 것은 그들 자신의 내면에 씨앗을 심는 것입니다. 또한 우리는 수확을 할 때마다 옥수수를 바칩니다. 어쨌거나 인디언들은 대지가 우리에게 주는 것들에 대한 답례로 흙에 무언가를 선물하지 않고는 대지에서 아무것도 취하지 않습니다. 사냥에 있어서도 마찬가지입니다. 인디언들은 짐승들에게 용서를 구하지 않고는 절대로 그들을 죽이는 법이 없습니다. 양식을 얻기 위해서 사냥할 뿐, 절대 필요 이상으로 살생하지 않습니다.

우리는 우리에게 주어진 이 모든 것들에 감사하는 법을 잊었습니다. 그저 우리가 받은 선물들을 악용할 줄만 압니다. 내게 있어 인디언의 방법으로 텃밭을 일군다는 것은 풍요와 아름다움에 대해 지속적으로 감사하는 마음을 가지며 이 땅을 조화롭고 생산적인 장소로 만드는 것입니다.

밭을 만드는 일이 아무것도 아닌 것처럼 보일지 모르지만, 인디언 어른들이 생각하듯이 나는 우리가 먹을 양식을 스스로 재배해야 할 시대가 오고 있다고 확신하고 있습니다."

라셸이 물었다.

"밭을 왜 소용돌이 모양으로 만들었지요?"

캐런이 말했다.

"우리에게 소용돌이는 매우 중요합니다. 이것은 땅에서 올라가고 하늘에서 내려오는 에너지의 소용돌이입니다. 그리고 심장의 소용돌이도 있습니다. 우리 몸속의 DNA는 소용돌이 모양을 하고 있습니다. 디야니와 함께하는 수련 중에는 소용돌이 모양과 관계된 것이 많습니다. 내가 만든 이 밭의 소용돌이 모양은 땅에서 하늘로 올라가는 것입니다. 이 소용돌이는 밭 가운데서 출발해 아름다운 무늬를 그리며 하늘로 올라갑니다. 그리고 식탁 위에 오르기 전까지 채소와 과일들 주변을 회전합니다.

이 일이 인내심을 요구하는 것은 사실입니다. 나는 소용돌이 모양이 없는 다른 밭을 만들기도 합니다. 여기서 중요한 것은 신성한 장소에 관한 이해입니다.

사람들이 오면 나는 신성한 정자에서 하듯이 언제나 시계 방향으로 텃밭을 걸을 것을 부탁합니다. 그들은 자신들과 함께 에너지를 가지고 들어가기 위해 언제나 동쪽으로 들어옵니다. 또한 나는 사람들에게 그들이 밭으로 에너지를 불러들일 수 있다는 것을 자각하도록 용기를 북돋워줍니다. 어느 날 나는 전 세계 사람들이 채소들을 둘러싸고 춤을 추는 비전을 받았습니다. 우리는 데바들과 함께 바깥쪽으로 세 번, 그리고 안으로 세 번 돌았습니다. 데바는 장소를 지키는 영입니다. 매우 놀라운 경험이었습니다. 우리가 추는 네 방위의 춤은 어머니 대지와 사랑을 나누는 행위입니다.

나는 그 데바들을 눈으로 보진 못했지만 느낄 수는 있었습니다. 그리고 그들과의 우정이 시작되었습니다. 이곳에는 나보다 더 재능 많은 사람들이 있습니다. 어떤 이들은 공물을 바치면서 작은 생명체들을 보곤 합니다."

라셀이 부탁했다.

"당신과 함께 밭으로 들어가고 싶습니다."

캐런이 말했다.

"그래요? 그럼, 가죠! 원의 내부에 십자가가 새겨진 이 밭으로 들어갈까요? 하지만 들어가기 전에, 내가 이미 말한 것처럼 쑥과 삼나무 잎 연기로 몸을 정화해야 합니다. 내가 당신들을 우리의 어머니인 옥수수의 에너지 안으로 초대하지요. 중앙에 내가 다양한 종류의 감자들을 십자가의 팔 길이와 같은 길이로 심어놓은 것을 당신들은 볼 수 있을 겁니다."

농약을 뿌리지 않는데도 감자잎벌레가 없는 게 놀라웠다. 캐런이 설명했다.

"감자 주변에 그 벌레들을 사냥하는 가지를 심었으니까요. 가지가 제거하는 것은 감자잎벌레만이 아닙니다. 이러한 조화는 해충들도 많이 줄여줍니다. 인근 밭들에 가면 당신들은 감자잎벌레를 많이 볼 수 있을 것입니다. 분명 그들은 화학약품을 사용했을 겁니다. 새들하고도 우리는 전혀 아무런 문제가 없습니다.

여기 다른 예가 있습니다. 브로콜리와 양파는 서로를 보호하고 보충합니다. 나는 다음 주에 흙을 비옥하게 하기 위해 이곳에 메밀을 묻을 겁니다. 여기엔 시금치와 녹색 채소들이 있습니다. 토마토는 오 년간 같은 자리를 지킬 수 있습니다. 토마토와 함께 나는 박하와 한련을 심었습니다. 한련은 벌레들을 밀어내니까요. 여긴 호주산 완두콩과 쑥이 있습니다. 쑥은 많이 심어야 합니다. 의식에 많이 사용되는 작물이니까요. 우리는 달의 주기에 맞추어 쑥을 거두어들입니다.

우리는 이 모든 채소를 손으로 직접 가꿉니다. 흙을 뒤집을 때에도 기계를 사용하지 않습니다. 시간을 들여 정원을 가꿀 줄 알아야 합니다. 이것은 인디언 조상들이 우리에게 가르쳐준 훌륭한 교훈들 중 하나입니다. 어느 것도 서둘러서는 안 됩니다. 살아 있는 모든 것은 제아무리 보잘것없는 새싹일지라도 영혼을 가지고 있으니까요. 그것을 깨닫고 존재 깊숙이 체험하는 일은 나에게는 새롭고 놀라운 하나의 계시였습니다. 계시이자 삶의 혁명 말입니다."

크고 활력이 넘치는 그에게서는 시련을 이겨낸 자만이 가질 수 있는 강인함이 엿보였다. 그는 길고 검은 머리를 어깨까지 내려뜨리고 있었는데, 눈동자는 결의에 찬 빛으로 반짝였다. 그는 에너지로 가득한 몸짓을 섞어가며 열정적인 연설을 했다. 우리는 한눈에 그가 전사임을 알 수 있었다. 캐나다에서 온 그의 모든 말들은 그날 저녁 신성한 정자 아래 모여 있던 추장들과 인디언 모두의 마음에 진한 감동을 불러일으켰다.

"우리는 캐나다 정부가 공식적으로 우리의 것이라 인정한 영토를 소유하고 있었습니다. 백인들과 많은 조약이 체결되었으며, 우리는 한 번 더 백인들을 믿었습니다. 우리는 우리 땅에서 살며 밭을 경작하고 숲에서 사냥을 할 수 있었습니다……. 그러나 이제 우리는 극소수 부족일 뿐입니다. 그것은 유권자의 수가 매우 적다는 것을 의미합니다. 이제 우리에겐 아무런 힘도 없습니다.

백인들은 우리의 의견을 묻지도 않은 채 우리 영토 위에 댐을 건설하기 시작했습니다. 밭과, 우리의 신성한 장소와 묘지들, 그리고 가장 크게는 칠천 평방킬로미터 이상의 땅이 물에 잠겼습니다. 백인들은 우리의 숲을 파괴했고, 홍수가 나자 경작지들은 계곡 안으로 밀려 내려왔습니다. 이렇게 우리는 지금 생태학적인 재앙이라는 크나큰 위협을 받고 있습니다.

수은의 위험성에 대해 이야기하는 것을 여러분도 들었는지 모르겠습니다. 우리의 대지는 현재 그 위험에 처해 있습니다. 수은은 잘 사라지지 않습니다. 참으로 슬픈 일이 아닐 수 없습니다. 대지가 물에 잠기자 살균제는 학자들이 수은철이라고 부르는 것으로 변했습니다. 그것은 위험도 높은 독이 되었습니다. 그것은 DNA에 공격을 가하고, 암을 생기게 하며, 뇌에 치명적인 영향을 끼칩니다. 우리는 지금 위험에 처해 있습니다. 그 허용 기준이 이미 초과되었기 때문입니다.

여러분이 우리를 도와주어야 합니다. 우리가 느끼는 고립감이 얼마나 큰 것인지 여러분은 상상도 하지 못할 것입니다. 우리 부족 중 칠십오 퍼센트의 사람들이 일 년 중 열 달을 우리 단체에서 이백 킬로미터 떨어진 숲 속에서 살아갑니다. 그들은 사냥을 통해 생계를 유지하지만 사냥감과 마주치기란 여간 힘든 일이 아닙니다. 독수리와 곰은 수은 중독된 물고기를 먹고 죽어갑니다. 게다가 우리는 백인들의 언어를 사용함으로써 우리의 언어를 잊고 있습니다. 우리 언어를 잊어가면서 우리는 정체성이 상실되었다는 느낌을 받습니다. 우리는 행복한 존재들로 창조되었습니다. 하지만 우리 가운데 점점 더 많은 이들이 우울증에 걸리거나 자살을 합니다. 특히 젊은이층에서 이런 일들이 많이 일어납니다.

이미 또 다른 댐들의 건설에 대한 조사가 이루어졌습니다. 이 모든 것은 캐나다가 더욱더 많은 전기를 미국에 팔아 부를 축적하길 원하기 때문입니다. 백인들의 탐욕 때문에 우리 부족은 멸종 위기에 처해 있습니다. 그러나 이것에 대해 말하는 사람은 아무도 없습니다. 걱정하는 사람조차 없습니다.

여러분에게 우리를 도와달라고 부탁하기 위해 나는 이곳에 왔습니다. 나는 미국 전역을 돌아다니며 내게 이야기할 기회를 주는 모든 곳에서 말할 것입니다. 이것은 우리에게 있어 생과 사가 달린 문제이기 때문입니다.

우리를 어떻게 도울 수 있느냐고요?

다른 무엇보다 먼저 의식을 가져주십시오. 우리를 비롯한 여러 부족들에게 주어진 운명이 무엇인지 한번 생각해보십시오. 또한 여러분은 전기를 낭비하지 않음으로써 우리를 도울 수 있습니다. 우리 부족과 세계의 다른 많은 부족들을 파괴하고, 보다 나은 수준의 생활을 향해 질주하는 이 어이없는 짓을 여러분은 얼마나 더 계속하실 겁니까? 다르게 살 방법들이 있습니다. 여러분들이 조금만 더 적게 원한다면, 우리를 위협하는 댐들은 세워지지 않을 것입니다. 여러분은 내가 부탁하는 이 일을 할 수 있습니다. 여러분 각자가 힘을 가지고 있다는 것을 잊지 마십시오. 제발 반응을 보여주십시오. 무슨 일이 일어나고 있는지를 여러분 주변 사람들에게 말해주십시오. 멸종해가는 동물들을 구하기 위해 투쟁하십시오. 여러분에게는 그럴 만한 이유가 있습니다. 현재 멸종의 길 위에 있는 것은 동물들만이 아니라 우리들 자신이기도 하기 때문입니다."

그곳에 머무르는 동안 우리가 여러 번 들었던 필사적인 호소들……. 아메리카 인디언들은 고통 받고 있다. 그러나 예전과 다른 점이 있다. 그것은 그들이 보다 많은 에너지를 가지고 투쟁하며 많은 이들, 특히 젊은이들이 자기 조상들의 긍지를 되찾고 있는 중이라는 것이다.

그렇다면 사태를 바꾸기 위해 현재 그들이 하고 있는 일은 무엇인가? 그것은 지난 대화에서 우리가 디야니에게 했던 질문이다. 디야니는 말했다.

"우리는 박해받았습니다. 그리고 박해는 아직까지 계속되고 있습니다. 하지만 우리는 아직 이곳에 살아 있습니다. 이것은 하나의 기적입니다. 원주민들의 문화가 살아남아 이른바 콜럼버스에 의해 '발견'된 아메리카의 오백 번째 생일을 기리는 기회를 가졌다는 것은 참으로 놀랄 만한 일이 아닐 수 없습니다.

전 세계의 민족들이 우리 아메리카 인디언이 세상에 준 모든 것을 기억하는 시간이 올 것입니다. 당신들은 유럽 국가의 경제기구들이 아메리카의 금과 은을 바탕으로 설립되었다는 것을 알아야 합니다. 또한 우리가 백이십팔 개의 식량을 당신들에게 주었다는 것을 알아야 합니다. 그 식량들 중 가장 중요한 것들은 감자와 옥수수, 완두콩, 호박들입니다. 추수감사절의 칠면조도 마찬가지입니다. 그리고 면도 그렇습니다. 세계의 구십 퍼센트의 의약품들이 아메리카와 아프리카 원주민들의 약용식물 조제에서 유래했습니다. 우리가 당신들에게 준 혜택을 모두 열거한다면 끝도 없을 것입니다.

용기를 북돋아주는 몇 가지 조짐들이 있습니다. 오백 년 전에 처음으로 우리를 '발견'한 민족들은 종족 말살의 죄가 전적으로 자신들에게 있었다는 것을 깨닫기 시작했습니다. 많은 신부들이 강제개종에 대해 비난하기를 이제 더 이상 주저하지 않습니다. 스페인의 지도자들과 라틴 아메리카 몇몇 나라의 지도자들이 만났을 때 방청자 자격으로 원주민 출입이 허가되었습니다. 그때 나는 다른 아메리카 인디언들과 함께 스페인의 왕과 왕비를 만났습니다.

사람들이 존경심을 품고 모든 존재들에 관심 가지며 화해의 길을 걸을 때 이것은 큰 의미를 지닙니다. 과거의 잘못들은 향후 오백 년, 원만한 관계를 맺는 씨앗에 영양분을 주는 비옥한 거름이 될 수 있습니다.

다른 더 많은 좋은 조짐들이 있습니다. 예를 들어, 코스타리카 정부는 원주민들을 인정하기 시작했고 그들과 대화하기 시작했습니다. 이렇게 한 걸음씩 나아질 것입니다. 우리의 목적은 원주민들의 영토에 관한 주권을 인정받는 일입니다. 또한 백인들로 하여금 환경에 있어 자신들이 해야 할 과업이 있다는 것을 자각하게 하는 것입니다. 현재 이전과는 판이하게 다른 열린 대화가 이루어지고 있습니다. 하지만 아직 더 개방되어야 합니다.

우리가 원하는 것은 잘잘못을 따지는 일이 아닙니다. 그것은 수치심만 키울 뿐입니다. 우리가 원하는 것은 과거의 잘못들을 깨닫고, 그것에서 교훈을 얻어 잘못된 것들을 고치는 일입니다.

우리 공동체 안에는 커다란 문제가 있습니다. 백인들에게 사과를 받고 싶어 하는 원주민이 많이 있기 때문입니다. 그러나 그들 중 상당수는 대부분의 백인들이 아직 사과할 준비가 되어 있지 않다는 것을 인정합니다. 백인들은 아직 그들에게 필요한 자각을 하지 못하고 있고, 아직 인종차별적인 경향을 버리지 못했습니다. 그래서 우리가 서로 만나 대화에 전념하는 것입니다.

아메리카 인디언들의 임무는 지구의 수호자로 존재하는 일입니다. 지구를 보살피고 서로를 돌보는 것입니다. 나는 당신들에게

'평화만드는이'에 대해 이미 말했습니다. 그래서 다시 반복하지는 않겠습니다. 우리에게 이런 임무를 내린 사람은 바로 그입니다. 이전에는 이러한 임무가 이렇게까지 중요하지는 않았습니다.

나는 우리에게 일어난 일에 대해 신을 비난한 적이 한 번도 없습니다. 그런 적은 없습니다! 우리는 신을 비난하기보다는 우리 스스로의 행동에서 불행의 원인을 찾습니다.

느린거북이라는 노인이 있습니다. 올해 그는 이곳에 오지 않았습니다. 그는 유명한 메이플라워의 청교도들과 최초로 만난 부족의 한 사람입니다. 그는 자신의 부족이 이 우스꽝스러운 순례자들에게 먹을 것을 찾아주고, 싹들이 돋아나게 하고, 그것을 요리하도록 도움을 주었다고 종종 이야기합니다. 처음에 청교도들은 이렇게 말했습니다. '우리는 당신들과 나누어 가질 것입니다.' 그러나 오래지 않아 그들은 모든 것을 원했습니다. 양식을 스스로 재배하기보다는 마을에 비축되어 있던 것들을 약탈하고 싶어 했습니다.

인디언들은 이런 생각을 하기 시작했습니다. '저 사람들은 정말로 이상하구나! 우리는 최선을 다해 그들에게 우리가 알고 있는 것들을 가르쳐주었고 그들을 형제로 받아들였다. 그러나 우리는 지금 알 수 있다. 그들이 신성한 법의 부름을 받고 온 사람들이 아니라는 것을.'

당신들이 아는 바와 같이 곧이어 전쟁이 전 지역에 확산되었습니다. 인디언 부족들은 짓밟혔고, 강탈되었으며, 추방당하고, 학살되었습니다. 백인들은 인디언 부족들이 문화를 가지고 있었다는 것을 잊게 하기 위해 모든 짓을 다 했습니다. 우리가 야만인들이었으며, 이들에게 문명을 가져다줄 필요가 있었다고 말하는 것이 백인들에게는 훨씬 더 쉬웠으니까요. 종교적인 모든 도구들, 인디언 법이 기록되어 있던 석판과 나무껍질로 만든 서적들은 철저하게 파괴되었습니다. 그중 어떤 것들은 바티칸으로 보내졌습니다. 그것들은 아직 거기에 있지만 아무도 열람할 수 없습니다. 여러 스페인 교회로도 상당수가 흩어졌습니다.

그것들을 찾아오려고 몇 년 전부터 시도하고 있지만 별다른 결실이 없습니다. 우리가 알고 있기로는 바티칸은 그 서적들이 읽히는 걸 허락하지 않을 겁니다. 예외적으로 몇몇 주교들만이 그런 행위에 대해 비난했을 뿐입니다.

우리는 우리를 돕고 싶어 하는 스페인 신부 한 명을 알고 있습니다. 하지만 그는 현재까지 소량의 목록들만 찾았습니다. 그것들을 찾으려면 교회들 안으로 가서 조사를 해야만 하니까요.

이것은 매우 중요한 일입니다. 많은 의식들이 더 이상 치러지지 못할 수 있기 때문입니다. 예를 들어, 캘리포니아의 어느 부족들은 육지와 바다의 분리 상태를 유지하기 위해 어떤 물건들이 필요합니다. 그러나 현재 많은 신성한 물건들은 물론 우리 조상들의 유골조차 국제적인 암거래에 의해 탈취되고 있습니다.

우리는 그 유골들을 가져오기 위해 투쟁해야 합니다. 스미스소니언 박물관 창고에는 천여 개의 해골이 있습니다. 사람들이 당신 조상들의 유해를 진열장에 놓기 위해 무덤을 약탈하러 온다고 상상해보십시오! 이것은 우리에게 너무도 심각한 문제입니다. 그 유골들은 기필코 신성한 장소들로 되돌아가야 합니다.

당신들은 '끝내다'라는 동사를 어떻게 해석하십니까? 사람들이 아무리 인디언들을 척박하기 그지없는 땅으로 내몰았다 하더라도 그 땅에는 아직 많은 자원이 남아 있습니다. 사람들은 그것에 대해 뜻밖의 소식들을 듣게 됩니다.

세상은 국제연합이 환경보호를 목적으로 전 세계의 자원들을 감정하려고 계획하고 있다는 것을 분명 알고 있을 것입니다. 국제은행에서 차관을 얻고자 하는 국가는 그들 나라의 보유 자원에 대해 먼저 감정을 받아야 합니다. 많은 사람들은 이것이 좋은 방법이라고 생각하지만 사실은 그렇지 않습니다. 아직 원주민 부족들에게 남아 있는 부를 감정하면서 사람들은 그것을 가지고 싶다는 욕구를 느낍니다.

조약서들에 의하면 우리는 아직 우리 영토에 대한 권리를 가지고 있습니다. 그러나 그 권리는 존속되지 못할 위험에 처해 있습니다. 더군다나 법은 1992년 연방정부에 그 권리를 양도했습니다. 필요한 경우에는 어떤 부족도 '소멸'될 수 있습니다.

법이라는 이름하에, 혹은 그 어떤 법 조항조차 없이 이런 일들이 미합중국은 물론 캐나다와 과테말라, 그리고 다른 많은 나라 안에서 이루어졌습니다. 우리의 영토에 대해 서약된 모든 조약들은 하나도 지켜지지 않았습니다.

우리에게는 변호사들이 있습니다. 그런데 미합중국이 법을 정리하고 바꾸어버린 것을 아십니까? 우리는 이제 더 이상 전쟁을 하지는 않습니다. 하지만 착각하지 마십시오. 아직 우리는 투쟁하고 있으니까요. 우리가 전사들로 여기는 남녀들을 당신이 만나는 것이 좋을 듯싶습니다."

엔리케타, 그녀를 보자마자 우리는 그녀가 전사라는 것을 알았다. 믿을 수 없을 정도로 강렬하게 불타는 그녀의 두 눈은 햇볕에 그을려 강인해 보이는 얼굴에서 환하게 빛을 발하고 있었고, 길게 양 갈래로 땋아 내린 반짝거리는 검은 머리가 그녀의 얼굴을 감싸고 있었다. 그 여성은 작고 말랐지만 언제나 활기찼다. 가장 인상적이었던 것은 그녀에게서 우러나오는 에너지와 흔들리지 않는 감정이었다. 반면 그녀는 매우 부드러운 여성이기도 했다. 한 번도 만난 적이 없어 우리는 그녀가 누구인지 알지 못했지만, 라셀을 보자마자 그녀는 라셀 곁으로 다가왔다. 그러고는 손가락으로 라셀을 가리키며 사람들에게 자신이 지금 누구와 이야기를 하고 있는지 말해주었다. "우리는 자매예요!" 그리고 두 팔을 활짝 벌려 라셀을 껴안았다.

라셀과 엔리케타, 이 두 여성에게 공통점이 많은 것은 사실이다. 그들은 계속해서 박해당한 민족에 속했고, 불안정한 어린 시절을 겪었으며, 불의에 대항했다. 또한 자기 자신을 성장시키기 위해 많은 투쟁을 했고, 그럼에도 둘 다 부드러운 마음을 잃지 않았다.

그래서 매우 자연스럽게 라셀은 엔리케타에게 우리가 그녀에게서 기대하는 것이 무엇인지 설명했고, 시작에 앞서 자기소개를 해달라고 부탁했다.

엔리케타가 말했다.

"나는 뉴멕시코 주 출신이고 현재도 그곳에 살고 있습니다. 이제까지 살아오면서 언제나 나는 나 자신이 두 개로 나뉘어 있다는 느낌을 받았습니다. 나는 멕시코의 모든 인디언들처럼 반은 인디언이고 반은 스페인 혼혈아이기 때문입니다. 우리가 살고 있는 사회는 우리에게 스페인에 대해 가르쳤지만, 인디언에 대해서는 침묵으로 일관해왔습니다. 그럼에도 불구하고 그것은 우리 내면에 신비로 남아 있습니다.

그 신비감이 너무 커서 나는 인디언이라는 나의 뿌리를 탐구하게 되었습니다. 그래서 그들에 대한 나의 생각은 더 깊어졌습니다. 나와 같은 많은 사람들이 있었습니다. 1989년 약 천오백여 명의 사람들이 비록 우리가 압제하에 살고 있다고는 하더라도 우리가 자주적 국민이며 아즈텍 인들에게서 비롯된 이름인 익스틀란 민족임을 표명하기 위해 모였습니다.

그때부터 우리는 본격적으로 투쟁하기 시작했습니다. 미합중국의 남서부가 예전에는 멕시코에 속했다는 것을 알고 있을 겁니다. 1846년 미합중국이 멕시코를 침략했을 때 우리 민족은 둘로 나뉘었고, 조약은 우리 문화와 언어, 영토를 보장했지만 그 약속들은 지속적으로 위반되어왔습니다.

실제로 사람들은 학교에서 우리가 우리말 하는 것을 금지시켰습니다. 우리말을 하면 벌을 받았습니다. 우리의 전통들은 완전히 매장된 듯했습니다. 우리는 계속해서 공격받았고, 미국 정부는 우리 중 많은 사람을 멕시코로 되돌려 보내기 위해 모든 일을 했습니다. 출국에 어려움을 겪은 이들은 되돌아오지도 못했습니다. 어쨌든 우리는 떠나야 했습니다. 너무도 가난했으니까요.

나의 부모님은 웨스턴 설탕 회사를 위해 사탕수수 밭에서 일했습니다. 우리는 황량한 길을 따라 일렬로 줄지어 있던 낡은 집에서 살며 토마토와 양파를 거두어들였습니다. 노예와 다를 바 없었습니다. 어떤 면에서 볼 때 노예보다 더 고약했습니다. 여름에는 짐 승들처럼 일해야 했지만 겨울에는 일이 없었기 때문입니다. 일이 없는 시간에 운 좋은 사람들은 철도 회사에서 일하도록 먼 곳으로 고용되어 가곤 했습니다. 그래서 가족들은 몇 달간 서로 떨어져 있어야 했습니다.

나는 어릴 때부터 일했습니다. 나만이 아니라 모두가 그랬습니다. 겨울에는 학교에 다녔지만, 오월부터는 밭으로 돌아가 일해야 했습니다. 학교는 구월부터 다시 다녔습니다.

다른 사람들은 어떠했는지 모르지만 나는 아주 일찍부터 우리가 겪는 부당함에 대해 자각하고 있었습니다. 나는 우리가 버려졌으며, 우리가 인디언일 뿐 아니라 치카노(미국에 거주하는 멕시코계 사람들 중 특정 정치의식을 가지고 민족의식을 공유하는 멕시코계 미국인 이민자 공동체를 의미함. 이십 세기 초 백인 지주들이 자신의 멕시코 인 노동자들을 일컬을 때 비하적으로 사용한 표현)라는 이유로 멸시당하는 소수민족에 속한다고 생각했습니다. 마치 우리가 우리의 나라가 아닌 다른 곳에서 살기라도 하는 것처럼 말입니다. 하지만 행정적으로 우리는 미국 국민이었습니다.

유년 시절, 나는 판초 비야(이십 세기 초 멕시코의 농지개혁을 이끈 전설적인 혁명가)에 대한 소문을 들었습니다. 그는 멕시코 혁명과 멕시코 인들의 십 퍼센트가 망명을 해야 할 정도였던 수많은 테러를 지휘한 매우 유명한 사람이었습니다. 나의 어머니는 글을 읽지 못했지만 매일 캔자스 시에서 발간하는 스페인 신문을 사서 사람들에게 읽어달라고 했습니다. 뉴멕시코에서 우리는 가난했습니다. 그러나 조상들의 땅 위에서 살며 안전하다고 느꼈습니다.

내게 확실했던 단 한 가지는 밭에서 계속 고생하고 싶지 않다는 것이었습니다. 그래서 나는 내게 있어서는 큰 도시였던 덴버로 일자리를 찾으러 갔습니다. 그러나 그곳에서 나는 이내 내쫓긴 것 같은 느낌을 받았습니다. 아무도 나를 고용하고 싶어 하지 않았으니까요. 사람들이 나에게 말했습니다. '당신은 자격이 있지만 우리는 당신에게 일을 줄 수 없습니다. 현실적으로 당신은 멕시코 인이니까요. 우리를 이해해주시기 바랍니다.' 나는 사무실에서 근무하고 싶었지만 그나마 희망을 걸 수 있었던 일은 공장에 취직하거나 가정부가 되는 것이었습니다. 그런 상황에서 헤어나려면 공부를 해야 했으며, 나는 그 방법을 찾아야겠다고 생각했습니다. 고등학교를 졸업한 나는 뉴멕시코의 앨버커키 대학에 가는 것에 성공했습니다. 그곳에서 먼저 철학을 공부했습니다. 나는 철학을 좋아했습니다. 그러나 또 스페인 어와 미술, 역사에 대해서도 배우고 싶은 열망이 가득했습니다. 그래서 친구 한 명과 함께 당시 시작되고 있던 치카노 운동을 다룬 책 〈치카노 만세〉를 썼습니다.

그때부터 이미 나는 시민들의 권리를 찾기 위한 투쟁에 열정을 가지고 있었습니다. 하지만 그 투쟁 안에 뛰어들기 전에 나는 나의 뿌리를 찾기 위해 멕시코로 갔습니다. 그리고 그 즉시 어머니가 나에게 가르쳐주었던 것들이 현실과는 거리가 멀다는 것을 깨달았습니다. 나는 내가 속한 몇몇 부족에 대해 공부했습니다. 집으로 돌아간 나는 가족들에게 내가 조상들에 긍지를 가지고 있음을 확인했다고 말했습니다. 내 가족들은 그것에 대해 다시 이야기하지 않았습니다. 그들은 우리 조상들에 관해 최소한의 연구조차 해보지 않았습니다.

스페인 사람들은 일부러 우리 힘으로 나라를 돌볼 수 있다는 사실을 묵살하려 했습니다. 이런 일은 황금을 찾으러 사람들이 쇄도하던 때의 캘리포니아에서도 일어났습니다. 예전에 인디언들의 땅은 공공의 것이었습니다. 각자 일할 수 있는 만큼 땅을 차지했고 남은 부분은 모든 사람에게 속해 있었습니다. 이상적인 방법이었지요. 하지만 금을 찾는 사람들이 도착한 이래로 정부가 지역 전체를 점유했고, 인디언들은 모든 영토를 잃었습니다.

나는 딱히 가톨릭 안에서 자랐다고는 말할 수 없습니다. 열한 살이 되어서야 세례를 받았을 정도로 내가 살던 곳에서 가톨릭교회의 존재란 미미한 것이었습니다. 하지만 메노파(기독교 개신교의 일파로 유아세례를 부정하고 신약성경에 기초를 둔 평화주의와 무저항을 강조함)와 침례교인, 그리고 감리교인들이 있었습니다. 내가 그들에게 호기심을 보이자 아버지는 말했습니다. '가고 싶으면 가서 이야기를 들어도 좋지만, 꾐에 빠지지는 말거라.' 우리 가족을 가톨릭교인이었다고 말하는 것은 너무 과장된 표현입니다. 왜냐하면 우리는 일 년에 한 번만 미사에 참석했으니까요. 우리는 고물 자동차를 살 수조차 없을 정도로 가난했습니다.

내가 영향을 받았던 것은 교회가 아니라 나의 어머니였습니다.

어머니는 병을 고치는 사람이었고 현명한 여성이었습니다. 그녀는 달걀을 이용해 치료했습니다. 어떻게 해서 그것을 배우게 되었느냐고 물으면 어머니는 이렇게 대답했습니다. '나도 잘 모르겠다. 나는 이 방법을 할아버지에게서 이어받았어.' 오랜 시간이 흐른 뒤, 나는 책에서 아즈텍 사람들이 달걀로 병을 고치는 것에 대해 읽었는데, 물론 어머니는 그 책에 대해 몰랐습니다.

나는 몇 가지 병의 치료법을 알고 있습니다. 어머니는 관절염과 류머티즘이 바람에서 비롯된다고 반복해 말했습니다. 나중에 나는 상하이의 의과대학을 방문했는데, 상당히 신망 있는 교수가 그 병을 치료하는 방법에 있어 우리와 전적으로 똑같은 설명을 했습니다. 모든 사람은 그 방법이 놀라운 것이라고 여겼습니다. 그리고 나는 마음 깊이 어머니에 대한 신뢰감을 느꼈습니다.

내가 자란 공동체 안에서 연대의식은 우리의 생존에 필수 조건이었습니다. 누군가에게 도움이 필요하면 모두가 함께 모여 그를 도왔습니다. 병을 치료하기 위해 어떻게 하는지 물을 적마다 어머니는 언제나 이렇게 대답했습니다. '나도 잘 모르겠구나. 치료가 필요한 사람들을 보고 시험을 해봤더니 효력이 있더라.'

나는 마음이 모든 치료의 원천이라고 생각합니다. 어머니는 병을 치료하는 방법들을 많이 알고 있었습니다. 어머니는 직관에 따라 일했습니다. 어머니가 병자에게 손을 올려놓으면 아픈 곳이 회복되었습니다. 어머니는 특별히 아이들을 치료하는 데 매우 유능했습니다. 사람들이 끊임없이 아이들을 어머니에게 데리고 왔습니다. 현재 많은 아이들이 영혼의 상실로 괴로워합니다. 아이들이 큰 슬픔을 체험하면 어머니는 그것도 치료했습니다. 오늘날 우리 사회는 슬픔으로 고통스러워하는 아이들을 돕기 위해서 아무 일도 하지 않습니다. 대단히 유감스러운 일입니다.

기억나는 일화 하나를 말해드리지요. 하루는 사람들이 어머니에게 그네에서 떨어진 소녀를 데려왔습니다. 그 소녀는 머리를 땅에 심하게 부딪쳤기 때문에 의식이 없었습니다. 소녀는 현대인들이 뇌진탕이라고 하는 것에 걸려 있었습니다. 어머니는 소녀를 주무르고 숨을 쉬게 한 다음 탕약을 만들었습니다. 그리고 소녀의 어머니에게 말했습니다. '이 약을 아이에게 주세요. 그리고 잠자도록 내버려두세요. 아이는 삼 일간 일어나지 않을 것입니다.' 삼 일 후, 아이는 마치 아무 일도 없었다는 듯이 일어나 뛰어놀았습니다. 나는 그런 일을 자주 목격했습니다.

나의 어머니는 정말로 훌륭한 분이었습니다. 지금은 세상에 안 계십니다. 그렇지만 내가 필요로 할 때마다 언제나 이곳에 계십니다. 어머니는 영원히 나를 기억하실 겁니다. 어머니는 자주 부황을 뜨곤 했습니다. 나도 어머니를 따라 아직까지도 부황을 이용해 병을 치료합니다. 그러나 현대적인 의료시설이 보급된 이후로는 이 방법을 사용하지 않아왔습니다. 의사와 약사들은 부황에 대해 신경 쓰지 않습니다. 그런데 나는 중국에서 아직 이 방법이 공공연히 행해지는 것을 확인할 수 있었습니다. 그때 많은 추억들이 나를 스쳐 지나갔습니다."

엔리케타는 치카노들을 위해 많은 활동을 해왔고 또 투쟁해왔다. 자신들의 미래에 대해 묻자 그녀는 말했다.

"우리의 큰 방해물은 달러입니다. 많은 사람들에게 달러는 신처럼 되어버렸습니다. 벌이가 된다면 달러의 숭배자들은 환경에 어떤 희생을 치르게 하더라도 그 일을 하고 맙니다. 그에 대해 우리는 언제나 투쟁해야 합니다. 뉴멕시코 주 정부는 원자핵 폐기물 창고를 만들고 싶어 합니다. 그것이 이루어진다면 바로 인디언 보호 구역 안에 세워질 것입니다. 이 모든 계획들과 우리는 싸우고 또 싸울 것입니다. 그리고 우리는 이길 것입니다. 우리 편 백인들이 더욱더 많아질수록 희망은 커집니다.

현재 캘리포니아와 애리조나, 뉴멕시코 주에서 우리는 우리의 아이들이 스페인 어와 영어를 배우면서 동시에 몇몇 아메리카 인디언들의 언어를 배울 수 있게 하기 위해 싸우고 있습니다. 이것은 매우 힘겨운 투쟁입니다. 왜냐하면 우리는 이런 말을 들어야 하니까요. '우리가 이 일을 위해 돈을 지불하면 모든 소수민족들을 위해서도 같은 일을 해야 합니다.' 한 민족의 언어를 제거하는 정책은 곧 그 민족을 말살하는 것이 되고 맙니다. 언어의 말살은 단지 문화적인 일에 국한되는 게 아닙니다. 그것은 한 민족을 완전히 사라지게 하는 것입니다. 부유한 나라들은 아이들이 적어도 두 개의 언어를 배울 수 있도록 자금을 찾아야 합니다.

우리를 그토록 괴롭힌 백인들을 용서하고 안 하고는 그렇게 중요하지 않습니다. 그보다 더 중요한 것은 인류가 하나라는 것을 다시금 깨닫는 일입니다. 그러기 위해서는 우리를 나누고 있는 장애물들을 제거해야 합니다. 그러나 말처럼 쉬운 일이 아닙니다. 정부들과 대규모 연합체들이 분단을 요구하기 때문입니다. 당연한 일입니다. 전쟁과 파괴가 계속되길 원하는 이들에게는 전쟁을 할 사람들이 필요합니다. 전쟁을 해줄 사람들을 얻기 위해서는 그들에게 두려움을 주고, 다른 사람들이 침략자이며 침략자들로부터 자신을 지켜야 한다고 믿게 해야 합니다.

나는 용서에 대해 우리가 너무 쉽게 말한다고 생각합니다. 우리 가족 중에는 매우 신랄하고 냉정한 사람들이 있습니다. 나는 그들보다는 덜한 편입니다. 왜냐하면 나는 행동을 한 사람이니까요. 나는 인생을 그 일에 바쳤습니다. 치카노들은 조직을 이루기 시작했고, 우리에게는 유능한 지도자들이 있습니다. 나는 이 투쟁에 나의 모든 것을 바쳤습니다. 그러나 이 점에 있어 내가 분명히 짚고 넘어가야 할 게 있다면, 그것을 고난이라고 여기지 않았다는 것입니다. 나는 일했고, 부정에 맞서 투쟁하기 위해 내가 할 수 있는 일들을 했습니다. 하지만 내 가족들은 이러한 일에 참여하기를 거부했습니다. 어쩌면 그들은 마음속의 한과 아픔을 풀어버릴 기회를 찾을 수 없었던 것인지도 모릅니다.

이 일에 참여하면서부터 나는 가난한 삶을 선택했습니다. 나는 돈을 돌게 하고 생활을 유지하기 위해 풀타임으로 일해야 한다는 생각에서 벗어났습니다. 이러한 생각은 내가 활동할 수 있게 해주었습니다. 신문에 글을 쓰고, 나의 형제들인 치카노와 아메리카 인디언에 대해 더 잘 알게 되었으며, 그들의 삶을 나누고, 그들로 하여금 자신들이 운명에 굴복한 것이 아님을 이해하도록 돕고, 운명을 스스로 개척할 수 있다는 것을 이해하도록 도울 수 있었습니다.

우리는 많은 도시의 젊은이들에게 어떻게 생존하고 강해질 수 있는가를 가르쳐주었습니다. 우리는 학교를 세워 경쟁이 아닌 협력을 가르쳤습니다. 거기서 젊은이들은 그들 부족의 역사를 배움과 동시에 다른 나라의 역사에 대해서도 배웁니다. 젊은이들을 가르치는 이는 학위를 받은 부족 사람들입니다. 수업은 아메리카 세대륙에서 온 인디언들이 진행합니다. 모든 젊은이들은 음악과 춤을 배울 수 있습니다. 조금씩 그들은 자신들의 문화를 발견하고 그것에 긍지를 느끼는 법을 배웁니다. 그곳은 부활의 장소입니다.

백인들 중 많은 이들이 우리를 도울 준비가 되어 있습니다. 그들 중에는 청년도 있고 장년에 이른 사람도 있습니다. 우리에게 그들은 커다란 희망입니다. 이 나라의 무엇인가가 변하고 있는 중입니다. 우리는 앞으로 나아가고 하나가 되는 것을 배웁니다. 치카노와 아메리카 인디언들의 결속이 더 깊어져가고 있습니다. 현재 우리가 국제적인 지지를 받을 수 있는 이유는 바로 이 때문입니다.

우리는 신뢰감을 가져야 합니다. 그래서 나는 내 주변에서 한탄하는 소리가 들려오는 것을 견디지 못합니다. 만약 어떤 일들이 잘 되어가지 않는다고 해도 우리에게는 그것을 긍정적으로 바꿀 힘이 있습니다. 시작하는 것으로 충분합니다. 이것이 바로 오늘날의 전사들이 취할 태도입니다."

엔리케타와 헤어진 후 우리는 잠시 연못가를 걸었다. 걸으면서 우리는 나무 아래 앉은 디야니를 보았다. 우리가 그녀를 보고 깜짝 놀라자 그녀가 가까이 오라는 손짓을 했다. 우리는 그녀에게 방금 가진 인터뷰에 대한 이야기를 했다. 매우 자연스럽게 그녀가 대화를 이어받았다.

"우리가 투쟁 속으로 뛰어든 것은 사실이며 많은 인디언들이 연대감의 효력에 대해 깨달아가는 중입니다. 나이가 들면서 나는 조부모님이 내게 말해준 것들을 더욱더 이해하게 되었습니다. 인류가 누릴 수 있는 최고의 풍요로움은 원만한 관계를 맺는 일입니다. 그보다 더 중요한 것은 없습니다. 지난해에 나는 많은 여행을 했습니다. 여행을 하면서 중앙아메리카의 정글 속에도 갈 수 있었고, 여러 원주민 부족들과도 만날 수 있었습니다. 그들은 신전을 세우는 훌륭한 건축자들이었습니다. 또한 훌륭한 문명과 대학을 가지고 있었으며, 천문학에 대해서도 잘 알고 있었습니다. 마야 인들이 그들입니다. 그리고 다른 많은 민족들에 대해서도 알았습니다. 예를 들면 코스타리카의 브리브리 인들도 훌륭한 문명을 가지고 있었습니다. 유럽 인들이 도착함과 동시에 그들의 많은 건축물들은 불태워졌지만, 그들의 철학과 지혜는 마음과 마음을 통해 계속해 살아 있습니다.

정기적으로 그들과 우리는 일 년에 몇 번 모임을 갖습니다. 우리모두는 밀도를 더해가는 진정한 의미의 그물망을 만드는 중입니다. 그 그물망은 지구의 영과 우주 전체의 영을 연결합니다. 우리는 날이 갈수록 다른 인종들과, 그리고 다른 종교들과 우정을 나누는 것이 얼마나 중요한가를 깨달아가고 있습니다.

과테말라에는 정치적 상황 때문에 들어가지 못했습니다. 하지만 과테말라에서 코스타리카에 이르는 마야의 사제들을 만났고, 함께 의식을 치렀습니다. 과테말라 인디언들은 아직도 많은 고통을 당하고 있습니다. 지배의 손길은 여전하고, 그 나라의 최초 주민들이었던 마야 인들은 현재 그들의 마을과 집을 떠나야 하는 상황에 처해 있습니다. 많은 이들이 다른 부족에게 사냥감처럼 쫓겨 산속에서 유목생활을 해야 합니다. 그들 중 많은 이들은 코스타리카와 멕시코로, 그리고 미국에까지 망명을 해야 했습니다.

그러한 삶을 연명해가고 있는 많은 남녀들을 생각하면 나는 눈에 눈물이 고입니다. 그들 중 어떤 이는 사랑하던 모든 것을 잃었습니다. 그들은 자신들의 아버지와 어머니, 혹은 아이들이 내몰리거나 살해당하는 것을 보았습니다. 그럼에도 불구하고 그들의 마음은 관용으로 넘칩니다. 그들은 모든 존재들과, 자신들을 박해한 사람들까지도 마음에 평화와 행복을 찾을 수 있게 되기를 기도하며 제사를 지냅니다. 나는 그들의 마음속에서 고통의 흔적을 찾아볼 수 없었습니다.

과테말라는 구유럽주의적 의식에 빠져 있는 극소수 사람들이 그 나라 영토의 대부분을 소유하고 있습니다. 하지만 그들은 거기에 만족하지 않습니다. 그래서 아직 인디언들에게 남아 있는 땅을 강탈해가려고 하는 것입니다.

국제법은 원주민들의 권리에 대해 아직 분명하게 인정하지 않고 있습니다. 게다가 당신들은 정말로 국제법이 인류의 태도를 바꿀 수 있다고 믿으십니까? 아닙니다. 변화는 좀 더 깊은 차원에서 실행되어야 합니다. 우리의 모임에 참석하기 위해 이곳에 온 마야 여성 한 명이 있습니다. 그녀와 한번 이야기를 나누어보십시오."

과거의 모든 가르침들이 아직도 살아 있다. 우리는 그 가르침들을
몇 세기 동안 숨겨왔지만, 또 비밀스러운 방법으로 전달해오기도 했다.
우리의 종교는 예전 그대로이고, 만약 허락이 주어진다면 우리는 내일 당장이라도
우리 마야의 신전들과 천문대들을 다시 사용할 수 있다.

눈물의 여정

그 마야 여인을 우리는 인디언 어른들의 모임에서 보았었다. 그녀는 우리의 호기심을 끌었다. 키가 작고 동글동글했으며 검은 머리를 길게 땋아 내리고 있었다. 그녀를 눈여겨보지 않는다는 것은 매우 힘든 일이었다. 왜냐하면 그녀는 매우 다채로운 색깔의 천으로 짠 원피스를 입고 있었고, 반짝이는 이상한 방석 같은 것으로 머리 장식을 하고 있었기 때문이다. 나는 그 이상한 차림새에 너무도 깜짝 놀라 내 옆 사람에게 그녀가 누구인지를 물었었다.

"엘레나입니다. 마야 인이지요."

마야 인이라고? 다른 사람들처럼 나도 마야에 관한 책을 몇 권 읽은 바 있었고, 그들이 화려한 문명을 가지고 있었지만 사라져버렸다고 생각했었다. 나는 거대한 나무뿌리들이 바위를 부수는 정글 속 신전 사진들을 보았었다. 물론 마야 인들은 전멸된 것이 아니었다. 또한 그들에게도 자손이 있었다. 하지만 그들은 기독교화했거나 적어도 우리 생각에는 '문명화'해, 스페인 국민으로 동화된 것이 분명했다. 그런데 지금 여기 내 눈앞에 살아 있는 화석처럼 불쑥 마야의 현신이 나타나 있는 것이다! 지체하지 않고 라셀과 나는 인터뷰를 부탁했고 그녀는 우리의 요청에 즉시 응해주었다. 그녀를 보자마자 우리는 첫눈에 그녀가 엔리케타처럼 전사임을 알 수 있었다.

그녀가 이야기를 시작했다.

"내 이름은 엘레나 익솟입니다. 나는 스페인 침략 후 살아남은 십칠 대 후손입니다. 나는 우리의 언어인 '몸 어'를 아직 말할 수 있습니다. 이 언어는 과테말라에서 사용하는 스물두 개의 언어 중 하나입니다. 과테말라 인구의 구십 퍼센트를 차지하는 것은 우리 마야 인들입니다. 마야의 전통들을 보존하고 있는 것은 여성들입니다. 이러한 여성들 덕에 우리는 전통 의상을 수놓는 삼백여 개 이상의 그림들을 보존할 수 있었습니다.

중앙아메리카에 위치한 과테말라는 미국의 테네시 주와 비슷한 면적을 가진 나라입니다. 우리나라를 상징하는 새는 케트살이며 자유를 의미합니다. 케트살은 1624년 스페인 병사들이 우리나라를 침략했을 당시 죽었습니다. 그리고 그렇게 고통스러운 날들이 우리에게 시작되었습니다.

내가 태어났을 때, 내 부모님은 혹독한 가난 속에 삶을 연명하고 계셨습니다. 나는 단 한 번도 미국의 아이들처럼 놀아보지 못했습니다. 아주 어렸을 때부터 생존하기 위해 아버지와 함께 밭으로 나가 일을 해야만 했습니다. 여덟 살이 된 나는 학교에 가서 스페인어를 배웠습니다. 공부를 계속하고 싶었지만 사 학년 말이 되자 낮동안 내내 밭에서 일을 해야 했습니다. 과테말라에서는 교재가 무료로 제공되지 않습니다. 그리고 부모님은 교재 대금을 지불할 수가 없었습니다. 아버지는 하루 종일 일해서 단돈 이 케트살(케트살은 과테말라의 화폐 단위로 일 케트살은 약 140원)을 벌 수 있었습니다. 어머니는 아침부터 저녁까지 천을 짰습니다.

밭으로 돌아온 나는 학교에서 배운 것들을 거의 잊었습니다. 열두 살이 되던 해 처음으로 우리나라의 수도인 과테말라시티에 갔습니다. 그곳에서 목격한 것들 때문에 나는 소름이 끼쳤습니다. 사람들이 종이로 만든 이불을 덮고 길 위에서 살고 있었습니다. 또한 버림받은 아이들이 무리를 지어 거리를 배회하고 있었습니다. 모든 것들이 믿을 수 없을 정도로 비참했습니다. 마을에서 우리는 정말로 가난했지만 아무도 길에서 잠을 자진 않았습니다. 나는 왜 도시 안에 그렇게도 가난한 사람들이 많이 있는 것인지 아버지에게 설명해달라고 부탁했습니다. 아직도 나는 아버지가 해준 답변을 한 단어 한 단어 되풀이할 수 있습니다. '우리 같은 시골 사람들은 어머니 대지가 많이 도와주시거든. 우리에게는 주워다가 땔감으로 쓸 나무토막이 있고, 많지는 않지만 닭도 있고 채소도 있단다. 그리고 병이 나면 약초도 구할 수 있지. 하지만 도시에는 아무것도 없단다. 그 모든 것들을 구하려면 돈이 필요한데 돈을 벌 방법은

하나도 없는 거야.'

그날부터 내 머릿속에는 끊임없이 질문들이 일었습니다. 나는 마야 인들이 생존하기 위해 감내해야 했던 어려움이 무엇이었는지 깨닫기 시작했습니다. 인종차별이 정말로 무엇을 의미하는 것인지 알았고, 가끔씩 수확한 것들을 팔러 갔다가 경찰에게 왜 맞아야 했는지를 알았습니다.

경찰들은 원주민을 인간으로 여기지 않았습니다. 이런 일은 상당히 오래전부터 시작된 것입니다. 우리나라 땅에 도착한 스페인 인들은 우리가 이루어낸 찬란한 문명을 발견했습니다. 하지만 그들은 우리가 야만인이었으며, 자신들이 우리를 문명화시키기 위해 왔다고 믿고 싶어 했습니다. 그때부터 인종차별은 시작되었습니다. 과테말라의 현 정부에서 일하는 사람들은 그들과 같은 유럽 인들의 자손입니다. 따라서 그들의 심장도 그들 조상과 다를 바 없습니다. 우리는 남아프리카와 비슷한 상황 속에 있습니다. 극소수 민족이 통치를 하고, 그들은 그들보다 많은 대다수의 국민들을 억압합니다.

우리에겐 내세울 수 있는 단 한 명의 대표도 없습니다. 식민지 시절, 우리는 순수했지만 그저 노예일 뿐이었습니다. 1821년 독립이 되자 처음에 우리는 우리 역시 해방될 것이라고 기대했었습니다. 그러나 아무 일도 일어나지 않았습니다. 침략자의 후손들이 권력층에 남았고, 우리는 계속해서 고통 받았습니다.

1954년 미국 정부는 우리의 희망이었던 개혁가들이 세운 정부를 쓰러뜨리는 데 협력했습니다. 그렇게 해서 유나이티드 과일 회사는 아직 우리의 것이었던 광대한 영토를 강탈해 갔습니다. 그리고 엑슨, 텍사코, 스페니시 오일 등의 다른 협력사들도 그곳에 와 자리를 잡았습니다. 그들은 과테말라 경제의 막대한 분야를 통제했습니다. 바로 이런 상황 속에서 나는 성장했습니다.

내가 열다섯 살이 되던 해, 메데인(콜롬비아 제2도시)에서 주교들이 모였습니다. 그리고 그다음 날 교회는 개혁의 길로 뛰어들었습니다. 그 덕분에 나는 수업을 계속해서 들을 수 있었습니다. 우리는 교회가 진정한 의미의 혁명을 경험하고 있는 것이라고 생각했습니다. 바로 그 전까지만 해도 교회는 언제나 압제자들의 편이었으니까요. 교회는 우리 종교를 사라지게 하기 위해 모든 짓을 다 했었습니다.

나는 성경 복음서에 나오는 비유들을 활자 그대로 이해하는 대신 그 안의 깊은 의미들을 탐구하기 시작했습니다. 예수 그리스도는 앞 못 보는 많은 이들을 치료했습니다. 그러나 나는 복음서의 장님들이 과테말라에서는 인간 존재로 인정받지 못하는 마야 인을 의미한다는 것을 깨달았습니다. 그들이 우리를 야만인으로 취급하고, 우리에게 아무런 가치도 없다고 단언한 것을 어떻게 설명할 수 있을까요? 도대체 왜 그들은 아직까지도 우리가 이교도이며 악마의 자식이라고 단언하는 것입니까? 몇몇 보수적인 교회들이 현재까지도 그런 말을 하고 있는데, 어쨌거나 그들은 아직 그 수가 너무 많습니다.

우리를 돕는 신부들도 있습니다. 그들은 자주 박해당합니다. 그러나 우리가 생존할 수 있었던 가장 큰 이유는 다른 무엇보다도 우리 조상들이 가진 지혜 덕분이었습니다. 그들 덕에 우리는 우리 자신을 이해할 수 있었습니다. 우리 마야 인들은 백인들이 생각하는 것과 완전히 다른 존재입니다. 그들은 마야 인들이 사라졌다고 말했지만 우리는 아직 살아 존재합니다. 그들은 우리를 '인디언'이라고 부릅니다. 우리에게 있어 그런 명칭의 사용은 모욕적인 것입니다. 인디언은 전 세계에 존재하는 원주민 모두를 지칭하는 이름입니다. 그러나 우리는 다른 민족입니다. 호주와 뉴질랜드의 원주민들이 다르듯이 우리는 마야 인이지 수우 족이 아닙니다. 하나의 민족으로 인정되지 않는 것은 우리로서는 참기 어려운 일입니다.

나라가 침략을 받은 후에도 십칠 대 자손인 우리가 아직까지 존재한다고 세계에 말하고 싶습니다. 나는 우리 조상들의 유산이 경이로운 것이라고, 그들이 처음으로 천체의 운동을 발견했으며, 일년에 며칠만 일하고도 가족들의 양식을 구할 수 있었다는 것을, 그리고 여가 시간을 수학과 천문학, 춤, 음악에 할애했다고 분명하게 말하고 싶습니다.

과거의 모든 가르침들이 아직도 살아 있습니다. 우리는 그 가르침들을 몇 세기 동안 숨겨왔지만, 또 비밀스러운 방법으로 전달해 오기도 했습니다. 우리의 종교는 예전 그대로이고, 수학은 여성들에 의해 우리에게 전해졌습니다. 실제로 베 짜기는 마야 인들의 수학을 기초로 합니다. 허락만 얻을 수 있다면 우리는 내일 당장에라도 우리 마야의 신전과 천문대들을 다시 사용할 수 있습니다. 유카탄 반도에는 이미 그런 일을 하는 신부들이 있습니다. 이제까지 우리의 농업은 언제나 상호 보완식으로 이루어져왔습니다. 한 예로,

우리는 언제나 옥수수와 강낭콩, 호박을 함께 심습니다. 옥수수만 재배하면 토질이 황폐해져 더 이상 경작할 수 없는 땅이 되어버립니다. 강낭콩 잎은 흡수한 에너지를 땅으로 되돌려 보냅니다. 동시에 호박은 태양 광선과 침식으로부터 땅을 보호합니다. 그래서 우리는 화학비료를 뿌릴 필요가 없습니다.

우리는 절대로 화학비료를 사용하지 않습니다. 우리나라에 비료를 수출해 재난을 불러일으킨 자는 바로 미국의 다국적기업들입니다. 마야 인들은 생태학을 자연스럽게 실생활에 적용했습니다. 그들은 비료에 대해 이야기할 필요조차 없었습니다. 당연한 일이었습니다. 백인들의 침략이 있기 전 우리 모두는 배고픔을 느끼지 않았습니다. 그런데 오늘날에는 먹을 게 아무것도 없는 사람들이 있는 반면, 쓰레기통에 음식을 버리는 사람들이 있습니다. 어머니 대지로부터 우리에게 주어진 음식을 버리는 것은 커다란 죄악입니다. 또한 자기 나라에는 버리지 않는 원자핵 폐기물들을 우리나라와 인디언 보호구역들 안에 버리는 것도 큰 죄악입니다.

사람들은 우리나라를 제3세계라고 합니다. 그런데 실제로 제3세계는 우리의 등 위에서 살아가는 나라들입니다. 그들은 과거에 우리가 식인종들이었다고 말합니다. 그러나 식인종은 우리가 아니라 가난한 나라들의 골수를 빨아먹는 자들입니다. 국민의 이 퍼센트에 불과한 사람들이 현재 과테말라의 팔십 퍼센트의 영토를 소유하고 있습니다. 이런 상황이 유발하는 불공정함에 대해 한번 상상해보십시오!

내게 수강을 허락한 교회 수업들을 받은 후, 나는 우리 단체의 투쟁에 참가하기 시작했습니다. 당신들이 생각할 수도 없는 불공평한 상황들이 있습니다. 예를 들어, 우리 마을의 대부분의 여성들은 스페인 어를 할 줄 모릅니다. 물론 의사들은 우리의 언어를 알지 못합니다. 이것이 의미하는 것은 아픈 어린이를 데리고 병원에 간다 하더라도 어머니들은 의사 앞에서 아이의 상태를 설명할 재간이 없다는 것입니다. 이런 이유로 전염병이 돌아 많은 어린이들이 죽습니다. 당신이 마야 인인데, 아이들이 아파 병원에 데리고 가야 한다고 가정해봅시다. 그러나 아이들을 병원에 데리고 간 당신은 그곳에 당신 아이들을 위한 침대가 없다는 것을 알게 됩니다. 종종 애걸하는 어머니들을 구타하는 일이 발생하기도 합니다. 나는 그런 경우를 직접 당하기도 했습니다. 그래서 여성들이 이런 상황들에 대처할 수 있도록 돕기 시작했습니다. 마침내 나는 마을에서 백오십 명 이상의 사람들을 모을 수 있었습니다.

이뿐만이 아닙니다. 우리는 남성 우월주의에도 대항해야 했습니다. 침략 전에 여성과 남성은 평등하게 살아왔습니다. 그러나 스페인 인들이 들여온 남성 우월주의 사상에 우리는 오염되었습니다. 우리가 해야 할 첫 번째 일은 여성의 존엄성을 되찾는 것이었습니다. 현재 나는 사회 개혁 지도자가 된 남편과 함께 일합니다. 그는 나의 동지입니다. 우리는 서로의 의견에 귀를 기울였습니다. 그리고 우리가 해방될 수 있도록 남녀가 평등하게 함께 일해야 한다는 것을 깨달았습니다.

1975년에 내 동반자인 펠리페는 감옥 안에 던져졌습니다. 스페인 인들은 우리를 빨갱이라고 했습니다. 가난한 사람들을 후원하던 기독교 형제들도 박해받기 시작했습니다. 1980년에는 많은 외국인 신부들이 암살되었습니다. 같은 해에 군인들이 우리 집을 불태워버렸습니다. 펠리페는 생명의 위협을 받았고, 그래서 마을을 떠나야 했습니다. 1981년 그들은 나의 형제와 함께 일하던 여러 젊은이들을 죽였습니다. 나 역시 위험에 처했습니다. 우리는 우리나라를 떠날 수밖에 없었습니다.

이것이 내 인생에서 매우 중요한 사건들입니다. 그 일들은 나에게 커다란 고통을 주었습니다. 그러나 그 사건들이 있었기 때문에 우리는 지금 우리가 하고 있는 일들을 할 수 있었습니다. 미국에 도착한 이후로 우리는 국제마야연합을 조직했습니다. 우리는 계속해서 우리나라가 처한 상황을 이야기하며 우리 마야 문화가 세계를 위해 무엇을 할 수 있는지 설명했습니다.

미국에 오기 전에 우리는 먼저 멕시코를 거쳤습니다. 그곳에서 우리는 매우 어려운 시간들을 살았습니다. 내 자식들은 먹을 것이 충분치 않아 몹시 아팠고, 남편은 죽음의 문턱에까지 갔었습니다. 고통을 당한 것은 우리만이 아니었습니다. 나는 당신들에게 가슴 아픈 다른 많은 이야기들을 할 수 있습니다. 불태워진 마을들과 살해당한 남자들, 강을 건너다 익사한 아이들에 대해서도."

라셀이 그녀에게 물었다.

"무엇이 당신으로 하여금 이런 모든 시련들을 이겨내고 투쟁하도록 힘을 주었습니까?"

엘레나는 말했다

"다른 여성들 모두 나와 같은 상황을 겪고 있다는 것을 알고 난 뒤 나는 어떻게든 그들을 돕고 싶었습니다. 현재 나는 세 가지 분야의 일을 합니다. 나 역시 한 사람의 망명자로서 우리들이 정치적으로 망명한 사람들임을 세계에 알리고자 시도하는 혁명 정부에서 일합니다. 현재까지도 미국 정부에 있어 우리는 단지 '난민'들일 뿐입니다. 그들은 과테말라에서 일어난 일들을 전혀 고려하지 않습니다.

내가 하는 두 번째 일은 모국에 어떤 일이 일어나고 있는가를 세계에 알리는 것입니다. 그곳에서 무슨 일이 일어나는지 알고 있으면서도 침묵을 지킨다면, 나는 암살자들의 공범이 되는 것입니다. 세 번째 일은 우리 조상들의 문화유산을 세계에 알릴 수 있도록 돕는 것입니다. 서적들은 군인과 선교사들에 의해 불태워졌지만, 가르침은 후손 대대로 구전되어왔습니다.

나는 당신들이 우리에게 얼마나 많은 관심을 기울이는지 알고 깊은 감명을 받았습니다. 우리에 대해 더 알고 싶으시다면 당신들을 십오일 뒤 워싱턴 주 버몬트 시 남부에 있는 우리 집에서 가질 집회에 초대하겠습니다. 그곳에 오시면 당신들의 관심사를 충족시킬 수 있는 사람들을 만날 수 있을 것입니다."

이런 이야기가 오간 뒤, 우리는 곧바로 익숏 가족의 보금자리인 그들의 집으로 갔다. 그 집은 인접한 소규모 수도회인 베네딕트회 사제들로부터 빌린 낡은 창고를 정리한 것이었다. 그곳은 자연에 둘러싸여 있었는데, 밤에는 코요테(아즈텍의 '코요틸'이라는 이름에서 유래)들이 짖는 소리를 들을 수 있는 거대한 숲 한가운데 위치해 있었다. 우리를 맞이한 것은 엘레나와 펠리페, 그들의 다섯 아이들과, 나와 라셀의 다리 사이로 계속해서 달려드는 어린 흰 고양이 무리로 구성된 가족 모두였다.

그 가족은 우리에게 감동적인 기억들을 선사해주었다. 며칠 전만 하더라도 나는 마야 인들이 역사가들의 이야기 속에나 존재한다고 생각했었다! 그런데 그런 그들이 지금 이렇게 내 눈앞에 살아 있는 것이다. 따뜻하고, 잘 웃으며, 수다스러운 그들은 짙은 색의 둥근 얼굴에 검은 머리카락과 조금 찢어진 눈을 가지고 있었다. 나는 그들의 체구가 작은 것을 보고 놀랐다. 떠나기 전에 우리는 우리의 우정을 기념하기 위해 사진을 찍었다. 그런데 사진 속에 그들과 함께 있는 나를 보며 나는 내 키가 크다는 느낌을 생애 처음으로 받았다. 나는 우리나라에서 작은 편에 속했던 것이다. 나는 철갑 옷을 입은 스페인 인들에 의해 나라가 침략되는 참혹한 재앙을 겪기 이전, 그들 문명이 이루어낸 찬란한 문명을 어렵지 않게 떠올릴 수 있었다.

우리가 도착하자마자 펠리페는 우리를 천장 들보들이 눈에 띄는, 그의 사무실 겸 텔레비전 시청실이기도 한 이 층의 커다란 방으로 안내했다. 그의 입심은 따라가기 힘들 정도로 대단했다.

"나는 과테말라의 케트살테낭고(과테말라의 제2도시) 출신입니다. 당시 나는 생명의 위협을 받고 있었기 때문에 모국을 떠날 수밖에 없었습니다. 내 죄목은 마을의 아이들과 어른들에게 글 읽는 법을 가르친 것이었습니다. 정부는 이것을 위협적인 행동으로 간주했습니다. 정부에게는 무지한 국민들이 필요했던 겁니다. 그래야 조종

하기가 편하니까요. 그래서 많은 협동조합의 지도자들이 제거되었습니다. 그들은 농부들의 원주민 지도자가 되어가고 있던 중이었습니다. 마을에 협동조합을 세운 내 아버지의 경우도 마찬가지여서 그 역시 멕시코로 망명해야만 했습니다.

처음 제가 한 생각은 농부들이 자립할 수 있도록 자금을 투자하는 것이었습니다. 다른 많은 경우들처럼 우리의 협동조합도 지속적으로 성장을 거듭했습니다. 우리가 세운 협동조합은 다른 조합과 카리타스(전 세계 가톨릭교회의 자선, 구호, 사회복지, 개발 사업을 총괄하는 교황청 산하 기구), 그리고 경제발전협회들과 함께 당국이 위협을 느낄 만큼 서로 연합했습니다. 그러나 결과적으로 농부들은 보조금을 잃고 은행에 대출 신청을 해야만 했습니다. 이자를 지불할 수 없었던 그들은 대주주들의 이익을 위해 자신들의 땅을 잃었습니다.

아버지는 마을에서 열여덟 명의 젊은이들이 학살된 다음 날 탈출했습니다. 삼 년간 그는 국내로 피신을 다녔습니다. 처음 그는 숲 속에서 지내다가 과테말라시티로 갔습니다. 그리고 그곳에서 멕시코로 망명했습니다. 1981년 군인들이 아버지를 찾으러 집으로 왔습니다. 그러나 아버지를 찾지 못하자 그들은 끔찍한 방법으로 보복하겠다며 우리를 위협했습니다. 같은 해 외삼촌이 군인들에게 살해되었습니다. 그는 협동조합의 일원이었습니다. 우리 차례가 올 것이라는 것을 느낀 우리는 멕시코로 망명할 방법을 찾았습니다. 그때 멕시코의 신부들이 우리에게 이곳으로 오라는 제안을 했습니다.

현재 우리는 과테말라의 상황이 악화되었다는 것을 알고 있습니다. 멕시코와 코스타리카로 망명하는 사람들이 늘었고, 신부들은 학살당했으며, 농부들은 계속해서 자신들의 땅을 잃고 있습니다. 그와 동시에 빈민들은 콜레라의 도전을 받았습니다. 우리나라 사람들은 더 이상 아무런 희망도 품고 있지 않습니다. 예전에는 중산층이 있었습니다. 하지만 중산층은 감소를 거듭해 이제는 존재하지 않습니다. 지금은 가난한 자와 부자들만이 있을 뿐입니다. 이런 일들은 상황을 더욱 긴박하게 만들었습니다. 이제 고통스러워하는 사람들은 마야 인들만이 아니라 가난한 사람들 모두입니다. 그래서 여기저기서 게릴라들이 지속적으로 일어났습니다.

　그 게릴라들을 정부는 공산주의자들로 치부해 책임을 회피했습니다. 우리를 카스트로(쿠바의 대통령이자 국가평의회 의장. 1945년 학생운동 지도자로 정치투쟁에 참여했고, 바티스타 독재 정권을 타도한 이래 사십칠 년간 사회주의 이념 아래 쿠바를 통치함)의 추종자들이라고 단언하면서. 하지만 나는 우리의 저항이 오백 년 전부터, 유럽의 침략 이후부터 계속된 것이라고 강조해서 말합니다. 우리의 조상들이 공동체 생활을 한 것은 사실이지만 그렇다고 해서 어떻게 그들을 공산주의자라고 말할 수 있습니까? 기껏해야 우리는 복음서의 '너에게 셔츠 열 벌이 있다. 너의 형제 중 셔츠를 한 벌도 가지고 있지 않은 자가 있다면 그에게 최소한 한 벌의 셔츠를 나누어주거라.'라는 상식에 따른 것이었을 뿐입니다.

　가톨릭이 원주민 문화의 파괴에 커다란 역할을 담당한 것은 사실입니다. 개인적으로 나도 그런 체험을 했으니까요. 선교사들은 마야 인들에게 마야의 종교적 전통을 따르지 말아야 한다고 말했습니다. 그것이 악마의 것이라고 말하면서. 나뿐만이 아니라 내 아이들도 그렇게 말하는 것을 들었습니다. 우리들 중 많은 이들이 세뇌되었습니다. 그들이 성당에 가기 시작하고 묵주를 돌리기 시작한 것은 두려움 때문이었습니다. 나는 그들이 미사에 참석하지 않았을 때 느껴야 했던 두려움이 무엇이었는지 잘 알고 있습니다. 우리는 우리의 의식들을 비밀리에 치러야 했습니다.

다행히 지금은 상황이 변하고 있습니다. 이제 사람들은 지옥이 지상에 있다는 것을 확인하기 위해 자기 주변을 둘러보기만 하면 되니까요. 점점 더 많은 마야 인들이 자기 문화의 중요성에 대해 자각하고 있습니다. 그들 중 상당수는 마야의 의식들을 지내고, 교회 안에서 오래전부터 우리나라의 전통 악기였던 마림바(나무로 만든 실로폰처럼 생긴 마야 전통 악기)를 연주하기 시작했습니다. 하지만 그렇다고 해서 우리가 다른 종교를 존중하지 않는 것은 아닙니다. 왜냐하면 우리는 신은 오직 한 분이며, 그가 바로 우리 모두의 아버지와 어머니라는 것을 알고 있기 때문입니다.

나와 뜻을 같이하는 기독교인들이 점점 더 많아지고 있습니다. 만약 선교사들이 우리의 풍습과 관례에 대해 먼저 공부를 했다면 우리를 더 존중했을 것이라고 생각합니다. 지금 우리에게는 우리 문화를 보존할 수 있도록 도와주는 신부들과 종교인들이 있습니다. 나에게는 유태인과 회교도 친구들이 있는데, 그들과 교류를 하면서 나는 많은 것을 배웠습니다."

우리는 엘레나의 가족들과 오랫동안 이야기를 나누었다. 그리고 식사를 함께한 다음 비디오 시청을 했다. 그 비디오테이프들은 그들 마을과 과테말라의 숲 속에서 여러 차례 은밀히 상영되었던 것들이었다. 비디오를 보고 우리는 멕시코와 코스타리카의 수용소 안에서 만여 명의 망명자들이 아무것도 없이 살고 있다는 것을 알았다. 또한 군인들이 젊은이들을 강제로 징병하기 위해서 여러 마을에 침입해 마야 인들을 차례로 살해한 것을 알았다.

해설자가 말했다.

인디언들에게 대지는 신성한 것이다. 흙에서 생명의 근원인 옥수수가 솟아나기 때문이다. 인간과 옥수수, 그리고 대지는 하나이다. 그런 이유로 군대는 주민들을 이주시키고 마을들을 불태워 그들의 문화를 파괴하려 하는 것이다. 군대는 마치 지금까지 이 땅에 아무것도 존재하지 않았던 것처럼 인디언 문화들이 모두 파괴되길 원한다. 그러나 스페인 인들의 정복도, 오백 년의 통치도 그 문화들을 파괴하지는 못했다. 이백오십 개의 마을들이 이미 지도상에서 지워졌고, 마야 인들이 '세상의 모든 나무들이 탄생한 나라'라고 불렀던 그 나라의 숲들이 모두 불태워졌지만…….

화면에는 한 젊은 청년이 나와 증언을 하고 있었다.

"군인들이 나를 찾으러 왔을 때 나는 밭에서 일하고 있었습니다. 그들은 나를 때렸고, 저항하는 나를 저지하기 위해 나를 덮쳤습니다. 한 육군 중위는 이렇게 말했습니다. '우리는 당신들과 함께 민간 순찰대를 조직하기 위해 이곳에 왔다.' 공포심에 떨며 나는 한 달간 그 순찰대의 일원으로 머물렀습니다. 우리는 죽지 않기 위해 아무런 방어책도 없는 사람들을 죽여야 했습니다. 나는 그곳에서 도망칠 수 있었지만, 만약 도망쳤다가 다시 잡혀갔다면 그 즉시 총살되었을 것입니다."

그 청년의 증언 말고도 다른 많은 일들이 있었지만, 그것들을 되풀이해 말한다고 해서 무엇이 달라질 것이란 말인가? 두려움 앞에서는 모두가 같다. 그 두려움은 가혹한 민족 말살 정책을 감내한 모든 민족들이 느꼈던 것이다. 세상 여론이 아무리 강하고, 어떤 동기로 인해 그것이 갑작스럽게 불붙는다 해도 그 민족에 관심을 가질 이는 아무도 없다. 더군다나 여론은 이런 민족이 당하는 고통보다는 고치기 어려운 정신 발작을 치료하려는 어느 미국인 단체에 더 많은 흥미를 갖는다. 화면을 가득 채우고 있는 환각 상태에 사로잡힌 가련한 얼굴들은 박해당한 민족의 상징이다.

이천 명 이상의 사람들이 작은 베네딕트회 수도원을 둘러싼 초원에 모여 있다. 즐거워 보이는 군중은 다양한 색의 옷을 입은 수도사들로 활기를 더한다. 그들 중 열 명가량의 수도사들은 다른 사람들과 달리 청바지에 그림이 그려진 티셔츠를 입고 기타와 타악기들을 연주하고 있다. 열정적이고 확실한 동기를 가진 그 군중들은 아메리카 세 대륙의 모든 부족들은 물론 태평양, 혹은 아프리카의 섬들에서 온 이들이다. 그들 모두는 수도원의 수도사들이 콜럼버스의 아메리카 '발견' 오백 번째 생일을 자축하기 위해 초대한 사람들이었다.

슬픈 생일. 그들 모두는 하나같이 잔인하다고 말할 수밖에 없는 침략과 영원히 계속될 것만 같은 통치에 고통을 받아왔다. 그들과 함께 우리는 격동적이고, 인상 깊으며, 가슴 떨리는 이틀을 보낼 것이다. 우리는 함께 저항할 것이며, 기쁨과 아름다움을 표현하는 그들의 음악을 연주하며 노래하고 춤출 것이다. 하루에 두 번, 모든 사람들은 감동적인 증언들을 듣기 위해 커다란 창고 안에 모였다. 그들 중 어느 한 사람이 우리에게 강한 인상을 남겼다. 지금부터 우리는 그가 말한 것을 모두 옮겨 쓸 것이다. 그것은 울분에 찬 어느 체로키 인의 증언이다.

그는 지금 우리 앞에 놓인 연단 위에 서 있다. 큰 키의 쾌남으로 구릿빛으로 그을린 그의 얼굴에서는 분개한 두 눈이 번득였다. 그의 구부러진 코와 길게 땋아 내린 검은 머리카락은 마치 니스 칠을 한 것만 같았다. 그는 긴 술이 달린 겉옷을 입고 있었는데, 그런 차림새는 그를 서부영화 속에서 곧장 걸어 나온 인물로 보이게 했다. 연설을 시작하기 전까지 그는 인디언들의 전통처럼 우언법(간결함과 단순함을 버리고 멀리 에두르거나 빗대어 말하는 수사법)을 써서 최소한의 말을 했는데, 그의 영어는 훌륭했고 정곡을 찔렀다.

그가 말했다.

"백인들 앞에서 이야기를 할 때마다 나는 그들이 의기소침해진다는 느낌을 받습니다. 그러나 어쨌든 그들은 내가 자신들에게 말하는 요점을 이해하지 못합니다. 그들은 우리 붉은 얼굴들이 이 나라 전체를 소유하는 것을 원치 않았습니다. 그래서 우리는 현재의 인디언 보호구역 안으로 떠밀려졌습니다. 우리는 이 나라의 주인이었습니다. 그런데 이제 아무런 권리도 갖고 있지 않습니다. 그들은 이해하지 못합니다. 그들은 인디언이 아니기 때문입니다.

나의 할아버지는 언제나 이렇게 말했습니다. '사람들과 말을 하면서 너는 그들 모두가 신의 자식이라는 것을 언제나 잊어서는 안 된다.' 나는 이해할 수 없습니다. 어떻게 백인들이 우리를 그런 식으로 대우할 수 있는지 말입니다. 그들처럼 우리 인디언 역시 신의 자식들입니다. 나는 오늘 눈앞에 백인과 흑인, 그리고 홍인종과 황인종을 모두 함께 두고 보는 것이 매우 행복합니다. 그들을 보며 나는 네 가지 서로 다른 피부색을 가진 인류에 대해 말하던 할아버지를 떠올립니다.

내 이름은 산쿠라입니다. 나는 노스캐롤라이나에 사는 체로키 부족의 한 사람입니다. 나는 우리가 살고 있는 인디언 보호구역 안으로 사진을 찍으러 오는 백인들을 너무도 많이 보았습니다. 그들은 스모키 산까지 올라가 소리칩니다. '이 얼마나 아름다운 장소인가!' 그 일대가 아름다운 것은 사실이지만 우리는 그들이 우리를 조용히 살도록 내버려두기를 바랍니다. 우리는 우리에게 남겨진 최소한의 마지막 영토 안에 살고 있습니다. 우리 집 안에 말입니다. 또한 우리는 조상들을 기리는 제사를 지낼 수 있게 되기를 희망합니다. 나는 인디언이고 교회에 가기를 원하지 않습니다. 나는 사람들이 우리를 평화롭게 내버려두기를 원합니다. 매일, 우리가 어떻게 살아야 하며 어떤 사람이 되어야 하는지 말하러 오는 단체들이 있습니다. 그것은 오백 년 전부터 있어왔던 일입니다. 그러나 우리는 우리 있는 그대로의 모습으로 살아갈 수밖에 없습니다. 우리 인디언들은 동물원에서 원숭이 사진을 찍듯이 우리가 살아가는 모습을 찍으러 오는 호기심에 찬 사람들을 거부합니다.

여러분은 나의 가족들이 죽어가고 있다는 것을 알아야 합니다. 우리 부족의 역사를 보십시오. 우리 체로키 인은 백인들을 받아들였습니다. 또한 그들이 일하는 방식에 적응했으며 그들의 요구대로 농부가 되었습니다. 1839년 그 유명한 '눈물의 여정'에서 우리는 우리의 영토를 빼앗겼습니다. 그러고는 사람들이 우리에게 자유롭게 살 수 있다고 말한 장소로 이동해갔습니다. 눈과 추위 속에서 여행은 끔찍했습니다. 많은 이들이 죽었습니다. 조상들이 그런 시련들을 겪으며 느꼈던 것들을 생각하면, 나는 아직도 진한 감동을 받습니다.

그 후로도 인디언에 대한 백인들의 학대는 그치지 않았습니다. 우리와 다른 문화가 이 나라에 세워졌으며 우리에게 그들의 뜻에 따르라고 강요했습니다. 침략 오백 번째 생일은 우리 민족에게는 큰 의미를 갖습니다. 그들은 우리에게서 너무도 많은 것들을 가져갔습니다. 그래서 이제 우리에게는 줄 것이 더 이상 아무것도 없습니다. 많은 사회 봉사자들이 우리를 돕기 위해 우리 영토에 왔으며, 또 많은 선교사들이 우리를 구원하기 위해 왔습니다. 하지만 우리는 도움이 필요하지 않고 구원될 필요도 없습니다. 우리에게 필요한 것은 그런 것들이 아니라 인간으로 대접받는 것입니다. 우리는 그런 대우를 받지 못했으니까요.

어렸을 때, 사람들은 종종 나에게 일화 하나를 들려주었습니다. 어느 날 한 늙은 추장이 워싱턴으로 조약을 체결하러 갔습니다. 회의 참석자들은 추장을 둘러싸고 조약이 그의 부족에게 얼마나 유리한 것인가를 설명했습니다. 그러면서 그가 앞으로 만지게 될 돈으로 인디언 청년들을 변호사와 의사가 될 수 있도록 교육시킬 수 있다고 말했습니다. 추장은 정치인들이 그에게 말하는 것을 모두 듣고 난 다음 일어나 다음과 같이 말했습니다. '당신들은 우리가 진정으로 무엇을 원하는지 이해하지 못하고 있습니다. 우리는 의사나 변호사가 되기를 원하지 않습니다. 또한 당신들의 사회에 소속되는 것도 원하지 않습니다. 우리가 원하는 것은 단지 살아 이곳에 존재하는 것입니다.'

조금 전 조지아 주에서 운전해 이곳으로 오면서 나는 강과 산들, 그리고 몇몇 도시들이 인디언의 이름을 가지고 있는 것을 보았습니다. 그것을 보며 나는 생각했습니다. 만약 어떤 인디언 한 명이 그 마을들 중 하나에서 전통 의상을 입고 자기소개를 한다면, 사람들은 분명 이렇게 말할 것입니다. '뭐라고? 너희들이 아직 여기에 있다고? 우리는 너희들을 해치워버렸어. 그래서 더 이상 너희들이 이곳에 존재하지 않는다고 생각했는데?'

그들이 바라는 게 그런 것이라 할지라도, 단언하건대 우리는 계속 존재할 것이며, 우리에게 아직 남아 있는 전통들과 땅을 지켜나갈 것입니다. 십 년 전, 나는 권리를 찾기 위해 무기를 들고 싸우겠다고 결심했었습니다. 많은 젊은 전사들이 그와 같은 생각을 했습니다. 그러나 지금, 나는 우리가 이기지 못하리라는 것을 잘 알고 있습니다. 그래서 여러분에게 도움을 청하려고 이곳에 온 것입니다. 나를 추장이라고 부르지 마십시오. 나를 모욕하는 것이니까요.

나는 단지 한 사람의 인디언일 뿐입니다. 추장은 존 웨인의 영화에서나 볼 수 있습니다. 여러분들은 서부영화 속의 우리들만을 알고 있습니다. 그것은 끔찍한 일입니다. 현실적으로도 우리와 관련된 서적들을 읽고 우리에게 관심을 기울여줄 사람은 아무도 없습니다. 우리는 전사들로 이루어진 씨족사회입니다. 추장이라고 불리는 사람은 우리 사회에 없습니다.

　나의 아버지가 그러했듯이 나는 머리를 땋고 있습니다. 이런 나를 많은 백인들은 우롱했습니다. 나를 비웃으면서 그들은 나뿐만 아니라 나의 아버지와 어머니, 그리고 내 민족 전체를 모욕한 것입니다. 그들에게는 재미있는 일일지도 모르지만, 사실 그들은 인디언 민족에 대해 아무것도 이해하지 못하고 있습니다. 우리를 이해하지 못하기 때문에 그들은 과거에 늘 그랬던 것처럼 우리를 대하는 것입니다. 여러분들 모두에게 한 명씩 자리에서 일어나 사과를 하라고 말하는 것은 아닙니다. 그 오백 년 전부터 있었던 일을 가지고 사과를 요구하는 것이 아닙니다. 지금 내가 여러분들에게 부탁하는 모든 것은 조금이라도 우리를 인간으로 대접해달라는 것입니다.

　나는 우리의 권리를 위해 싸울 목적으로 체로키 부족에 의해 만들어진 단체를 소개합니다. 그러나 대개의 사람들은 내가 하는 말을 듣고 싶어 하지 않습니다. 분명 내 말을 듣고 나면 그들은 무언가를 시작해야만 할 테니까요. 눈을 감아버리기란 정말로 너무나 쉽습니다. 하지만 당신들은 우리의 이야기에 귀를 기울여야 할 것입니다. 점점 더 많은 인디언들이 봉기하고 있으며 이렇게 선포합니다. '이제 더 이상 우리에게 그렇게 하지 마라!' 우리는 이미 당신들에게 두 뺨을 다 내밀었었습니다. 그래서 더 이상 당신들에게 바칠 뺨이 없습니다. 인디언에게 말을 건넬 때, 설사 그 말이 세계 제일의 의도를 가지고 있는 것이라 하더라도, 자신들의 나라에서 무슨 일이 일어나고 있는지를 보며 불행과 절망을 느끼는 존재들에게 이야기하고 있다는 것을 잊어서는 안 됩니다. 특히 그들이 내가 수용소라고 그 어떤 망설임도 없이 지칭하는 인디언 보호구역 안에서 일어나는 일들을 보면서 불행해하는 사람들임을 말입니다.

백인들은 세금을 내면서 정부가 인디언들을 돌봐줄 것이라고 말합니다. 그러면서 그들은 문제가 해결되었다고 생각합니다. 그러나 그렇지 않습니다. 문제는 인디언 자신만이 해결할 수 있습니다. 나에게는 아직 상처가 있습니다. 작년 사월, 애틀랜타에서 당국자들이 우리 조상들의 유골과 신성한 물건들을 박물관에 가져가기 위해 흙에서 파헤쳐냈습니다. 마침내 조지 부시 정부가 그와 같은 일들을 금지하는 법을 선포할 때까지 우리는 투쟁에 투쟁을 거듭했습니다. 그때 사람들이 나에게 이렇게 말했습니다. '이제 기쁘지요!' 아닙니다. 나는 기쁘지 않습니다. 아직 많은 부정이 있기 때문입니다.

여러분은 내가 지나치게 화를 내고 있다고 생각하겠지만, 아닙니다. 나는 화가 난 것이 아니라 오늘날 인디언으로 살아간다는 것이 어떤 것인지를 여러분에게 설명하려고 하는 것입니다. 나는 진정한 인디언에 대해 말하고 싶은 것이지 달러에서 자기 자신을 찾는 사람들에 대해 말하려는 것이 아닙니다.

나는 여러분들의 기를 죽이기 위해 이곳에 있는 것이 아닙니다. 나는 진실을 말하기 위해 이곳에 있는 것입니다. 우리의 문화는 죽어가고 있고, 우리의 언어들도 죽어가고 있으며, 우리의 종교적 관습들도 죽어가고 있습니다. 우리의 노인들과 젊은이들 또한 죽어가고 있습니다. 나는 내게 주어지는 기회를 모두 이용해 우리가 고통 받고 있다고 외칠 것입니다. 나는 이미 죽음의 문턱에까지 다녀온 사람입니다. 그러나 나는 아직 여기에 있습니다. 그리고 끝까지 투쟁을 계속할 것입니다.

앞에서 카메라 한 대가 나를 녹화하고 있습니다. 내가 연단을 내려가 카메라를 들고 이렇게 말하는 것을 한번 상상해보십시오. '이카메라는 이제부터 내 거야!' 사람들은 나를 도둑으로 취급할 것입니다. 이것이 바로 오백 년 전부터 미국 정부가 인디언 부족에게 한 행동입니다. 백인들은 북아메리카와 중앙아메리카, 남아메리카와 호주, 아프리카와 아시아, 태평양 섬들로 갔습니다. 그리고 그곳에서 자신들이 원하는 모든 것들을 계속 가져갔습니다. 그들은 우리의 풍요로운 대지 위에 손을 놓고 소리쳤습니다. '이것은 이제 모두 내 것이다!' 이러한 점에 대해 다시 한 번 생각해보아야 하며, 태도를 바꾸어야 합니다. 우리가 아직 죽지 않았으며, 우리 문화는 그것이 단 하나의 문화가 될지라도 이 국토 위에 살아 있다는 것을 알아야 합니다. 학살과 강제 개종 이후에도 우리는 아직 여기에 있습니다. 우리는 있는 그대로의 우리 모습으로 이곳에 머물 수 있기를 바랍니다.

나는 우리 편이 되고자 하는 많은 백인들을 알고 있습니다. 우리가 그들의 형제들이라고 말하면서 다가서는 이들을 말입니다. 이 것은 좋은 일이지만, 공중누각이 되어서는 안 됩니다. 나는 나의 형제를 위해 죽을 것입니다. 내가 나의 어머니와 내 아들들을 위해 죽을 수 있는 것과 마찬가지로. 진심 어린 생각이 아니라면, 그리 고 여러분들이 초지일관할 준비가 되어 있지 않다면, 좋은 말들일 랑 이제 그만하십시오. 또한 여러분이 나의 민족에게 무엇을 해야 한다고 말할 권리가 없다는 것을 깨달으십시오. 왜냐고요? 왜냐하 면 여러분들은 인디언이 아니기 때문입니다. 이것이 내가 여러분 에게 전하는 메시지입니다."

'분노한 체로키 인'이 말을 마치자 죽음 같은 정적이 모여 있는 사람들 위로 떨어졌다. 이어 박수와 브라보를 외치는 소리가 터져 나왔다. 나는 주변 사람들을 바라보았다. 감동한 표정들이었고 많 은 이들이 눈물을 흘리고 있었다. 나중에 우리가 한 질문에 그들은 모든 원주민 민족들이 눈앞에서 일어나 고통에 울부짖는 것을 보 는 것만 같았다고 말했다. 그들은 인디언들을 도와주고 싶은 마음 이 생겼지만 쓰디쓴 무력감에 짓눌린 듯했다.

감동은 이제부터 계속될 증언들에 따라 증대될 것이다. 하지만 우리는 그 증언들을 여기에 모두 적을 수는 없다. 왜냐하면 같은 고통에 시달리고 있는 인디언들에 대한 증언들이 반복되었기 때문 이다. 우리는 인디언들이 다수의 백인들에 의해 더 이상 지구상에 없는 존재들로 여겨졌을 때 그들이 느꼈던 감정이 어떤 것이었는 지를 알고 감동받았다. 백인들은 마치 인디언 모두가 완전히 사라진 것처럼 행동했다. 그에 대한 한 일화가 있다.

어느 날, 한 소녀는 선생님이 수업 시간에 버몬트 시에는 더 이상 인디언이 없다고 단언했던 것에 대해 이야기를 나누기 위해 선생님을 찾아갔다. '하지만 나는 여기 있는걸요, 난 인디언이에요!' 이렇게 소리친 그녀는 벌을 받았다. 자신들이 더 이상 존재하지 않는다고 여겨지는 것과, 혹은 인디언 춤을 보러 오거나 바구니를 사러 온 여행자들에게 감탄의 대상이 되어주기 위해 멀리 떨어진 몇몇 인디언 보호구역 안에 있어야 하는 것은 정말이지 끔찍할 것이다. 대개 인디언 보호구역 안에는 말로 다할 수 없는 가난이 만연해 있다. 학교들은 충분치 않으며, 의료 기관들을 가까이할 수 없는 경우가 비일비재하다. 그리고 우리가 이미 말했듯이 어떤 이들은 자기 가족에서 강탈되어 갔다. 그들 중 한 명이 증언을 하러 왔다. 그는 놀라울 정도로 키가 컸고 얼굴에는 피곤한 기색이 역력했다. 그가 남부 지방의 무거운 악센트로 말하기 시작했다.

"나는 1946년 미시시피에서 태어났습니다. 여덟 살 때 나는 백인 가정에 입양되기 위해 가족들과 헤어져야 했습니다. 나는 빨리 내 출신에 대해 잊어야 했습니다. 왜냐하면 미시시피는 버몬트와는 달리 다양한 인종이 살지 않았기 때문입니다. 백인이나 흑인으로 분류되어 살아야 했던 나는 백인 가정에 입양되었다는 이유로 백인으로 분류되었습니다. 내 피부가 밝은색이었기 때문에 그것은 어렵지 않았습니다. 나의 양부모님은 나에게 늘 백인이 다른 종족에 비해 우월하다고 말했고, 죽는 날까지 내가 살고 있는 사회를 지킬 준비가 되어 있어야 한다고 말했습니다. 나는 그것이 인종차별주의라고 생각했습니다. 그 모든 상황들에도 불구하고 내 마음 속에는 사람들이 내게 기대하는 것에 따라 살기를 거부하는 어떤 것이 있었습니다. 예를 들어, 나는 왜 인종을 나누는 것인지 이해할 수 없었습니다. 나는 흑인 아이들과 놀고 싶었습니다. 열여섯 살 때 나는 왜 우리가 서로 다른 교회에 가야 하는지 의문을 품게 되었습니다. 믿음은 하나인데 말입니다. 스무 살이 되던 해 나는 왕래를 갖지 말아야 하는 사람들과 연합했다가 감옥에 갔습니다.

그런 모든 일들은 나를 '생존을 위한 학원'으로 가게 했습니다. 무슨 학원 이름이 그러냐고요? 우리는 이 나라가 인종 문제를 해결하지 못한다면 어떤 변화도 일으킬 수 없다는 것을 알았습니다. 유럽 인들이 이 땅에 도착한 것은 오백 년 전의 일입니다. 어떻게 그들은 이곳에 도착하면서 백인이 된 것일까? 백인은 어떻게 되는 것일까? 그들의 조상들도 백인이라고 불렸던 것일까? 이 질문들은 언제나 나의 흥미를 끌었었습니다. 나는 그다음 질문이 무엇이 될 것인지를 알았습니다. 그것은 우리 문화가 백인들의 지배하에 남아 있어야 하는가에 대한 것이었습니다.

내 말을 오해하지는 말아 주십시오. 나는 백인들 모두가 우리의 적이라고 말하는 것은 아닙니다. 나는 몇몇 백인들과 일하는 특권을 누리고 있습니다. 그들은 내 형제들입니다. 신의 자식들인 우리 모두는 투쟁이 외부적인 데만 국한되는 것이 아니라 우리 개개인의 내면에도 해당되는 것임을 잊지 말아야 합니다. 그리고 함께 인종차별에 대항해야 합니다.

우리 민족의 이름을 걸고 나는 정의를 실현하자고 여러분에게 부탁합니다. 플로리다에서 흑인 두 명에게 폭행당했던 백인 여성을 기억해보십시오. 사람들은 그녀에게 병가를 주고 재정적 보상도 해주었습니다. 그녀가 흑인과 함께 일할 수 없을 정도로 흑인들에 대한 공포증이 생겼다고 주장했기 때문입니다. 나는 판사들이 잘못했다고 말하는 것은 아닙니다. 단지 흑인이나 인디언들은 백인들에게 폭행을 당한 일이 없었는가를 말하려고 하는 것입니다. 흑인과 인디언 중 그 어떤 사람도 이런 판결을 받은 적은 없습니다. 내가 자란 남부에서는 백인들이 보기에 특별히 존중받을 만한 인디언은 백인이 될 만한 가치가 있다고 말합니다. 그와 같은 표현으로 나는 '명예로운 백인'이라는 말을 여러 차례 들었습니다. 나는 양부모님이 한 말을 잊지 못합니다. '너는 가난하지만 적어도 백인이다.' 나는 이러한 것들에 대항해 투쟁해왔습니다. 여러분, 나와 함께 투쟁해주십시오."

첫째 날은 이 증언을 마지막으로 끝이 났다. 슬픔과 분노의 시간이 지난 후 지금은 축제의 시간이 되었다. 축제는 자발적으로 이루어졌다. 북이 울렸고 리듬이 빨라졌다. 모든 인종들이 섞여, 이천 명의 참석자들은 두 손으로 옆 사람의 어깨를 잡고 물결 모양의 파도를 거대한 뱀 모양으로 초원 안에 만들었다. 뱀은 마치 자기 꼬리를 무는 것처럼 빠르고 느리게 몸을 감았다. 결코 외면할 수 없는 열정적인 즐거움이 모두를 사로잡았다. 베네딕트회 수도사들은 이 여러 색의 군중들 한가운데 묻혀버렸다. 그들 중 나는 붉은색 티셔츠를 입은 한 사람이 일행에서 이탈하는 것을 보았다. 숨을 가쁘게 몰아쉬는 사람들이 한 명씩 초원의 가장자리에 다시 모이기 위해 뱀에서 빠져나왔지만, 이백여 명 정도의 정열적인 사람들은 단념하지 않았다. 내 옆에 있던 사람은 춤을 멈추기 전에 이렇게 말했다. '이런 식으로 밤새도록 춤추는 것을 본 적이 있어요.' 그 춤은 석양이 지면 멈춰질 것이었지만 축제는 계속되었다. 참석자들은 태평양 섬들과 아메리카 대륙, 아프리카 대륙의 춤과 노래를 하며 각자 볼거리를 제공할 것이었다. 보석과 깃 장식이 된 각양각색의 빛나는 의상을 입고서. 연대의식 속에서 태어난 따뜻한 기쁨이 넘쳐났다. 펠리페와 엘레나, 그리고 그들의 아이들은 마림바의 과격한 리듬으로 그날 저녁을 마감했다. 그 커다란 타악기는 매우 오랫동안 스페인 인들에 의해 금지되었었다.

그다음 날 프로그램도 다른 날들과 비슷하게 증언들이 이어졌다. 증언들 중 어떤 것은 대단히 감동적이었다. 아메리카 '발견'이 가져온 처참한 결과들을 아메리카 인디언들 혼자 감내한 것이 아니었듯이 증언을 한 사람도 인디언들 혼자만은 아니었다. 그들 중에는 노예처럼 섬이나 육지의 대농장에서 일하도록 강제로 유배당한 백만여 명의 흑인들이 있었다.

우리는 인디언들이 가진 지혜의 원천을 길어내기 위해 이곳에 왔다. 그리고 우리가 구하던 것들을 찾았다. 이제 우리는 우리가 얻은 것들을 보여주고 싶다. 또한 우리는 캐나다에서 불의 땅(남미 남단의 군도)까지, 태평양 섬들에서 호주 깊은 곳까지 이르는 투쟁의 세계를 발견했다. 오백 년 전부터 계속되어오던 투쟁은 비록 형태는 바뀌었지만, 점점 더 격렬하고 집요해졌다. 아메리카 인디언들은 그들이 살고 있는 모든 곳에서 자신들의 긍지를 되찾고 있는 중이다. 무수히 많은 젊은이들이 자신들의 잃어버린 전통과 종교, 의식, 그리고 자신들의 문화를 연구하기 시작했다. 마침내 그들은 존재하기 위해 자신들의 뿌리를 되찾아야 한다고 느끼고 있는 것이다. 이것은 생과 사에 관한 문제인 것이다.

마지막 증언. 우리는 이 마지막 증언을 이 장만이 아닌 이 책 전체를 대신하는 결론으로 정하기로 했다. 이 증언이 우리를 깊이 감동시켰기 때문이다. 우리는 이 증언을 들으면서 오백 년 전부터 학대와 몰살의 위협을 끊임없이 받으며 살아온 인디언 민족의 외침을 듣고 있는 것만 같은 느낌을 받았다. 이러한 일들은 그저 말이 아니라 실제 일어나고 있는 현실이다. 어제 이미 정보를 들었었기 때문에, 우리는 브라질 숲 속에서 금을 찾는 사람들에 의해 오십여 명의 인디언들이 학살되었다는 것을 알았다.

마지막 증언은 분노한 체로키 족의 아들로, 그의 나이는 열한 살이었다. 연단 위로 나아간 그는 두려움에 반은 죽은 것처럼 보였다. 그는 우리를 보자마자 오열을 터트렸다. 이야기를 시작한 후에도 그의 목소리 안에는 흐느낌이 역력히 배어 있었다.

"이곳에 있는 백인들 모두는 자신들이 얼마나 행복한지 알지 못하고 있습니다. 인디언들과 다른 대우를 받는 행복이 얼마나 큰 것인지 알지 못합니다. 인디언이라는 이유로 나는 아무것도 없는 비참한 인디언 보호구역에서 살아야 합니다. 나는 주변에서, 나의 부족들이 하루에 열다섯 시간을 농부처럼 일하는 것을 봅니다. 보잘 것없는 월급을 받기 위해서 말입니다.

그래도 나는 아직 운이 좋습니다. 왜냐하면 사람들에게 이야기를 하기 위해 아버지와 함께 이 나라를 여행할 수 있으니까요. 아버지는 학교에 가서 이야기를 하고 우리의 춤을 보여줍니다. 나는 아버지를 사랑합니다. 인디언 보호구역 안에 있는 우리 집에는 사람들이 끊임없이 찾아옵니다. 그리고 우리에게 말합니다. '어서, 문을 열어라! 우리가 당신들에게 가르쳐줄 것들이 있다.' 여러분은 그들이 우리를 어떻게 취급하는지, 내 아버지를 어떻게 취급하는지 보아야 합니다. 그들은 마치 아버지를 이해력 없는 아이처럼 다룹니다. 그렇지만 아버지는 그들 모두보다 더 많은 것을 알고 있습니다. 어른이 되면 나는 아버지처럼 사람들에게 인디언이 정말로 누구인가를 알리기 위해 나라 전체를 여행할 것입니다.

어제저녁 우리는 우리가 투쟁하는 것을 도와주는 사람들의 집에서 잠을 잤습니다. 그들은 매우 친절한 사람들입니다. 그들이 살고 있는 집은 매우 근사했습니다. 모든 사람이, 어린아이들조차도 자신만의 방을 가지고 있었습니다. 나도 그렇게 살고 싶습니다."

이 증언은 큰 흐느낌으로 끝이 났다. 그래서 우리는 증언이 끝났다는 것을 깨닫지 못했다. 실내는 네 시간도 넘게 박수갈채로 흔들렸다. 이 어린이의 불행 앞에서, 오백 년 전부터 멸시받고 학대되었으며 학살과 강제 개종을 당한 아메리카 인디언 민족의 고통 앞에서, 너무도 고립된 사막 한가운데 있는 인디언 보호구역들 안에서 사라지고 잊혀가는 그 민족들을 바로 눈앞에 두고도 우리는 더 이상 존재하지 않는다고 믿는다. 그만큼 우리에게는 그들을 볼 기회가 없기 때문이다. 아니 가끔씩 영화 안에서나 그들을 보기 때문이다. 인디언들이 받고 있는 그 모든 잔혹함과 멸시, 그들의 고통을 눈으로 확인하고 라셀과 나는 아메리카 인디언들의 학교를 만드는 일에 착수할 시간이 되었다는 생각을 하지 않을 수 없었다. 왜냐하면 그들이 바로 현대인들을 불안 속에 빠뜨리고 끈질기게 괴롭히는 '우리의 아이들에게 어떤 세계를 남겨줄 것인가?'에 관한 해답을 가지고 있기 때문이다

천둥구름의 얼굴을 다시 떠올리자 그가 우리에게 해준 이야기가 아직 귀에 생생히 들리는 듯했다. 라셀과 나는 그 말에서 강인한 한 인간의 지혜에서 비롯된 큰 가르침이 세계에 하나의 방향타를 제시할 것이라고 확신했다.

"나무를 보세요. 나무는 다른 살아 있는 모든 생명체들과 같이 가슴을 가진 살아 있는 존재입니다. 수액은 나무의 피이고, 껍질은 나무의 피부입니다. 나무는 우리가 외부로부터 스스로를 보호하기 위해 옷을 입고 있듯이 껍질을 가지고 있습니다. 나무는 우리와 같은 일원입니다. 하늘을 향해 뻗은 가지는 나무의 팔이고, 양분을 얻기 위해 땅속으로 내려가는 뿌리는 발과 발가락입니다. 우리처럼 나무는 하늘과 땅을 연결합니다. 나무들이 살아 있다는 것을 안다면 우리는 나무들에게 더 잘할 수 있어야 합니다.

모든 생명은 신성하며 소중합니다. 그것이 두 개의 다리를 가졌든, 다리 네 개를 가진 짐승들이든 간에, 혹은 두 다리와 두 날개를 가진 날짐승이건, 바다에 사는 생명체들이건 간에 말입니다. 보다 하위 부류에 속하는 나무와 바위들도 마찬가지입니다. 한때 인간

들은 모든 동물들, 지상 위의 모든 생명체들과 하나였습니다.

우리의 진정한 어머니는 바로 어머니 대지입니다. 그러므로 우리는 우리가 살고 있는 행성을 돌볼 의무가 있습니다. 신은 모든 것이고, 우리는 그 모든 것의 한 부분입니다. 우리는 바로 그러한 자연의 힘으로 살아가지만 모두는, 아니 거의 모두가 자연과 인간과의 그 연결을 잊었습니다. 인류는 사라져갈 위험에 처한 이 연결성을 반드시 되찾아야 합니다."

별을 건드리지 않고는 꽃을 꺾을 수 없다

한때 인간과 지구상의 모든 생명체들이 하나이던 시절이 있었다. 그 시기는 인류가 보낸 날들 중 가장 신성하고 행복한 시간이었다. 인간에게는 신으로부터 선물받은 특별한 재능이 하나 있었다. 그것은 바로 창조의 능력이었다. 그러나 축복처럼 주어진 그 위대한 능력을 인류는 자신의 탐욕을 채우는 데 사용했으며, 그 결과 모든 것이 하나이던 꿈의 시간은 망각 속에 사라져갔다. 대신 혼란과 상처의 날들이 시작되었다. 지구상의 많은 생명체들은 멸종 위기에 놓이게 되었고, 재앙의 검은 재들이 인간의 삶을 위협해 지구의 생존 자체가 뒤흔들리고 있다. 무엇이 그 신성한 시간들을 우리에게서 앗아 간 것인가. 현대 사회가 갖고 있는 이 많은 문제들은 어디서 비롯되었으며, 이대로 더 가도 좋은 것인가.

1992년은 크리스토퍼 콜럼버스가 아메리카 대륙을 발견한 후 오백 주년을 맞이한 해로, 이해에는 대륙 발견을 기념하기 위해 미국과 유럽에서 각종 행사들이 치러졌다. 서구인들의 시각에서 볼 때는 신대륙의 발견이고, 오래전부터 그 땅 위에서 평화롭게 살던 원주민들에게는 무차별한 침략이었던 그 슬픈 생일을 기리기 위해 같은 해 칠월, 미국 버몬트 주의 산기슭 아래에 건설된 '평화의 마을'로 세계 각지에서 아메리카 인디언의 후예들이 몰려들었다.

'평화의 마을'은 체로키 부족의 전통에 따른 이상적인 삶을 구현하기 위해서 건설된 작은 공동체 마을이다. 그 공동체를 설립한 이가 바로 체로키 족 인디언 디야니 위야후이다.

프랑스의 한적한 한 시골 마을에서 자연과 더불어 살아가며 개인의 영적 성장과 환경문제에 관한 글을 꾸준히 써오고 있는 이 책의 저자 장피에르 카르티에와 라셀 카르티에는 어느 날 아침 친구 집에서 우연히 디야니 위야후란 인디언 여성의 사진과 마주치게 된다. 그로부터 일주일 뒤, 디야니가 주관하는 명상 모임에 참가한 그들은 그녀의 초대를 받아 매해 칠월 평화의 마을에서 열리는 인디언들의 모임을 방문하기로 약속하고, 이듬해 아메리카 대륙 발견 오백 주년을 기리기 위해 열린 인디언들의 대회합에 참석한다. 그곳에서 세계 각지로부터 모여든 다양한 인디언들의 연설을 듣고 깊은 감동을 받은 카르티에 부부는 우리와 동시대를 살아가고 있는 인디언들의 삶과 정신을 기록할 결심을 하게 된다. 라셀 카르티에와 장피에르 카르티에가 각계각층의 인디언들을 만나 대담을 갖고, 현장 체험을 통해 충실히 작성한 이 글은 현대를 사는 인디언들의 삶을 추적한 최초의 기록임과 동시에 미래를 위해 준비된 아메리카 인디언들의 오래된 예언이다.

아메리카 인디언들은 말한다. 우리 모두는 신의 자식들이며, 같은 부모를 둔 형제자매들이라고. 그 거대한, 단 하나의 가족이라는 울타리 안에서 밖으로 내동댕이쳐질 존재는 아무도 없다고. 따라서 콜럼버스가 아메리카 대륙에 상륙한 1492년 당시 일억에 달했던 원주민의 수가 불과 백오십 년 만에 삼백만 명으로 줄어들게 한 정복자들의 대학살에 대해서도 그들은 용서를 말하지 않는다. 같은 부모를 둔 형제자매들을 미워할 이유는 없으며, 증오한 적이 없으니 굳이 용서할 일이 없다는 것이다.

전쟁, 환경오염, 인간의 삶을 위협하는 각종 질병과 혼란, 그 밖에 현대 사회가 갖고 있는 모든 문제의 원인을 아메리카 인디언들은 분리감에서 찾는다. 인간이 자기 내면세계와 우주에서 분리되었기 때문에 이 모든 불행이 시작된 것이라고.

아메리카 인디언들에게 우주는 끊임없이 새로워지며 스스로를 구축하는 살아 있는 존재다. 그리고 우리 인간은 그 우주의 일원으로 우주가 완성을 향해 나아갈 수 있도록 돕는 협력자이다. 따라서 우리가 살고 있는 이 아름다운 행성 지구를 책임감을 갖고 지키는 것 또한 우리가 해야 할 일이다. 위험에 처한 지구를 보며 오래전부터 아메리카 인디언들은 우리에게 반복해 이렇게 말해왔다.

"지구가 고통스러워하고 있다. 인간이 지구를 파괴하고 있다. 만약 우리가 한두 세대를 더 이런 식으로 계속해나간다면 지구는 죽고 말 것이다. 위급한 상황이 도래했다. 인간은 자신들이 자연의 지배자가 아니라 그 안에 속한 것이며 지구에 가한 모든 고통이 그들에게 되돌아갈 것임을 하루빨리 깨달아야 한다."

이것은 인디언들이 현대를 살아가는 모든 이들에게 보내는 사랑과 우애의 메시지이다.

위태롭게만 보이는 이 세상에 우리가 우리의 아이들을 위해 남기고 갈 수 있는 것은 생명에 대한 존중 사상이며, 그 생명 아래 모든 존재들이 하나임을 아는 것, 그것만이 죽어가는 푸른 별 지구와, 그와 함께 공생하는 우리 자신을 구원해줄 수 있다고 말하는 이 아메리카 인디언들의 가르침은 우리 시대가 결코 잊어서는 안 되는 소중한 교훈이다. 그런 의미에서 "당신이 나를 생각할 때마다 그 모든 곳에 내가 존재할 것"이라는 천둥구름의 말은 더 이상 감상적인 차원에 머물지 않는다. 당신이 있기에 내가 존재하고, 내가 있기에 당신 또한 존재할 수 있기 때문이다.

이 책을 번역하고 완성하는 데 많은 시간이 걸렸다. 생의 수많은 모퉁이를 돌고 먼 길을 걸어오는 동안, 나에게도 다른 모든 이들처럼 걸음을 멈추고 잠시 지난 길들을 되돌아본 시간들이 있었다. 그 지난 모든 날들 속에 나를 가장 강하게 했던 것은 일체감 속에 원 안에 존재하던 시간들이었으며, 나를 가장 거칠게 했던 것은 내가 나 자신으로부터, 그 둥근 원에서부터 분리되어 나왔기 때문임을 오늘 밤 나는 다시금 깨닫는다. 당신이 나이고, 내가 당신임을 잊었기에 그 모든 일들이 일어난 것이라고. 당신과 나, 우리 모두는 하나라고! 생텍쥐페리의 말처럼, 별을 건드리지 않고는 꽃을 꺾을 수 없다.

2010년, 큰 바람의 달에, 길잡이늑대가
내 안의 빛이 당신 안의 빛에게 안부를 전하며

라셀 카르티에와 장피에르 카르티에

프랑스 중부 지방에서 태어난 장피에르 카르티에는 이십오 년간 잡지 〈파리마치〉의 기자로 일하며, 개인의 영적 체험이나 사회적 관심사들을 탐방기 형식으로 기록했다. 지금은 도시를 떠나 한적한 시골 마을에서 부인 라셀 카르티에와 정착해 살면서 그녀와 함께 진정한 삶의 의미를 찾아 지구촌 곳곳을 여행하고, 오래된 지혜와 영적 스승들을 만나 그들에게서 배운 가르침들을 글로 옮기고 있다. 이들 부부가 함께 쓴 주요 저서로는 〈오늘날의 예언〉〈빛의 여인들〉〈당신의 삶을 별에 걸어라〉〈우주의 아이들〉〈틱낫한—풍요로운 의식의 행복〉〈라마크리슈나—우리 시대의 스승〉 등이 있고, 피에르 라비의 삶과 사상을 기록한 〈대지의 노래〉가 〈농부 철학자 피에르 라비〉라는 제목으로 한국에 소개된 바 있다.

길잡이늑대

명상과 환경, 인간의 영적 진화를 추구하는 책들을 소개하는 번역 모임이자 명상 모임. 〈농부 철학자 피에르 라비〉(조화로운삶 출간)를 우리말로 옮겼다.

인디언과 함께 걷기

1판 1쇄 인쇄 2010년 11월 5일
1판 1쇄 발행 2010년 11월 15일

—

지은이 라셀 카르티에 · 장피에르 카르티에
옮긴이 길잡이늑대

발행처 문학의숲
발행인 고세규

—

신고번호 제300-2005-176호
신고일자 2005년 10월 14일

—

주소 서울시 마포구 동교동 200-19번지 202호(121-819)
전화 02-325-5676
팩스 02-333-5980

—

값은 표지에 있습니다.
ISBN 978-89-93838-04-6 03860